Emilia Flynn

Strangers Now

Yesterday

Die Canterbury-Reihe 1

Impressum
Strangers Now – Yesterday
Die Canterbury-Reihe Band 1
ISBN der Taschenbuchausgabe: 9783754660973

Versand & Vertrieb durch Tolino Media GmbH

Text: Emilia Flynn
Lektorat & Korrektorat : Lektorat Meerwörter
Covergestaltung: Laura Newman – design.lauranewman.de
Bilder: © Trevillion Images © Leigh Eros

P. Berner
Frohnstraße 10
40789 Monheim am Rhein
www.emiliaflynn.com

Die Deutsche Nationalbibliothek verzeichnet diese Publikation in der Deutschen Nationalbibliografie; detaillierte bibliografische Daten sind im Internet über die Adresse http://dnb.ddb.de abrufbar.

Herstellung und Druck über tolino media GmbH & Co. KG, München.
Printed in Germany

Emilia Flynn

Strangers Now

Yesterday.

Die Autorin

Emilia Flynn ist eine waschechte Rheinländerin. Bereits als Kind vertonte sie Hörspiele, schrieb erste Kurzgeschichten und gewann einige Schreibwettbewerbe.

Als Teenager kam ihr die Idee zu »Morgan's Hall«. Nach mehreren Berufsjahren beschloss Emilia, die facettenreiche Geschichte der Familie Morgan niederzuschreiben, die sich über mehrere Jahrzehnte und Generationen erstreckt. Sie liebt es, Figuren mit Ecken und Kanten zum Leben zu erwecken.

Emilia lebt mit ihrem Mann in ihrer Heimatstadt Monheim am Rhein.

Lesen Sie auch die Morgan-Saga aus Emilia Flynns Feder:
Morgan's Hall – Herzensland (Die Morgan-Saga Band 1)
Morgan's Hall – Sehnsuchtsland (Die Morgan-Saga Band 2)
Morgan's Hall – Niemandsland (Die Morgan-Saga Band 3)
Morgan's Hall – Ascheland (Die Morgan-Saga Band 4)
Morgan's Hall – Schicksalsland (Die Morgan-Saga Band 5)

Mehr Informationen finden Sie unter www.emiliaflynn.com

Content Notes

Diese Geschichte ist emotional herausfordernd und befasst explizite Darstellung oder Erwähnung körperlicher, seelischer oder sexualisierter Gewalt, Drogenkonsum und Tod.

Wir sind ganz angstallein,
haben nur aneinander Halt,
jedes Wort wird wie ein Wald
vor unserm Wandern sein.

Unser Wille ist nur der Wind,
der uns drängt und dreht;
weil wir selber die Sehnsucht sind,
die in Blüten steht.

Rainer Maria Rilke

Part One

Willems Story

New York City
-Broadway-

2014

There's No Business Like Show Business

New York City, Februar 2014

Schnellen Schrittes verließ Willem die Bühne des Bernard B. Jacobs Theatre, und der tosende Applaus erlosch hinter der zufallenden Stahltür, als hätte jemand den Stecker eines zu lauten Fernsehers gezogen.

Jetzt brauchte er einen Moment der Ruhe.

Nach einer zweistündigen physischen wie auch mentalen Verausgabung auf der Bühne waren es nur diese fünf Minuten, die er für sich ganz allein einforderte, um neue Reserven zu schöpfen. Nur dreihundert Sekunden, um sich aus seiner Rolle des cholerischen Stanley Kowalski aus Tennessee Williams Stück *Endstation Sehnsucht* zu schälen, um wieder in die Haut des Willem Fraser zu schlüpfen. Oder zumindest dieses Willem Fraser, den er der Außenwelt präsentierte. Nicht des Willem Fraser, den er in Wirklichkeit hinter der Maskerade des allseits beachteten Schauspielers verbarg und von dem er selbst nicht mehr genau wusste, wer dieser Typ überhaupt war. Das war ein Mann, den er vor Ewigkeiten hinter sich gelassen hatte wie einen längst vergessenen Schulkameraden. Eben einen solchen, dem man zufällig auf der Straße wiederbegegnete und nicht in der Lage war, ihm zuzuwinken, geschweige denn mit ihm in Anekdoten einer gemeinsamen, bereits verschwommenen Vergangenheit zu schwelgen.

Fünf bescheidene Minuten, das waren dreihundert Sekunden, die nur ihm gehörten.

Außer Atem schenkte er sich Wasser ein und begutachtete sich im Spiegel, war im Inneren weiterhin in zwei Persönlichkeiten gespalten: Stanley Kowalski und Willem Fraser – dem Schauspieler, nicht dem Menschen. Er wusste, gleich würde seine Assistentin Tess hereinschneien. Sie kannte seine sakralen fünf Minuten der Transformation zu sich selbst – oder wem auch immer. Das war nur eine minimale Zeitspanne des Beruhigens und der Vorbereitung auf das, was ihn jeden Mittag nach der Matinee sowie kurz vor Mitternacht nach der Abendvorstellung an der Stagedoor des Jacobs Theatre erwartete: Fanhysterie, die er sich durch einige wiederkehrende Filmauftritte als listiger, aber charmanter Bösewicht in einer bombastisch teuer produzierten Agentenreihe verdient hatte. Die Rolle des milliardenschweren Wissenschaftlers Matt Fontaine, der inzwischen zu einem Fanliebling emporgestiegen war, hatte ihm zu Weltruhm verholfen.

Allerdings versuchte er seit Längerem, diese Gestalt abzulegen, um das zu sein, was er stets hatte sein wollen: ein ernst genommener Schauspieler, mit ernsthaften Darstellungen.

Aus diesem Grund – oder auch aus einer Trotzphase heraus, da man ihm immer die gleichen Charaktere anbot – war er in diesem Jahr zu seinen Anfängen zurückgekehrt, dem Theater. Als bekannt geworden war, dass er die männliche Hauptrolle in Williams *Endstation Sehnsucht* übernehmen würde, waren sämtliche Vorstellungen innerhalb von nur einer Stunde ausverkauft gewesen.

Sobald der Vorhang zugefallen war, warteten seine Fans aufgeregt an der Stagedoor des Theaters auf den stets höflichen, manchmal von Erstaunen überwältigten Briten Willem, der mit Engelsgeduld im ohrenbetäubenden Geschrei Smalltalk mit ihnen betrieb, für Selfies in Kameras lächelte und Autogramme auf die Programmhefte kritzelte.

Sobald er sich in den schauspielernden Menschen zurückverwandelte, war er der, den offenbar jeder liebte und auf eine seltsame Weise vergötterte. Eine Entwicklung, die ihn bisweilen gehörig verängstigte.

Sie sind deinetwegen hier, Will. Deinetwegen haben sie Geld für ein Ticket ausgegeben, nur um dir bei dem zuzuschauen, was du liebst, zu tun.

Nach wie vor schien ihm dieser Werdegang unwirklich, ja vollkommen verrückt. Der Andrang an den Drängelgittern war derart explosiv und besorgniserregend, dass sein Personenschützer Rodríguez niemals seine Seite verließ, an ihm zog, wenn die Situation brenzlig erschien, oder sich wie die Chinesische Mauer vor ihm aufbaute, sobald eine Hysterie ausbrach. Und das war keine Seltenheit.

Zuerst hatte Willem diese vom Jacobs Theatre empfohlene Maßnahme als unsinnig übertrieben angesehen, doch an einem seiner ersten Stagedoor-Auftritte, so musste man dieses Phänomen inzwischen tatsächlich nennen, hatte es einen wirklich üblen Vorfall mit einem Fan gegeben. Eine Amerikanerin mittleren Alters hatte ihn so unerwartet zu sich in die Menge gezogen, um ihm die Zunge in den Mund zu stecken, dass er im ersten Moment gar nicht wusste, wie ihm geschah. Der ureigene Überlebensinstinkt erstickte die Irritation rasch im Keim. Stattdessen hörte er eine innere Sirene aufheulen und sein Gehirn aktivierte die automatische Gefahrenabwehrfunktion, sodass er diese Frau rabiat von sich stieß.

Zu rabiat.

Sie verlor das Gleichgewicht, wurde allerdings von den darumstehenden Fans aufgefangen, die verhinderten, dass sie zu Boden stürzte. Sofort bat er sie um Verzeihung, während Dutzende Handykameras auf ihn gerichtet waren. Sein Schauspielkollege Timothy Brandon, ein langjähriger Freund, zog ihn aus dem Tumult, schob ihn wieder durch die Eingangstür des Theaters, damit ihm kein weiteres Unheil widerfuhr.

Diese Situation, eine, die ihn wirklich in ungekannte Panik versetzt hatte, zog unerwartete und ziemlich negative Presse nach sich, da die *aufgewühlte* Dame einem Reporter eines Klatschmagazins für ein paar Dollar ein ausführliches Interview gewährte, selbstredend unter Tränen, um ihrer Erschütterung Ausdruck zu verleihen.

Willem Fraser verliert Kontrolle und greift weiblichen Fan an.

Was ist mit dem britischen Filmstar Willem Fraser los?

Ist Willem Fraser ein Frauenschläger? Die wahrhaft schlimmste Verleumdung von allen. Er hatte sich noch nie an einer Frau vergriffen.

Diese Headlines und viele weitere übertrugen sich virenartig von einem Schmutzblatt auf das nächste, fraßen sich durch sämtliche Social-Media-Kanäle wie eine nimmersatte Raupe. YouTube, Twitter, Facebook, alles Kommunikationsmittel, dessen Gebrauch Willem strikt ablehnte, und vermutlich war er der einzige Schauspieler auf diesem Planeten, der über keinen eigenen Instagram-Account verfügte.

Sein Anwalt, sein PR-Beauftragter sowie Tess bemühten sich um schnellstmögliche Schadensbegleichung, sandten der übergriffigen Amerikanerin einen Dreihundertdollar-Blumenstrauß, ein von ihm handschriftlich verfasstes Entschuldigungsschreiben, eine Autogrammkarte, zwei Tickets für eine Theatervorstellung ihrer Wahl sowie eine öffentliche Abbitte bei *Jimmy Kimmel.*

Dieses Exklusivinterview war heute zeitgleich mit der Abend–show ausgestrahlt worden und Willem hatte bislang keinerlei Resonanz erhalten.

Das machte ihn gerade ziemlich nervös.

Die Transformation von Stanley Kowalski zu Willem Fraser war durch seine Gedanken an die letzten Ereignisse gestört worden. Jetzt blieben ihm nur noch zwei Minuten, somit hundertzwanzig Sekund en, um die Metamorphose abzuschließen, bevor er sich gleich durch die Stagedoor begab.

Irgendwie konnte er gerade keinen klaren Kopf fassen. Er fühlte sich plötzlich alt, müde und aus einem unerklärbaren Grund unsagbar traurig. Er schloss die Augen.

Brich jetzt nicht zusammen, befahl er sich.

Er befreite sich aus seinem Bühnenoutfit und schlüpfte in seine private Kleidung. Er erschrak regelrecht, als er sein Spiegelbild sah, als er sich selbst *wirklich* betrachtete – wie zum ersten Mal in seinem Leben. Wann war er derart gealtert?

Bereits zweimal hatte sein Stanley-Kowalski-Kostüm angepasst werden müssen, da er von Woche zu Woche Gewicht verlor. Das lag nicht daran, dass er nicht gern aß oder gar auf eine schlanke Linie achtete, sondern daran, dass er es schlichtweg vergaß.

Nachdem er sich umgezogen hatte, sah Willem abermals in den Spiegel und erkannte sein wahrhaftiges Ich. Die Haare nicht gefärbt, er trug keine dunklen Kontaktlinsen, wie er sie bei den letzten Dreharbeiten hatte einsetzen müssen. Seine echte Augenfarbe war grünblau. Zudem war er in einem unauffälligen dunkelblauen feinmaschigen Pullover und einer dunkelgrauen Jeans gekleidet. Um sein schmal gewordenes Handgelenk legte er seine Cartier Armbanduhr, die man ihm vorletztes Jahr zur Premiere des fünften Teils der *Manipulativs* gesponsort hatte und die vermutlich mehrere Tausend Dollar wert war.

Allmählich zeigten sich die ersten Falten an der Stirn sowie um seine Augen, und durch seinen wiederkehrenden, wenn auch unbeabsichtigten Gewichtverlusts sah er blass und kränklich aus. Noch nie hatte er sich so unansehnlich gefunden wie an diesem Abend.

Er rieb sich über das Gesicht, als könnte er sich so die Stirnfalten fortwischen, legte daraufhin eine dünne Schicht Theaterpuder auf, um das fahle Gesichtsweiß zu verbergen.

Tess klopfte an und betrat seine Garderobe. »Bist du so weit?«

»Kleinen Moment noch. Ich bin noch ein bisschen neben der Spur.«

»Alles klar«, sagte sie mit einem Nicken und ließ sich auf das Sofa neben ihm plumpsen. Von dem nett angerichteten Obstteller nahm sie einen Apfel und biss lautstark hinein. Schmatzend scrollte sie über den Bildschirm ihres Mobiltelefons, verzog dabei das Gesicht zu einem amüsierten Grinsen.

»Was ist so komisch, Tess?«

»Du könntest vermutlich einen Mord begehen, deine *Frasianer* würden es dir verzeihen«, sagte sie mit gespielter Anerkennung, die sie mit einem huldvollen Nicken zum Ausdruck brachte, ohne ihren Blick von dem Handy abzuwenden.

Die *Frasianer* waren eine Armee treuer Hardcorefans, die jedes böse Wort, das im Netz über ihn kursierte, mit verbalen Gegenattacken niederschlugen, um Willem wie ein gemobbtes Vorschulkind zu beschützen und zu verteidigen.

Peinlich berührt musste er lächeln.

»Das musst du dir anhören, Willem. Da schreibt eine unter dem Artikel: *In welch einer bescheuerten und verlogenen Welt leben wir eigentlich? In dem Video sieht man doch ganz genau, dass Willem sexuell belästigt worden ist. Und jetzt ist die hässliche Kuh das Opfer, nur weil er sich gewehrt hat? Das muss mir mal einer erklären? #lifeisabitch. Wäre Willem eine Frau, hätte die Sache anders ausgesehen. #scheißfeminismus #heuchler #frasianer4ever.* Hashtag, Hashtag, Hashtag.«

Er betrachtete Tess weiterhin durch den Spiegel und musste schmunzeln. Die *Frasianer*. Noch eine weitere eigenartige Begleiterscheinung seines Erfolgs ... oder eben der Grundpfeiler seines Erfolgs.

»Tessi, vielleicht sollten wir der Verfasserin ebenfalls einen Dreihundertdollar-Blumenstrauß zusenden.«

»Bist du des Wahnsinns?«, fragte sie lachend. »Oberstes Gebot: Bewahre Distanz zu ...«

»Jaja«, übernahm er. »*Bewahre Distanz zu deinen Fans. Jede außerordentliche Nettigkeit kann als Betteinladung verstanden werden.* Tess, das war nur ein Scherz. Verdient hätte sie ihn dennoch.« Er runzelte die Stirn und drehte sich zu ihr um. »Was soll das eigentlich mit diesen ganzen Hashtags?«

Genervt ließ sie sich auf dem Sofa zurückfallen und warf das Apfelgehäuse in Richtung des Mülleimers, der direkt neben ihm stand, und verfehlte diesen. Er bückte sich, um das abgenagte Obst endgültig zu entsorgen.

»Ich werde dir jetzt diesen unnötigen Scheiß nicht erklären. Wozu auch? Du hast ja nicht einmal einen Twitter-Account. Hey, kein Vorwurf. Ich finde das gut so, Willem. Macht dich für die Außenwelt geheimnisvoll. Lass diese dumme Geschichte mit diesem pressegeilen Miststück an der Stagedoor hinter dir. Solche Weiber wird es immer geben.«

Er schüttelte amüsiert den Kopf und sagte mit einem Seufzen: »Ach, Tess.«

Einerseits fand er ihren vulgären Tonfall, in den sie oftmals verfiel, ohne es vermutlich selbst zu bemerken, furchtbar, anderseits war ihr Jargon in einer seltsamen Art und Weise erfrischend. Mit ihrem direkten und ehrlichen Wesen schaffte sie es jederzeit, dass er sich in ihrer Gegenwart wohlfühlte, möglicherweise auch ein Stück weit beschützt.

Gewiss versuchte er, den Vorfall aus seinen Gedanken zu verbannen, aber das fiel ihm schwerer, als er zugab. Manchmal waren Frauen nicht besser als Männer. Vielleicht waren sie sogar schlimmer. Einige seiner weiblichen Fans bedrängten ihn, stalkten ihn, hassten jede Schauspielerin, an deren Seite er arbeitete. Tess, von der man vor drei Jahren glaubte, sie wäre seine Freundin, hatte über diverse Messenger Hassbekundungen erhalten. Darunter eine Vielzahl an Beleidigungen, sie sei beispielsweise nicht gut genug für ihn. Übertrumpft wurden diese gruseligen Nachrichten – allesamt durch anonyme

Fake-Profile an sie gerichtet – von einer ziemlich konkreten Morddrohung, die ihn schließlich zwang, eine Beziehung mit ihr öffentlich zu dementieren.

Tess war Lesbierin und lebte seit dem College mit Rita zusammen, die Willem sehr mochte. Oft war er Gast in ihrem Apartment in der Sutton Street, in dem sie ihn mit den trendigsten veganen Gerichten wie Jackfruit-Tacos oder Chicken Wings aus Blumenkohlröschen verköstigten (was alles besser schmeckte, als es klang). Meist saß er an ihrem gemeinsamen Esstisch, wenn Tess der Meinung war, ihm würde es schlecht gehen, weil die Presse Lügen über ihn verbreitete oder er wiederholt eine Beziehung in den Sand gesetzt hatte.

Und das kam oft vor.

Immer – um es genau zu nehmen.

Finster blickte er auf sein Spiegelbild. »Gibt es schon Reaktionen auf das ausgestrahlte Interview?«

»Jepp.«

»Und welche?«, fragte er fieberhaft.

»In den Kommentaren schwärmen sie von deiner neuen Frisur und dem Dreitagebart.«

»Mehr nicht?«

»Doch. Sie alle lieben dich in deinem Maßanzug, aber das weißt du ja. Der wahre britische Gentleman. Vielleicht der zukünftige James Bond. Eine gewisse *debrajk86* fragt sich, wie groß wohl dein bestes Stück ist.«

Schamerfüllt rieb er sich mit Daumen und Zeigefinger die Nasenwurzel. »O Gott. Das ist alles? Nichts zu meiner Entschuldigung?«

Tess zuckte mit den Schultern, als er sie abermals ansah. »Scheiß doch drauf, Will! Scheiß einfach drauf! Die Geschichte mit dieser Bitch ist nächste Woche wieder Schnee von gestern. Ist doch immer so. Neben den Liebesbekundungen an dich und der heiß diskutierten Frage nach der Größe deines Schwanzes feiern die meisten deine

Ankündigung, auch im nächsten Teil der *Manipulativs* mitzuspielen.« Erschöpft wirkend quälte sie sich von der Couch, es war spät an diesem Abend, und bewegte sich auf ihn zu, legte dann die Hand auf seine Schulter. »Wenn die alle wüssten, wie satt du diese Rolle hast.« Sie seufzte tief und irgendwie besorgt. »Willst du noch mit zu uns? Rita hat Seitan-Pita gemacht. Du solltest heute nicht allein sein.«

Er winkte ab. »Nein, ich gehe euch schon genug auf die Nerven. Ich war erst vorgestern bei euch.«

»Ach was, Fraser. Rita liebt dich. Genau wie ich.«

»Aber je öfter ich an eurem Esstisch sitze, desto mehr wird diese Liebe schwinden«, sagte er mit einem Zwinkern.

Tess grinste wie ein Schelm, der etwas Listiges ausheckte. Sie erinnerte ihn ständig an die Art von jungen Frauen, die in ihrem Alternativ-Look laut schreiend und an vorderster Front Demonstrationen vorantrieben – vollkommen irrelevant, worum es ging. Hauptsache, man war irgendwie bei irgendetwas dagegen. Als seine Karriere Fahrt aufgenommen und er eine Assistentin gesucht hatte, hatte er sich für die College-Absolventin Tess entschieden, die ungeschminkt, in zerrissener Jeans, Longsleeve-Pullover und wirrer Lockenmähne zum Vorstellungstermin erschienen war.

Noch heute erinnerte er sich ziemlich genau an ihre ersten Worte, als er ihr die Hand gereicht hatte, um sie zu begrüßen: »Ich bin Teressa Mitchum. Ich mach's kurz. Ich habe einen Collegeabschluss der Columbia University mit Auszeichnung, und wenn Sie schlau sind, Mr. Fraser, geben Sie mir den Assistentinnenjob anstatt einer der ganzen schöngeföhnten und gebotoxten Schnallen, die im Vorzimmer warten. Außer Sie wollen Ihre zukünftige Assistentin bumsen. Dann bin ich die Falsche.«

Er hatte nicht anders gekonnt, als Tess vom Fleck weg einzustellen. Seither verband sie ein unverrückbares Vertrauen, das in dieser Branche so selten war wie ein roter Diamant.

Tess hatte die Figur eines Knaben, der zwischen Pubertät und Fertigstellung festhing. Wenn man es oberflächlich betrachtete, entsprach sie auch ohne ihre sexuelle Orientierung gewiss nicht seinem Typ. Aber mehr als einmal hatte er sich in ihr reizendes Gesicht verliebt, ganz ohne das Bedürfnis, sich auf der Stelle mit ihr fortzupflanzen. Tess war seine Vertraute, sein weiblicher, lesbischer Kumpel – und diejenige, die so oft ein Sicherheitsnetz unter ihm aufgespannt hatte, wenn er gedroht hatte, in den Abgrund zu stürzen.

»Gut, Will. Falls du es dir anders überlegst, du weißt ja, wo du uns findest.«

Willem streichelte dankbar über Tess' schlanke Finger, die weiterhin auf seiner Schulter lagen. Durch den Spiegel lächelte er sie voller Rührung an.

»Was sollte ich nur ohne dich machen. Und Rita natürlich.«

Ihr Gesichtsausdruck war voller Fürsorge. »Ich will nicht, dass du so einsam bist.«

»Das bin ich doch überhaupt nicht«, sagte er im überzeugten Tonfall. »Vielleicht treffe ich mich nachher noch mit Cecilia.«

Cecilia Harris spielte in *Endstation Sehnsucht* die Rolle der Blanche DuBois.

Eine wahre Schönheit.

Langbeinig, dunkelhäutig, belesen und wie er ebenfalls britischer Herkunft. Sie war genau die Art von Frau, für die Willems Herz schon immer geschlagen hatte. Cecilia, die aus London stammte, verfügte über einige Talente. Sie war nicht nur eine ausgezeichnete Theaterschauspielerin, sie kreierte außerdem originelle Schmuckstücke aus Plastikmüll (irgendein innovativer Nachhaltigkeitstrend), hatte bereits zwei Romane über das ungerechte Dasein von Frauen in der Medienbranche verfasst und sie war eine hervorragende Sexpartnerin. Und obwohl Willem sie begehrte, sie ihn mit ihrem feinen Sinn für Humor ständig zum Lachen brachte, er schier nie genug von ihrem Körper bekommen konnte, dachte er unentwegt: *Was tue ich da?*

Dass er sich diese Frage fortlaufend und beinahe mantra-artig stellte, führte er auf seine Unfähigkeit zurück, eine wahrhaftige – vor allem langfristige – Beziehung zu führen.

Willem konnte vieles. Zumindest alles, was der Karriere eines Schauspielers diente. Aus dem Stegreif rezitierte er ganze Passagen von Shakespeare, Dickens und Tolstoi, ohne sich zu verhaspeln. Er spielte Klavier, Gitarre und Saxophon. Seine Singstimme war ausgebildet, und sollte es irgendwann keine Rollen mehr für ihn geben, so könnte er in einer Band anheuern, die bei Hochzeiten oder auf Kreuzfahrtschiffen Songs von Snow Patrol coverte. Auf Aftershow-Partys galt er als beliebter Tanzpartner, der nicht nur das übliche Standardrepertoire beherrschte, sondern auch zu Hits wie *Blurred Lines* eine passable Figur auf dem Parkett abgab.

Tess rollte die Augen. »Ach komm schon, Willem. *Cecilia?* Ist das dein beschissener Ernst?«

Verwundert sah er sie an, schließlich schwante ihm jedoch, welche Predigt ihm gleich entgegenschlagen würde.

»Was ist verkehrt an Cecilia?«, fragte er mit der Unschuldsstimme eines Jungen, der nicht verstand, weshalb seine Mutter ihm verbot, sich mit dem Proleten seiner Schule anzufreunden.

Tess ließ endgültig von seiner Schulter ab.

Stattdessen stemmte sie ihre Hand in die Taille – ungewohnt gouvernantenhaft.

»Oh, verdammte Scheiße, Fraser. Der Spruch *›Never fuck the Company‹* ist dir nicht geläufig, oder?«

Er seufzte und trank einen Schluck Wasser. »Dann verrate mir mal, mit wem ich sonst außerhalb des Geschäfts ausgehen soll?«

Menschen in der Filmbranche waren eher an vorübergehende Liebeleien gewöhnt oder ausschließlich nur auf diese Kurzfristigkeit erpicht (wie Willem selbst), und sie waren vor allem eins: verschwiegen. Selten waren ernst zu nehmende Filmschaffende an öffentlichen Schlammschlachten interessiert.

»Wie wäre es mal mit Enthaltsamkeit? Würde dir bestimmt ganz guttun. Seitdem ich dich kenne, rennst du von einer Muschi zur nächsten.«

»Mal wieder sehr eloquent und feinfühlig ausgedrückt.«

»Ach, du weißt doch, was ich meine. Bei deinen unzähligen holden Frauenzimmern hinterlässt du nur Tränen und Schmach. Ist das besser ausgedrückt, *Mr. Ich-war-am-Eton-und-Cambridge-College*?«

Tess zog ihn gern mit seiner für sie elitären Herkunft auf. Dabei stammte Willem keinesfalls aus einer britisch-aristokratischen Familie und sie waren gewiss auch keine Millionäre, aber seinem Vater war es von elementarer Bedeutung gewesen, seinen Kindern die denkbar beste Ausbildung zu ermöglichen. Niemals würde er das blutleere Gesicht seines Anwalt-Vaters vergessen, als er ihm eröffnete, Schauspieler werden zu wollen. Als hätte er ihm einen Mord gestanden.

Tess zog die Augenbrauen hoch und musterte ihn. »Hattest du jemals nach deinem fünfzehnjährigen Ich eine zölibatäre Phase, die länger als ... als zwölf Stunden dauerte?«

Willem lachte, verstummte dann abrupt und wurde ernst. »Du hältst mich für einen Misogyn, oder?«

»Ja. Irgendwie schon.« Sie seufzte wieder und setzte sich auf den Frisiertisch, verschränkte dabei die Arme vor der Brust. »Du bist ein ganz großartiger Mensch, Will. Mal abgesehen von dem Vorfall mit dem Miststück an der Stagedoor bist du der höflichste, liebenswürdigste und umgänglichste Mann, dem ich je begegnet bin. Alles, was ich mir für dich wünsche, wäre eine Partnerin an deiner Seite, die dich wirklich liebt, nicht den umjubelten Schauspieler, sondern den Menschen Willem Fraser. Eben eine Gefährtin, der *du* vertrauen kannst. Jenseits von sexueller Begierde. Etwas Langfristiges, Boden–

ständiges. Wir wissen beide, dass Cecilia, ganz gleich wie schön und klug sie sein mag, dir das, was ich mir für dich wünsche, nicht geben wird. Vergiss nicht, du bist kein Collegejunge mehr, sondern inzwischen ein achtunddreißig Jahre alter Knacker.«

Beide lachten.

Ein Lachen, das bei ihm augenblicklich wieder verebbte und sich in ein Grübeln verwandelte.

Natürlich wusste er, dass sie mit ihrem Zukunftsbild recht behalten könnte, auch wenn er ihr gegenüber ungern Zugeständnisse machte, weil es auf dieser Welt keinen triumphierenderen *Ich-hab's-doch-gesagt-Menschen* gab als Teressa Mitchum.

Trotzdem nahm er ihre Hand, drückte sie sanft und sah zu ihr auf. »Danke, Tess.«

Ein Dank – aus tiefstem Herzen, ehrlich gemeint.

Sie wuschelte durch sein Haar. »Ich wette«, sagte sie mit einem Grinsen, »in diesem Moment ärgerst du dich wieder, dass ich Frauen liebe. Nicht wahr?«

»Stimmt! Wir zwei wären perfekt füreinander.«

Beide wussten, dass das vollkommener Blödsinn war. So gern sie einander auch hatten, bestünden ihre gemeinsamen Tage ausschließlich darin, sich gegenseitig an die Gurgel zu gehen. Er ihr, weil ihn ihre Unordentlichkeit, ihre Besserwisserei und ihr Tonfall kontinuierlich auf die Palme gebracht hätten, und sie ihm, da Willem penible sauber und ordentlich war, er ebenfalls niemals mit Klugscheißerei hinterm Berg hielt und sie seine gewählte Ausdrucksweise anödete. »Los, hol Schirm, Stock und Melone! – du steifer Engländer«, sagte sie gern, sobald er es (meist absichtlich) in seiner noblen Wortwahl und dem Eton-Akzent auf die Spitze trieb. Am schlimmsten brachte er sie zur Weißglut, wenn er so tat, als wäre er zu Gast beim Afternoon Tea der Queen. Vermutlich war Tess die einzige Amerikanerin, die auf diese vornehm anmutende Aussprache eines Briten nicht abfuhr. »Kotz!«, erwiderte sie jeweils vornehmlich, gefolgt von einem Würgegeräusch.

»So, jetzt wird es aber Zeit. Deine Fans warten schon ziemlich lange auf dich«, sagte sie, begab sich wieder zur Couch, auf der ihre Jacke sowie Handtasche lagen, legte sich den Mantel um den Arm und die Tasche über die Schulter. »Dabei fällt mir ein, dass deine Schwester mehrmals versucht hat, dich zu erreichen. Allmählich gehen mir die Ausreden aus.«

Willem nickte. »Okay. Ich ruf Fallon morgen zurück.«

Vielleicht.

Er folgte Tess aus der Garderobe und sie drehte sich mit mahnendem Gesichtsausdruck zu ihm um. »Versprich es mir! Ich habe keine Lust, sie ständig zu vertrösten. Wer weiß, möglicherweise ist es ja was Wichtiges.«

Willem war sich sicher, dass Fallon lediglich beabsichtigte, ihn an den Geburtstag ihrer Zwillinge Jacob und Joshua nächste Woche zu erinnern. In den vergangenen sieben Jahren hatte er oft versucht, den kleinen Despoten (das war noch zu milde ausgedrückt) persönlich zu gratulieren. Ja, er versuchte es stets ... doch genau genommen hatte es ihm sein vollgestopfter Terminkalender nur zweimal erlaubt, die beiden Jungs an ihren Geburtstagen in London zu besuchen. Er glaubte ohnehin nicht, dass das Interesse an ihrem Onkel groß war, da er schlicht und ergreifend ein für sie vollkommen Fremder war, der hin und wieder die Boulevardpresse füllte oder Filme drehte, die sie noch nicht sehen durften. Fallon, sieben Jahre älter als Willem, galt seit jeher als die Nummer eins der Familie Fraser. Genau wie er hatte sie in Cambridge studiert, allerdings an der politisch-wissenschaftlichen Fakultät, während er – zur großen Enttäuschung aller – die klassische Literatur gewählt hatte.

»Was zur Hölle willst du damit anfangen?«, war es sowohl von Fallon als auch von seinem Vater gekommen, die in allen Bereichen des Lebens miteinander d'accord gingen, als wären sie ein und derselbe Mensch, mit derselben Weltanschauung, mit denselben Lebensansprüchen. Die Verwirrung beider war perfekt gewesen, als Willem nach seinem Collegeabschluss ein Schauspielstudium an der Royal Academy of Dramatic Arts in London erhalten hatte. In ihren Augen war die Berufswahl des Schauspielers die infantilste, ja die banalste Verschwendung von Lebenszeit, die ein Mensch nur für sich wählen konnte. Fallon hatte in ihren Zwanzigern als Kriegsreporterin im Kosovo für die BBC gearbeitet.

»Wichtige Arbeit«, wie sein Vater niemals müde wurde, zu erwähnen.

Willem liebte Fallon und Fallon liebte Willem, doch ihre Beziehung zueinander war ebenfalls von Distanziertheit, Kompliziertheit und Unverständnis geprägt wie die zu seinem Vater. Als Willem noch ein Kind gewesen war, hatte es ihn gekränkt, dass sein Vater Fallon derart offensichtlich bevorzugte. Jeder hatte es gewusst. Die Nachbarin, die wenigen Freunde und Geschäftspartner seines Vaters, Lehrer und vermutlich hatte es sogar jedes Haustier geahnt, das jemals im Hause Fraser herumgestreunert war.

Fallon wird einmal die Welt verändern, Fallon hat das Zeug dazu, die nächste Nellie Bly zu werden, Fallon … Fallon … Fallon …

Willem hatte gelernt, niemals *Fallon der Großen* das Wasser reichen zu können – ganz gleich, welchen Blockbuster er abdrehte (das war ohnehin das Schlimmste, weil weder Fallon noch sein Vater verstanden, weshalb die Produktion so unendlich viel Geld für ein paar Leinwandbilder aus dem Fenster warf, denn das Leid auf dieser Welt war zu groß für solch unsinnige Aufwendungen), noch hätte er sie mit der Darstellung eines weltverbessernden, philosophierenden Anthropologen in Entzücken versetzen können, denn das, was er tat, war lediglich eine Rolle. Mehr nicht.

Auf die Meinung seines Vaters legte Willem längst keinen Wert mehr.

Dennoch stellte er sich gern vor, dass sowohl Fallon als auch sein Vater jeden Abend im Publikum des Bernard B. Jacob Theaters säßen, in ihren Gesichtern die pure Begeisterung und ein wenig Stolz. Und hin und wieder ertappte er sich dabei, nach ihnen Ausschau zu halten.

Seht her! Ich bin nicht unnütz. Ich schenke den Menschen Ablenkung und Freude. Ich bin nicht unnütz. Ich bin nicht unnütz. Ich bin nicht unnütz.

An der Tür warteten sein Leibwächter Rodríguez sowie Tess auf ihn. Wieder hielt sie ihr Handy am Ohr und verzog mürrisch die schmalen Lippen.

»Deine Schwester! Schon wieder!«, maulte sie und streckte Willem das Telefon entgegen.

Widersinnigerweise reagierte er nicht wie üblich mit einem genervten Seufzen, sondern mit einem inneren Unbehagen, das sich wie ein wachsendes Monster in ihm ausbreitete. Fallon konnte zwar eine nervige Zeitgenossin sein, vor allem im Einfordern ihrer Belange, allerdings waren Anrufe in diesem kurzen Abstand auch für sie ungewöhnlich. Er nahm das Handy, führte es an sein Ohr und entfernte sich ein paar Schritte von Rodríguez und Tess – der Königin der Neugier.

»Fallon«, sagte er mit einem gekünstelten Frohsinn in der Stimme. »Entschuldige, ich wollte dich gerade zurückru…«

»Unser Vater liegt im Sterben.«

Es folgte eine jähe, schneidende Stille.

In diesen Sekunden peitschte ein Hurrikan aus Bildern durch seinen Verstand, stürmisch und verwirbelt, sodass ihm schwindelig wurde. Er fühlte etwas in sich zerbrechen, wie eine Porzellanschale, die auf einen Marmorboden fiel und in Hunderte kleine Einzelteile auseinanderbrach.

»Okay«, antwortete er gedämpft und hasste sich in dem Moment für diese lapidare Kenntnisnahme. »Ich dachte, es geht ihm besser.«

»Seit vorgestern liegt er mit einer Lungenentzündung im Hospital. Die Organe versagen und er wird von Tag zu Tag schwächer.« Wieder herrschte Stille, die sich ausdehnte, bis er ihr Schlucken vernahm. »Will, du musst nach Hause kommen! So schnell wie irgendwie möglich. Die Ärzte geben ihm nur noch wenig Zeit.«

Er rupfte und zog an seinem linken Ohrläppchen. »Fallon, wie stellst du dir das vor?«, fragte er in einer Tonalität aus Gereiztheit und Hilflosigkeit. »Ich kann hier nicht so einfach verschwinden. Ich muss zweimal am Tag auf die Bühne.«

»Willst du mich verarschen, Willem?«, dröhnte es aus dem Hörer. »Das ist dein Vater. Unser Vater. O Gott, das ist wieder so typisch für dich. Ich kann verkraften, dass du keine Zeit oder kein Interesse hast, uns an Geburtstagen oder an Weihnachten zu besuchen, aber hier geht es um die letzten Stunden unseres Vaters. Wie kannst du nur? Verdammte Scheiße, wie kannst du nur in Erwägung ziehen, deinen Hintern nicht in den nächsten Flieger zu bewegen? Wie kannst du nur?«

Er musste das Handy weiter vom Ohr weghalten, damit Fallons Gebrüll nicht sein Trommelfell zur Implosion brachte. Während ihre Wutrede allmählich ein Ende fand, starrte er unentwegt in eine verschwommene Umgebung.

»Willem!«, hörte er sich ermahnt und kämpfte sich aus seiner Lethargie ins Hier und Jetzt zurück.

Er räusperte sich, sah zu Tess, die ihm hektisch zuwinkte, weil seine Fans auf ihn warteten. »Fallon, ich ... ich weiß nicht, wie ich es anstellen soll.« Langsam drehte er sich einmal um die eigene Achse. »Ich versuche es.«

»Du versuchst es«, wiederholte sie in einem ruhigen, aber sarkastischen Ton, und er konnte sich vorstellen, wie sie dabei mürrisch den Mund verzog und wohlwissend nickte. »Hör zu, ich habe dich nicht meinetwegen angerufen. Du musst die Chance ergreifen, um dich mit Dad auszusprechen. Willem, du wirst es dein ganzes Leben bereuen.«

»Ich weiß«, wisperte er in den Hörer. »Wie gesagt, ich versuch's.«

»Du solltest nicht zu lange darüber nachdenken.«

»In Ordnung. Ich muss jetzt Schluss machen.«

Willem legte auf und starrte auf den mit Apps vollgestopften Startbildschirm von Tess' Handy, auf dem im Sekundentakt neue E-Mails mit Anfragen oder Terminerinnerungen aufpoppten.

Mit benebelten Sinnen ging er wieder zu Tess und Rodríguez.

»Was war jetzt so wichtig?«, erkundigte sie sich und nahm das Mobiltelefon an sich.

»Nichts«, log er.

»Sind Sie bereit, Mr. Fraser?«, fragte Rodríguez, und Willem nickte, atmete tief ein und hörte die Gespräche der Fans bis zu ihm durchdringen. Er wusste, diese Unterhaltungen würden sofort in ein lautes Geschrei konvertieren, sobald die Tür aufschlug.

So war es an jedem Tag, so sollte es auch an diesem Abend sein.

Rodríguez drückte den Türgriff hinunter und öffnete die Stahltür. Raunen, Kreischen, Hunderte Stimmen, die Willems Namen schrien. Sie streckten ihre Handys in die Höhe, alle Linsen auf ihn gerichtet, Schreie, die auf ihn eindroschen, in seinem Gehörgang einen elektrisierten Schmerz erzeugten, sodass er kurz die Augen zusammenkniff.

Standen da draußen mehr Menschen als sonst oder bildete er sich dies nur ein?

Er spürte, wie sich die Luft förmlich aufheizte ... und dass irgendetwas mit ihm nicht stimmte.

Ihm war schwindlig, Schweiß bildete sich in seinen Händen, die er, wie er jetzt erst bemerkte, eigenartig verkrampft zu Fäusten ballte.

Hau ab, sagte die Stimme in seinem Inneren. *Hau sofort ab.* Rodríguez wollte ihm soeben den Vortritt lassen, aber Willem schüttelte nur in seltsamer Benommenheit den Kopf.

»Entschuldigung«, flüsterte er. »Ich kann da nicht raus. Ich kann nicht. Verdammt, ich kann es nicht.«

Diese Angst war eine Angst, die ihn seit ein paar Jahren nicht mehr übermannt hatte. Eine Angst, die Stimmen, Schreie, deformierte Gesichter und Erinnerungsbruchstücke durch seinen Geist wirbelte.

Leere Tage, schwere Nächte. So ungeliebt vertraut.

Er musste eine ziemlich verzerrte Miene aufgetragen haben, denn Tess starrte ihn irritiert an.

»Rodríguez, schließ bitte die Tür!«, befahl sie schleunigst und der Bodyguard gehorchte, ließ die Stahltür wieder zufallen.

»Willem, was zur Hölle ist los?«

Willem wusste es selbst nicht.

Tess zog an seinem Arm, führte ihn in die Lobby, zeigte auf einen Stuhl, der nur wenige Meter von ihm entfernt war, aber der Weg dorthin verwandelte sich in Kilometer. Irgendwie schaffte er es, sich ohne den Verlust des Bewusstseins zu diesem Stuhl hinüberzuschleppen, auf den er sich vorsichtig wie ein Neunzigjähriger niederließ. Sein Herz pumpte und raste, und nur einen Moment später kam Tess wieder auf ihn zugeeilt und reichte ihm eine Wasserflasche. Der erste Schluck ging daneben, so auch der zweite, und dann fühlte Willem, wie sich sein Körper entspannte. Das Zittern war fort und das Herz fand in seinen normalen Rhythmus zurück.

»Das hattest du lange nicht mehr«, sagte Tess mit tief besorgter Stimme. »Vielleicht wird es wieder mal Zeit für Doc Happyland.«

Er zuckte zurück. »Nein. Ich werde nie wieder auch nur eine weitere Minute meines Lebens in seiner Praxis verschwenden.«

Dr. Sandland, oder *Doc Happyland* (eben wie Tess und Willem ihn nannten – nicht weil er selbst für gute Laune sorgte, sondern weil er die Pillchen verschrieb, die zur Happiness führten), war *der* New Yorker Psychologe, dem vor allem Prominente vertrauten. Sänger, Politiker, Schriftsteller, Künstler, Börsenmakler und eben Schauspieler, wie Willem einer war, gaben sich bei Doc Happyland die Klinke in die Hand. Allesamt Menschen, die sich teilweise auf dem Olymp ihres kreativen oder beruflichen Schaffens erachteten und mit dem damit einhergehenden Druck nicht umzugehen vermochten. Sie alle verheddert sich in einem Netz aus Eitelkeiten, Selbstüberschätzungen, Drogenmissbrauch, Minderwertigkeitskomplexen, Versagensängsten, Geheimnissen, Scham, Ritzen und Kotzen, und waren von andauerndem Kummer erfüllt, weil diese niemals verschwinden wollende Traurigkeit sie in ihrer Leidenschaft beeinträchtigte. Das waren Individuen, die der Außenwelt etwas präsentierten, das es in Wirklichkeit nicht gab, und für Willem war es einst schwer verdaulich gewesen, sich in diese Schlange der Lügner mit einzureihen. Doch nach mehreren Panikattacken, die ihn in den unmöglichsten Situationen wie ein Räuber aus dem Hinterhalt eiskalt erwischt hatten, hatte sein Agent Bill Harrison ihm den Besuch bei Doc Happyland empfohlen. Vielmehr hatte er seinem Klienten diese Maßnahme befohlen. Möglicherweise bestand Willems trotzige Ablehnung gegenüber einer Therapie darin, dass er sich nicht eingestehen mochte, genauso ein Wrack zu sein wie viele seiner Kollegen, die einzig und allein die Identität anderer nachahmten, um ihre eigene zu verleumden, weil sich hinter der Fassade ein unendliches Nichts verbarg. Nur auf Bühnen oder an Filmsets waren sie von Leben erfüllt, von dem Leben derer, die sie verkörperten. Bis die letzte Klappe fiel, um dann mit der bitteren Wahrheit konfrontiert zu sein, niemand Echtes, niemand Beachtenswertes zu sein.

Er ließ sich dennoch auf einen Versuch ein und saß stundenlang in der Praxis vor dem Promi-Psychologen, schweigend und unnahbar, um sowohl seine als auch die Zeit des Arztes zu vergeuden. In Willems Augen gab es nichts, worüber es sich zu sprechen lohnte. Er stammte aus einem guten Elternhaus, obwohl ihm der Tod seiner Mutter Sarah (damals war Willem sieben Jahre alt gewesen) schwer zu schaffen gemacht hatte. Natürlich war auch das distanzierte Verhältnis zu seinem Vater sowie das zu Fallon Thema der Sitzungen, aber er war nie geschlagen worden, war stets beliebt und früher – sehr viel früher – ein unerschütterlicher Optimist gewesen.

Bis zum Jahr 1998, als sich für ihn alles verändert hatte.

»Ja, mein Vater hat mir nie die Anerkennung und Liebe geschenkt, die ich mir von ihm gewünscht habe, aber damit habe ich meinen Frieden gefunden«, hatte er in einer der ersten Therapiestunden zu Doc Happyland gesagt.

»Denken Sie das wirklich, Willem?«

»Ja.«

»Sprechen wir über Marah oder über Alfie. Gern auch über Sophie.«

»Darüber haben wir doch bereits gesprochen. Ich bin ebenfalls drüber hinweg.«

»Denken Sie das wirklich, Willem?«

»Ich geh da jetzt raus«, sagte Tess, »und werde deine Fans um Verzeihung bitten, dass du heute verhindert bist.«

»Auf keinen Fall«, widersprach Willem flehentlich. Sie wollte losmarschieren, aber er packte ihr Handgelenk. »Nein. Es geht schon wieder.«

Grimmig sah sie zu ihm herunter. »Spinnst du? Dir geht es nicht gut. Was, wenn du da draußen wieder eine Attacke bekommst? Will, die haben alle ihre verfickten Handykameras auf dich gerichtet. Willst du die nächste unangenehme Schlagzeile heraufbeschwören?«

»Ich sagte, es geht mir wieder gut.«

»Ach, Will! Sei doch vernünftig.«

Energisch erhob er sich von dem Stuhl, unterdrückte den Schwindel und ging mit unbeirrbaren Schritten erneut zur Stagedoor, die Rodríguez sogleich öffnete.

Reiß dich zusammen, ermahnte Willem sich selbst, verabscheute die Schwäche in ihm. Jetzt galt es, Fallons Anruf für die nächste halbe Stunde aus seinen Gedanken zu verdrängen.

Deinem Vater geht es gut. Er schafft das. Allen geht es gut. Dir geht es gut.

Mit einem Lächeln trat er auf die Menschen zu, die lange hinter den Drängelgittern auf ihn gewartet hatten. In ihren Augen erkannte er den Glanz und die pure Freude, weil er ihnen die Gelegenheit gab, ihn hautnah erleben zu dürfen. Das Glück in ihren Gesichtern schmeichelte ihm, und sie erinnerten ihn daran, dass er nicht nur falsche Entscheidungen in seinem Leben getroffen hatte.

Nicht alle waren so forsch wie diese aufdringliche Amerikanerin. Im Gegenteil, die meisten begegneten ihm eher zaghaft, und die Frauen erröteten, sobald er ihnen in die Augen sah.

Wie an jedem Abend hielten sie ihm das gelbe Programmheft zu *Endstation Sehnsucht* entgegen oder irgendein Merchandising seiner vergangenen Filme, das er mit seiner Unterschrift versah.

»Soll ich von uns ein Selfie machen?«, fragte er dann, ergriff die Handys seiner Fans, streckte diese in die Höhe und achtete darauf, dass er sie alle mit ihm in ihrer Mitte erwischte. Hin und wieder erhielt er kleine Geschenke, die er genaustens begutachtete, sich bedankte und daraufhin Tess in die Hand drückte.

Auch wenn er die viele Aufmerksamkeit und die stets wohl gemeinten Worte genoss, war er seit dem Zungenkuss-Gate umsichtiger, bedachter.

»Willem, was machst du heute Abend noch?«, fragte eine blutjunge Frau mit einem kessen Lächeln vollkommen ungeniert, und das waren Momente, die ihn stets etwas aus der Bahn warfen. Irritiert sah er sie an. Dieses Mädchen war sicherlich noch keine zwanzig. Das pechschwarze Haar geglättet, das Gesicht faltenfrei, aber mit einer ziemlich dicken Make-up-Schicht versehen, wodurch sie sich vielleicht erhoffte, älter zu erscheinen, als sie in Wahrheit war. Künstliche Wimpern (viel zu lang) wirkten wie schwarze Balken auf ihren Augenlidern, die für seinen Geschmack zu verrucht dunkel geschminkt waren. Die vollen Lippen glänzten furchtbar unnatürlich durch den Einsatz eines rosafarbenen Lipgloss.

»Wir könnten zu dir gehen.«

In diesem Augenblick war er nicht empört, er fühlte sich nur bekümmert, kannte diese Art von weiblichen Fans, die alles dafür gaben, um mit einem Promi zu schlafen, ihre Körper, ihre Seelen, ihre Unschuld verkauften. Früher war er auf Avancen wie diese unbekümmert eingegangen, aber inzwischen durfte er sich einen One-Night-Stand dieser Art nicht mehr erlauben. Zu oft hatte er bei Kollegen mitbekommen, wie diese Damen (Männer ebenfalls) an die Presse traten oder sogar Bilder aus den Schlafzimmern ihrer berühmten Affären auf Instagram hochluden.

Tatsächlich erwartete die unbedarfte Frau eine Antwort, sah ihn auffordernden Blickes an. Er lächelte pflichtbewusst, blieb ihr eine Erwiderung schuldig, um sich der nächsten Fantraube zu widmen. Eine Frauengruppe asiatischer Herkunft bat höflich um Fotos mit ihm.

Als er über ihre Köpfe hinwegschaute, sah er eine Frau, die etwas abseitsstand, die Arme verschränkt, und ihn mit einem Blick des … ja, des Vorwurfes anstarrte. Langes, glattes und blondes Haar, ein herzförmiges Gesicht, der zierliche Körper steckte in einem Hippiekleid. Es war ein kalter Februarabend und das sommerliche Trägerkleid irritierte ihn, sodass er seine Augen nicht von ihr abwenden vermochte. Je länger er sie ansah, desto gebannter war er.

Sophie.

Nein, das war vollkommen unmöglich.

Im gleichen Moment durchflutete seine Nase ein ihm sehr vertrauter Duft, der seine Sinne eigentümlich benebelte. *Ihr Duft.* Einer, für den er alles getan hatte, um ihn zu bewahren. Willem war mit einem hochsensiblen Geruchssinn gesegnet – wobei dieser Segen nicht immer einer war, wenn man Menschen mit fragwürdiger Hygiene begegnete –, und seitdem er denken konnte, assoziierte er Düfte mit Farben. Cecilia roch dunkelrot, weil sie ihren ureigenen Körpergeruch mit schwerem Patschuli und Mahagoni übertünchte. Für ihn duftete sie wie eine tropische, verführerische Sommernacht. Tess hingegen, die zwar keinen Pfifferling auf teures Eau de Parfum gab, umgab dennoch ein wohltuender Geruch von Grapefruit, Zitrone und Vanille, ebenso spritzig wie ihr Naturell. Willem sprach ihr die Farbe Orange zu.

Sophie gehörte Weiß.

Ewig hatte er versucht, ihren Duft einzuordnen, aber es war ihm bis heute nicht gelungen. Vielleicht bestanden die Aromen aus allem, was er mit Fragilität, Sanftheit und Unschuld assoziierte.

Das ist sie nicht, Willem. Dein Hirn spielt verrückt.

»Mr. Fraser, bitte unterschreiben Sie das Poster, ja?«, riss ihn eine Asiatin mit starkem Akzent aus seinem Trancezustand.

Er nickte, unterzeichnete mit zitternder Hand ein inzwischen fünf Jahre altes Poster von ihm aus einer Teenagerzeitschrift.

»Bitte sehr.«

Als er wieder zur Straße sah, war Sophie verschwunden – so wie sie sich jedes Mal von einem auf den anderen Augenblick in Luft auflöste, wenn er glaubte, sie wäre zu ihm zurückgekehrt. Ein übler Streich seines Verstands, ein hämisches Lied, als säße ein Spottvogel auf seiner Schulter.

Und mit ihr verflog auch ihr Duft.

***

Gegen Mitternacht lenkte Rodríguez in die Warren Street ein. Aus kostensparenden Gründen (seitens seines Managements) war der Puerto Ricaner auch Willems Chauffeur. Er parkte den bulligen SUV vor dem Eingang des Gebäudekomplexes nahe dem Rockefeller Park, in dem sich Willems Penthouse befand. Ein Logement hoch über den Dächern Manhattans, das mondäner und todschicker nicht sein könnte.

Vor vier Jahren hatte er das Penthouse gekauft, nachdem ihn sein Finanzberater (ein akribischer Zahlenjongleur mit seltsamen Gesichtszuckungen und einer Vorliebe für beleibte Prostituierte) darauf aufmerksam gemacht hatte, dass Willem doch inzwischen in Geld schwamm und es für ihn an der Zeit war, seine *verdammt vermoderte Bude* in der Franklin Street aufzugeben.

Willem hatte diese *verdammt vermoderte Bude* jedoch geliebt, die er sich vor langer Zeit mit Alfie geteilt hatte. Und wie gut es wäre, jetzt mit seinem besten Freund reden zu können.

Er betrat nun den Aufzug.

Seltsam, dass Alfie ihm ausgerechnet an diesem Abend in den Sinn kam. Ewig hatte er Gedanken an ihn vermieden, sofort im Keim erstickt.

Warum sehnte er sich gerade jetzt nach seiner vermoderten Wohnung in der Franklin Street? Weshalb verlangte er heute nach einem Gespräch mit Alfie?

Der Aufzug hielt im vierundzwanzigsten Stock und die stählernen Türen öffneten sich. Er spürte, wie sich sein Gesicht erhitzte. Einen Augenblick lang war er unfähig, sich zu bewegen. Ihn erwartete schummriges Licht, das ihm in Erinnerung rief, dass er heute Nacht nicht allein sein würde, weil er Cecilia erlaubt hatte, bei ihm zu übernachten. Als er die Wohnung betrat, befreite er sich aus seiner Jacke, hängte sie an die Garderobe neben Cecilias roten Kaschmirmantel. Er atmete beengt, als er ihr schweres Parfüm witterte, das sich in der Wolle ihres Mantels festzukrallen schien.

Nach wie vor war es für ihn befremdlich, hier zu leben. Mit den knapp dreihundert Quadratmetern, den vier Meter hohen Decken und dem hallenden Geräusch seiner Schritte auf dem Walnussparkett kam er sich verloren vor, sobald er diese Räume betrat. Die Panoramafenster erlaubten einen faszinierenden Blick über die Stadt, die bei Nacht geradezu unaufhörlich pulsierte, da sie niemals zur Ruhe kam. Lichter, die ein- und ausgeschaltet wurden. Reklameschilder, die Millionen Farben aussandten, damit die Dunkelheit keinesfalls überhandnahm.

Unglaublich, wie sehr Willem früher von dieser Ruhelosigkeit fasziniert gewesen war, hatte diese doch seinem eigenen inneren Drang entsprochen. Heute ermüdete ihn dieser sinnbetäubende Überfluss an Helligkeit, Hektik und Höllenlärm.

Noch nie hatte ihn sein Vater hier in diesem Penthouse besucht.

Er würde es wohl auch niemals mehr tun.

»Du kommst spät«, sagte Cecilia, die soeben aus dem Schlafzimmer kam, gekleidet in einem schwarzen, mit bunten Blumen verzierten Kimono, und sich mit der Schulter am Türrahmen anlehnte. Ihre tiefe Stimme riss ihn aus seinem Sinnieren und er zuckte zusammen. Sie schmunzelte und verschränkte die Arme vor der Brust.

»Ich muss mir doch wohl keine Sorgen machen, oder?«

»Was?«, fragte er benommen, bis ihm bewusst wurde, was sie damit meinte. Er lächelte beschwichtigend. »Nein, natürlich nicht.«

Tatsächlich war er Cecilia bislang treu geblieben. Die Arbeit am Theater nahm ihn zu sehr in Anspruch. Zumal sie ebenfalls Teil des Ensembles war, und er sich nicht erinnern konnte, in den letzten Jahren so viel Zeit mit ein und derselben Frau verbracht zu haben. Eine Arbeitsehe, die sich in etwas eheähnlich Privates verwandelt hatte. Schleichend, ohne dass Willem oder vielleicht auch Cecilia dies jemals angestrebt hatten.

Sie lächelte und schlich auf ihn zu. Er sah sie an, und ihn überfiel dasselbe Gefühl, das sich manchmal einstellte, wenn er ernsthaft darüber nachdachte, mit ihr sesshaft zu werden, sie zu heiraten, mit ihr eine Familie zu gründen. Dieses Gefühl, das von Freude geprägt sein sollte, ließ sich jedoch eher mit … ja, mit Traurigkeit bezeichnen.

Diese Liebe war traurig.

Das Leben war traurig.

Natürlich schwieg er über diesen Gedanken; er schloss Cecilia in seine Arme und war dankbar, dass ihm ein anderer Mensch in dieser leeren, kalten Wohnung begegnete, er sein Bett nicht mit Einsamkeit teilen musste.

Er küsste ihre Stirn, nahm ihre Hand und drückte sie fest, was, wie er noch in dieser Sekunde entschied, in dieser Nacht das Maximum an Intimität sein würde.

Dann ließ er von ihr ab.

»Willem, was ist los? Irgendetwas beschäftigt dich. Das sehe ich dir an.« Sie sagte es in ihrer gewohnt unaufgeregten Art.

Eine Art, die er schätzte und die sich von den meist eher affektierten Plattitüden seiner anderen Kolleginnen so sehr unterschied, dass diese Frau wie eine selten zu findende Kostbarkeit zwischen Allüren und Gaukelei anmutete. Mit gesenktem Kopf ging er zum Kühlschrank und entnahm dem obersten Fach eine Flasche Chardonnay. Während er den Korken herauszog, spürte er ihren Blick auf seinem Rücken.

Mein Vater stirbt.

Irgendwie brachte er diesen furchtbaren Satz nicht über die Lippen und sagte stattdessen: »Ich glaube, ich werde mich nach den Vorstellungen nicht mehr zur Stagedoor begeben«, sprach er leise und goss den Wein in ein Glas.

»In Ordnung«, erwiderte Cecilia, doch Willem hörte aus diesen zwei Worten ein Unverständnis heraus. »Ist wieder etwas vorgefallen?«

Er nahm einen großen Schluck und schüttelte dabei den Kopf, bis er sich zu ihr umdrehte und sich mit dem Gesäß gegen die Küchenarbeitsplatte drückte.

»Es ist nichts passiert. Also nicht so etwas wie vor ein paar Tagen, wenn du das meinst.«

»Okay, was dann?« Sie setzte sich ihm gegenüber auf einen der Barhocker der Kochinsel. Er goss noch ein weiteres Glas ein und reichte es ihr.

»Ich habe einfach kein gutes Gefühl, wenn ich da hinausgehe. Glaube mir, ich freue mich sehr, dass Fans lange vor dem Theater ausharren – und die meisten sind wirklich freundlich und lieb ...«

Sie zog die Augenbrauen hoch. »Aber?«

»Kennst du das Gefühl, du würdest in der Mitte eines Raumes stehen und die Wände bewegen sich immer näher auf dich zu? Bis sie dich erdrücken?«

Sie nippte an ihrem Wein. Ihr Ausdruck zeigte Verständnis. »Ja, das kenne ich. Ich erlebe dieses Gefühl ständig.« Sie erstaunte Willem. Für ihn war Cecilia der Inbegriff unabsprechbarer Professionalität, die sie manchmal ein wenig roboterhaft erscheinen ließ. Ein Mensch, an dem jegliche Kritik abprallte, weil sie wusste, wer sie war und was sie imstande war, zu vollbringen. Eine ausgezeichnete Schauspielerin, eine scharfzüngige Gesellschaftskritikerin und nach dem Aufwachen genauso wunderschön wie am Abend in Roben von Gucci oder Tom Ford. Sie strotzte vor Selbstbewusstsein, vermutlich weil sie stets auf die Schützenhilfe ihrer Eltern – ehrbare Mitglieder der Londoner Oberschicht – zählen konnte, ganz im Gegensatz zu Willem, der sich bei sämtlichen Familienfeiern genötigt fühlte, sich für seinen Job rechtfertigen zu müssen. Also, weshalb kannte Cecilia dieses Gefühl des Erdrückens, des Erstickens, des Ausweglosen?

»Meine Eltern ermutigten mich immer, meinen eigenen Weg einzuschlagen«, fuhr sie fort. »Seit ich auf der Welt bin, gaben sie mir das Gefühl, etwas Besonderes zu sein. Ich war davon selbst vollkommen überzeugt, bis ich das erste Mal aufgrund meiner Hautfarbe von anderen Vorschulkindern ausgegrenzt worden bin. Ich passte nicht in ihr Elitebild des weißen Menschen, wurde nie zu Geburtstagsfeiern eingeladen, und wenn doch, begegneten mir die Erwachsenen mit rümpfender Nase.« Cecilia senkte die Lider.

»Das tut mir sehr leid«, sagte Willem mit sanfter Stimme.

»Das muss es nicht. Ich glaube, schon damals wurde mir bewusst, tatsächlich etwas Besonderes zu sein, allerdings im negativsten Sinne. Abnormität wäre vermutlich die bessere Definition. Auch wenn ich diese Menschen verabscheute, wollte ich trotzdem ein Teil von ihnen sein und wünschte mir nachts die gute Fee von Cinderella herbei, damit sie mir eine andere, *richtige* Hautfarbe schenkte.«

In Willems Hals würgte es. Eine vergiftete Gesellschaft, die Offenheit predigte und sich dennoch insgeheim in ihrer festgefahrenen Weltanschauung aalte. Ein Monster, das sich von Jahrhundert zu Jahrhundert von Hass und Diskriminierung ernährte, sich den vollgefressenen Bauch pinselte, doch niemals satt war. Ein Mädchen, talentiert und aufgeweckt, dass sich nichts sehnlicher wünschte, als eine Weiße zu sein. Furchtbar.

Wenn er Cecilia ansah, war er farbenblind.

»O Willem, sieh mich bitte nicht mit diesem mitleidigen Ausdruck an«, mahnte sie, halb im Scherz, halb im Ernst. »Ich habe es überwunden. Ich habe das Opferempfinden, diesen Zorn hinter mir gelassen. Aber ich weiß, was es bedeutet, von der Welt erdrückt zu werden. Ich werde diese Schmach niemals vergessen, die sich in ihrer Intensität verdeutlichte, als ich im Rahmen einer Schulaufführung für die Rolle der Natalie aus *Krieg und Frieden* vorsprach. Ich war brillant und spielte mir die Seele aus dem Leib, schrie, lachte und weinte. Dreimal darfst du raten, wer diese Rolle erhielt: eine dürre, zierliche Blondine, die nicht in der Lage war, ihren Text fehlerfrei vorzutragen. Wenn man als Schwarze in England aufwächst und

Schauspielambitionen hat, gibt es keine Rollen in den Welten einer Jane Austen oder eines William Shakespeare. Ich wollte nie wieder eine Bühne betreten, weil man mich ohnehin niemals für relevante Figuren besetzen würde.« Mit den Fingerspitzen glitt Cecilia grübelnd über den Glasrand. »Dann ging ich nach New York und alles veränderte sich.«

»Du hast es geschafft. Die Kritiker lieben dein Spiel.«

Sie sah ihn mit einem Lächeln an. »Lieben sie es, weil ich gut bin oder weil ich eine Schwarze bin?«

»Ach, Cilia. Sie lieben dich, weil du die Figuren zum Leben erweckst, und das mit einer Intensität, die beispiellos ist.«

»Und dennoch werde ich niemals einen Tony-Award gewinnen, weil da immer eine dürre, zierliche Blondine sein wird, die unser Theateruniversum besser repräsentiert als ich.«

Energisch schüttelte Willem den Kopf. »Nein, darüber ist die Kunstwelt mittlerweile hinaus.«

»Möglicherweise.« Sie sah ihn lange an und presste dann vergrämt die Lippen zusammen. »Wir halten unsere Beziehung bislang geheim – und du weißt, dass ich damit einverstanden bin, damit deine *Frasianer* nicht der Illusion beraubt werden, vielleicht eines Tages die auserwählte Mrs. Fraser sein zu dürfen. Aber was, wenn das zwischen uns doch ernster wird?«

Er wusste genau, worauf sie anspielte. »Alles zu seiner Zeit, Cilia.«

»Willem«, sagte sie barsch. »Sobald du der Welt eine Partnerin präsentierst, wird das schon genug für Furore sorgen. Zudem bin ich nicht eine dürre, zierliche Blondine, die zu dem weißen Briten passen würde. Man hat deiner Assistentin Morddrohungen geschickt, was wird man dann mir antun?«

Er blieb Cecilia eine Antwort auf diese Frage schuldig. Oft hatte er sich darüber Gedanken gemacht, doch er fand nur einen Ausweg: Geheimhaltung. Dass dies kein Dauerzustand sein durfte, war auch ihm bewusst. Allerdings wusste er nicht, wohin die Sache mit Cecilia führen würde. Wenn er der Öffentlichkeit eine Frau vorstellte, die Händchen haltend an seiner Seite über rote Teppiche schritt, so musste er sich in seiner Liebe und in seinen Absichten bezüglich eines weiteren gemeinsamen Zusammenseins vollkommen sicher sein.

Und das war er bislang nicht.

»Was soll ich deiner Meinung nach jetzt tun?«, fragte er. »Cilia, ich könnte es verstehen, wenn du dich lieber nicht mehr mit mir treffen möchtest. Wirklich.«

An ihrem mürrischen Gesichtsausdruck erkannte er, dass sie so etwas nicht hören wollte.

»Irgendwie war mir klar, dass du das sagen würdest. Typisch.«

»Ach komm schon. So meinte ich das nicht.«

»Doch! Du beschwerst dich, dass dir deine Fans keine Frau an deiner Seite gönnen, aber im Grunde kommt dir das immer sehr gelegen, um dich nicht binden zu müssen. Ist es nicht so, Willem?«

Resigniert schüttelte er den Kopf, spürte die Erschöpfung in seinen Gliedern. Sein Vater lag im Sterben. Und was tat er? Er führte eine sinnlose Diskussion, die gleich in einen Streit zu eskalieren drohte.

»Können wir ein anderes Mal darüber sprechen?«

»Nein. Ich will *jetzt* einen Fahrplan für unsere Zukunft, um zu wissen, ob es sich für mich lohnt, weitere Energie in uns zu stecken.«

»Ich verstehe dich, Cilia, aber heute Abend ist nicht der richtige Zeitpunkt.«

»Das ist es doch nie!« Sie erhob die Stimme.

Er genehmigte sich den letzten Schluck Wein und donnerte das leere Glas auf die Marmorplatte der Kochinsel. »Morgen früh werde ich den ersten Flieger nach London nehmen. Ich muss nach Hause.«

Cecilia krauste die Stirn. »Was? Weshalb? *Willem*, wir haben Vorstellungen. Du kannst doch nicht einfach aussetzen. Die Leute kommen nur deinetwegen. Hast du das mit Leroy besprochen?« Leroy war der Regisseur, den Willem vor gut einer halben Stunde von seiner Reise in Kenntnis gesetzt hatte. Ein Telefonat, das im Donnerwetter geendet hatte, aber auch mit dem Kompromiss, spätestens übermorgen wieder auf der Bühne zu stehen. In dieser Zeit würde die Zweitbesetzung des Stanley Kowalski für ihn übernehmen.

»Wie kannst du jetzt nach Canterbury reisen? Würdest du mir das bitte erklären?«

»Das würde ich ja, wenn du mich ließest«, polterte er zurück. »Meine Schwester rief mich nach der Vorstellung an. Mein Vater liegt im Sterben.«

»Oh«, flüsterte sie. Das schlechte Gewissen war ihr ins Gesicht geschrieben. »Bitte verzeih, Willem. Das tut mir sehr leid.«

»Schon in Ordnung«, gab er sich milde gestimmt. »Mein Flieger geht morgen um sechs in der Früh. Ich würde gern noch ein oder zwei Stunden versuchen zu schlafen.«

Sie nickte verständnisvoll.

Als er die Küche verließ und sich in Richtung seines Schlafzimmers bewegte, fragte sie die Frage, mit der er gerechnet hatte: »Möchtest du, dass ich dich begleite?«

Er blieb im Türrahmen stehen, wandte sich ihr nur halb zu.

»Das ist sehr nett von dir, aber keine gute Idee. Noch einen Ausfall würde Leroy nicht hinnehmen.«

Nur wenige Sekunde später spürte er ihre Hand auf seiner Schulter.

»Du hast recht. Ich möchte jedoch, dass du weißt, dass ich gern an deiner Seite bin.« Und dann sagte sie etwas, vor dem er sich lange gefürchtet hatte: »Ich liebe dich.«

In den frühen Morgenstunden umzingelten dicke Nebelschwaden das Flugzeug, in das Willem einstieg. Ausgestattet mit nur einem Handgepäck und einer großen Portion Angst, die sich an ihm genauso festkrallte wie der Nebel an der Maschine. Jahre war er nicht in Canterbury gewesen, in diesem kleinen Universum, aus dem er ausgebrochen war, um zu leben. Jetzt gab es für ihn kein Zurück mehr. Und da war die Furcht vor all den bösen Geistern, die mit gehässigen Mienen die Pforten seiner Vergangenheit für ihn öffnen würden.

Willem begab sich auf einen finsteren, von hohen Bäumen gesäumten Pfad, der so dunkel war, dass er nicht erkennen konnte, wohin sein Weg ihn führte.

Innerlich hoffte er, der Pilot würde aufgrund der Sichtbehinderung das Startmanöver abbrechen, damit er hier in New York bleiben durfte.

Für immer.

Ach, würde sich der Nebel doch niemals auflösen.

Ein Wunsch, der Willem verwehrt blieb, und so verließ die Maschine mit rappelnden und ruckelnden Bewegungen die Startbahn, stieg unaufhaltsam in das endlose Schwarz des Himmels auf.

Die tausend Lichter der Stadt verblassten, die Welt schrumpfte von Sekunde zu Sekunde und unter ihm lag nur mehr das düstere Wasser des Atlantiks, das in seiner Grenzenlosigkeit eisig anmutete.

Er musste sich dem Unausweichlichen stellen. Vielleicht war es an der Zeit, alte Wunden zu verarzten, damit sie heilten – damit seine Seele heilte.

Part Two

Sophie's Story

Canterbury
-Great Britain-

1997

Gipsy

Canterbury, August 1997

Junge Dame, hier ist Endstation.«

Ruckartig erwachte Sophie aus einem tiefen Schlaf. Blinzelnd öffnete sie die Lider. Der Busfahrer musste ihr die Jacke vom Gesicht gezogen haben, deren Ärmel sie als Verdunklung über die Augen gelegt hatte.

Immer noch trug sie ihre Kopfhörer, aber die Musik war verstummt, weil die Batterien ihres Walkmans längst den Geist aufgegeben hatten. Bereits als der Bus Northampton passiert hatte, waren die Songs ihrer Lieblingsband *Fleetwood Mac* nur noch im Zeitlupentempo in ihre Ohren gedrungen. Doch irgendwie schien sie der gedrosselte Ton und die verzerrten Stimmen beruhigt zu haben, sodass sie eingeschlafen war.

So etwas geschah ihr niemals, selbst wenn sie hundemüde war.

Sofort lugte sie zu ihrem freien Nebensitz und war erleichtert, dass ihr Rucksack noch da war. Dann schaute sie erschrocken aus dem Fenster, sah daraufhin den Busfahrer an, der sie mit einem übertriebenen Nicken aufforderte, von ihrem Sitz aufzustehen.

»Darf ich fragen, wo wir sind?«, flüsterte sie.

Er zog die Augenbrauen zusammen. »In Canterbury.«

»Oh.« Diesen Ort kannte sie nur aus Büchern. »O nein, o nein. So ein Mist.«

Lange sah der Mann sie an und verschränkte dann die Arme vor der Brust, sodass sein dicker Bauch noch mehr zur Geltung kam. »Wo wolltest du denn hin?«

Sophie schrumpfte in dem Sitz zusammen. »London.«

Er lächelte mit deutlichem Spott. »Mädchen, da hielt ich vor über zwei Stunden.«

Panik dehnte sich in ihr aus. Die Sonne war längst untergegangen, das unliebsame Dunkel der Nacht spannte sich über den mit Regenwolken verhangenen Himmel.

»Können Sie mir bitte sagen, wie viel Uhr es ist?«

»Gleich halb zehn. Heute wird kein Bus mehr nach London fahren. Du könntest es höchstens mit dem Zug vom Canterbury East Bahnhof aus versuchen.«

Sie nickte und bedankte sich, bewegte sich schließlich aus der Sitzreihe. Als sie sich an dem Busfahrer vorbeizwängte, hielt er sie am Arm fest.

»Wie alt bist du?«

Erstaunt sah sie ihn an und ihr Herz schlug rascher. »Achtzehn«, log sie.

Seine kritische Miene bewies, dass er ihr das nicht abkaufte. »Achtzehn? Bist du sicher?«

»Ja«, antwortete sie schroff und riss sich von ihm los.

»Okay, okay. Dennoch solltest du auf dich aufpassen. So jemand wie du ist eine leichte Beute für Menschen, die nichts Gutes im Schilde führen. Vielleicht wäre es besser für dich, erst morgen nach London zu fahren.«

Der Mann hatte gut reden. In Birmingham hatte Sophie ihr letztes Geld in diese Fahrkarte gesteckt. Sie würde als Schwarzfahrerin in den Zug gen London steigen müssen – wäre nicht das erste Mal.

»Danke, ich komme zurecht.« Sie legte den Rucksack über die Schulter und eilte durch die Sitzreihen des Busses, um schleunigst auszusteigen.

»Warte!«, rief der Busfahrer, und Sophie, die inzwischen auf dem Bürgersteig angelangt war, drehte sich mit einem leisen Knurren zu dem Fremden um. Er stieg ebenfalls aus und trat wieder auf sie zu. Sie sah in seine doch recht gütig wirkenden Augen und er lächelte.

»Hör zu, mir ist es wirklich egal, wie alt du bist, wo du herkommst oder ob du eine kleine Ausreißerin bist, aber ich will nicht verantworten, dass dir etwas geschieht. In den letzten Monaten sind einige junge Mädchen rund um London spurlos verschwunden. Schaust du denn keine Nachrichten oder liest Zeitungen?«

Sophie trat einen Schritt zurück und grübelte, ob nicht sogar der Mann, der jetzt vor ihr stand, für das Verschwinden dieser Vermissten verantwortlich war. Sie war zwar jung, aber nicht naiv, und strengte sich deswegen an, unbekannten Menschen – in ihrem Fall hundert Prozent der gesamten britischen Bevölkerung – ausnahmslos mit Bedacht zu begegnen.

»Natürlich habe ich davon gehört.«

Hatte sie nicht.

Sie wusste nicht, wie viele Monate vergangenen waren, seit sie zuletzt ferngesehen, geschweige denn eine Zeitung in den Händen gehalten hatte.

»Sir, ich versichere Ihnen, dass ich auf mich aufpassen kann.«

Der Mann sah zu seinem parkenden Bus, über die Straße in Richtung einer imposanten Kirche und dann wieder zu Sophie.

Er reichte ihr die Hand. »Ich bin übrigens Hugh Brown. Ich lebe mit meiner Familie hier in der Gegend. Ich habe zwei Töchter. Daisy und Jessica. Daisy müsste in deinem Alter sein – also *achtzehn*.«

Sie zögerte, ihm ebenfalls die Hand zu reichen, mochte aber nicht unhöflich erscheinen. »Mein Name ist Sophie. Sophie Parker.«

Wieder lächelte der Mann väterlich, auch wenn sie nicht genau wusste, ob ein Mann so lächelte, wenn er ein Vater war. Aber so stellte sie sich einen lächelnden Menschen vor, der Kinder hatte und sie liebte.

»Schön, dich kennenzulernen, Sophie. Darf ich dir einen Vorschlag unterbreiten? Bitte höre ihn dir an. Wenn du nicht einverstanden bist, dann kannst du zum Bahnhof gehen. Er befindet sich nur die Straße runter. Fünf Minuten Fußweg oder so. Siehst du dort hinten das Schild *Aunt Belle's*?«

Ihr Blick folgte Hughs ausgestrecktem Zeigefinger und sie nickte, als sie das dunkelgrüne Reklameschild mit jener Aufschrift entdeckte.

»Belle ist eine gute Bekannte von mir und hier in Canterbury ein echtes Urgestein. Sie betreibt dort einen Pub, aber in der ersten Etage vermietet sie Zimmer. Meist für Handwerker oder Handelsvertreter, die auf Durchreise sind. Wenn du Glück hast, hat sie einen Schlafplatz für dich. Es kostet nicht viel. Morgen früh kannst du dann nach London aufbrechen. Was sagst du?«

Sophie lächelte, wandte sich jedoch mit dem Gesicht halb in Richtung des Bahnhofs um.

»Ich kann mir ein Zimmer nicht leisten. Ich werde jetzt nach London fahren.« An diesem regennassen Augustabend war es recht frisch und sie fröstelte, sodass sie sich den Anorak überzog. »Trotzdem, vielen Dank.«

Tief holte Hugh Atem, verzog den Mund, kramte daraufhin in seiner Hosentasche nach irgendetwas, zog es dann hervor. Es war ein Bündel Geldscheine, von dem er ein paar abzweigte und Sophie, die verstörter nicht hätte sein können, in die Hand drückte.

»Das sind zwanzig Pfund. Das sollte reichen. Bestell Belle einen schönen Gruß von mir. Ich würde dich gern begleiten, aber ich kann meinen Bus nicht länger hier stehen lassen und mein Chef wartet auf meine Rückkehr.«

Voller Staunen betrachtete Sophie die Scheine in ihrer Hand, sah dann zu Hugh auf. »Das kann ich aber nicht annehmen.«

»Und ob du das kannst. Also, jetzt mach dich auf den Weg.«

Er bestieg seinen Bus, drehte sich an der Fahrertür nochmals zu ihr um. »Pass gut auf dich auf, Sophie.«

»Das werde ich«, erwiderte sie und zwang sich, vor Rührung nicht loszuheulen. Solch einem gutherzigen Menschen war sie noch nie begegnet. Einem, der ihr etwas schenkte, ohne eine Gegenleistung einzufordern. In den vergangenen Wochen war sie vielen üblen Kreaturen über den Weg gelaufen, die versucht hatten, ihre Hilflosigkeit auszunutzen. Doch die Hölle, aus der sie gekommen war, war weitaus grauenvoller.

»Ich danke Ihnen, Hugh. Sehr sogar.«

Er nickte, ließ sich mit seiner Körpermasse gequält in den Fahrersitz fallen und betätigte den Motor.

»So, und jetzt Abmarsch, junge Dame. Hier in Canterbury hast du es gut getroffen. Du wirst auf viel Freundlichkeit stoßen. Aunt Belle ist die Beste. Die wird dich nicht vor ihrer Tür stehen lassen.«

Die Flügeltür schloss automatisch und der Bus fuhr an ihr vorbei. Sie sah ihm nach, weiterhin ergriffen von Hughs Gutmütigkeit. Sie überlegte angestrengt, war hin- und hergerissen.

Obwohl sie die meiste Zeit auf sich allein gestellt war, nichts und niemandem gehorchen musste oder wollte, folgte sie dem Ratschlag des Busfahrers schließlich doch und begab sich auf den Weg zu Aunt Belle.

Ein Straßenschild verriet ihr, dass sie sich in der St Margaret's Street befand. Eine Gasse, gesäumt von alten Backsteinhäusern und Fachwerkhäusern mit Ladenlokalen, Bars und Restaurants, aus denen Musik und Gespräche zu ihr hinausdrangen. Am Ende der Straße konnte sie wieder einen Blick auf das imposante Gotteshaus erhaschen, und ihr fiel ein, dass es die berühmte Canterbury Kathedrale sein musste. Irgendwo hatte sie gelesen, dass dieser Dom sehr bedeutsam für die Anglikanische Kirche war. Mehr wusste sie nicht über diesen Ort, diese Stadt, in der sie unfreiwillig gestrandet war.

Der Prachtbau, der goldhell beleuchtet in die Dunkelheit strahlte, beeindruckte sie.

Sophie gefiel, was sie auf den ersten Blick sah, und die Beschaulichkeit dieses Städtchens hatte rein gar nichts mit dem Ort gemeinsam, in dem sie großgeworden war. Für den Rest ihres Lebens würde sie Liverpool nur mit Schmutz und Elend in Verbindung bringen. Niemals wollte sie dorthin zurückkehren.

Nie wieder.

Als sie vor Aunt Belles Pub ankam, wagte sie einen ersten Blick durch ein schuhkartongroßes Türfenster, entdeckte jedoch nur umherhuschende Gestalten, die ihr eine genauere Sicht ins Innere verwehrten. Sie vernahm Musik und den lautstarken Gesang einer Männergruppe. Irgendeine Fußballparole. Sie atmete tief durch, und sie überkam die Sorge, dass diese Aunt Belle sie doch wieder wegschicken könnte.

Auch wenn Hughs zwanzig Pfund unglaublich nett gemeint waren, würde sie mit diesem Geld nicht weit kommen. In Gedanken überlegte sie, wo sie hier in Canterbury die Nacht verbringen könnte. An irgendeinem geschützten Ort, einem, der hell beleuchtet war, um etwaige Gefahren rechtzeitig auszumachen, um davonzurennen – so, wie sie es dauernd getan hatte.

Andere Menschen, erst recht Fremde, um etwas zu bitten, lag ihr nicht.

Aber irgendwie fühlte sie sich Hugh verpflichtet. Und so nahm sie all ihren Mut zusammen, wollte soeben die Eingangstür öffnen, als diese kraftvoll von innen aufgestoßen wurde. Hart traf sie das solide Türblatt; sie verlor prompt das Gleichgewicht und stürzte auf die unnachgiebigen Pflastersteine. Mit dem rechten Handgelenk gelang es ihr, sich rechtzeitig abzustützen, um nicht mit dem Kopf aufzuschlagen. In dem Moment des Sturzes wusste sie, dass sie sich eine böse Verstauchung zugezogen hatte.

Eine Horde von vier oder fünf jungen Männern kam grölend aus dem Pub gestolpert, scherte sich zunächst nicht um die auf dem Boden liegende Sophie.

Langsam richtete sie sich auf, noch war ihr nicht bewusst, was soeben geschehen war. Geistesabwesend riss sie sich den Rucksack von den Schultern, legte ihn auf die Oberschenkel und öffnete hastig den Reißverschluss.

Mein Walkman, war das Einzige, woran sie dachte. Sie zog ihn an den gelben Kopfhörern aus den Tiefen der Tasche und atmete erleichtert auf, weil das Gerät auf den ersten Blick unbeschadet aussah.

»Hey, wartet!«, rief einer der Jungs, kam zu ihr und kniete sich vor sie. »Alles in Ordnung? Sind wir das etwa gewesen?«

Sie sah ihn nicht an, stopfte den Walkman wieder zurück in die Tasche und spürte nun sehr deutlich ihr schmerzendes Handgelenk.

»Alles gut«, log sie. *Verschwinde einfach!*

»Das tut mir ehrlich leid. Hast du dir wirklich nicht wehgetan?«

»Nein«, sagte sie mit piepsiger Stimme und wünschte sich nur, dass er Abstand hielt. Unentwegt starrte sie auf den dunkelgrauen Pflasterboden. Vor ein paar Wochen hatte sie die Obdachlose Evelyn getroffen, die angeblich seit über zwanzig Jahren auf der Straße lebte und ihr eine Reihe von Ratschlägen mit auf den Weg gab, um den Zustand der Heimatlosigkeit zu überstehen.

Präge dir die Gesichter der Typen ein, die dir zu nahe kommen. Solltest du eine Vergewaltigung überleben, kannst du den Widerling bei der Polizei anscheißen. Diese Teufel glauben, wir seien unbedeutendes Freiwild, aber da irren sie sich.

Sophie richtete ihren Blick auf das Gesicht des Mannes – die anderen standen zu weit von ihr entfernt. Obwohl es bereits dunkel war, konnte sie ihn im blassen Schein der Straßenlaterne gut in Augenschein nehmen. Hohe Stirn, dunkelblondes oder hellbraunes volles Haar, ein wenig gewellt, nicht sehr kurz, aber auch nicht lang. Dunkle Augenbrauen, helle Augenfarbe. Sie erkannte nicht, ob sie blau, grün oder grau waren. Er trug ein dunkles Poloshirt und über seinen Schultern hing ein dünner Pullover, dessen Ärmel in Höhe des Brustkorbs zusammengeknotet waren, dazu Bluejeans. Außerdem fiel ihr eine silberne Armbanduhr auf, die sicher nicht aus einem Kaugummiautomaten stammte.

Er sah aus wie ein reicher Schnösel.

Unweit ihrer damaligen Schule lag ein Tennisplatz. Oft war Sophie auf ihrem Heimweg Männern begegnet, ausgerüstet mit Sporttaschen und Schlägern, die entweder den Tennisclub betreten oder verlassen hatten und genauso ausgesehen hatten wie der Typ vor ihr. *Beschissene Snobs*, hatte ihr Stiefbruder Brendan diese Kerle ständig genannt.

Da er vor ihr kniete, konnte sie seine tatsächliche Größe nicht ausmachen, aber er wirkte riesig auf sie.

»Mensch, Fraser«, rief einer der anderen. »Komm jetzt! Gleich ist Sperrstunde. Ich will noch ins *Regency*.«

Fraser, Fraser, Fraser – merk dir den Namen!

»Sag mal, Matt, siehst du nicht, dass das Mädchen unseretwegen gestürzt ist?«

»Es ist ja nichts passiert«, versicherte sie mit Vehemenz.

»Da hast du's, Fraser. Nichts passiert.« Sophie vernahm ein Grunzen. »O Gott, wie sieht die denn aus?« Ein anderer lachte, sodass sie kurz aufsah und in ihre schattigen Gesichter sah. »Ey, kommst du aus einer Zeitkapsel – direkt vom Woodstock-Festival? Was ist denn das für ein grässliches Hippiekleid?«

Ein abfälliges Gelächter trat ein. Nur dieser Fraser blieb stumm.

»Was soll das, Robbie?«, fragte er mahnend.

Sophie rappelte sich auf, bemerkte zugleich, wie er ihr unter den rechten Arm griff, um ihr aufzuhelfen.

»Fass mich bitte nicht an!«, donnerte sie.

Sofort ließ er von ihr ab, streckte seine Hände bar jeder Schuld in die Höhe. »Keine Sorge, ich wollte dir nur helfen.«

»Ich brauche keine Hilfe.« Sie zischte wie eine Schlange, wollte einfach nur auf dem Absatz kehrtmachen und davonlaufen. »Darf ich jetzt da rein?«

»Selbstverständlich«, antwortete Fraser, machte ihr den Weg frei, und Sophie begradigte ihre Haltung, stakste schnurstracks wieder zum Eingang von Aunt Belles Pub. Hinter sich vernahm sie abermals herablassendes Gewieher und einen weiteren beleidigenden Spruch zu ihrer Erscheinung. Bevor sie endgültig die Pubtür öffnete, senkte sie die Lider, weil sie die Erniedrigungen sehr traf.

Wie gemein Menschen sein konnten.

Ohne sich nochmals zu den Jungs umzudrehen, trat sie in den Pub ein. In dem Schuppen konnte es nicht schlimmer sein als draußen.

Die Kneipe war gut besucht – hauptsächlich tummelten sich mehrere größer und kleinere Männertrauben vor dem Tresen, die sich gut gelaunt in den Armen lagen. Sie alle trugen die gleichen Fußballschals, hielten riesige Bierhumpen in ihren Händen und qualmten wie Schornsteine. Der Zigarettenrauch vernebelte den düsteren Raum. Sophies Augen brannten. Zaudernd quetschte sie sich durch die Menge, hoffte, so unsichtbar wie möglich zu sein, und bahnte sich den Weg zur Theke. An einem der Zapfhähne stand eine ältere Dame, die ein Bierglas nach dem anderen befüllte und den wartenden Gästen in die Hände drückte.

Plötzlich läutete sie eine Glocke, die über ihr baumelte, und der schrille Klang übertönte die lautstarken Gespräche, sodass für einen Augenblick vollkommene Ruhe herrschte.

»Noch zwei Runden, dann ist hier Feierabend.«

Die zuvor ausgelassene Stimmung wurde von einem missmutigen Raunen abgelöst, das allerdings nicht lange anhielt. Nur Sekunden später stimmten die Männer nur noch enthusiastischer den immer gleichen Song über die Canterbury Bulldogs an – wie in einer endlosen Dauerschleife.

Sophie war sich sicher, dass die ältere Dame hinter dem Tresen Aunt Belle sein musste. Das ordentlich frisierte Haar war schneeweiß, die schmalen Lippen grellpink bemalt und in ihrem rechten Mundwinkel steckte eine runterhängende Zigarette, deren verrauchte Glut jeden Moment drohte, abzufallen. Die von vermutlich zu viel Sonnenlicht gegerbte Haut ihres Gesichts (oder auch von Tausenden Solariumbesuchen) war mit tiefen Furchen versehen. Doch was Sophie sofort ins Auge sprang, war nicht die übertriebene Wimperntusche, sondern die lange Kette, die um ihren dürren Hals lag und an dem ein riesiges Kreuz baumelte.

Sophie beschloss vorerst, die Frau während ihrer Arbeit nicht zu behelligen, und verkrümelte sich in eine finstere Nische. Von hier aus hatte sie eine gute Sicht über das lebhafte Treiben in dem Pub, fühlte sich in dieser Ecke unsichtbar, was – so wie sie es in den letzten Wochen gelernt hatte – größtmögliche Sicherheit bedeutete.

Sie war beeindruckt, mit welcher Leichtigkeit Aunt Belle ihre stressige Thekenarbeit bewältigte. Es kam ihr vor, als hätte die Dame hundert Arme, die gleichzeitig zapften und spülten, ohne dabei auch nur einen Hauch von Erschöpfung zu offenbaren. Sie glich einem Oktopus. Es war unerklärbar: Obwohl Aunt Belle etwas Mürrisches und Autoritäres ausstrahlte, war sie Sophie auf Anhieb so sympathisch, dass es ihr ein butterweiches Lächeln ins Gesicht zauberte. Vielleicht lag es an der graziösen Körperhaltung, die sie an die einer alternden Ballerina erinnerte.

Genauso gazellenhaft hatte sich Sophies Mum bewegt – wie eine tanzende Feder, die leichtfüßig über das Parkett schwebte, ohne den Boden wirklich zu berühren.

Die Erinnerung, die Sophie so schlagartig durch den Sinn schnellte, ließ ihr Herz erschweren. So wie in diesem Moment fragte sie sich oft, ob ihre Mutter sich dieses Schicksal für ihre Tochter gewünscht hätte. Ein Leben, das keines war, das nur darin bestand, zu existieren. Auf dieser Welt gab es niemanden, der sie vermisste, der sich um ihr Wohl sorgte, dem es nicht egal war, in welchen zwielichtigen Gegenden sie sich geisterhaft herumtrieb. Fortwährend auf der Suche nach ... Sie wusste es selbst nicht.

Ja, vielleicht würde ihr *irgendeine* Daseinsberechtigung genügen. Aber so, wie es gerade aussah, würde sie wohl stets der Geist bleiben, der sie jetzt war.

Ein letztes Mal läutete Aunt Belle die Glocke. Das Raunen der nimmersatten Gäste war noch vernehmlicher als beim ersten Glockenschlag. Einer der Männer torkelte zur Theke und orderte sein allerletztes Bier, verzog dabei den Mund wie ein Kleinkind. Nur wenige Minuten später schaltete Aunt Belle die Musikanlage aus und betätigte den Schalter des grellen Oberlichts. Allesamt kniffen beim Lichtstrahl die Augen zusammen, weil sie an die Schummrigkeit gewöhnt gewesen waren. So auch Sophie, die mehrmals blinzelte.

»So, alle Mann raus hier! Ihr fussballbekloppten Narren! Geht Heim zu euren Frauen – oder wohin auch immer. Sperrstunde!«, brüllte Aunt Belle durch den Pub, grinste dabei aber charmant, sodass ihr wohl niemand böse war, weil sie sie als Narren tituliert hatte.

Eine letzte Strophe *That's why we're Bulldogs*, ein letzter Schluck Bier, und die allgemeine Aufbruchstimmung war eröffnet.

Sophie hielt sich weiterhin im Hintergrund, bis Aunt Belle den allerletzten Gast hinausgekehrt hatte. Erst dann wagte sie sich aus ihrer Nische und stakste mit zittrigen Knien auf die Frau zu, die entrüstet schnaubte.

»Was? Bist du schon den ganzen Abend hier, Kleines? Verdammte Scheiße, du bist doch noch keine achtzehn! Los, verschwinde, mach dich auf den Heimweg!«

»Ähm ...«, stotterte Sophie vor Aufregung. »Ich ... ich bin schon achtzehn, Ma'am.«

»Wer's glaubt, wird selig.« Aus ihrem Büstenhalter zog Aunt Belle eine zerbeulte Zigarettenschachtel, entnahm einen Stängel und zündete ihn an, lächelte dabei verquer. »Im Leben bist du noch keine achtzehn! Gören wie dich kenne ich.« Sie inspizierte Sophie von oben bis unten mit argwöhnischer Miene. »Wobei sich die meisten Biester immerhin die Mühe machen, sich älter zu schminken. Stolzieren hier rum wie eine der Spice Girls. So, raus jetzt hier! Ich habe keine Lust, deinetwegen meine Konzession zu verlieren. Ich will dich hier nie wieder sehen, bis du volljährig bist. Kapiert?«

Sophie war ernüchtert. Aber dann kam ihr der nette Busfahrer in den Sinn, der ihr extra Geld geschenkt hatte, damit sie hier übernachten konnte.

Irgendwie fühlte sie sich ihm mehr verpflichtet als sich selbst.

»Hugh schickt mich zu Ihnen, Ma'am. Der Busfahrer. Er sagte, ich solle Sie von ihm grüßen, und er meinte, Sie hätten vielleicht ein Zimmer für mich frei.«

Aunt Belle nahm einen kräftigen Zug, blies den Rauch langsam aus und legte die linke Hand in die schmale Taille. »Ach, hat er das gesagt?«

Sophie nickte zögerlich, bevor sie weitersprach: »Ma'am, ich will Ihnen bestimmt nicht zur Last fallen. Ich bitte Sie nur, diese eine Nacht hier verbringen zu dürfen. Morgen früh bin ich wieder fort. Versprochen.«

»Du siehst aus wie eine Herumtreiberin. Woher soll ich wissen, dass du mir nicht mitten in der Nacht ein Messer an die Kehle hältst und mich ausraubst? Hast du überhaupt Kohle? Das Zimmer kostet fünfundvierzig Pfund die Nacht.«

Okay, das war's!

Bedrückt zog sie Hughs Geld aus ihrer Anoraktasche und betrachtete die Scheine mit Tränen in den Augen.

»Ich habe nur zwanzig«, flüsterte sie mit einer Stimme, die nicht ihre zu sein schien.

Es hatte keinen Sinn.

Vielleicht war es sinnvoller, das Geld in Fastfood und neue Batterien für den Walkman einzusetzen. Was war schon *eine* Nacht in einem sicheren Zimmer, in einem richtigen Bett?

»Verzeihen Sie, dass ich Sie belangt habe.« Sophie steckte das Geld zurück in die Tasche und schlich an der Frau vorbei, um den Pub endgültig zu verlassen.

»*Verzeihen Sie, dass ich Sie belangt habe*«, äffte Aunt Belle sie nach. »Na, wie eine Vagabundin hörst du dich nicht an.«

Sophie war kurz stehen geblieben, ohne sich umzudrehen, die Hand bereits auf der Türklinke. »Auf Wiedersehen, Ma'am.«

Aunt Belle stöhnte laut. »Na schön, kleine Jane Austen. Eine Nacht. Mehr nicht. Und morgen früh bist du wieder verschwunden.«

Sophie konnte es nicht fassen und wandte sich um. »Wirklich?«

»Jaja. Komm, ich zeige dir das Zimmer.«

Sie folgte der Frau durch eine Hintertür in einen schwach beleuchteten Hausflur. Eine knarrende und schmale Treppe führte in den ersten Stock hinauf. Oben angelangt nahm Aunt Belle einen Schlüssel aus einem Wandschrank, öffnete die letzte Tür des engen Korridors, betätigte den Lichtschalter und ließ Sophie den Vortritt. Das Zimmer war größer und freundlicher eingerichtet, als sie erwartet hatte. Mit der Blümchentapete und dem dunkelgrünen und an einigen Stellen abgenutzten Teppich erschien der Raum wie ein Relikt längst vergangener Zeiten, aber das störte sie nicht im Geringsten. Die Unterbringung war ausgestattet mit einem Röhrenfernseher, einem mit dunkelbraunem Samt bezogenen Sessel, einer schmalen Küchenzeile sowie einem weißen Metallbett.

»Frische Bettwäsche und Handtücher findest du in dem Schrank. Das Gemeinschaftsbad liegt am Ende des Flurs. Du bist der einzige Übernachtungsgast und kannst ungestört duschen.«

Noch immer konnte Sophie ihr Glück nicht fassen. »Ich darf hier duschen?«

Aunt Belle sah sie an, als käme sie von einem anderen Stern. »Sicher.«

Sophie befreite sich von ihrem Rucksack, verzog schmerzerfüllt das Gesicht, weil sie mit dem verstauchten Handgelenk zu kämpfen hatte.

»Hast du dich verletzt?«

»Ja, ich bin vorhin hingefallen und muss mir wohl etwas verknackst haben.«

Aunt Belle nickte mit leicht besorgtem Gesichtsausdruck. »Gut, ich lege dir gleich eine Aspirin vor die Tür. Du solltest dich mal hinhauen. Siehst ziemlich blass und erschöpft aus.«

»Das werde ich.«

Aunt Belle verließ gerade das Zimmer, aber Sophie kam etwas in den Sinn, das sie beinahe vollkommen vergessen hatte.

»Oh, ich muss Sie noch bezahlen.« Wieder zog sie das Geld aus ihrem Anorak und hielt Aunt Belle die Scheine entgegen.

Und dann entstand eine Stille, in der sie einander anstarrten.

Aunt Belle umschlang mit den dünnen Fingern ihre lange Halskette, die sie fortlaufend auf- und wieder abwickelte.

»Behalt dein Geld«, murmelte sie zu Sophies vollkommenen Erstaunen. »Du kannst es sicherlich für andere Dinge gut gebrauchen. Gute Nacht.«

»Ma'am?« Sie hielt Aunt Belle vom Verlassen des Zimmers ab. »Ich danke Ihnen von Herzen.«

Die Frau sah sie mit einem Ausdruck an, den Sophie nicht recht einzuordnen vermochte. Irgendwie war es eine Mischung aus Bedenken und einem weichen Ausdruck von Fürsorge. Doch ganz sicher war es eher Bedauern, weil Aunt Belle vermutlich in ihr das sah, was sie tatsächlich war: eine verlorene Seele – wie es sie so viele auf dieser Welt gab und von denen einige in den letzten Wochen Sophies Weg gekreuzt hatten. Frauen und junge Mädchen, die heimatlos durch die Straßen zogen, abgestumpft ihre Körper verkauften, nur für ein wenig Nahrung oder die nächste Spritze, um das Seelenleid zu betäuben, die kaltherzige Realität auszublenden.

Aber Sophie war nicht eine von ihnen und sie wollte niemals so gesehen werden, weshalb sie jetzt verschämt ihren Blick von Aunt Belle abwandte.

»Nichts zu danken, kleine Jane Austen. Hauptsache, du hältst das Zimmer sauber und bist morgen früh verschwunden.«

»Das verspreche ich.«

Unter Schmerzen bezog Sophie das Bett und steckte die Nase in den weichen Stoff des Bezugs, atmete den wohltuenden Duft des Weichspülers ein.

Wehmut machte sich in ihr breit.

So musste ein echtes Zuhause riechen.

War das vielleicht ihr Ziel?

Ein Zuhause? Ein Bett, das wie ein taunasser Morgen im April duftete?

Erschrocken horchte sie auf, weil jemand an ihre Tür klopfte. Vorsichtig öffnete sie diese, doch niemand war zugegen. Auf dem Boden vor der Türschwelle stand eine Flasche Wasser und daneben eine kleine Packung Paterson's Shortbread Fingers, darauf zwei Tütchen Aspirinbrause. Sie sah sich in dem düsteren Flur um, aber Aunt Belle schien bereits in einem der anderen Räume verschwunden zu sein.

Sophie lächelte voller Rührung, während sie das Wasser, die Kekse und die Schmerzmittel einsammelte und auf der Küchenzeile abstellte.

Hier war es so still.

Sie hörte nicht einmal ein vorbeifahrendes Auto. Das Einzige, was durch das verschlossene Zimmerfenster zu ihr hinein tönte, war das satte Läuten der Kirchenglocke zur vollen Stunde. Sie öffnete das

Fenster, das direkt zur Straße hinaus zeigte, und streckte den Kopf in die ruhige Nacht. Der Dom war hell erleuchtet und die sandsteinfarbene, kunstvoll verzierte Fassade strahlte dadurch sonnengelb. Canterbury war einer dieser historisch denkwürdigen Orte, von denen sie in der Industriestadt Liverpool ständig gehört hatte. All die wunderschönen alten Städte im Süden Englands, fernab der verrußten Arbeiterviertel, dreckigen und nach Urin stinkenden Gassen sowie der allseits spürbaren Unzufriedenheit durch Arbeitslosigkeit und Armut.

Sie schloss das Fenster wieder und sah zu den Keksen, die ihr Aunt Belle dagelassen hatte.

Seit Sophie hier in Canterbury angekommen war, waren ihr freundliche Menschen begegnet, eine Eigenschaft, die ihr lange nicht widerfahren war. Mal abgesehen von der Horde Jungs, der sie ihre Verstauchung zu verdanken hatte. Wobei ... wenn sie genauer darüber nachdachte, musste sie ihre Meinung zumindest in Bezug auf diesen ... hach, sie hatte den Namen wieder vergessen ... diesen Francis (oder so ähnlich) revidieren, der sich nach ihrem Zustand erkundigt, ihr sogar aufgeholfen und den sie so schroff abgewiesen hatte.

Sophie wusste jedoch: Jedes Paradies barg auch seine ganz eigene Hölle, vollkommen gleich, wie schön es sich der Außenwelt mit seinen gepflegten Fachwerkhäusern, den grünen Parks und den prächtigen Schlössern darbot. In den Tiefen jeder Idylle schlummerte etwas Teuflisches, das meist bei Nacht die Unterwelt verließ, um sein Unwesen an der Oberfläche zu treiben, damit ein jeder verstand, dass man nirgends auf der Welt sicher war.

Irgendwie war sie vollkommen aufgedreht, dabei müsste sie eigentlich vor Erschöpfung auf der Stelle ins Bett fallen.

Ein Bett.

Sophie wusste gar nicht mehr, wie es sich anfühlte, einen weichen Untergrund unter ihrem Körper zu spüren. Sie fragte sich, ob der Fernseher funktionierte, nahm die Fernbedienung zur Hand, drück te auf den roten On-Knopf – und tatsächlich, auf dem winzigen Monitor erschienen bewegte Bilder. Entweder würde sie sich die Nacht mit Spielfilmen um die Ohren schlagen oder sie tat das Vernünftigste: schlafen. Schlafen an einem sicheren Ort, in einem Zimmer auf einer weichen Matratze, eingemummelt in einer Bettdecke, die nach einem taunassen Aprilmorgen duftete.

Somit schaltete sie den Fernseher wieder aus, betrachtete die Fernbedienung in ihrer Hand.

Batterien!

Schnell kramte sie ihren Walkman aus der Tasche und betete, dass die Batterien passten. Als sie die Klappe öffnete, hüpfte ihr Herz vor Freude. Es waren die richtigen.

Ohne die Stimme von Stevie Nicks konnte sie nicht in den Schlaf finden, ganz gleich, wo sie sich befand. Sobald sie die ersten Töne des Songs *Gipsy* hörte, fand sie zu einer inneren Ruhe. Ewig hatte sie gebraucht, alle Fleetwood-Mac-Lieder auf diese Audiokassette aufzunehmen. Stundenlang, ach tagelang, hatte sie vor dem Kassettenrekorder ihrer Pflegemutter gesessen und darauf gewartet, dass die BBC einen Song ihrer Lieblingsband spielte, um sofort auf *Record* zu drücken. Oft hatte sie sich geärgert, weil der Radiomoderator mitten ins Lied hineingeplappert hatte, aber inzwischen hatte sie sich an diese unliebsamen Unterbrechungen der Aufnahme gewöhnt.

Ihr ganzes Leben fand Platz in diesem einem Rucksack. Zwei Pullover, drei Kleider (selbstgenäht), eine Jeanshose, drei Paar Socken sowie Unterwäsche. Das Kostbarste, das sie mit sich führte, waren der gelbe Walkman und ihre Geburtsurkunde. Mehr Dinge begleiteten sie nicht auf ihrem Weg in die Freiheit.

Ein bisschen beruhigte sie die Tatsache, dass keine weiteren (männlichen) Gäste in Aunt Belles Pension übernachteten. Sie fühlte sich sicher, als sie sich von ihrem knöchellangen Blümchenkleid befreite und es sorgfältig über den Sessel legte. Vielleicht blieb ihr mor gen früh sogar die Möglichkeit, dieses im Gemeinschaftsbad von ein paar Flecken zu befreien, nachdem sie selbst geduscht hatte.

Daraufhin nahm sie eine Aspirin, knipste das Oberlicht aus und schlüpfte unter die Decke, die sie bis zur Nasenspitze hochzog, während sie die Weichheit des Kopfkissens an ihren Wangen spürte.

Sie überkam das Gefühl von Heimeligkeit, von Geborgenheit, und eine Träne des Glücks floss die Schläfe hinab, tropfte auf das Kissen. Sie wickelte sich so fest in die Bettdecke, bis ihr ganzer Körper vor Müdigkeit erschlaffte und die Lider wie zwei schwere Vorhänge zufielen.

Am nächsten Morgen erwachte sie aus einem traumlosen Schlaf, ohne zu wissen, wo sie war. Sie drehte den Kopf nach rechts, sah auf eine Tapete mit kleinen Blümchen. Und dann drehte sie den Kopf nach links, hin zum frühmorgendlichen Licht, das durch das schmale Sprossenfenster in den Raum flutete.

Dass die Nacht so schnell ein Ende gefunden hatte, machte sie traurig. Was würde sie darum geben, hierbleiben zu dürfen – in Sicherheit, weg von der Straße, fort von den bösen Menschen, die ihr so unendlich viel Leid zugefügt hatten.

Wieder ertönte die Kirchenglocke und Sophie zählte mit. Es war sieben Uhr.

Jetzt war es Zeit, aufzustehen.

Nach der Dusche fühlte sie sich frisch und sauber wie seit Monaten nicht mehr. In dem Gemeinschaftsbad fand sie alles, was sie brauchte. Seife, Shampoo und sogar einen Conditioner, von dem sie hoffte, damit ihr langes Haar von den Knoten zu befreien. Auch ein Föhn lag in einer Schublade unterhalb des Waschbeckens.

Sophie war nie eitel gewesen.

Es gab auch nichts, was eine Eitelkeit hätte begründen können. Doch als sie sich im Spiegel betrachtete, fühlte sie sich wieder elend.

Brendan hatte sie ständig als hässliche Schlampe beschimpft, was ihn allerdings niemals davon abgehalten hatte, ihr nahe zu kommen.

Aber er hatte recht. Sie war furchtbar hässlich – von innen und von außen.

Ein Nichts.

Da sie sich in den letzten Wochen ausschließlich von liegen gebliebenem Fastfood ernährt hatte, war ihre Haut fahl und an manchen Stellen zeigten sich Unreinheiten. Die Augenränder waren nachtblau und die Lippen aufgeplatzt. Der einzige Büstenhalter, den sie besaß, war kaum noch ausgefüllt, und ohnehin hingen ihre selbst genähten Kleider wie ein Sack an ihr herunter.

Ein früherer Nachbar hatte einst gesagt, Sophie würde ihrer schönen Mutter unglaublich ähnlich sehen.

Jahre später war von dieser Schönheit nicht mehr viel übrig geblieben.

Noch ein letztes Mal betrat sie das Zimmer, in dem sie die Nacht hatte verbringen dürfen, fand in einer Küchenschublade einen Zettelblock und einen Kugelschreiber.

Liebe Aunt Belle,

vielen Dank für Ihre Gutmütigkeit, die ich nie vergessen werde. Bleiben Sie gesund und bitte grüßen Sie Hugh ganz lieb von mir.

Sophie.

P.S.: »Es bestimmt uns nicht, was wir sagen oder denken, es bestimmt uns, was wir tun.« Jane Austen (Sie ist meine Lieblingsschriftstellerin.)

Auf Zehenspitzen schlich Sophie die schmale Holztreppe hinunter, verließ dann Aunt Belles Pension und blickte voller Wehmut nochmals zu dem Zimmerfenster hinauf. Lange hatte sie sich nicht mehr so geborgen gefühlt wie in der letzten Nacht.

Der Morgen versprach einen warmen Spätsommertag. Sophie schlenderte über die St Margaret's Street, die bei Tag mit all ihren urigen Ladenlokalen, den Cafés und dem gemächlichen Treiben der Passanten noch bezaubernder war als beim gestrigen Einbruch der Dunkelheit. Eine Reisegruppe marschierte hinter einem Guide, der alle paar Meter stehen blieb, um den wissensdurstigen Touristen die Historie Canterburys näher zu bringen.

Sie versuchte, seinen Worten zu lauschen, aber war zu weit entfernt, hörte nichts von dem, was er erzählte. Der ein oder andere kauzige Blick der Gruppenmitglieder gab ihr unmissverständlich zu verstehen, als nichtzahlender Zuhörer unerwünscht zu sein.

Bevor sie in den nächsten Zug nach London stieg, wollte sie zumindest kurz das Innere der Kathedrale besichtigen, aber als sie den schön angelegten Park durchquerte und sich dem Eingang näherte, erblickte sie eine lange Besucherschlange, darunter mehrere Schulklassen, die gelangweilt dreinschauten, weil sie sich vermutlich etwas Spannenderes vorstellen konnten als den Besuch einer Kirche. Mit jedem Einzelnen hätte Sophie nur zu gern getauscht. Selbst wenn sie sich in die Schlange eingereiht hätte, müsste sie Eintritt zahlen. Geld, das sie nicht hatte. Nicht dafür, zumindest. Also machte sie wieder kehrt und suchte einen Supermarkt auf, in dem sie ein Käsesandwich, eine Flasche Wasser sowie einen neuen Satz Batterien kaufte.

Mit Schrecken kam ihr in den Sinn, dass nach wie vor die Batterien von Aunt Belles Fernbedienung in ihrem Walkman steckten. Ein schlechtes Gewissen machte sich in ihr breit und sie beschloss, den Pub erneut aufzusuchen.

»Du schon wieder«, rief Aunt Belle, als Sophie abermals den Pub betrat.

Mit langsamen Schritten ging sie zur Theke. Die Frau polierte gerade ein Bierglas.

»Ja. Entschuldigen Sie bitte, dass ich hier wieder aufkreuze, aber ... aber ...«

»Ich höre!«

»Ich habe aus Ihrer Fernbedienung zwei Batterien für meinen Walkman entwendet. Ich habe neue gekauft.« Sie legte die Batterien auf die Theke und Aunt Belle starrte erst auf die Packung, dann direkt in Sophies Gesicht.

»*Entwendet*«, säuselte Aunt Belle mit einem Augenrollen. »Mensch, Kind, aus welchem Jahrhundert bist du gefallen?« Mit ihren dünnen Fingern schob sie die Batterien wieder in Sophies Richtung. »Ich habe eine ganze Schublade voll von den Dingern – nimm sie für deinen Walkman.«

»Wirklich?«

»Ja, wirklich«, entgegnete sie ein wenig genervt. Sie stellte das saubere Bierglas ab und warf das Trockentuch daneben. »Ich habe übrigens deine Nachricht erhalten.« Ein weiches Lächeln umspielte wie aus dem Nichts die faltigen Lippen. »Ich kann mich nicht daran erinnern, dass sich jemals ein Gast auf diese Weise bei mir bedankt hätte. Darf ich fragen, wo du hinwillst?«

»Ich möchte nach London, um dort ...«

»... um dort anschaffen zu gehen?«, fragte Aunt Belle frei heraus.

Diese furchtbare Annahme versetzte Sophie einen Stich ins Herz.

»Nein«, antwortete sie ein wenig zornig. »Das habe ich noch nie getan.« Das war keine Lüge, obwohl sie in ihrer Verzweiflung oft darüber nachgedacht hatte. In Birmingham, der letzten Stadt, in der sie sich aufgehalten hatte, hatte sie oft Prostituierte beobachtet, die in Autos gestiegen und nach ungefähr einer halben Stunde wieder an Ort und Stelle abgesetzt worden waren, ausgestattet mit ein paar Pfund mehr in der Tasche. Ein Lohn, der unmittelbar nach dem Verkauf ihrer Körper in Essen, Alkohol oder Drogen umgesetzt worden war. Doch sobald sich Sophie dem Straßenrand genähert, Freier angehalten und gefragt hatten, was sie für ihre Dienste verlangte, hatte sie der Mut verlassen – oder das letzte Fünkchen Selbstachtung hatte gesiegt. Möglicherweise war es auch Angst gewesen. Zu oft war ihr zu Ohren gekommen, dass viele Mädchen nicht wieder zurückgebracht worden waren.

»So eine bin ich nicht. Ich will mir in London eine richtige Arbeit suchen. Wer weiß, vielleicht besuche ich wieder die Schule, um meinen Abschluss zu machen.«

»Du hast die Schule abgebrochen?«

Sophie nickte beschämt.

»Irgendwie wundert mich das. Du wirkst gebildet.«

Sie lächelte. »Ich habe bei Pflegeeltern gelebt, die eine große Bibliothek führten. Ich habe viel von ihnen gelernt.«

»Und weshalb lebst du nicht mehr bei diesen Leuten?«

Sophie zögerte, weil sie bislang noch niemals mit einer ihr vollkommen Fremden über ihre Vergangenheit gesprochen hatte.

»Meine Pflegemutter starb unerwartet. Mein Pflegevater hat ihren Tod nicht überwunden und konnte sich nicht mehr um mich kümmern, also hat mich die Fürsorge wieder ins Heim zurückgeschickt.«

Aunt Belle zog die Augenbrauen zusammen und blickte finster drein. »Das finde ich unglaublich egoistisch von deinem Pflegevater.«

»Er hat sie nun einmal sehr geliebt«, entschuldigte Sophie den Mann, der ihr viel bedeutet hatte.

»Und was passierte dann? Bist du aus dem Heim abgehauen?«

Plötzlich fühlte sie sich unwohl, derart von Aunt Belle ausgequetscht zu werden. Sie hatte ohnehin schon viel zu viel von sich preisgegeben.

»Ich möchte lieber nicht darüber sprechen.« Allein der Gedanke an Mrs Scarborough brachte ihr Herz zum Rasen.

»Gut, wie du meinst.«

Sophie sah über Aunt Belles Schulter hinweg zu einer Tafel, auf der mit Kreide geschrieben stand: *Dringend Servicepersonal gesucht*.

Die Frau folgte ihrem Blick und verzog augenblicklich den Mund. »Mädchen, das kannst du dir direkt aus deinem hübschen Kopf schlagen. Du bist zu jung, um hier zu arbeiten.«

Niedergeschlagen senkte Sophie die Lider. »Machen Sie es gut, Ma'am.« Wäre das nicht die Gelegenheit gewesen, dem Straßenleben zu entkommen? Eine Arbeit, die ihr all das, was sie erwarten würde, ersparte?

Ein Traum – für jemanden wie sie unerreichbar.

Sophie lächelte traurig zum Abschied, drehte sich um, hörte dann ein Grummeln.

»O Himmel, was tue ich hier? Hast du denn schon mal gekellnert, kleine Jane Austen?«

Überrascht wandte Sophie sich wieder zu ihr um. Ihr Puls schoss in die Höhe und gehetzt suchte sie nach der richtigen Antwort.

»Ehrlich gesagt noch nie.«

Aunt Belle schüttelte genervt den Kopf, doch Sophie wollte diese Chance auf gar keinen Fall vermasseln, sodass sie weitersprach, noch bevor die Frau sie endgültig zum Teufel jagen konnte. »Aber ich lerne schnell. Ich bin eine wirklich gute Köchin und ich kann backen. Ich habe ständig in der Küche mitgeholfen. Außerdem bin ich anderen Menschen gegenüber immer höflich und zuvorkommend. Ich bin sehr belastbar und ich …«

»Jaja, schon gut«, winkte Aunt Belle ab. »In meinem Pub gibt es keine Speisen – höchstens ein paar lauwarme Würstchen mit Ketchup.«

Sophie sah sie bettelnd an. »Ich bitte Sie, Ma'am. Ich werde hart arbeiten und Sie nicht enttäuschen. Das verspreche ich Ihnen hoch und heilig.«

Aunt Belle ließ einen langen Seufzer hören. »Ach, was soll's. Du kannst gleich heute anfangen.«

Passierte das gerade wirklich? Sophie wartete auf jemanden, der sie in den Arm kniff, um sie zu wecken, denn das musste eine Halluzination sein.

»Ist das Ihr Ernst?«

Aunt Belle verschränkte die Arme vor der Brust. »Ich zahle nicht viel.«

»Das macht nichts.«

»Du kannst erst mal in dem Zimmer bleiben, in dem du letzte Nacht geschlafen hast, bis du was Eigenes hast. Ich werde dir hierfür einen Teil deines Verdiensts abziehen.«

»Ich kann das gar nicht glauben. Das ist so unfassbar nett von Ihnen.« Sophie geriet ins Grübeln. »Darf ich fragen, weshalb Sie mir helfen?«

»Weil du Jane Austen bist. Und weil ich denke, dass du es wert bist, in diesem Leben eine Chance zu erhalten.«

Sophie verdrückte mehrere Tränen, die sie sich schnell wieder aus dem Gesicht wischte.

»Ich bin noch nie einem solch freundlichen Menschen wie Ihnen begegnet. Danke.«

»Ist ja schon gut. Ruhe dich ein wenig aus. Dein Dienst beginnt heute Nachmittag um drei. Ich werde versuchen, dir dann alles zu zeigen. Ich eröffne den Pub jeden Tag um fünf. Montags ist Ruhetag.«

»In Ordnung. Ich freue mich sehr auf die Arbeit hier.«

»Eine Sache noch.«

»Ja.«

»Besitzt du noch etwas anderes als diesen *The Mamas & the Papas*-Zwirn, den du da trägst? Auch wenn das hier nur ein Pub ist, erwarte ich ein ordentliches Erscheinungsbild.«

Wieder war Sophie von Schamgefühl übermannt, sah trübselig an sich hinunter. »Nein, Ma'am.«

Aunt Belle marschierte zur Kasse, öffnete sie und entnahm ihr ein paar Scheine, wedelte damit vor Sophies Gesicht herum. »Das ist ein Vorschuss. Auf der St Peter's Street ist ein Bekleidungsgeschäft. Recht günstig. Das müsste für eine Erstausstattung reichen.«

Erstaunt wollte sie das Geld annehmen, aber die Frau zog es wieder an sich.

»Wehe, du kaufst davon Drogen!«

»Niemals.«

Jetzt erlaubte Aunt Belle ihr, die Scheine anzunehmen. »Und denk dran: Wir leben im Jahr 1997 und nicht im Hippiezeitalter.«

A Night That Changes The World

Canterbury, Ende August 1997

Zwei Wochen später, es war kurz vor Dienstbeginn, glaubte Sophie weiterhin zu träumen. Nach anfänglichen Schwierigkeiten, einem Dutzend zerdepperten Biergläsern und mehreren Rechenfehlern beim Abkassieren hatte sie inzwischen allerhand von Aunt Belle gelernt. Jetzt gelang es ihr bereits, sich mit einem vollgepackten Tablett durch die Menge zu quetschen, ohne die Hälfte des Biers zu verschütten. Die meisten Gäste waren ihr gegenüber recht gnädig, auch wenn das nicht auf jeden zutraf. Aunt Belle erzählte allen, dass Sophie die Nichte einer guten Freundin aus Liverpool sei, die ihre freie Zeit nach dem Schulabschluss hier in Canterbury verbrachte, um danach (irgendwo) zu studieren. Niemand durfte wissen, dass sie von der Straße kam, und erst recht nicht, dass Aunt Belle sie schwarz beschäftigte. Außerdem stellten die hiesigen Polizisten, die hin und wieder in Aunt Belles Pub ein Bier nach Feierabend tranken, so keine Fragen, denn nach wie vor zweifelte die gute Frau an der Volljährigkeit ihrer neuen Servicekraft. Doch Aunt Belle war eine beliebte und hoch angesehene Bürgerin Canterburys, die sich sicher war, von den hiesigen Behörden in Ruhe gelassen zu werden.

Sophie war immer sehr nervös, wenn ein Uniformierter den Pub betrat, aber in dieser Stadt setzte man offenbar auf Vertrauen. Warum sollte jemand an Aunt Belles Geschichte zweifeln? Im Grunde interessierte sich auch niemand für das unscheinbare Mädchen mit dem Tablett in der Hand, das an ihnen vorbeihuschte. Das Trinkgeld war kaum einer Erwähnung wert.

Aunt Belle schenkte ihr ausrangiertes Make-up, zeigte ihr, wie man dieses auftrug, damit Sophie mit der Wimperntusche, dem dunklen Kajalstift, dem Rouge und dem hellrosa Lipgloss älter und vermutlich auch attraktiver erschien. Die dunkelblonden Haare mussten stets zu einem Pferdeschwanz gebunden sein, damit sich kein verlorenes Härchen im Bierglas wiederfand.

Von einer guten Bekannten erhielt Aunt Belle einen ganzen Karton mit Second-Hand-Kleidung in Sophies Größe. Einiges davon war nicht unbedingt schön, aber sie wollte nicht wählerisch sein, konnte sich nicht entsinnen, jemals so viele Kleidungsstücke besessen zu haben. Heute trug sie ein schwarzes Trägerkleid und darunter einen wollweißen dünnen Pullover mit Stehkragen – eines der hübscheren Outfits, die man ihr geschenkt hatte.

Es war Samstag und ihr stand ein anstrengender Abend bevor. Zudem spielten die Bulldogs, was bedeutete, dass Aunt Belle und sie mit dem Ausschank kaum hinterherkommen würden.

Doch das alles machte Sophie nichts aus. Im Gegenteil, wenn es nach ihr ginge, dann würde sie noch länger, noch härter arbeiten, um Aunt Belle ihren Dank auszudrücken. Niemals sollte sie es bereuen, das obdachlose Mädchen eingestellt zu haben.

Nie.

Neben dem Servieren half sie beim Saubermachen und Herrichten der drei übrigen Pensionszimmern, die an diesem Wochenende allesamt von Handwerkern belegt waren.

Sie versuchte, jeden einzelnen Cent zu sparen, kaufte nur das Nötigste, damit sie eines Tages genügend Geld hatte, um ein eigenes Apartment anzumieten. Allerdings war Canterbury ein sehr teures Pflaster, und Ernüchterung trat ein, als sie in den Zeitungsanzeigen las, wie viel Miete für nur wenige Quadratmeter verlangt wurden.

Zwar betonte Aunt Belle stets, dass keine Eile zum Auszug bestünde, aber sie wollte die Gutmütigkeit der Frau nicht überstrapazieren.

Vielleicht machte sich Sophie selbst zu viel Druck, rief sich wie jetzt ins Bewusstsein, die Zeit in dieser Pension in vollen Zügen zu genießen. Sie war in Sicherheit, hatte ein Dach über dem Kopf und eine Heizung, die sie in kalten Nächten wärmte.

In diesem Moment legte sie letzte Hand an, um vor dem Spiegel im Gemeinschaftsbadezimmer den Lipgloss aufzutragen, als einer der Handwerker gegen die Tür klopfte und sie voller Schrecken zusammenzuckte.

Diese Männer waren der einzige Grund, sich ein wenig unwohl zu fühlen. Sie waren Fremde und somit in Sophies Augen unberechenbar. Manchmal war sie ihnen in den frühen Morgenstunden begegnet, hatte sie in ihren Boxershorts durch den Flur schlurfen sehen. Oder sie platzte in das unabgeschlossene Gemeinschaftsbad, wo sich jemand über dem Waschbecken wusch oder sich rasierte und ihr meist ein wütendes »Verpiss dich« entgegenschleuderte. Rasch war sie dann geradewegs in ihrem Zimmer verschwunden, dessen Tür sie vorsichtshalber verriegelte.

»Ich bin sofort fertig«, rief sie und legte hastig den Lipgloss in die Kosmetiktasche zurück, öffnete daraufhin die Tür.

Vor ihr stand ein bulliger, untersetzter Mann mit Halbglatze, roter Knollnase, im zerknitterten Holzfällerhemd. Irgendwie sah er wie ein Gartenzwerg aus, was sie zu einem irritierten Schmunzeln verführte.

»Ach, da ist ja die kleine Kellnerin.« Er starrte sie intensiv an und sie erinnerte sich sogleich an ihn. Gestern hatte er im hinteren, dunkleren Thekenbereich gesessen und von dort aus das Pub-Geschehen bereits wie ein Voyeur beobachtet.

Sie nickte verhalten. »Ja, Sir.«

»Na, dann freue ich mich auf später.«

In diesem Moment war sie auf eine tief panische Weise erpicht, in ihr Zimmer zu rennen, aber sie riss sich zusammen. Auf keinen Fall sollte er wissen, dass sie ganz in seiner Nähe übernachtete – und zwar allein. Behutsam drängte sie sich an ihm vorbei, überlegte, ob sie mit der Kosmetiktasche in der Hand zu Aunt Belle in die zweite Etage eilen sollte anstatt in ihr Zimmer, damit er nicht wusste, wo er sie heute Nacht aufsuchen konnte.

»Ich wünsche Ihnen einen schönen Abend«, erwiderte sie, ohne sich nochmals zu ihm umzudrehen.

»Hey«, rief er sie zurück, sodass sie wie erstarrt an Ort und Stelle stehen blieb. Die gleiche Gelähmtheit durchfuhr ihre Glieder wie in einem dieser Albträume, in denen man von Angst ergriffen davonrennen wollte, aber von irgendjemanden oder irgendetwas festgehalten wurde.

Sie drehte sich halb zu ihm um, erinnerte sich schlagartig an die furchtbaren Momente mit Brendan, wie er sich von hinten an sie angepirscht hatte, zu Boden geworfen und ...

Verschwinde aus meinen Gedanken, Brendan. Geh! Geh! Geh!

»Würden Sie mich bitte in Ruhe lassen?«, sagte sie leise, suchte nach Tapferkeit, wo es keine gab. »Wenn Sie mir etwas antun, schreie ich. Aunt Belle wird es hören.«

»Was?«, sprach er sichtlich verstört. »*Wie bitte?* Also ... Kind, ich wollte dir keine Angst einjagen. Ich freue mich auf mein Feierabendbier – nicht auf dich persönlich. Ich bin kein Triebtäter, falls du das gerade gedacht haben solltest? Ich war mal Polizist hier in Canterbury.« Sie wusste nicht, ob diese Info nicht noch beängstigender war. »Mensch, du wirkst ja wie eine verängstigte kleine Maus, die einem gefräßigen Kater gegenübersteht.«

»Entschuldigen Sie bitte, aber Sie haben mich so ... angesehen.« Sie senkte den Blick.

»Ich habe dich gerade so angestarrt, weil du mich an meine Tochter erinnerst. Das hat mich ein bisschen aus der Fassung gebracht. Nun ja, sie ist seit über zwanzig Jahren tot.«

»Oh«, äußerte sie bedauernd und sofort schämte sie sich für ihr übertriebenes Verhalten. Wann lernte sie, dass nicht jeder Mann auf dieser Welt ein perverses Schwein war und nicht jeder ihr das zufügen würde, was Brendan ihr angetan hatte?

»Du scheinst keine Ahnung zu haben, wer ich bin, oder?« Sie schüttelte den Kopf. »Ich bin Belles Exmann, Harold.« Er hielt ihr die Hand entgegen.

Sophie staunte über diese Offenbarung und reichte ihm ebenfalls die Hand. »Verzeihen Sie vielmals, Sir, das wusste ich nicht.«

Harold lachte. »Belle hat mir bereits erzählt, dass du eine außergewöhnlich höfliche junge Dame bist. Aber jetzt, da ich dich kennengelernt habe ... Unglaublich, wie sehr du unserer Clara ähnlich siehst.«

»Aunt Belle hat mir nicht erzählt, dass sie verheiratet war und sogar eine Tochter hatte.«

Und wenn Sophie es recht überlegte, wusste sie überhaupt nichts von ihrer Arbeitgeberin, da sie mit Plaudereien über ihre Vergangenheit ähnlich mit Worten geizte wie sie selbst.

»Gibt eben Dinge, die erzählt man nicht jedem Dahergelaufenen. Ich glaube, entgegen dem Klischee bin ich geschwätziger als meine Verflossene. Allerdings wundert es mich, dass sie dich eingestellt und dir sogar auf unbestimmte Zeit eines der Pensionszimmer überlassen hat. Ich kenne Belle als ziemlichen Geizhals, der nichts zu verschenken hat.«

Sophies Anspannung ließ nach und sie grinste verschwörerisch. »Sie verschenkt das Zimmer nicht. Dafür arbeite ich im Pub. Allerdings darf ich das Trinkgeld behalten.«

»Das vermutlich nicht die Welt ist, oder?«

Sie zuckte mit den Achseln. »Das ist mehr, als ich mir je erträumt hätte. Ich bin Aunt Belle unendlich dankbar, müssen Sie wissen.«

Ein skeptischer, fast missmutiger Blick schlug ihr entgegen. »Ich kann dir nur den Rat geben, hier in diesem verdammten Pub nicht zu versauern. Ist das alles, was du dir für dein Leben vorstellst? Willst du immer eine belanglose Kellnerin sein?«

Seine Worte verletzten sie. Dieser Mann wusste nichts von ihr. Wie anmaßend von ihm, ihr derzeitiges Leben in dieser herablassenden Art und Weise kleinzumachen. Natürlich war dies nicht ihr Lebenstraum. Aber sie war zu arm, um jetzt von etwas Größerem, Nicht-Belanglosem zu träumen. Sie war froh, dass sie überhaupt noch am Leben war. Erwachsene waren manchmal seltsam. Weshalb spielten sie ihre vermeintliche Weltkenntnis ständig aus, um jüngeren Menschen das derzeitige Dasein abzusprechen, damit sie sich schlecht fühlten?

»Natürlich will ich nicht immer nur eine Kellnerin sein. Das habe ich mit keiner Silbe erwähnt.« Sophie war selbst über ihre Forschheit überrascht. Außerdem war sie spät dran. Ihr Dienst begann in ein paar Minuten und Aunt Belle legte viel Wert auf Pünktlichkeit. »Ich muss jetzt in den Pub. Ich wünsche Ihnen einen schönen Abend, Sir.«

»Ich wollte dich nicht beleidigen. Sieh nur zu, dass du nicht zu einem solch kauzigen Menschen wirst wie meine Exfrau.«

»Wenn Sie so von ihr denken, frage ich mich, weshalb Sie hier sind?«

»Nun, das geht dich doch wohl gar nichts an, Mädchen.«

Aus Höflichkeit nickte Sophie ihm zum Abschied zu, verschwand dann in ihrem Zimmer.

Welch eine sonderbare Begegnung. Dass er ein ehemaliger Polizist war, bereitete ihr Sorge. Was, wenn er ihr gegenüber skeptisch war und Nachforschungen anstellen würde? Sie wollte diesen Gedanken nicht weiter ausführen.

Durch die Hintertür betrat Sophie den Pub. Inzwischen war ihr der Geruch von kaltem Rauch und verschüttetem Bier, das sich über die vielen Jahre in die Holzdielen gefressen hatte, vertraut. Sie selbst roch zum Feierabend wie ein übervoller Aschenbecher. Das störte sie tatsächlich sehr, sodass sie sich jeden Abend den Nikotingestank aus den langen Haaren wusch. Nicht im Gemeinschaftsbad, aus Rücksicht vor den Übernachtungsgästen, sondern über der kleinen Spüle ihrer Küchenzeile.

Zum Durchlüften öffnete Aunt Belle die zwei großen Fenster sowie die Eingangstür. Sophie begrüßte sie, erhielt aber nur ein leises Brummen als Antwort. Diese Verschrobenheit machte Sophie nichts mehr aus, so war Belle eben.

»Leg das Bitch-Album auf«, befahl die Frau und sie gehorchte, legte die Disk in den CD-Player. Belle liebte den Song *Bitch* von Meredith Brooks und hörte ihn in Dauerschleife, bis der erste Gast den Pub betrat. Danach wechselte das Musikgenre zu den Hits der Siebziger und Achtziger. Erst kurz vor Sperrstunde drehte Belle die Musik auf, spielte Tracks von den Chemical Brothers oder Oasis, was dazu führte, dass mehr jüngere als ältere Menschen den Pub besuchten. Sophie amüsierte der Musikgeschmack ihrer durchaus betagten Chefin, der moderner war als ihr eigener.

»Darf ich Sie etwas fragen, Ma'am?«

»Frag!«

»Ich bin gerade Harold begegnet und er ...«

Belle winkte genervt und schnitt ihr direkt das Wort ab.

»Ach der. Kind, lass dich nicht von dem Halunken irritieren. Ab und an taucht er hier in Canterbury auf, weil er seine ganze Kohle versoffen hat, pennt hier seinen Rausch aus, ich gebe ihm Geld. Daraufhin verschwindet er wieder über alle Berge. Morgen ist er wieder weg.« Dann atmete sie tief ein. »Besser er geht schon heute.«

»Um ehrlich zu sein, hat er mir ein wenig Angst gemacht.«

Belle stampfte auf Sophie zu, blieb direkt vor ihr stehen und sah sie mit irgendwie hilflos wirkenden Augen an, durchforschte ihr Gesicht, so als würde ihre Erscheinung tatsächlich einen betrübten Blick in die Vergangenheit auslösen. Vielleicht lag es wirklich daran, dass sie Belle an ihre Tochter erinnerte.

Dann begann Belle wie besessen die Holztheke mit einem feuchten Tuch zu wienern.

»Tut mir leid, ich hätte besser nichts sagen sollen.«

»Hör auf, dich permanent für irgendetwas zu entschuldigen. Das ist ja erbärmlich.«

»Ja, Ma'am.«

Eine ungewohnte Weichheit erhellte Belles Gesicht. »Du bist übrigens sehr fleißig. Ich bin froh, dass du hier bist.«

Ihre Worte waren wie Balsam und Sophie lächelte voller Dankbarkeit. Wäre Belle nicht ein solcher Eisklotz, hätte sie sie jetzt am liebsten umarmt.

Sie vernahm lautes Gelächter von der Straße und drei junge Männer betraten den Pub. Sophie kannte inzwischen die meisten Stammgäste. Diese Clique hatte sie bislang hier nicht gesehen, aber Aunt Belle schien den Trupp sehr wohl zu kennen und verschränkte mürrisch die Arme vor der Brust.

»Ach, sieh mal einer an«, rief sie durch die Gaststätte. »Der wohlerzogene Canterbury-High-Society-Club. Na, haben sie das Türchen eurer goldenen Käfige geöffnet, damit ihr hier wieder die Sau rauslassen könnt?«

Die Jungs bewegten sich in Richtung der Empore und besetzten einen der Stehtische.

»Aber Aunt Belle, sei nicht so streng«, sprach einer und grinste wie ein Schelm. »Du liebst uns verzogene Bengel doch. Mach uns bitte vier Bier.«

Geistesabwesend nahm Sophie ein Tablett zur Hand. Jetzt erkannte sie, wer soeben den Pub betreten hatte. Es waren die Kerle, die ihr am Abend ihrer Ankunft die Tür vor die Nase geschlagen hatten, woraufhin sie zu Boden gestürzt war.

Aunt Belle zapfte die Biere und Sophie wartete.

Die Frau beugte sich zu ihr vor und begann zu flüstern. »Kleine Jane Austen, lass dich bloß von denen nicht anbaggern oder foppen. Das sind nur kleine, reiche Emporkömmlinge, die glauben, ihnen würde die Welt gehören. Die kreuzen hier alle paar Wochen auf, um sich ins Delirium zu saufen. Aber keine Sorge, die haben nur ein großes Maul – mehr nicht. Studieren in Oxford oder Cambridge, weil ihre Eltern sich in irgendwelche Studienausschüsse eingekauft haben. Mich würde wundern, wenn auch nur einer von denen bis zehn zählen kann.«

»In Ordnung«, erwiderte Sophie eingeschüchtert.

Zwei weitere junge Männer traten ein und wurden von den anderen lautstark begrüßt.

»Gott sein Dank, Lichtblicke unter den Snobs«, rief Aunt Belle mit unüberhörbarem Frohsinn in der Stimme, murmelte dann in Sophies Richtung: »Die Einzigen mit ein bisschen Grips im Oberstübchen.«

Der eine trug Brille, war schmächtig und wirkte auf Sophie irgendwie zerbrechlich sowie scheu, passte keineswegs zu den anderen vor Selbstbewusstsein strotzenden Burschen. Neben ihm schritt ein hochgewachsener und schlanker Typ, der geradewegs auf die Theke zusteuerte, zunächst von Sophie keinerlei Notiz nahm, während sie ihn aber sehr wohl wiedererkannte. Er war derjenige gewesen, der ihr – im Gegensatz zu den anderen – vom Boden aufgeholfen und sich nach ihrem Befinden erkundigt hatte.

»Willem«, begrüßte Aunt Belle ihn mit deutlichem Schmelz in der Stimme, während er sich mit dem Oberkörper über die Theke beugte und ihr einen Kuss auf die Wange gab. »Wie geht es Marah?«

Er lächelte. »Viel besser. Sie hat den Infekt gut überstanden und ist seit letzter Woche wieder zu Hause. Deswegen bin ich dieses Wochenende hier.«

»Das freut mich zu hören, mein Guter.« Sie reichte ihm ein Bier. »Geht aufs Haus.«

»Danke, das ist lieb von dir«, bedankte er sich und erst jetzt registrierte er Sophie, die ihn die ganze Zeit angestarrt hatte und nun verstohlen wegschaute. »Ach, Belle, du hast eine Aushilfe gefunden?«

»Ja, das ist Jane Austen.«

Willem grinste ungläubig und Sophie kam sich ziemlich doof vor. »Jane Austen? Wirklich? Ich mag den Humor deiner Eltern.«

»Nee«, revidierte Belle mit einem lauten Lachen, das in einem kratzigen Raucherhusten endete. »Sie redet nur wie eine zu Fleisch gewordene Elizabeth Bennet, die direkt vom Herrenhaus Mansfield Park in meinen Pub gestolpert ist. Aber im Grunde ist sie wohl eher eine Jane Eyre.«

Sophie gefiel es überhaupt nicht, dass Aunt Belle sich derart über sie lustig machte und presste hart die Lippen aufeinander, sah dann flüchtig in Willems Gesicht, der sie amüsiert betrachtete. Weiterhin schien er nicht zu wissen, dass er ihr bereits begegnet war. Das ärgerte sie fast mehr.

»Ungewöhnlich«, sagte er und seine Stimme klang außergewöhnlich. Tief, aber doch weich, eben eine, der man stundenlang zuhören wollte.

»Ihr zwei würdet euch sicherlich ausgesprochen gut verstehen. Unser Willem«, sprach Belle direkt zu Sophie, »studiert Literatur am Cambridge College.«

Abermals war sie nur zu einem scheuen Nicken in der Lage.

»Du sagst es, als wäre es etwas Besonderes«, sagte Willem und fuhr sich mit der Hand durch das hellbraune und volle Haar. Dann schaute er wieder zu Sophie und es schien, als würde er überlegen, ob er sie von irgendwoher kannte. Allerdings glich sein Blick eher einem Inspizieren, einem Eruieren, gefolgt von einem verwunderten Zusammenziehen seiner Augenbrauen.

»Willem, das ist auch etwas Besonderes«, gab Belle zu verstehen und stellte die letzten Biere auf Sophies Tablett ab.

»Du weißt, mein Vater sieht das vollkommen anders.«

»Ach, dein Vater spinnt. Wenn es nach ihm ginge, würde die Welt nur aus Bürokraten bestehen.« Belle sah Sophie an, die weiterhin wie angewurzelt vor der Theke stand, weil sie nach Willems After Shave schnupperte. »Hey, Sophie! Bring das Bier!«

»Ja, Ma'am«, sagte sie ertappt, hob das Tablett an und riskierte noch einen letzten Blick zu Willem, der jetzt einen Schritt auf sie zutrat, so unerwartet, dass sie selbst zurückwich, was ihn deutlich irritierte.

»Ähm ...«, kam es verunsichert von ihm und er deutete auf das Tablett. »Ich wollte dir nur Arbeit ersparen und das Bier selbst zum Tisch bringen.«

»Oh«, sagte sie leise, und noch bevor sie ihm sagen konnte, dass es nicht nötig sei, nahm er ihr das Tablett aus den Händen.

Verblüfft sah sie zu Belle, dann wieder zu Willem.

»Danke.«

»Kein Problem«, erwiderte er, schlenderte daraufhin an ihr vorbei. Sie sah ihm nach und er drehte sich erneut zu ihr um. »Sophie ist ein viel schönerer Name als Jane.«

Er zwinkerte ihr zu, machte sich dann auf den Weg zu seinen Kumpels, die ihn nochmals lautstark begrüßten und ihm auf die Schulter klopften.

Lange haftete Sophies Blick auf ihm und sie wurde erst durch Belles Fingerschnipsen direkt vor ihrem Gesicht ins Hier und Jetzt zurückbeordert.

»Na, na, meine Süße, das kannst du sofort vergessen.«

Sophie runzelte die Stirn, war verwundert. »Was meinen Sie?«

»Du weißt genau, was ich meine. Bist doch nicht auf den Kopf gefallen. Ich hab gesehen, wie du ihm schmachtend nachgeschaut hast.«

Die Mutmaßung war so irrwitzig, dass Sophie eine Weile brauchte, um zu begreifen, wovon Belle da sprach. Das war so absurd, dass sie verlegen und ungläubig anfing, zu lachen.

»Das ist Quatsch. Ich habe ihn nicht angeschmachtet. Niemals.«

Belle schwieg einen Moment und seufzte dann. »Dann ist ja gut. Der ist nichts für dich. Willem lebt in einer komplett anderen Welt. Er ist gebildet, beliebt, stammt aus gutem Elternhaus und kann sich vor Liebesbekundungen kaum retten. Der würde sich niemals mit einer Kellnerin abgeben, die vor ein paar Wochen noch obdachlos durch England gestreunt ist. Männer wie er fischen nun mal in anderen Gewässern.«

Sophie war gekränkt, so gekränkt, dass sie nicht mal so tun konnte, als wäre sie es nicht. Doch der gehemmte, kleingemachte Teil von ihr musste sich eingestehen, dass Aunt Belle vermutlich recht hatte. Andererseits hegte sie in dieser Form keinerlei Vorstellungen. Willem war ihr auf eine Art sympathisch, die sie nicht erklären konnte – mehr nicht. Davon abgesehen, dass sie kaum einen Satz miteinander getauscht hatten. Romantische Gefühle kannte sie nur aus Büchern oder Filmen; sie selbst hatte niemals für einen Mann derart empfunden.

Sie würde vermutlich nie in der Lage sein, ihr Herz für einen anderen Menschen zu öffnen. Sie hatte gelernt, dass die Enttäuschung zu groß sein würde, wenn sie es jemals doch täte.

»Sophie«, kam es sanft von Aunt Belle. »Ich wollte dich nicht kränken. Manchmal tut die Wahrheit weh. Doch das alles ist besser, als sich einer unerfüllbaren Illusion hinzugeben.«

Sie wissen nichts von mir. Sie haben keine Ahnung, Sie haben einfach keine Ahnung, sagte sie im Geiste, lächelte, als würde Belles Gesagtes sie ungerührt lassen, und schüttelte den Kopf.

»Sie müssen sich um mich keine Sorgen machen. Ich weiß schon, wo mein Platz in dieser Welt ist.«

»Dann ist ja gut.«

Daraufhin bediente sie neue Gäste, die in den Pub geschneit waren – und als sie doch noch einen weiteren Blick zu Willem wagte, der sich ausgelassen mit seinen Freunden unterhielt, kam diese Sehnsuchtsstimme in ihr auf, die sie so oft vernahm: *Ach, wäre ich doch ein anderer Mensch. Wäre ich doch in einer Welt, in der ich mich nicht fürchten müsste. Einer Welt, in der ich die Sophie sein dürfte, die ich hätte werden können, wenn all das nicht geschehen wäre. Einer Welt, in der man mir nicht zu verstehen gibt, zu einem anderen Menschen nicht zu passen, weil ich demjenigen niemals würdig sein würde.*

Sophie wusste aber, dass dies die Realität war. Und so beschloss sie, das zu sein, was sie eben war: eine belanglose Kellnerin, die nicht mehr erreicht hatte, als ein Dach über dem Kopf zu finden.

Also tat sie das, wofür sie hier war. Sie bediente die Welt, in der sie niemals dazugehören würde.

No Happy Ending

Canterbury, selber Tag – ein paar Stunden zuvor

»Verdammte Scheiße«, murmelte Willem mit brummendem Schädel, als er die Augen öffnete und neben ihm Laura entdeckte, die schlafend und mit offenem Mund ebenfalls auf dem Teppichboden lag. Sie war nackt. Er auch, was darauf schließen ließ, dass sie beide (schon wieder) im besoffenen Zustand übereinander hergefallen waren.

Er ärgerte sich maßlos und wäre gestern besser mit seinem Hintern im Studentenheim geblieben, so wie er es vorgehabt hatte, doch er hatte sich von seinem Kommilitonen Dexter zu einem Konzert irgendeiner miserablen Grunge-Band überreden lassen, die unter experimentellem Einsatz ihrer Instrumente ein undefinierbares Jammern zum Besten gegeben hatte. Noch immer dröhnte sein Schädel – was er eventuell auch den zehn Bier und den zwei Joints zu verdanken hatte. Nur vage erinnerte er sich, dass er auf dem Weg nach Hause Laura begegnet war und eins zum anderen geführt hatte.

Diese Eskapade bezahlte er am Morgen. Die Mittagssonne strahlte bereits schräg in das Zimmer hinein und verwandelte es in einen Backofen. Er robbte über die schlafende Laura hinweg und schlich zum Badezimmer, hielt sein Gesicht unter den kalten Wasserstrahl des Waschbeckens und putzte sich dann die Zähne. Laura betrat ebenfalls das Bad, weiterhin ungeniert unbekleidet, und rieb sich den Schlaf aus den Augen. Sie sah genauso durchzecht aus wie er.

Laura war mit Rachel liiert, lebte aber ihre Bisexualität gern mit Willem aus, was einem Sexleben ohne Verpflichtungen entsprach und ihm gut in den Kram passte. Er kannte sie von der Young Actors Company hier in Cambridge, in der er Schauspiel als Nebenfach belegte.

»Ich wollte schon längst auf dem Weg sein«, maulte er.

»Wann bist du wieder zurück?«, fragte sie gähnend, klappte den Toilettendeckel hoch, setzte sich auf die Klobrille und pinkelte. Willem sah sie kurz an und grinste, weil er sich vorkam, als wäre er mit ihr bereits dreißig Jahre verheiratet, was es selbstverständlich machte, dass man sich während des Klogangs im selben Raum aufhielt.

»Dienstag. Ich weiß es nicht genau. Ich mache es davon anhängig, wie es Marah geht.«

»Aber dann verpasst du doch das Vorsprechen für *Coriolanus.*«

Ja, das würde er.

Neben seinem Studium der englischen Literatur hatte er sich nächtelang mit dem von Shakespeare erschaffenen Charakter, den Konflikten und Spannungen des römischen Kriegshelden auseinandergesetzt, um sich für diese Rolle bestmöglich vorzubereiten.

Vielleicht wäre er besetzt worden, aber jetzt gab es Wichtigeres. Er musste heimfahren. Zu Marah.

»Die nächste Gelegenheit wird schon kommen.«

Laura betätigte die Klospülung. »Na, das musst du wissen.«

Er wusste ganz genau, wie sie das meinte: *Wenn du als Schauspieler Erfolg haben willst, musst du alles andere hintanstellen.*

Irgendwo hatte er gelesen, dass es kaum einen anderen Job gab, der mit so viel Einsamkeit einherging wie der eines Schauspielers. Möglicherweise waren nur Arbeiter auf einer Ölbohrinsel isolierter. Niemand durfte sich erlauben, gute Rollen auszuschlagen. Auf der Bühne gab es keinen Platz für den Geburtstag der Großmutter, Weihnachtsfeiern mit der Familie oder Silvesterabende mit Freunden. Das war ihm sehr wohl bewusst, aber er glaubte fest daran, dass es auch ein Privatleben geben musste, und nie wollte er zu denen gehören, die auf ihre Familien und alte Freunde pfiffen – nur der Karriere willen.

Nein, so würde er niemals sein.

Gestern Abend hatte er einen Anruf seines Vaters erhalten, dass Marah endlich aus dem Krankenhaus entlassen worden war. Das war Grund genug, alles andere stehen und liegen zu lassen. Willem versuchte, mindestens einmal im Monat ein Wochenende in seiner Heimat Canterbury zu verbringen, und nahm dafür jedes Mal die fast dreistündige Autofahrt in Kauf.

Er würde sich nie verzeihen, nicht da zu sein, falls Marah eines Tages ...

Um Himmels willen, er wollte nicht darüber nachdenken. Marah war tapfer. Eine Kämpferin.

Nachdem er Laura verabschiedet hatte, sprang er unter die Dusche und hoffte, dadurch einen klaren Kopf zu erlangen, und er ärgerte sich über seine gestrige Entscheidung, dieses miserable Konzert besucht zu haben.

Sobald er losgefahren war, kurbelte Willem das Fenster seines alten, inzwischen nicht mehr ganz verkehrstauglichen Toyotas hinunter. Die Bremsen quietschten unüberhörbar wie ein sterbendes Schwein, die Motorkontrolllampe blinkte seit rund sechs Monaten und die Beifahrertür ließ sich auch nicht mehr von außen öffnen. Trotzdem liebte er diesen Wagen; er hatte ihn sich seit seinem fünfzehnten Lebensjahr von der Hand abgespart, obwohl sein Vater durchaus in der Lage gewesen wäre, ihm ein Auto zu kaufen.

Doch George Fraser war der wohl größte Geizhals unter der Sonne, der frei nach dem Motto lebte, Reichtum käme vom Halten und nicht vom Ausgeben. Wohingegen seine ältere Schwester Fallon – die fabelhafte Fallon – sehr wohl nach ihrem Abschluss einen nagelneuen Ford von seinem Vater geschenkt bekommen hatte, mit dem Vermerk, die Geschwister könnten sich diesen Wagen teilen, was nur selten möglich war, denn sie lebte inzwischen in London – selbstredend mit dem Ford.

Doch so war das schon immer gewesen. Fallon wünschte sich ein Pferd, Fallon bekam ein Pferd. Fallon wollte während des Studiums ein Jahr in die Staaten, Fallon erhielt jeden Monat Geld, um ihr das Leben in der Ferne zu erleichtern. Willem hegte keinen Groll gegenüber seiner Schwester, dafür liebte er sie zu sehr, er wunderte sich nur.

Sicher hätte er seinen Vater um die Finanzierung eines Autos bitten können und vielleicht hätte er damit sogar Erfolg gehabt, aber dazu stand ihm sein Stolz im Weg.

Jetzt trat er aufs Gaspedal, während er seinen Wagen über die geschlängelte Straße lenkte, die ihn an üppigen Weiden und Weinreben entlang über sanfte Hügel führte. In der Ferne erkannte er die im blauen Dunst liegende Küste, die die Landschaft wie eine Postkarte rahmte. Die frische Landluft wehte ihm ins Gesicht, ließ seinen Geist erwachen, war er doch hundemüde in Cambridge aufgebrochen. Er glaubte sogar, das Salz des Meers, das feuchte Nass der Dünenpflanzen ausmachen zu können. Die Grafschaft Kent galt als Garten Englands, und diesem Slogan pflichtete Willem stets bei, sobald er die klaustrophobisch anmutende Betonwüste des Londoner Umlands hinter sich ließ, die unzähligen Grünfacetten dieser Provinz erblickte und sein Herz vor Freude aufhüpfte. Seine Familie lebte seit vier Generationen in Canterbury. Er entstammte einer beachtlichen Familienchronik hochdekorierter englischer Feldherren und Generälen. Sein Urgroßvater mütterlicherseits war mit dem *Order of the British Empire* ausgezeichnet worden, eine Ehre, die nur wenigen zuteilwurde. Die Frasers waren seit jeher überzeugte Royalisten gewesen, die das britische Commonwealth niemals infrage stellten.

Diese Hörigkeit änderte sich mit der Geburt des Skeptikers George, Willems Vater, der von der Monarchie mit ihrem Prunk und

Protz so gar nichts hielt. Ein Souverän, der die Geschicke ferner Länder lenkte, ohne ein Teil ihrer Kultur zu sein, sei schlichtweg nicht mehr zeitgemäß. Wenigstens in einer Sache waren George und Willem einer Meinung. Genau wie Fallon, die dennoch stets erpicht war, die neuesten Skandale von Charles, Diana und Co in Erfahrung zu bringen, um sich mit einem Schmunzeln daran zu ergötzen. Noch heute hatte er Fallons erboste Stimme im Kopf, als man Diana aus dem Königshaus ausgeschlossen hatte. »Diese furchtbare Windsor-Sippe. Endlich lebt mal ein Mensch mit einem Herz in diesen archaischen Gemäuern, und diese altbackenen Raubeine schaffen es immer wieder, der Moderne zu entkommen. Die Monarchie gehört abgeschafft!«

Willem wusste, dass Fallon Diana verehrte. Eine Zeitlang trug sie sogar den gleichen blonden Pagenschnitt. Sie bestritt natürlich, dass die Prinzessin als Vorbild für ihre Frisur hergehalten hatte, um sich niemals als Fan bekennen zu müssen. Lebhaft stellte sich Willem vor, wie sie im Friseursalon unter der Heißlufthaube gesessen, die Seite irgendeines Klatschmagazins geöffnet, auf das neueste Paparazzi-Bild von Diana gezeigt und dem Friseur befohlen hatte: »So!«

Dass Fallon Frauen wie Diana verehrte, kam nicht von ungefähr, denn sie war seit ihrer Kindheit eine Verfechterin der sozialen Gerechtigkeit und immerzu erpicht, Missstände aufzudecken. Früh hatte sie sich in der Schule für den Umweltschutz engagiert und war mit einer Müllsammler-Gruppe einmal in der Woche durch die Straßen Canterburys getrabt, um dort die Hinterlassenschaften anderer einzusammeln. Andere Mädchen in ihrem Alter hatten ihre Zimmerwände mit Postern der *New Kids on the Block* oder *Nirvana* gepflastert, über Fallons Bett hatte ein Bild von Nelson Mandela gehangen.

Kein Wunder, dass sie Journalismus studiert hatte und derweil als Kriegsberichterstatterin in Jugoslawien wirkte.

Das Anwesen seiner Familie lag in der All Saints' Lane, direkt am Ufer des Great Stour Rivers. Das viktorianische Backsteinhaus mit den zwei hohen Fachwerkgiebeln und den beiden Erkern, den weißen Sprossenfenstern und den schwarzen Fensterläden war umgeben von einem dicht bewachsenen Garten, der auf eine bezaubernde Art verwunschen und mystisch anmutete. Sträucher und Kletterpflanzen überwucherten den Vorgarten und an der Fassade oberhalb der Eingangstür wuchs eine prächtige Magnolie, die sich beinahe über den gesamten Backstein erstreckte und die Willems Mutter sehr geliebt hatte. Zumindest entsprach dies seiner inzwischen verwaschenen Erinnerung, wenn er versuchte, sich an ihr sanftes Lächeln zu entsinnen, wann immer sie die zartrosa Blüten bewundert hatte.

Er parkte den Toyota am Straßenrand, öffnete das niedrige Holztor zum Vorgarten und überquerte lockeren Schritts den mit Moos überzogenen Steinweg, der zum Haus führte. Eine Brise strich durch die Zweige und Sträucher, erzeugte ein leises Flöten, das wie Musik klang.

Willem öffnete die Haustür, setzte seinen Rucksack ab und hing diesen an die Garderobe. Der wohlvertraute leicht modrige Geruch des alten Holzes hieß ihn willkommen. Er blickte nach links in Richtung Arbeitszimmer. Die Tür war angelehnt, und er hörte, wie sein Vater monoton in sein Diktiergerät sprach. Ebenfalls ein gewohntes Gebrumme, das ihn noch mehr daran erinnerte, zu Hause zu sein. Er steckte seinen Kopf durch die Tür, sah George, der an seinem Mahagonischreibtisch saß. Zur Begrüßung hob Willem die Hand, so wie er es immer tat, wenn er seinen Vater wiedersah, denn Umarmungen waren zu viel der Nähe.

George zuckte auf, blickte über seine Brillengläser hinweg und nickte seinem Sohn zu, machte jedoch keine Anstalten, sein Diktat zu unterbrechen.

Das störte Willem nicht im Geringsten und so begab er sich geradewegs in die erste Etage. Die alten Holzdielen im Flur knarrten wie eh und je.

Prompt fiel er Brenda in die Arme, die in diesem Moment aus Marahs Zimmer kam.

»Oh, Willem, da bist du endlich«, begrüßte sie ihn überschwänglich und er umarmte sie. »Da wird sich deine Schwester aber freuen.«

»Wie geht es ihr heute?«

»Sehr gut, mein Junge. Ich habe sie gerade gefüttert.« Brenda zwinkerte ihm zu. »Es gab ihre Leibspeise.«

»Spinatkartoffeln«, sagte er mit einem Lächeln und sie nickte.

»Sie wird jedoch gleich müde sein.«

»Ich weiß, ich will ihr nur kurz Hallo sagen. Wenn du nichts dagegen hast, dann lege ich sie ins Bett und lese ihr noch etwas vor.«

Brenda öffnete die Schleife ihrer weißen Schürze, die mit kleinen und größeren Spinatsprenkel versehen war. »Das wäre großartig, Willem. So kann ich noch einmal schnell in die Stadt und frische Windeln besorgen.«

»Mein Vater erzählte mir, dass du inzwischen auch über Nacht hierbleibst. Das ist wirklich eine große Entlastung.«

Brendas Augen glänzten feucht. »Ich kann doch meine Kleine nicht allein lassen, und seitdem dein Vater die schweren Rückenprobleme hat, braucht er hier Hilfe. Na ja, Fallon und du, ihr könnt ja nur an den wenigen Wochenenden.«

»Ich weiß«, entgegnete Willem schuldbewusst und haderte wieder mit seiner Entscheidung, damals nach Cambridge gegangen zu sein, anstatt hier in Canterbury an der Universität zu studieren. Aber schon vor Langem hatte ihn die Sehnsucht gepackt, eine andere Welt kennenzulernen – fernab von diesem Haus und dem andauernden Frost, der durch die Räume wehte, seit seine Mutter gestorben war.

Er tat es in dem guten Gewissen, dass Brenda da war und sich aufopferungsvoll um Marah kümmerte. Sie war geschult, vermochte mit den Erstickungsanfällen oder den schlimmen Infekten umzugehen, widmete sich Marahs Physio und der Hygiene.

»Ach, Willem, mach dir bitte nicht immer so viele Vorwürfe. Du bist noch jung, du hast noch dein ganzes Leben vor dir und du bist so talentiert. Niemand würde von dir erwarten, dass du dich um die Pflege deiner Schwester kümmerst. Erst recht nicht dein Vater.«

Wie eine Mutter legte Brenda ihre Hand auf Willems Wange und streichelte sie.

»Danke«, flüsterte er.

Dann gab sie ihm zwei Klapse auf den Brustkorb. »So, nun aber rein da mit dir. Ich mach mich auf den Weg.«

Sie drehte sich um und Willem sah ihr einen Augenblick nach, bevor er die Tür zu Marahs Zimmer öffnete.

Hier hatte sich seit ihrer Geburt vor fast vierzehn Jahre nicht viel verändert. Immer noch verzierten bunte Vögel die Wände, die seine Mutter während ihrer Schwangerschaft selbst gemalt hatte. Er erinnerte sich ganz genau daran, wie sie auf einer Leiter gestanden hatte, in der einen Hand eine Farbpalette und in der anderen den Pinsel. Oft hatte er im Schneidersitz auf dem himbeerfarbigen Teppich gesessen und sie dabei beobachtet. Niemals würde er diese kleinen Gesten vergessen, wenn sie für einen Moment den Pinsel auf die Palette zurückgelegt, ihre Zeichnung mit einem zarten Lächeln begutachtet und sacht über ihren Babybauch gestreichelt hatte. Eine Zuneigung, so natürlich und voller Liebe, dass es Willem noch heute Tränen in die Augen spülte, sobald er daran zurückdachte.

Als Marah geboren wurde, war er sieben Jahre alt gewesen. Der Beginn einer grauenhaften Zeit, die sein weiteres Leben wie auch das der gesamten Familie maßgeblich verändert hatte. Er erinnerte sich, wie seine Mutter über stechende Kopfschmerzen geklagt hatte, die sie vor Qual derart lähmten, dass sein Vater sie vorsichtshalber ins Hospital einliefern ließ.

Von dort war sie nie wieder zurückgekehrt.

Die Ärzte hatten bei seiner Mutter eine schwere und leider zu spät erkannte Präeklampsie diagnostiziert – eine Schwangeschaftsvergiftung. Sie starb, kurz nachdem man Marah zwei Monate zu früh per Kaiserschnitt auf die Welt geholt hatte.

Willem entdeckte Marah in ihrem Rollstuhl, ihrem ständigen Begleiter, da sie weder in der Lage war zu laufen noch zu sprechen. Auch hatte sie nie gelernt, ein Wort zu formulieren. Und trotzdem hatte er nie etwas anderes in ihr gesehen als seine kleine Schwester. Auf dem rechten Ohr war sie taub, beide Hände waren klauenartig verkrümmt und ihr Kopf war zur linken Seite geneigt, sodass sich über die Jahre ihr Halswirbel verformt hatte. Manchmal vergaß sie, den Mund zu schließen, und der Speichel floss unentwegt aus ihrem Mundwinkel, durchnässte ihre Kleidung unvermeidlich.

Trotz allem war Marah in der Lage, zu lächeln, und Willem war sich stets sicher, ihre Bedürfnisse in ihren Augen abzulesen, die so schön wie die seiner Mutter waren. Oft saß er auf dem Fußboden vor ihr, verträumte sich in das tiefe Blau mit dem dunklen Wimpernkranz, so lang, wie er es noch nie bei einem anderen Menschen gesehen hatte.

»Hey, Marah«, begrüßte er sie sanftmütig, schlich auf sie zu und küsste ihr hellbraunes Haar, das heute von Brenda zu zwei Zöpfen geflochten war, die sie jünger wirken ließen, als sie in Wahrheit war. Sie schaute schief zu ihm auf, und er war sich sicher, in ihren Augen einen Freudenschimmer entdeckt zu haben. Dann setzte er sich wie gewohnt vor ihr auf den Teppichboden und streichelte ihre verkrümmte Hand, die wie leblos auf ihrem Oberschenkel lag.

»Was machst du denn für Sachen? Ich habe dir doch befohlen, nicht krank zu werden.«

Aus ihrer Nase kroch ein Rotztropfen, den Willem mit einem Taschentuch entfernte. »Du bist mir eine. Denk daran, was Doktor Sparks immer zu dir sagt: Du bist sein kleines medizinisches Wunderkind. Das soll doch auch so bleiben, oder?«

Natürlich erhielt er keine Antwort, hörte nur ein Glucksen und ein Schnurren wie das einer Katze. Lange sah er sie an, und wieder kämpfte er mit der Angst, dass der nächste Infekt oder der nächste epileptische Anfall der letzte sein könnte. Ein Leben ohne Marah wollte er sich nicht vorstellen.

Aber manchmal schämte er sich für die stumme Frage, was geschehen wäre, wenn seine Eltern sich nicht dazu entschieden hätten, noch ein weiteres Kind zu bekommen.

Was wäre, wenn Marah niemals geboren worden wäre?

Aber so wie immer verbannte er auch jetzt diesen Gedanken aus seinem Geist.

Seine Schwester hatte sein Leben auf so viele erdenkliche Weisen bereichert. Bereits in der Schule hatte Willem als empathisch gegolten, und er hatte sich oft für Schwächere eingesetzt, weil er in ihnen stets Marah sah.

Jetzt tat er das, was er andauernd tat, wenn er mit Marah allein war.

Er schaltete den roten Kassettenrecorder ein und Songs von Eric Clapton erfüllten das Kinderzimmer.

Willem bildete sich ein, dass Marah Claptons Musik liebte, und wann immer *Wonderful Tonight* ertönte, zuckte sie kurz auf, streckte ihren krummen Rücken und lächelte.

So auch in diesem Moment.

»Eines Tages wirst du zu diesem Lied auf deiner Hochzeit tanzen. Du wirst ein langes Brautkleid aus Spitze tragen und alle, die dich lieben, werden um dich herumstehen und dir zuschauen, wie du mit deinem Mann tanzt. Ich sehe es ganz genau vor mir. Du auch?«

Willem wusste, dass dies ein unerfüllbarer Traum war. Niemals würde eine gute Fee durch dieses Kinderzimmerfenster fliegen, ihren Zauberstab schwingen und Marah in ein gesundes Mädchen verwandeln. Als er selbst noch ein Kind gewesen war, hatte er sich das oft vorgestellt, hatte gespannt auf der Fensterbank gehockt und Ausschau nach der guten Fee gehalten. Doch im Laufe seines Erwachsenwerdens war ihm bewusst geworden, dass das Leben eine andere, entzauberte Realität bot. In der wahren Welt ging es darum, ihr Dasein auf die bestmögliche Weise zu erleichtern. Gerade deshalb beschäftigte George die Pflegerin Brenda, die Marah umsorgte und sich um all ihre Bedürfnisse kümmerte. Das Mädchen musste gewickelt und gefüttert werden, bedurfte einer ständigen Beaufsichtigung. Die epileptischen Anfälle hatten sich in den letzten vier Jahren gehäuft, die Abstände verkürzt.

Seine Schwester war jetzt dreizehn und in der Pubertät. Die Ansätze eines Busens zeichneten sich unter ihrem pinken Pullover ab, auf den ein Pony gestickt war und irgendwie vollkommen konträr zu ihrer weiblichen Entwicklungsphase anmutete. Fallon hatte ihm vor einigen Wochen erzählt, dass Marah inzwischen auch ihre Periode bekam.

Das alles war so unbegreiflich. Teile ihres Organismus funktionierten wie die eines jeden anderen Menschen, veränderten sich, und dann gab es so unendlich viele Fehlfunktionen, die dieses Mädchen zu einer Geisel ihres eigenen Körpers machten.

Auch wenn die Ärzte daran zweifelten, dass Marahs Denkvermögen dem einer normalen Dreizehnjährigen entsprach, war Willem sicher, dass sie alles begriff, was man ihr sagte. Sie hatte einen eigenen Willen und wusste sehr wohl, was sie wollte und was nicht. Außerdem antwortete sie mit einem Lächeln oder einem Schmollen. So auch jetzt, als er ihr erzählte, dass er gestern wieder mit Laura abgestürzt war.

Marah presste wie wütend die Lippen aufeinander und ließ ein Brummen hören.

»Jaja, ich weiß. Das ist nicht die feine englische Art. Aber weißt du, Marah, ich bin eigentlich nicht auf der Suche nach einer festen Freundin. Ich glaube auch nicht, dass ich jemals heiraten werde. Ich denke, es ist ungesund, sich im Leben auf nur eine einzige Person zu konzentrieren. Sieh dir doch mal unseren Dad an. Er liebte Mom über alle Maße. Dann starb sie, und seitdem ist er ein seelenloses Phantom. Läuft den ganzen Tag mit herunterhängenden Mundwinkeln durch die Gegend, kann sich an nichts erfreuen und steckt seine wenige Energie darin, irgendwelche langweiligen Paragraphen herunterzubeten. Nein, so will ich nicht werden.«

»Schön, dass du so von mir denkst«, hörte er plötzlich eine vertraute Stimme. Er drehte sich um. George stand im Türrahmen. Beschämt sah er sofort wieder weg.

Scheiße!, knurrte es in ihm.

»Wenn du fertig bist, dich bei deiner Schwester über mich auszulassen, komm bitte in mein Arbeitszimmer.«

Willem nickte reumütig. »Ich lege Marah vorher noch zum Schlafen. Ich werde ihr etwas vorlesen, dann komme ich hinunter. In Ordnung?«

Er erhielt keine Antwort, vernahm nur das Schließen der Tür.

»Mist«, maulte er. »Tja, das war wohl ein Schuss in den Ofen.«

Willem ärgerte sich sehr darüber, dass sein Vater diese Herablassungen belauscht hatte. George war ein Mann, der Gefühle niemals offenbarte, der seine Kinder streng zu Leistung erzog und wirklich, wirklich geizig war, aber er war kein niederträchtiger Mensch.

Das schlechte Gewissen nagte jetzt an Willem.

»Na komm, Marah. Es ist Zeit für ein Schläfchen.«

Er stand von dem Fußboden auf, legte den einen Arm unter Marahs Beine und den anderen unter ihre Achseln, um sie aus dem Rollstuhl zu heben. Beim letzten Mal hatte er geglaubt, sie bald nicht mehr tragen zu können, weil sie von Jahr zu Jahr schwerer wurde, doch heute war sie federleicht. Während ihres vergangenen Krankenhausaufenthalts hatte sie enorm an Gewicht verloren und das bereitete Willem große Sorge. Er legte sie in ihr Gitterbett und beobachtete, wie sich ihre verkrampften Hände entspannten. Daraufhin zog er die Bettdecke über ihren Körper, die für diese Jahreszeit viel zu dick war, aber Marah fror rascher als gesunde Menschen.

»Was soll ich dir heute vorlesen?« Er drehte sich zu dem Regal neben dem Bett um, in dem nicht nur ihre Kinderbücher aufbewahrt wurden, sondern auch eine Flut von Medikamenten, Spritzen, Spucktüchern und Windeln. In dem untersten Fach lag sogar ein Defibrillator, der zum Glück noch nie in Gebrauch gewesen war. Willems Blick wanderte über die Buchtitel. Ihm war bewusst, dass Marah alle seine Vorschläge mit einem deutlichen Brummen ablehnen würde, denn sie wollte stets dieselbe Geschichte hören – seit Jahren.

Er versuchte es dennoch. »Wie wäre es mit Peter Rabbit?«

Ein Brummen.

»Oder Doctor Dolittle?«

Ein noch deutlicheres Brummen.

Er seufzte und sah sie mit grimmiger Miene an. »Ach Marah, wirklich? Schon wieder die kleine Meerjungfrau?«

Kein Brummen.

»Ach, was soll's«, flüsterte er und entnahm das Buch dem Regal – wie schon Dutzende Male zuvor. Manche Seiten waren längst lose, sodass Fallon eine neue Ausgabe gekauft hatte, die Marah aber mit einem störrischen Wutausbruch abgelehnt hatte, denn es beinhaltete modernere Illustrationen.

Es musste *diese* Ausgabe von 1948 sein, eine, die bereits Willems Mutter als Kind gelesen hatte.

Und weil Marah keine andere Geschichte duldete, Willem die Sätze und Dialoge inzwischen auswendig kannte, las er diese nicht, sondern tat das, was er am besten konnte: Er spielte, verwandelte sich in die Meerjungfrau, in die weise Großmutter, in den Prinzen und erweckte die Figuren zum Leben. Hin und wieder blinzelte er zu seiner Schwester, die krampfhaft versuchte, die Augen offen zu halten, und als er die Meerhexe bat, ihn, beziehungsweise die Meerjungfrau in einen Menschen zu verwandeln, war sie schließlich eingeschlafen.

Sobald er diese Szene spielte, dachte er darüber nach, ob Marah vielleicht genau diesen Wunsch in sich trug: die Verwandlung in einen Menschen, der sich auf seinen eigenen Beinen fortbewegte, der endlich ein vollwertiges Mitglied der Gesellschaft war. Ein Mädchen, das sich verliebte, bereit war, für diese Liebe einen hohen Preis zu bezahlen.

Eine Geschichte ohne ein Happy End – so wie es auch das echte Leben meist forderte.

Sachte legte er das Buch wieder zurück in das Regal, beugte sich zu Marah hinunter und küsste ihre Stirn.

»Gute Nacht, meine kleine Seenixe.«

»Schläft sie?«, fragte George, als Willem das Arbeitszimmer betrat und sich auf den Stuhl vor dem Schreibtisch niederließ.

»Ja.«

George notierte etwas in eine Akte, ließ sich von der Anwesenheit seines Sohnes nicht ablenken, was Willem dazu bewegte, seinen Vater genauer unter die Lupe zu nehmen. Er hatte sich äußerlich in den letzten fünfzehn Jahren kaum verändert. Natürlich hatten sich inzwischen etliche Falten in sein Gesicht geschlichen, aber weiterhin trugen seine Wangen dieses gesunde, leuchtende Rot, das irgendwie ulkig anmutete, als kehrte er von einem ausgiebigen Waldspaziergang im tiefsten Winterwetter zurück. Ein gepflegter Mann, mit vollem graumeliertem Haar, das ständig akkurat geschnitten war. Allerdings war er oft zerstreut und seine Hemden falsch geknöpft, so wie auch heute. Seine Gesichtszüge hatten etwas Feminines, und andere Men schen behaupteten gern, Willem sei das Abziehbild seines alten Herrn – was er vehement bestritt, insgeheim jedoch befürchtete, dass diese Behauptung der Wahrheit entsprach.

So würde er also mit Mitte fünfzig aussehen. Noch wusste er nicht, ob ihm diese Vorstellung schmeckte.

George ließ den Stift fallen, sah Willem direkt in die Augen und lehnte sich in seinem Schreibtischstuhl zurück, faltete die Hände wie der Erzbischof von Canterbury. Willem hasste es, wenn er das tat, weil es belehrend wirkte.

»Siehst ziemlich erledigt aus.«

»Ja, kann sein. Ich war gestern Abend auf einem Konzert.«

»Mozart?« Er formte seinen Mund zu einem zynischen Lächeln.

»Grunge.«

»Das harte Studentenleben, was?«

Willem rollte mit den Augen. Dass er in Cambridge studierte, war erfreulich. Dass er sich für ein unnützes Literaturstudium entschieden hatte, war nicht so erfreulich. George machte nie einen Hehl daraus, dass er es bevorzugt hätte, sein Sohn hätte Jura studiert, so wie er selbst. Niemand konnte bestreiten, dass sein Vater ein brillanter Anwalt war. Noch zu Lebzeiten von Willems Mutter war er Partner einer der besten Londoner Kanzleien für Strafverteidigung gewesen, hatte diese Partnerschaft allerdings aufgegeben, um nicht mehr täglich von Canterbury nach London und wieder zurück pendeln zu müssen. Nach dem Tod seiner Frau hatte er sich außerdem eine längere Auszeit genommen, damit er sich um Fallon, Willem und Marah kümmern konnte.

Vor fünf Jahren dann hatte er mit einem ehemaligen Kommilitonen seine eigene Kanzlei auf der Palace Street eröffnet, nur wenige Straßen von der All Saints' Lane entfernt, damit er schnell zu Hause war, sollte etwas mit Marah sein.

»Dad, du hast in den Sechzigerjahren studiert. Willst du mir erzählen, dass du nie die Nacht zum Tage gemacht hast?«

George schien tatsächlich mit runzelnder Stirn über diese Frage nachzudenken. »Nein. Nicht wirklich. Ich hatte immer ein Ziel vor Augen.«

»Ich auch«, wehrte sich Willem.

»Du meinst dieses Schauspiel-Ding?«

»Ja«, knurrte er. »Dieses Schauspiel-Ding.«

George nickte und Willem hatte es satt, seinen Wunsch nach einer Schauspielkarriere dauernd verteidigen zu müssen. Sein Vater würde es ohnehin niemals verstehen.

»Gut. Ich wollte dir nur Bescheid geben, dass Tante Dolores und Onkel Frank heute zum Dinner kommen.«

Willem verzog den Mund. »Du meinst wohl eher Tweedledee und Tweedledum?«

Hatte sein Vater etwa soeben den kurzen Anflug eines Lächelns gezeigt?

Tante Dolores und Onkel Frank waren keine echten Verwandte, sondern langjährige Nachbarn, die dem Klischee *nerviger* Nachbarn alle Ehre erwiesen. Niemand war neugieriger als Dolores, niemand ein pedantischerer Gärtner als Frank. Beide trugen meist die gleichen Jack-Wolfskin-Jacken, sahen sich in ihren kurzen Frisuren und sogar in ihren Mimiken von Jahr zu Jahr ähnlicher.

Frank war in den Siebzigern ein gefeierter Rugbyspieler gewesen, der seine Karriere allerdings nach einem Bandscheibenvorfall frühzeitig beendet hatte, aber nie über diesen Jobverlust hinweggekommen war. Willem kannte wahrlich jede Geschichte zu jeder Spielminute aus Franks glorreichen Zeiten auf dem Feld, denn der Veteran fand selten ein anderes Thema.

»Sei nicht immer so fies, Junge. Dolores und Frank haben uns …«

Er übernahm: »… in all den Jahren aufopferungsvoll unter die Arme gegriffen. Ich weiß.«

Was in Wirklichkeit bedeutete, dass Dolores ihnen ständig die furchtbarsten Aufläufe vorgesetzt und sie die Familie permanent belagert hatte. Morgens, mittags, abends. Die Grenzen zwischen ihrer beider Grundstücke war über die Zeit unausweichlich verschwunden.

Dank Dolores' unermüdlichen Tratschereien waren die Frasers immer auf dem allerneusten Stand der Leben anderer – und die anderen über das Leben der Frasers.

Selbstredend.

Dolores zelebrierte bereits nach dem Mittagessen ausgiebige Gin-Tonic-Orgien, während Frank die meiste Zeit seines Daseins vor dem Fernseher vegetierte und die Sportschau sah.

»Es wäre schön, wenn du uns Gesellschaft leistest. Dolores bringt einen Auflauf mit.«

Wunderbar!

»In Ordnung, aber ich werde nicht lange bleiben. Ich bin noch mit Alfie und den anderen Jungs bei Aunt Belle verabredet.«

Die Unzufriedenheit über diese Nachricht stand George ins Gesicht geschrieben. »Natürlich. Es ist auch zu viel verlangt, dich um ein wenig deiner kostbaren Zeit zu bitten.«

Willem traute seinen Ohren kaum und beschloss, dass diese Unterhaltung beendet war. Er stand auf.

»Jetzt tu bitte nicht so, als wärst du erpicht darauf, Zeit mit mir zu verbringen. Wirfst du so etwas auch Fallon vor? Sie ist so gut wie nie hier.«

George schwieg – wie immer, wenn es um ihrer beider Verhältnis ging oder die ständige Bevorzugung der fabelhaften Fallon.

Willem marschierte zur Tür, aber ihn plagte ein schlechtes Gewissen, weil er nicht wollte, dass sie stritten. Mit der Hand auf der Klinke drehte er sich abermals um.

»Ich werde ja da sein.«

»Danke«, murmelte George, widmete sich dann erneut seinen Gerichtsakten.

»Ich meinte es nicht so. Das, was ich vorhin zu Marah sagte.«

Sein Vater sah wieder auf und blickte Willem lange an. In seinem Gesicht ein Zweifeln, ein Unwohlsein.

»Schon gut. Reden wir nicht mehr drüber.«

Auch das war typisch. In dieser Familie kehrte man lieber Probleme unter den Teppich. Er kannte es nicht anders.

Nachdem Willem über sämtliche Bewohner der All Saints' Lane im Bilde war, er erfahren durfte, dass Betty Corners an einem nässelnden Fußpilz litt, das junge Pärchen von gegenüber jeden Abend lautstark stritt und man derzeit munkelte, der wohlhabende Alan Logan trüge seit Neuestem ein Toupet, reichte es ihm. Dolores redete und redete, während Willem mit seiner Gabel in einem undefinierbaren Gemisch aus zerlaufenem Schimmelkäse, Hühnchen und Tiefkühlgemüse herumstocherte. Die krisselige Sahnesoße war mit Fettaugen versehen, sodass es ihn vor Ekel schüttelte. Er blinzelte zu der großen Wanduhr. Es war bereits acht Uhr, und er beschloss, dass es an der Zeit war, sich aus dieser grotesken Runde auszuklinken.

»Tante Dolores, Onkel Frank.« Weiterhin brachte er diese Anrede schwer über die Lippen. »Ich hoffe, ihr seid mir nicht böse, aber ich bin noch mit den Jungs in Aunt Belles Pub verabredet.«

In Dolores' Augen erkannte er eine Empörung, die sich anschließend in ein gespieltes Wohlwollen transformierte.

»Aber natürlich, mein Lieber. Du musst deinen Samstagabend nicht mit uns Greisen verbringen.« Mit dem Ellbogen stieß sie in Franks Rippengegend. »Los, gib dem Jungen ein bisschen Taschengeld.«

Willem wäre am liebsten im Erdboden versunken und sein Vater machte den gleichen Eindruck.

»Das ist nicht nötig«, kam es sowohl von George als auch von Willem.

Frank zog sein Portemonnaie aus der Hosentasche, öffnete es und hielt ihm einen Zehnpfundschein vor die Nase.

»Nimm es! Amüsier dich.«

Widerwillig nahm er das Geld an. Er wollte nicht undankbar erscheinen, dennoch überlegte er, in welchem Universum zehn Pfund Amüsement bedeuteten.

»Danke, Onkel Frank.«

Er kam sich vor wie ein Sechsjähriger.

Alfie wartete bereits vor dem Pub auf Willem, hatte die Hände in seinem Parka vergraben, die Schultern nach oben gezogen, als wäre ihm kalt, denn an diesem Augustabend war es recht frisch.

Willem rannte die letzten Meter. »Sorry, dass ich zu spät bin. Dolores und Frank haben mich belagert.«

Alfie grinste und seine Augen leuchteten hinter seinen Brillengläsern. »Das macht doch nichts, Will«, sprach er mit seiner weichen Stimme. »Die anderen sind schon drin.«

Willem klopfte dem schmalen Alfie mehrmals auf das Schulterblatt. »Na dann, rein ins Vergnügen.«

Als sie den Pub betraten, steuerte er sofort auf Aunt Belle zu. »Alfie, geh schon mal zu den anderen. Ich besorg uns zwei Bier. Ich geb dir eins aus, hab von Tantchen und Onkelchen Taschengeld bekommen.«

»Im Ernst?«

Willem nickte mit einem Schmunzeln. »Bis gleich.«

Als er auf die Theke zusteuerte, war Belle bereits auf ihn aufmerksam geworden und begrüßte ihn. Er mochte die doch etwas kauzige Belle. Sein Vater war einst ihr Scheidungsanwalt gewesen, hatte vor Gericht erwirkt, dass sie ihren Pub nicht an ihren versoffenen Mann Harold verlor.

Er gab ihr einen Kuss auf die Wange, wie er es immer tat, wenn er den Pub betrat. Mit Belle durfte man es sich keinesfalls verscherzen. In Canterbury gab es einige Bewohner, denen sie ein Hausverbot erteilt hatte. Meist, weil sie in ihrem betrunkenen Zustand ausfallend wurden, doch was sie überhaupt nicht leiden konnte, war wildes Rumgeknutsche und ungenierte Fummeleien. Sie erachtete ihre heiligen Räume als Ausschank und nicht als Puff, wie sie gern zu sagen pflegte.

»Würdest du mir zwei Bier zapfen?«

»Wie geht es Marah?«, fragte sie.

Er lächelte. »Viel besser. Sie hat den Infekt gut überstanden und ist seit letzter Woche wieder zu Hause. Deswegen bin ich dieses Wochenende hier.«

»Das freut mich, zu hören, mein Guter.« Sie reichte ihm die Biere. »Geht aufs Haus.«

»Danke, das ist lieb von dir«, bedankte er sich. Sein Blick wanderte zum anderen Ende der Theke. Vielleicht, weil er sich irgendwie beobachtet vorkam. Dort stand eine junge Frau, die er bisher noch nie hier gesehen hatte. Sie strich sich eine lose Strähne aus dem Gesicht und wandte sofort den Blick von ihm ab, weil er sie beim Anlinsen ertappt hatte.

Jetzt konnte *er* seinen Blick nicht mehr von ihr lassen und verfiel selbst in ein unfreiwilliges Anglotzen. Es war schwer, dieses süße Gesicht mit den ausdrucksvollen Augen nicht anzusehen. Irgendwie schien sie in ihren eigenen Gedanken vertieft zu sein. Sie musste noch recht jung sein. Zumindest glaubte er, dass sie nicht älter als achtzehn war. Sie war hübsch, keine Frage, aber darüber hinaus strahlte sie eine wohltuende Natürlichkeit aus, die ihm gefiel. Das war keine aufgedonnerte Tussi wie die, die sich Willem gern an den Hals warfen – und was er stets zuließ. Das Mädchen war anders, wenn er auch nicht sagen konnte, inwiefern. Möglicherweise, so überlegte er, war es der offene, beinahe verletzliche Blick ins Nirgendwo.

Erst jetzt bemerkte er das leere Tablett in ihren Händen, dessen Rand sie mit zierlichen Fingern umklammerte.

»Ach, Belle, du hast eine Aushilfe gefunden?«

»Ja, das ist Jane Austen.«

Willem konnte sich ein skeptisches Grinsen nicht verkneifen. »Jane Austen? Wirklich?«, sprach er das Mädchen direkt an. »Ich mag den Humor deiner Eltern.«

»Nee«, korrigierte Belle, lachte und hustete, als würde sie gleich den gesamten Teer aus ihren Lungen würgen. »Sie redet nur wie eine zu Fleisch gewordene Elizabeth Bennet, die direkt vom Herrenhaus Mansfield Park in meinen Pub gestolpert ist. Aber im Grunde ist sie wohl eher eine Jane Eyre.«

In Ordnung, das machte dieses Mädchen noch interessanter, jedoch bemerkte er ihr Unbehagen. In diesem Augenblick sah sie ihn flüchtig an, blickte dann wieder an sich hinunter und presste mürrisch die Lippen aufeinander.

»Ungewöhnlich«, sagte er.

»Ihr zwei würdet euch sicherlich ausgesprochen gut verstehen. Unser Willem«, sprach Belle zu ihrer Angestellten, »studiert Literatur am Cambridge College.«

Die junge Frau blieb stumm, nickte nur.

»Du sagst es, als wäre es etwas Besonderes«, sagte Willem und fuhr sich mit der Hand durch das Haar. Bewunderung für seine Studienwahl schlug ihm selten entgegen. Wieder fiel sein Blick auf die junge Frau.

Er konnte sich nicht helfen, aber irgendwie kam sie ihm bekannt vor. Er wusste nur nicht woher. Ihr Gesicht war ihm auf eine unergründliche Art und Weise vertraut, so als würde er sie seit Jahren kennen.

»Willem, das ist ja auch etwas Besonderes«, gab Belle zu verstehen und stellte ein paar Bier auf das Tablett.

»Du weißt, mein Vater sieht das vollkommen anders.«

»Ach, dein Vater spinnt. Wenn es nach ihm ginge, würde die Welt nur aus Bürokraten bestehen.« Belle sah ihre Angestellte an, schob missmutig die Unterlippe vor und stemmte die Hände in die Taille. »Hey Sophie! Bring das Bier!«

»Ja, Ma'am«, antwortete sie. Er ging auf sie zu, weil er das Tablett zum Tisch seiner Freunde bringen wollte, die weiterhin auf ihn warteten. Sie wich einen Schritt zurück, fast so, als hätte er sie mit seinem unerwarteten Herantreten erschrocken.

»Ähm ...«, sagte er irritiert und zeigte auf das Tablett. »Ich wollte dir nur Arbeit ersparen und das Bier selbst zum Tisch bringen.«

»Oh«, sprach sie leise. Er nahm das Tablett, bevor sie protestieren konnte. »Danke.«

»Kein Problem«, erwiderte er, schlenderte dann an ihr vorbei. Er wusste nicht warum, aber dennoch verspürte er das Bedürfnis, sich nochmals zu ihr umzudrehen. Kurz zögerte er und sprach das aus, was ihm durch den Kopf schoss. »Sophie ist ein viel schönerer Name als Jane.«

Sie machte einen Gesichtsausdruck, als hätte sie sich soeben verhört. Er zwinkerte ihr zu, begab sich dann auf den Weg zu seinen Kumpels, die ihn nochmals lautstark empfingen und ihm auf die Schulter klopften.

Willem begrüßte jeden Einzelnen von ihnen. Da waren Matthew und Oliver Davis, die beide begeisterte Rugbyspieler waren und für ihre sportliche Leistung zwei Stipendien an der Canterbury University erhalten hatten. Dass sie Zwillinge waren, konnten sie keineswegs leugnen. Obwohl Willem die zwei seit der Vorschule kannte, fiel es auch ihm manchmal schwer, sie auseinanderzuhalten. Matthew und Oliver – genannt Matt und Oli – hatten die gleiche bullige Statur mit ausladenden Brustkörben, das gleiche rotblonde, kurz geschorene Haar und beider Augenpaare waren seltsam weit auseinanderstehend. Außerdem hatten sie ein Grübchen auf der rechten Seite ihrer Mundwinkel, sodass sie stets amüsiert aussahen.

Robbie Green, das Großmaul der Clique (hatte nicht jede männliche Gruppe einen eben solchen, der immer lauter war als der Rest?), war der Einzige, der keine Universität besuchte, sondern stattdessen als Krankenpfleger im *Kent and Canterbury Hospital* arbeitete. Ständig mussten sie Storys über abgesägte Extremitäten über sich ergehen lassen, die Robbie nach Amputationen entsorgte, oder wie er kiloweise Ausscheidungen der Patienten beseitigte. Während Alfie, Matt und Oli bei all den detaillierten Erzählungen eine grün-blaue Gesichtsfarbe annahmen, versuchten, ihren Würgereiz zu unterdrücken, war Willem nie schockiert. Er hatte Marah so oft gewickelt, gebadet, ihr Erbrochenes weggewischt oder Spritzen gegen die Thrombose gesetzt, dass der Beruf eines Krankenpflegers nur bedingt eine Herausforderung für ihn dargestellt hätte – zumindest, was die Hygiene anbelangte.

Dann war da noch Willems bester Freund Alfie, der ebenfalls in Cambridge ein Jurastudium absolvierte und somit den ersten Platz im Beliebtheitsranking seines Vaters unter all seinen Kumpels einnahm. Wenn Alfie zu Besuch bei den Frasers war (und das kam häufig vor), vereinnahmte George den eloquenten und paragraphenliebenden Alfie in beinahe peinlicher Überschwänglichkeit. Als wäre George mitverantwortlich für Alfies Intelligenz und dessen Ehrgeiz.

»Alfie, was sagst du zum Urteil im Fall von (was auch immer)?«

»Alfie, lass dir gesagt sein, dass unser Rechtssystem erst dann funktioniert, wenn brillante Juristen ihr Handwerk beherrschen und das System kennen. Nur dann macht alles einen Sinn. Werde niemals Teil einer dieser abscheulichen Londoner Wirtschaftskanzleien, die mit haufenweise Etat korrupte Firmenbosse aus der Bredouille zerren. Stehe stets auf der Seite der Gerechten.«

»Alfie, ruf mich an, sobald du dein Staatsexamen absolviert hast. Ich kenne da jemanden …«

Und so weiter und so fort.

Während dieser Konversationen, wobei man sagen musste, dass George ewiglange Monologe hielt und Alfie ihm nur nickend gegenübersaß, fühlte sich Willem unbedeutend. Er war nicht eifersüchtig oder neidisch auf seinen Freund, der von George so viel Zuwendung und Bewunderung erntete, es war mehr ein Bedauern, eine Sehnsucht, die ihn umtrieb. Wie gern hätte auch er solche Unterhaltungen mit seinem Vater geführt, in diese stolzen Augen gesehen, brennend über die Theaterwelt philosophiert.

Willem wusste, dass Alfie diese Situationen mehr als unangenehm waren und er sich stets nach jedem Abendessen bei ihm entschuldigte, was natürlich nicht nötig war, denn ihn traf keine Schuld. Alfie gehörte zu den sensibelsten Menschen, die er kannte, und er liebte ihn wirklich wie einen Bruder, der stets bemerkte, wenn ihn etwas umtrieb.

»Alles in Ordnung, Will?«, fragte er und stieß ihn leicht an, weil er in Gedanken versunken war.

Manchmal wäre ich gern du, dachte Willem, als er in Alfies ausdrucksstarkes Gesicht schaute.

Irgendwie sah er schon seit seiner Kindheit aus wie ein Wirtschaftsprüfer.

»Alles gut. Ich war nur kurz in Gedanken woanders.«

Dass er mit Alfie tauschen wollte, stimmte nur bedingt. Im Grunde war Willem zufrieden mit sich als Individuum. Er glaubte, über eine gewisse Klugheit und Menschenkenntnis zu verfügen, sah in allem meist das Positive und war umzingelt von Freunden, die ihn schätzten, so wie er war. Außerdem lebte der Vollwaise Alfie bei seiner gruseligen Großmutter, die ihn, obwohl er inzwischen über zwanzig war, wie ein kränkelndes Kleinkind behandelte. Noch heute musste er sie genaustens in Kenntnis darüber setzen, wohin er abends ging und mit wem, und wenn sie hörte, dass einer der Jungs an einer Erkältung litt, verbot sie ihm, sie zu treffen. George hatte mal bei läufig erwähnt, dass dieses Verhalten nahe an Missbrauch grenzte, und Willem hatte ihm ausnahmsweise mal zugestimmt.

Erst nach ein paar Bieren stellte sich das ewig rotierende Gedankenkarussell ein. Aunt Belle drehte am Lautstärkeregler und der Song *Tubthumper* von den Chumbawamba dröhnte durch die Lautsprecher, die von der Decke hingen. Matt und Oli sprangen grölend in die Luft, heizten die Stimmung ein, sodass es kein Entkommen gab und die anderen mit ihrer Feierlaune angesteckt wurden. Sogar Alfie hüpfte von einem Bein auf das andere, schrie den Refrain aus voller Inbrunst. Das Bier in seiner Hand schwappte über und durchnässte das blaue Hemd, das er trug.

Willem hatte Aunt Belles Aushilfe fast wieder vergessen, bis sie sich mit einem vollen Tablett zu der Empore kämpfte, denn der Pub war inzwischen rappelvoll. Er machte ihr Platz, damit sie die Getränke auf dem Stehtisch abstellen konnte, wurde jedoch von einem anderen Gast versehentlich angerempelt und zwei der fünf Biere schwappten über das Glas.

»Meine Fresse, pass doch auf, du dumme Nuss«, brüllte Robbie.

»Entschuldigung«, erwiderte Sophie, ohne aufzuschauen.

Einen Moment lang brachte Willem vor Entsetzen kein Wort raus, aber dann stieg Wut in ihm auf.

»Sag mal, geht's noch, Robbie? Das war doch nicht ihre Schuld.« Bei einem solch asozialen Verhalten konnte er aus der Haut fahren.

»Ist doch wahr. Ey Trine, bring uns zwei Neue. Aufs Haus natürlich. Hopp, hopp!«

Sophie nickte betreten und drehte sich um, drängte sich wieder durch die Menge.

»Spinnst du?«, fragte Willem jetzt noch erboster. »Sie ist doch nicht dein Lakai.«

»Spiel dich mal nicht so auf, Fraser.«

Am liebsten hätte er Robbie eine reingehauen, aber Alfie riss an seinem Pullover, um ihn davon abzuhalten.

»Lass es! Du weißt doch, wie er manchmal sein kann.«

»Robbie«, zürnte Willem mit stinkigem Unterton. »Meinetwegen kannst du Leute respektlos behandeln, so oft du willst, aber nicht in meiner Gegenwart. Verstanden?«

Robbies Augen funkelten vor Zorn, die Wangen knallrot, doch dann ließ er die Schultern hängen.

»Schon gut. Hab vielleicht das ein oder andere Bier zu viel intus.«

Mit einem tiefen Seufzen lockerte auch Willem seine angriffslustige Haltung. Sein Blick schweifte zur Theke und er beobachtete, wie Sophie Geld aus ihrer Hosentasche herausnahm und in ihr Kellnerportemonnaie steckte. Ihm war sofort klar, dass sie die neuen Biere, die Robbie so unwürdig verlangt hatte, von ihrem eigenen Trinkgeld bezahlte.

Als Willem das sah, brach es ihm das Herz.

Nur wenige Minuten später brachte sie die Biere, und bevor sie wieder verschwinden konnte, hielt er sie zurück, was sie offensichtlich abermals seltsam verängstigte. Scheinbar mochte sie keine ruckartigen Bewegungen oder überraschenden Annäherungen. Schnell ließ er wieder von ihrem Ellbogen ab. Dennoch war es ihm ein Bedürfnis, sich mit ihr zu unterhalten.

»Sophie, mein Freund Robbie hat dir was zu sagen.«

Robbie horchte verdutzter Miene auf und sah Willem fragend an, bis er in Zeitlupengeschwindigkeit kapierte, was er von ihm erwartete.

»'tschuldigung«, murmelte er so leise, dass man seine Entschuldigung nur erahnen konnte.

»Was hast du gesagt?«, rief Willem dann überlaut und hielt sich die Hand ans Ohr.

»Alter, was willst ...«, blökte Robbie, fing sich aber sofort. »Ach, was soll's. *Eeentschuuuldigung.*«

»Geht doch«, entgegnete Willem mit einem genugtuenden Lächeln.

»Schon gut. Es war ja meine Schuld«, antwortete Sophie und er vernahm den weichen Klang ihrer Stimme. Von Nahem bemerkte er die ungewöhnliche Farbe ihrer Augen, die beim ersten Hinsehen dunkelbraun erschienen waren, auf dem zweiten Blick jedoch dunkelgrün waren.

Da die Musik ohrenbetäubend laut war, beugte er sich vorsichtig zu ihr hinunter.

»Du kommst nicht von hier, oder?«

»Ähm, nein. Ich ... ich komme aus Liverpool.«

»Oh, das habe ich mir schon fast gedacht.«

»Wieso?«

»Du hast einen leichten Scouse-Akzent. Was verschlägt dich nach Canterbury?«

Deutlich erkannte er ein Zögern.

»Ich spare für ein Studium. Aunt Belle ist eine alte Bekannte und sie bot mir diese Arbeit an.«

Willem nickte und lächelte aufrichtig. Sie presste die Lippen zusammen und sah ihn direkt an. Als auch er sie genauer betrachtete, fiel es ihm wie Schuppen von den Augen und jetzt wusste er, weshalb er die ganze Zeit das Gefühl hatte, sie ewig zu kennen.

Diese Assoziation war so verrückt, dass er beinahe an seinem Verstand zweifelte.

Sophie sah haargenau aus wie die illustrierte Meerjungfrau aus Marahs Lieblingsbuch. Das herzförmige Gesicht, die feine Nase, der klare Blick, der wohlgeformte Mund und das lange Haar, auch wenn es dunkler war als in der Zeichnung.

Marah würde vor Freude weinen, wenn er ihr Sophie vorstellen würde.

Plötzlich kam ihm eine Idee, die er lange in sich trug.

»Darf ich dich nach deinem Feierabend etwas fragen?«, rief er ihr zu und kämpfte gegen die laute Musik an. Seine schlagartige Nervosität erstaunte ihn.

Ein misstrauischer Ausdruck huschte über ihr Gesicht. »Was denn?«

»Keine Sorge. Es ist nichts Schlimmes. Also, nicht irgendetwas ... wie soll ich es sagen? Nichts Verwerfliches oder Anrüchiges, falls du das glaubst.«

Was redete er da für einen Unsinn?

»In Ordnung«, flüsterte sie, verlor aber die Skepsis in ihren Augen nicht. »Ich muss jetzt weiterarbeiten.«

»Natürlich.«

Als sie den Stehtisch verließ, konnte er sich dem Gelächter seiner Kumpels nicht entziehen.

»Mensch, Will, die ist gar nicht dein Typ. Was ist denn los mit dir? Die ist doch noch grün hinter den Ohren«, kam es johlend von Matt und erhielt einen nickenden Zuspruch seines Bruders Oli.

Genervt schüttelte Willem den Kopf. »Nicht das, was ihr denkt.«

»Priya lässt dich wohl immer noch nicht ran, was?«, fragte Robbie schmunzelnd.

Priya Chandra, ebenfalls aus Canterbury, ebenfalls an der Cambridge University, war Willems einzige Herzschmerzliebe, da sie ihn wie einen Fisch auf dem Trockenen zappeln ließ, und das seit Jahren. Sie war eine Schönheit, die ihresgleichen suchte, belesen, aus einem guten Elternhaus und zu seinem Leidwesen unnahbar wie die Queen. Ihr Vater war einer der ersten indischstämmigen Abgeordneten der Labour-Partei und ihre englische Mutter Vorschullehrerin hier in der Stadt. Obwohl beide die meiste Zeit ihres Lebens in Cambridge verbrachten, liefen sie sich kaum über den Weg. Willem studierte am Premboke College, wohingegen Priya ein Medizinstudium am St John's College absolvierte. Hin und wieder hatten sie sich auf einen Kaffee getroffen, doch dabei war es dann auch geblieben.

Während es Willem niemals an interessierten Frauen mangelte, die ihn wirklich mochten (und er sie), biss er sich an Priya seit einer Ewigkeit die Zähne aus.

»Ach Robbie, ganz davon abgesehen, dass dich das überhaupt nichts angeht, muss ich dir die Illusion rauben. Ich habe nächste Woche ein Date mit ihr.« Willem verschwieg, dass es sich hierbei wieder nur um eine nachmittägliche Verabredung zum Tee handelte. Er würde Priya schon noch von sich überzeugen. Es war nur eine Frage der Zeit.

Abermals suchte sein Blick nach Sophie.

Irgendetwas geschah mit ihm, wenn er sie ansah. Etwas, das ihm unbekannt war.

Little Lies

Der selbe Abend

Sophies Füße schmerzten, brannten in den Absatzschuhen, die ihre Arbeitgeberin vorschrieb, damit sie *erwachsener* aussah. Die heutige Schicht war wirklich anstrengend gewesen. Sie sehnte sich sehr nach ihrem Bett. Mehr als sonst.

Endlich läutete Aunt Belle die Glocke, um die Sperrstunde anzukündigen. Das Läuten diente auch Sophie als Appell, die Gäste abzukassieren, die gewohnt maulig auf das nahende Ende des Abends reagierten. Mit der Geldbörse in der Hand trat sie an den Stehtisch des Jungstrupps rund um Willem.

»Ich muss euch abkassieren«, sagte sie leise – zu leise, sodass sie es lautstark wiederholte, um auf sich aufmerksam zu machen.

Dass Willem sie gleich etwas fragen wollte, hatte sie natürlich nicht vergessen. Sie war verunsichert. Verstohlen sah sie zu ihm auf.

Ein jeder bezahlte seinen Bierdeckel.

»Denk dran, die verschütteten Biere zahlen wir nicht«, erinnerte Robbie sie.

»Ich weiß.« Als Letzter war Willem an der Reihe. »Das macht zwölf Pfund.« Er nickte mit einem Lächeln und reichte ihr das Geld. Sie runzelte die Stirn. »Das sind sieben Pfund zu viel.«

»Nimm es bitte«, flüsterte er ihr ins Ohr. »Ich habe gesehen, dass du das verschüttete Bier aus deinem eigenen Portemonnaie bezahlt hast.«

Sophie sah ihn erstaunt an. Die anderen waren wieder in ihren Gesprächen vertieft.

»Das kann ich nicht annehmen. Das ist viel zu viel.«

»Doch, das kannst du.«

Sie lächelte, obwohl sie das Gefühl hatte, ein Stromschlag jagte durch ihren Körper. Sie strich sich eine Strähne aus dem Gesicht, ohne ihren Blick von ihm abzuwenden, und Augenblicke später wurde ihr bewusst, dass sie ihn schon wieder anstarrte.

Wie peinlich, dachte sie und senkte den Kopf. »Das ist sehr nett von dir. Vielen Dank.«

»Gern geschehen.«

Die meisten Gäste waren inzwischen aus dem Pub verschwunden, angeheitert und torkelnd. Ebenso war Willems Clique in Aufbruchstimmung. Sophie wischte über die bierverklebten Tische, sah immer wieder zu ihnen hinüber und hoffte inständig, Willem hätte sein Anliegen vergessen.

Oder vielleicht auch nicht? Aus einem ihr nicht erklärbaren Umstand fühlte sie sich regelrecht von ihm angezogen. Solch ein Gefühl kannte sie nicht, machte sie doch vor Unbekannten – vor allem Männern – einen riesengroßen Bogen.

Das hatte Gründe.

Gründe, über die sie nur ungern nachdachte.

Diese Anziehung hatte weniger etwas mit Willems Aussehen zu tun, obwohl sie ihm eine gewisse Attraktivität nicht absprechen wollte. Womöglich war es eher das freundliche und offene Lächeln. Er war schlank und drahtig, seine breiten Schultern bildeten einen Kontrast zu den schmalen Hüften.

Doch auch das war es nicht.

Es waren seine offenen und außergewöhnlichen Augen, die in einem leuchtenden Meeresblau strahlten, die Iris umgeben von einem

Schimmern. Oder war es seine höfliche Art, die ihn von all den Männern unterschied, denen Sophie bislang begegnet war?

»Willem?«, fragte einer der Zwillingsbrüder, als sie dabei waren, den Pub zu verlassen. »Gehen wir noch zu dir?«

Willem schüttelte den Kopf. »Sorry, Jungs, heute nicht. Geht schon mal. Ich habe hier noch was zu erledigen.«

Robbie grinste schief und lugte zu Sophie. »Fraser, echt jetzt? Du lässt auch wirklich nichts anbrennen.«

Willem ging zu Robbie und Sophie spitzte von Neugier getrieben die Ohren.

»Nicht das, was du denkst«, sagte er seinem Freund im Flüsterton. Dann verabschiedete er sich von den Jungs und kam auf sie zu. Ihr ganzer Körper war von Nervosität erfüllt. Jetzt wünschte sie, er würde doch wieder kehrtmachen, um sie nicht zu belangen.

Willem sah zu Aunt Belle und irgendetwas, das seine Aufmerksamkeit beanspruchte. Über seine Augen legte sich ein finsterer Schatten, sodass Sophie sich ebenfalls umschaute.

»Was zum Teufel macht Harold denn wieder hier?«, fragte er. Eine Frage, die er nicht an sie richtete, eher an ihn selbst.

Harold hatte schon die ganze Zeit am Ende der Theke gesessen wie auch am Abend zuvor, hatte stumm ein Bier nach dem anderen getrunken. Belle stellte ihm ein Frischgezapftes vor die Nase und legte dann die Hände in die Taille, wie sie es gern tat, wenn sie ungehalten war.

»Das ist das letzte. Morgen früh bist du wieder verschwunden!«

»Von dir lasse ich mir gar nichts befehlen. Ich bleibe, so lange ich will.«

Willem ließ Sophie stehen und näherte sich der Theke. »Belle? Ist alles in Ordnung?«

»Misch dich nicht ein, Fraser!«, blökte Harold. »Geh nach Hause zu deinem Halsabschneider-Daddy. Hier unterhalten sich Erwachsene.«

Belle sah Willem mit einem schiefen Lächeln an. »Alles gut.«

»Nichts ist gut«, maulte der Exmann, trank einen großen Schluck und schlug das Glas auf die Theke, sodass die Hälfte des Biers überschwappte. »Ich werde nirgendwo hingehen. Ich habe ein Recht, hier zu sein.«

Sophies Alarmglocken schrillten. Genau vor Männern wie Harold fürchtete sie sich schon ihr ganzes Leben. Kerle, die, übermannt von ihrem Jähzorn und ihrer Frustration, rücksichtslos andere Menschen verletzten. Sie erkannte, dass Willem eine angespannte Haltung angenommen hatte, er bäumte sich regelrecht auf.

»Nein, du hast kein Recht, hier zu sein«, sagte er scharf. »Soweit ich weiß, hat der Richter Belle den Pub zugesprochen. Und nicht dir.«

»Willst du mich verarschen?«, brüllte Harold durch den stillen Pub, griff nach seinem Bierglas und warf es in Willems Richtung. Es verfehlte ihn zwar, flog jedoch nur knapp an Sophies Kopf vorbei.

Vor Schreck schrie sie auf und das Glas zerbrach auf den Holzdielen.

Belle schien wie gelähmt.

»Alles in Ordnung?«, fragte Willem entsetzt, als er sich zu Sophie umdrehte, die betreten nickte. Dann eilte er auf Harold zu, der ebenfalls von seinem Barhocker rutschte und sich gefährlich vor ihm aufbaute.

»Sag mal, hast du den Verstand verloren? Du hättest jemanden verletzen können.«

Harold packte Willems Schulter, und Sophie sah, wie sich seine Pranken in das Fleisch gruben.

»Ich sagte, du sollst dich nicht einmischen, du Bettnässer.«

»Und ob ich mich einmische. Ich kenne dich, Harold. Du bist ein unberechenbarer Säufer, der hier alle Jubeljahre aufschlägt und seine Exfrau bedrängt, weil ihm mal wieder die Kohle ausgegangen ist. Was war es dieses Mal? Glücksspiel? Hast dich mal wieder verzockt, nicht wahr?«

»Du verdammter kleiner Pisser«, schrie Harold außer sich.

Willem schubste Harold von sich, der taumelnd beinahe das Gleichgewicht verlor. Doch dann rappelte er sich wieder auf, holte aus, schlug Willem gnadenlos ins Gesicht. Sein Kopf wurde nach hinten geschleudert, und Sophie legte vor Entsetzen die Hand auf den Mund. Seine Beine hielten der Wucht des Schlags nicht stand und er stürzte zu Boden.

»Schluss jetzt«, brüllte Belle. Sophie drängte sich von Angst erfüllt in eine Ecke.

»Los, steh auf!«, brüllte Harold. »Ich habe die Schnauze von euch versnobten Arschlöchern gestrichen voll. Anwälte, die aus Geldgier und Arroganz andere zu Grunde richten. Und dann so überhebliche Armleuchter, wie du einer bist, die denken, ihnen gehört die Welt, weil ihre Daddys eben solche beschissenen Rechtsverdreher sind.«

Willem regte sich und versuchte, sich aufzurichten, doch Harold trat ihm erbarmungslos in die Rippe. Da sprang Belle vor ihren Exmann.

»Hör endlich auf«, schrie sie und verhinderte, dass er wiederholt zutrat.

Sophie bewegte sich aus ihrem sicheren Versteck und zwängte sich ebenfalls dazwischen, drängte Harold mit dem Ellbogen beiseite.

»Du wirst jetzt sofort *meinen* Pub verlassen, sonst alarmiere ich die Polizei. Ich schwöre dir, ich werde dafür sorgen, dass du im Knast landest.«

Als Sophie das hörte, schluckte sie.

Bloß keine Polizei.

Das Blut in ihren Adern schien einzufrieren. Selbst vollkommen von Furcht benommen reichte sie Willem die Hand und half ihm auf die Beine. Die Spur des Schlages auf seinen Lippen war nicht zu übersehen. Eine dünne Blutspur rann vom rechten Mundwinkel das Kinn hinunter, tropfte auf den Holzboden. Mit dem Handrücken wischte er sich das Blut aus dem Gesicht.

Belle riss an Harolds kariertem Hemd, schleifte ihn hinter sich her und trat mit dem Fuß die Tür auf. Mit dem Zeigefinger zeigte sie in die Dunkelheit.

»Raus jetzt! Und komm nie wieder.«

Harold atmete schwer. Zu Sophies Entsetzen schob er Belle so brutal zur Seite, dass sie das Gleichgewicht verlor und stürzte. Er schien das gar nicht zu bemerken, steuerte abermals auf Willem zu, doch in dieser Sekunde stellte sich Sophie ihm in den Weg. Geistesgegenwärtig nahm sie das Tablett zur Hand und donnerte es ihm so hart ins Gesicht, dass er schwer wie ein Sack Reis umfiel.

Sophie war so erschrocken über sich selbst, dass sie vor Entsetzen kreischte. »O mein Gott! Ist er tot?«, fragte sie hysterisch und ihre Knie schlotterten.

Willem kniete sich neben Harold und tastete nach seinem Puls. »Nein, er ist nur bewusstlos. Los, Harold, aufwachen!«

Dieser brummte voller Elend und regte sich. Sophie fiel ein Felsbrocken vom Herzen. Sie war kurz und dran, sich bei ihm zu entschuldigen, doch Willem packte Harolds Arm und zerrte ihn über die Holzdielen. Er zwang ihn, aufzustehen, und als Harold sich offensichtlich berappelt hatte, schubste Willem ihn durch die Eingangstür des Pubs.

Draußen taumelte Harold und bewarf Willem mit unaussprechlichen Hasstiraden, die ihn aber unverkennbar unberührt ließen.

»Belle, bitte verriegle die Tür.«

Sie nickte und tat, was er sagte.

Zitternd führte sich Belle einen Schnaps zum Mund, trank ihn in einem Schluck weg und goss auch Willem einen ein.

Sophie legte Eiswürfel in ein Stofftuch, verknotete die Enden und reichte ihm den Beutel. Er platzierte ihn auf der geschwollenen Stelle seiner Lippe.

»Ach verdammt, Willem, es tut mir wirklich sehr leid«, brachte Belle voller Reue zum Ausdruck.

»Das muss es nicht. Du kannst nichts dafür«, nuschelte er.

»Und ob«, sagte sie, goss noch einen weiteren Schnaps ein. »Ich weiß nicht, weshalb ich ihm immer wieder erlaube, hier aufzuschlagen. Manchmal siegt einfach mein Mitleid über meine Vernunft. Jedes Mal ist es dasselbe mit ihm. Ich werde wohl noch weitere siebzig Jahre leben müssen, um das zu begreifen.«

»Du bist einfach zu gut für diese Welt. Er ist ein versoffener Spinner, der nicht verkraftet hat, aus seinem Polizeidienst entlassen worden zu sein.«

Sophie hatte weiterhin Mühe, alles zu verarbeiten, setzte sich dann neben Willem auf einen Barhocker. Obwohl es nicht ihre Art war, traute sie sich dennoch, Belle zu fragen, warum Harold nach wie vor der Überzeugung war, der Pub gehörte auch ihm.

»Gar nichts hier gehört ihm. Das Haus ist in der sechsten Generation meiner Familie. Wir sind hier in Canterbury alteingesessen wie kaum jemand anderes. Harold kam mit leeren Taschen, lebte eines Tages nur noch auf meine Kosten und verzockte unser ganzes Erspartes in irgendwelchen Spielotheken. Irgendwann reichte es mir.«

Willem blinzelte zu Sophie hinüber. »Mein Vater war Belles Scheidungsanwalt, und ihm gelang es, dass ihr alles hier zugesprochen wurde. Ausnahmslos.«

»Harold durfte nicht einmal eine Klobürste mitnehmen«, erklärte Belle mit Sarkasmus in der Stimme. Sie gähnte und schaute erschöpft ins Nichts. »Als ich ihn heiratete, hätte ich niemals für möglich gehalten, dass es jemals so weit kommen würde.«

Sophie glaubte, in ihren Augen eine gewisse Schwermut auszumachen. Vorsichtig öffnete sie die Lippen. »Er hat mir heute von

Ihrer gemeinsamen Tochter Clara erzählt. Und dass sie sehr früh gestorben ist.«

Belle sah sie an, als hätte Sophie sie in diesem Augenblick aus einem Tiefschlaf aufgerüttelt.

Von Willem hörte sie ein Schlucken.

»Mädchen, ich glaube nicht, dass dich das irgendetwas angehen würde.« Sie schnappte nach Luft und Sophie wusste nicht, wie sie reagieren sollte.

»Verzeihen Sie, Ma'am, ich wollte Sie nicht verärgern.«

»Kannst du mal aufhören, mich permanent mit Ma'am anzusprechen? Das ist ja fürchterlich«, zürnte Belle, ließ im nächsten Moment jedoch die Schultern hängen. »Tut mir leid, Mädchen. Ich bin wohl noch etwas aufgebracht und hundemüde.«

»Nicht schlimm«, entgegnete Sophie kleinlaut.

Willem legte den Eisbeutel auf die Theke und drehte sich zur Tür um. »Wie wäre es, wenn ihr ins Bett geht? Ich bleibe hier und passe auf, dass Harold nicht zurückkehrt.«

»Aber Willem, das ist doch nicht nötig.«

»Doch, das ist es. Solange dein Exmann seinen Rausch nicht ausgeschlafen hat, traue ich ihm alles zu.«

Belle sah ihn lange an, grübelte deutlich.

»Na schön, wenn du darauf bestehst. Allerdings muss ich noch sauber machen. Die Toiletten sehen schlimm aus. Der Boden muss auch gefegt werden.«

»Das übernehme ich«, rief Sophie.

Skeptisch sah Belle sie an, nahm es aber hin und befreite sich von ihrer Schürze.

»Nun, wenn das so ist, gehe ich nach oben.« Sie verabschiedete sich von Willem mit einer Umarmung, wohingegen Sophie nur einen warnenden Blick erntete. Daraufhin verschwand Belle durch den Hintereingang.

Unbeholfen zupfte Sophie an den Ärmeln ihres Pullovers, und sie ärgerte sich für ihr Angebot, weil sie jetzt mit Willem ganz allein war. Sie glitt von dem Barhocker und begann mit der Reinigung der Zapfanlage.

»Belle kann manchmal ein wenig ruppig sein«, sagte er.

»Das stimmt wohl. Trotzdem bin ich ihr sehr dankbar.«

Stumm nickte er und sah sie nachdenklich an. »Wenn du mir verrätst, wo der Besen ist, dann kehre ich schon mal den Boden.«

»Ähm, ja. Der befindet sich hier im Abstellraum neben der Toilette. Aber wäre es nicht besser, du würdest sitzen bleiben und deine Lippe kühlen?«

Er schüttelte den Kopf und stand auf. »Nein, nein. Es geht wieder.«

Als er mit dem Besen über den Boden fegte, fragte er: »Weißt du eigentlich, weshalb man sie Belle nennt?«

Sophie runzelte die Stirn. »Ist das nicht ihr richtiger Name?«

»Nein. Ihr richtiger Name ist Mary Burton.«

»Wirklich?«, fragte sie erstaunt. »Und warum redet sie die ganze Welt mit Aunt Belle an?«

»In den Fünfzigerjahren war sie eine Schönheitskönigin und gewann beinahe jeden Wettbewerb. Man sagt, sie sei so schön gewesen, dass selbst der Erzbischof von Canterbury in sie verliebt gewesen sein soll. Ob das stimmt, weiß ich natürlich nicht. Aber weil sie so unglaublich schön war, nannten sie alle Belle. Kurz bevor sie zur Wahl der Miss England antrat, begegnete sie Harold, der hier in der Stadt als Polizeianwärter arbeitete. Sie verliebten sich und heirateten. Recht schnell. Man munkelt, es sei eine Schrotflintenhochzeit gewesen.«

Sie lächelte. »Eine was?«

»Sie soll schon vor der Hochzeit schwanger gewesen sein.« Willem hörte für einen Moment auf, zu fegen, stützte seinen Unterarm auf den Besenstil und sprach weiter. »Tja, so wie mein Vater mir mal erzählt hat, erkrankte ihre gemeinsame Tochter Clara mit Anfang zwanzig an Leukämie und starb nach einigen erfolglosen Chemotherapien. Ich glaube, ihr Tod hat Harold so sehr aus der Bahn geworfen, dass er zu trinken begann. Irgendwann kreuzte er nur noch betrunken im Dienst auf, sodass er suspendiert wurde. Danach ging alles andere ebenfalls den Bach hinunter.«

»Das muss alles furchtbar für die beiden gewesen sein.«

»Bestimmt.«

»Danke, dass du mir davon erzählt hast. Jetzt kann ich Aunt Belles manchmal sehr grantige Art besser verstehen. Und weshalb *Aunt* Belle?«

Er lachte. »Ganz ehrlich? Ich habe keine Ahnung. Vielleicht weil sie sich mit den Jahren zu einem verschrobenen Tantchen entwickelt hat, die immer noch ihre alten Klunker um den Hals legt und jeden Montag in einer Reihe mit den anderen Tratschtanten im Frisiersalon unter einer Trockenhaube sitzt.«

Beide lachten.

»Die Erklärung könnte stimmen.«

Willem bat Sophie, das Radio anzustellen, damit es nicht ganz so still war. Diese Bitte kam ihr gelegen. Nach einer guten halben Stunde war der Boden gefegt, die Gläser gespült und poliert.

Er setzte sich an die Theke und Sophie reichte ihm wieder einen Eisbeutel, den er ein bisschen widerwillig annahm.

»Aunt Belle kann sich bestimmt glücklich schätzen, dass du ihr hier aushilfst.«

»Ich hoffe es«, flüsterte sie. »Als ich hierherkam, also nach Canterbury, wusste ich nicht, was ich mit meinem Leben anstellen sollte. Doch als ich den Fuß aus dem Bus setzte, spürte ich ein gewisses Heimatgefühl. Seither habe ich so viele freundliche Menschen kennengelernt und bin unendlich dankbar, dass ich hier arbeiten und in einem der Pensionszimmer leben darf. Mit so viel Glück hätte ich niemals gerechnet und …« Sie war über ihre eigene Redseligkeit mehr als erstaunt, doch die Worte waren einfach aus ihr herausgesprudelt. Sie überlegte, von nun an zu schweigen, aber seltsamerweise wollte sie das gar nicht, denn sie spürte, wie konzentriert und aufmerksam er ihr zuhörte.

»Jedenfalls gefällt es mir hier.«

»Das kann ich verstehen. Canterbury ist wirklich wunderschön. Wenn man mal die ganzen Touristen vergisst, die hier tagtäglich mit Dutzenden Reisebussen aufschlagen«, sagte er mit einem Grinsen.

»Ich muss zu meiner Schande gestehen, dass ich noch gar nicht so viel von der Stadt gesehen habe.«

»Das sollte sich aber schnellstens ändern, Sophie«, erwiderte er mit einem Zwinkern, und sie mochte, wie er ihren Namen aussprach, so weich und melodisch. Das kannte sie nicht. Mit dem Finger umkreiste er den Rand des Bierglases. Sie hatte ihm noch ein letztes gezapft, ohne es abzukassieren – als Dank für sein Bleiben. Aunt Belle würde sicherlich nichts dagegen haben, schließlich war er hier, um auf sie und den Pub aufzupassen.

Vielleicht war er auch ihretwegen geblieben.

Zumindest stellte sie sich das in diesem Moment gern vor. Obwohl sie einander nicht näher kannten, fühlte es sich aus unerfindlichen Gründen anders an. Dann dachte sie aber an ihr abscheuliches Leben vor Canterbury, und dass sie nicht wollte, dass Willem jemals dahinterkam, was mit ihr geschehen war. In ihrem Inneren herrschte eine unüberwindbare Scham, ein Hass gegen sich selbst und einer, der sich gegen alle richtete, die ihr so viel Unaussprechliches angetan hatten.

Nein, Willem durfte niemals wissen, wer sie in Wirklichkeit war. Und obwohl sie sich darauf eingestellt hatte, überrumpelte sie seine nachfolgende Frage.

»Du hast gesagt, du stammst aus Liverpool? Leben deine Eltern auch dort?«

Sie zögerte, bevor sie ihm antwortete. »Meine Eltern sind tot.«

Willem wirkte, als hätte ihn soeben ein Lkw angefahren. »Oh, ich ... Bitte entschuldige. Das tut mir sehr leid, Sophie.«

»Nein, nein, das muss es nicht«, sprach sie leise. Reglos starrten sie sich an und sie trat von einem Bein auf das andere. »Ich spreche nur nicht gern darüber.«

»Das kann ich verstehen. Meine Mutter starb auch vor einiger Zeit. Ich war erst sieben Jahre alt und weiß, was ein solcher Verlust bedeutet.«

Eine unangenehme Stille dehnte sich zwischen ihnen aus und Sophie suchte händeringend nach einem anderen Thema.

»Du wolltest mich etwas fragen.«

Er krauste die Stirn, zog dann die Augenbrauen hoch. »Ach ja, richtig. Das hatte ich glatt vergessen.« Sie wartete darauf, dass er weitersprach, doch in seinem Gesicht erkannte sie eine peinliche Berührtheit, so als würde er sich nicht mehr trauen.

»Ich weiß, das hört sich bestimmt total verrückt an, aber ...« Er lachte verlegen, strich sich mit den Fingern über die Stirn. »Kennst du die Geschichte *Die kleine Meerjungfrau* von Hans Christian Andersen? Also die Originalgeschichte, nicht den Zeichentrickfilm.«

Sie war verwirrt. »Ich glaube nicht, dass ich das Buch gelesen habe.«

»Es ist die Lieblingsgeschichte meiner Schwester Marah.«

Sophie nickte, konnte mit dieser Info allerdings nicht viel anfangen.

Mit einem Schlag lag etwas Gequältes in seiner Miene. »Marah ist seit ihrer Geburt schwerbehindert. Körperlich. Die Ärzte denken, sie habe den Verstand eines Kleinkindes. Aber ich glaube das nicht.«

»Oh, das tut mir leid.«

»Das muss es nicht. Es ging ihr in den letzten Monaten ziemlich schlecht. Sie lag einige Wochen im Krankenhaus und ist erst seit wenigen Tagen wieder zu Hause. Immer wenn es ihr nicht gut geht, lesen wir ihr die Geschichte der kleinen Meerjungfrau vor, und ich bin mir sicher, dass es sie aufmuntert. Nun ja, als ich dich heute sah, überlegte ich, woher ich dich kenne, aber ich kam nicht drauf. Im Laufe des Abends fiel es mir ein. Ich bitte dich, mich nicht auszulachen.«

»Werde ich nicht. Versprochen.«

»Du siehst haargenau aus wie die Illustration der Meerjungfrau in Marahs Buch.«

Sie hätte nicht verwunderter sein können. Sie wusste nicht, ob diese Assoziation mit einem flossenbestückten gemalten Fabelwesen ein Kompliment darstellte.

»Okay«, sprach sie zögerlich.

Willem presste die Lippen zusammen, verzog dann schmerzverzerrt das Gesicht, weil er wohl seine Verletzung vergessen hatte.

»Marah wird Anfang Oktober vierzehn, und schon lange geistert eine Idee in meinen Gedanken herum, die allerdings recht aufwendig umzusetzen ist.«

»Und welche?«

»Ich würde gern an ihrem Geburtstag die Geschichte als Theaterstück aufführen. Nur für sie. Bislang fehlte mir aber der richtige Impuls, um ein solches Stück zu realisieren. Bis ... bis ich dich heute sah ...«

Es machte den Eindruck, als wartete er auf eine Reaktion von ihr. Sie musste fast lachen vor Erleichterung, weil er tatsächlich nichts Anrüchiges im Schilde führte. Dennoch wusste sie nicht, was sie erwidern sollte, und blieb stumm.

»Die Meerjungfrau ist sehr hübsch, musst du wissen.«

Sophie wollte etwas sagen, egal was, aber sie hatte das Gefühl, in seinen Augen zu ertrinken, und fand keine Worte. Also starrte sie ihn wieder nur an, wie so oft schon an diesem Abend, allerdings dieses Mal aus purer Ungläubigkeit.

Versuchte Willem etwa, ihr durch die Blume zu sagen, dass er sie hübsch fand? Sie legte den Kopf schief, versuchte, in seinem Gesicht zu ergründen, ob er sich vielleicht über sie lustig machte.

In seinem Ausdruck lag wieder dieses Warten, doch als er abermals auf Sophies Stillschweigen stieß, sprach er weiter: »Ich hoffe, ich überrumple dich nicht mit meiner Idee. Marah wäre bestimmt außer sich vor Freude, wenn du den Part der Meerjungfrau übernehmen würdest, sofern du neben deiner Arbeit hier im Pub Zeit findest. Wir müssten natürlich einige Male proben. Die Kostüme könnte ich aus dem Theaterfundus in Cambridge organisieren. Andere Rollen wie die der Meerhexe oder des Prinzen müssen selbstverständlich auch besetzt werden, aber ich habe einen recht großen Freundeskreis, deshalb …«

»Moment«, unterbrach sie ihn in seinem Enthusiasmus. »Ich kann überhaupt nicht schauspielern. Zudem kenne ich die Geschichte nicht. Ich glaube auch nicht, dass ich den Mut aufbringen würde, einen Text vor anderen aufzusagen.«

Willems Gesicht nahm einen desillusionierten Ausdruck an, ehe er ihr antwortete. »Ich verstehe. Ich habe dich wirklich damit überrumpelt, nicht wahr?« Sie zuckte mit den Schultern. »Entschuldige bitte. Ich war wohl etwas zu überschwänglich.« Er senkte kurz die Lider, blickte sie dann wieder mit sanften Augen an. »Ach, es ist eine Schnapsidee. Bitte vergiss es einfach.«

Sophie fühlte sich mit einem Mal ziemlich miserabel.

Er lächelte, womöglich, weil er ihr schlechtes Gewissen erkannte und sie aufmuntern wollte.

»Du liebst Marah wohl sehr, oder?«

»Ja«, sagte er so herzerwärmend deutlich, dass Sophie kurz aufhorchte. Dieses kleine Wörtchen *Ja* berührte ihr Herz, weil es so ehrlich und aufrichtig klang. »Ich habe noch eine ältere Schwester. Fallon. Ich muss aber sagen, dass wir sehr unterschiedlich sind und uns oft in die Haare kriegen.«

»Ich habe mal gehört, dass man oft Verwandte nicht ausstehen kann, weil sie einem zu ähnlich sind.«

Willem lachte herzlich. »Da ist bestimmt etwas Wahres dran.«

»Magst du mir erzählen, wovon die kleine Meerjungfrau handelt? Ich habe leider nie den Zeichentrickfilm gesehen«, sagte sie.

»Gern«, flüsterte er, sah zu seinem fast leer getrunkenen Bier und anschließend wieder zu Sophie, die immer noch hinter der Theke stand. »Aber nur, wenn ich noch eins bekomme und auch erst dann, wenn du dir ebenfalls eins zapfst und dich neben mich setzt.«

Sie nickte, zapfte sowohl ihm als auch sich selbst ein Bier, obwohl sie nicht gern Alkohol trank – und es laut Gesetz nicht einmal durfte. Aber diese Blöße wollte sie sich nicht geben, und sie glaubte, ihm damit wenigstens ein bisschen Geselligkeit zu schenken, wo sie doch sonst eher einem schweigenden Grab glich. Anschließend setzte sie sich auf den Hocker neben ihm und er begann, ihr von der kleinen Meerjungfrau zu erzählen.

Sophie hing an seinen Lippen und war beeindruckt davon, wie detailliert und wie begeistert er diese Geschichte nacherzählte. Willem gestikulierte mit den Händen, zog Grimassen, sprach laut, dann wieder leise und betonte jedes Wort mit einer Feinfühligkeit, wie sie es noch nie erlebt hatte.

Er nahm Sophie an die Hand und entführte sie in das elysische Reich der Meermenschen, beschrieb die große Sehnsucht der kleinen Nixe nach der Welt der Menschen, wo die Blumen dufteten und die Vögel sangen. Ein Mädchen mit Fischschwanz, das sich unglücklich in einen Prinzen verliebte, der für sie unerreichbar war, bis die Meerhexe ihr Beine wachsen ließ. Eine Verwandlung, die unumkehrbar war. Zudem musste sie ihre Stimme hergeben, und sollte der Prinz sich nicht in die stumme Meerjungfrau verlieben, so bliebe ihr eine unsterbliche Seele verwehrt.

»Doch der Prinz liebte ein anderes Mädchen, schon sehr lange«, erzählte Willem jetzt mit gedämpfter, trauriger Sprachfärbung. »Er glaubte, sie hätte ihn damals nach dem Sinken des Schiffs gerettet und nicht die kleine Meerjungfrau. Da sie ihre Stimme verloren hatte, konnte sie ihm nicht sagen, dass sie es gewesen war. Und so heiratet der Prinz nicht sie, sondern das andere Mädchen. Der erste Sonnenstrahl nach seiner Hochzeitsnacht würde der kleinen Meerjungfrau somit den Tod bringen. Ihre Schwestern gaben ihr den Rat, den Prinzen zu töten, denn nur so würde sie sich wieder in ein Meerwesen verwandeln. Sie brachte diese Tat jedoch nicht über ihr Herz. Die kleine Meernixe sprang ins Wasser und löste sich in Schaum auf.«

Sophie schluckte und sah Willem fassungslos an. »Das ist das Ende?«

»Nicht ganz. Die Nixe stirbt nicht, sondern verwandelt sich in einen Luftgeist. Damit hat sie die Möglichkeit, durch gute Handlungen eine unsterbliche Seele zu erlangen. So kann sie an dem ewigen Glück der Menschen teilhaben.«

Das befriedigte Sophie nicht im Geringsten. »Ich kann mich nicht erinnern, jemals ein solch trauriges Märchen gehört zu haben. Es ist einfach nur schrecklich. Sie verliebt sich, gibt alles für diese Liebe auf, um dann derart enttäuscht zu werden. Und diese Geschichte liebt deine kleine Schwester?«

»Ja, tatsächlich«, erwiderte er und sah dann gedankenverloren ins Nichts. »Ich bin mir nicht sicher, aber vielleicht würde auch sie vieles hergeben, um am Leben wahrhaftig teilzunehmen.«

Sophie verstand und sie schenkte ihm ein Lächeln. »Trotz allem war es wundervoll, dir zuzuhören.«

»Das freut mich. Ich kann diese Geschichte im Schlaf aufsagen, so oft habe ich sie Marah schon vorgelesen.«

»Ich bin mir sicher, sie ist froh, einen Bruder wie dich zu haben.«

»Das hoffe ich«, sagte er untröstlich. »Welches ist dein liebstes Märchen?«

Sie überlegte scharf. »Gilt Winnie Puuh als ein Märchen?«

Willem grinste. »Keine Ahnung. Gewissermaßen schon, denke ich. Warum Winnie Puuh?«

»Ich weiß nicht. In der Welt, in der er lebt, gibt es keine Düsternis, keine böse Hexe oder gemeine Stiefmütter, die aus Eifersucht nach dem Leben ihrer Stieftöchter trachten. Winnie Puuh ist immer von seinen Freunden umgeben, lebt in einem schönen Haus und schleckt den ganzen Tag Honig, ohne sich Gedanken darüber zu machen, zuzunehmen.«

Willem stimmte ihr mit einem Lachen zu. »Du hast recht, der Hundert-Morgen-Wald ist wohl das größte Paradies, das man sich vorstellen kann.« Er musterte sie, kreiste mit den Fingern über den Rand seines Bierglases. »Darf ich dir mal was sagen? Und bitte versteh das nicht falsch.«

»Natürlich.«

»Ich finde dich wirklich sehr hübsch. Und du wirkst viel reifer als die meisten Mädchen in deinem Alter.«

Instinktiv schüttelte sie den Kopf. »Nein, ich bin nicht hübsch.«

»Wie kommst du darauf, dass es nicht so ist?«

Erst jetzt bemerkte sie, dass seine Hand auf ihrem Handgelenk lag. Sie wollte ihm kein mieses Gefühl geben, indem sie ihren Arm entsetzt wegzog, trotzdem befreite sie sich langsam von seiner Berührung. Zurück blieb eine Gänsehaut, die Sophie aber darauf zurückführte, nicht gern angefasst zu werden. Willem war nach wie vor ein Fremder für sie, der offensichtlich keine Scheu vor neuen Menschen hatte. Sie jedoch schon.

»Erzähl mir doch noch ein bisschen was von dir«, lenkte sie ab. Ungeschickt auffällig. Zudem strich sie mit der Hand mehrmals über die Stelle am Handgelenk, die er gerade noch berührt hatte, als versuchte sie, die Spuren abzuwischen. Sie erkannte, dass er sie dabei beobachtete und kurz die Stirn runzelte. Dennoch ließ er sich auf das Ablenkungsmanöver ein.

»Was willst du denn wissen?«

Sie spitzte den Mund. »Alles, was du über dich offenbaren möchtest.«

Willem zog eine Augenbraue hoch und ein Schmunzeln glitt über seine Lippen. »Aunt Belle hat recht, du sprichst wirklich extrem gehoben.«

Sie nestelte an dem Saum ihres schwarzen Trägerkleids, hasste sich selbst für ihre Artikulation, die sich für die meisten wohl unglaublich lächerlich anhören musste. Formulierungen, die sie aus Büchern kannte und von denen sie glaubte, *normale* Menschen würden genauso sprechen.

Wenn man wie sie in einem Haus gelebt hatte, in dem ausschließlich Schimpfwörter und Beleidigungen ausgetauscht worden waren, stellte sie sich gern vor, dass außerhalb dieser Mauern ein anderer, respektvollerer Umgang herrschte. Ja, distinguierte Konversationen wie in den Jane-Austen-Romanen.

Ihre Arbeit im Pub, zwischen all den brüllenden Fußballfans und den ungehobelten Collegestudenten, bewies ihr allerdings recht schnell, dass sie sich geirrt hatte und nur sie diejenige war, die wie eine steinalte Urgroßmutter faselte. Trotzdem war es schwer, sich diese Sprache wieder abzugewöhnen.

»Ja, ich weiß«, sagte sie reumütig.

»Hey, ich finde das toll. Ganz ehrlich. Heutzutage will jeder, dass man ihn für unglaublich cool und hartgesotten hält. Im Grunde sprichst du die alte Sprache, die ich liebe. Ich studiere sie nicht umsonst.«

Erleichtert lächelte sie und setzte sich kerzengerade auf, eben wie es die steinalte Urgroßmutter tun würde, und formulierte betont nasal. »Sir, dann wünsche ich, dass Sie mir davon berichten, wie das Dasein als manierlicher Student in Cambridge vonstattengeht.«

Willem lachte. »Nicht so manierlich, wie du denkst.«

Dann erzählte er ihr von seinem Unileben, davon, dass sein Vater nicht sehr begeistert von seiner Studienwahl war und dass er hoffte, im nächsten Jahr ein Stipendium an der Royal Academy of Dramatic Arts in London zu ergattern. Sophie hatte noch nie jemanden mit solch großen Ambitionen kennengelernt. Schauspieler setzte sie mit Göttern gleich, die in einer vollkommen anderen Welt lebten.

Im Hintergrund spielte die BBC ruhige Nachtmusik, die dem schummrigen Pub eine ganz eigene und andere Atmosphäre verlieh, fernab des sonstigen regen Treibens. Sophie lauschte Willems Erzählungen wie ein kleines Mädchen, das alles, was er sagte, wie ein Schwamm aufsog. Sie unterhielten sich über Bücher, die sie gelesen hatte, und über die, die er gelesen hatte.

Auch wenn sie ihm noch hätte wochenlang zuhören können, musste sie sich mehrmals ein Gähnen verkneifen und es fiel ihr von Minute zu Minute schwerer, die Augen offen zu halten, was Willem bemerkte. Er schaute auf seine Armbanduhr.

»Gleich halb fünf. Du kannst ruhig ins Bett gehen. Ich bleibe noch bis Sonnenaufgang. Ich denke nicht, dass Harold sich noch in der Nähe aufhält – liegt wahrscheinlich in irgendeiner Gasse und schläft seinen Rausch aus.«

»Nein, nein, ich bin nicht müde.« Sie musste über ihre Flunkerei selbst lachen. »Ich fände es sehr unhöflich, dich hier allein sitzen zu lassen.«

»Also gut, Sophie. Ich habe jetzt die ganze Zeit nur über mich gesprochen. Jetzt bist du dran.«

Sie schluckte. »Ich ... ich ... Ach, mein Leben ist nicht so interessant wie deins. Im Gegenteil. Es ist ...«

Willem verlor seine Aufmerksamkeit, horchte auf und blickte zur Hi-Fi-Anlage. »Entschuldige, Sophie, aber kannst du bitte mal das Radio lauter stellen? Irgendetwas ist passiert.«

»Natürlich.«

Wie dankbar sie war, dass sie nicht weitersprechen musste. Sie beugte sich über die Theke und drehte am Lautstärkeregler. Beide lauschten dem Radiosprecher.

»Es ist wahr«, sprach dieser mit hörbar gebrochener Stimme. »Es ist keine Falschmeldung. Gerade erhielten wir die Bestätigung unseres Auslandkorrespondenten, dass Diana, Princess of Wales, wirklich bei dem Autounfall in Paris vor ein paar Stunden ums Leben gekommen ist. Ihr Gesundheitszustand war sehr besorgniserregend, als die Rettungssanitäter sie schwer verletzt aus dem Autowrack geborgen haben. Die letzten Stunden herrschte eine Nachrichtensperre. Nur kurz meldete sich vorhin der Pariser Innenminister, der bestätigte, dass Diana an den Folgen des Unfalls gestorben ist. Sie starb um vier Uhr morgens nach einem Herzstillstand, wie die Ärzte des Pariser Krankenhauses gerade mitteilten.« Stille. Dann sprach der Moderator mit deutlich erschütterter Stimme: »Diana, Princess of Wales, ist tot.«

Sophie brauchte einen langen Moment, um diese furchtbare Nachricht zu begreifen.

»Das kann nicht wahr sein«, raunte Willem fassungslos und sein Gesicht war blass. »Diana ist tot?«

Sophie konnte kaum sprechen, nur ein leises »O mein Gott«, brachte sie über die Lippen. Sie liebte Diana abgöttisch, war mit ihr als Prinzessin aufgewachsen, bewunderte sie, seit sie denken konnte. Auch ihre Mummy hatte sie angehimmelt, hatte immerzu den Fernseher lauter gestellt, wenn die Gestalt dieser schönen Frau über den Bildschirm geflimmert war.

Sie konnte sich gar nicht vorstellen, dass es Diana nicht mehr gab.

»Vielleicht irrt sich die Presse.«

Willem schüttelte den Kopf. »Er sagte doch, es sei keine Falschmeldung. Ich kann das überhaupt nicht fassen.«

Ewig klebten sie am Radio, hörten aufmerksam zu, sobald der Moderator die neusten Erkenntnisse verkündigte.

Sophie bemühte sich, ihre Tränen zurückzuhalten, aber das gelang ihr nicht. Schnell wischte sie sich das Nass aus dem Gesicht, um sich vor Willem keine Blöße zu geben.

»Entschuldige«, sagte sie mit einem verschämten Lächeln.

»Hey«, flüsterte er, stand auf und zog aus seiner Jeans ein Päckchen Taschentücher und reichte ihr eins. »Es ist vollkommen in Ordnung.«

Sie wischte sich die Tränen fort. »Ich weiß gar nicht, weshalb ich weine. Ich kannte sie doch überhaupt nicht.«

»Ich auch nicht und dennoch bin ich traurig«, versuchte er, sie aufzumuntern, aber das half nichts und sie heulte noch mehr.

»Sie hat Kinder. Ich ... ich weiß einfach, wie sich das anfühlt.« Sie konnte nicht weitersprechen und schluchzte unkontrolliert in das Taschentuch.

Willem legte seinen Arm um ihre Schulter und zog sie an sich, um sie in den Arm zu nehmen.

Und aus einem ihr nicht erklärbaren Grund ließ sie diese Nähe zu.

Eine ganze Weile später beruhigte sie sich, löste sich langsam aus seiner Umarmung und entschuldigte sich bei ihm, da sie seinen Pullover mit Tränen durchnässt hatte.

»Das macht doch nichts.« Er seufzte und zog den rechten Mundwinkel zur Seite. »Ich muss gerade an Fallon denken. Diese Nachricht wird sie auch vollkommen erschüttern. Sie leugnet immer, Diana und das ganze Königshaus zu mögen, aber ich weiß, insgeheim liebt sie die Prinzessin genau wie du.«

»Willem, es ist bereits halb sieben. Du siehst auch müde aus. Vielleicht sollten wir diese Nacht beenden.«

Er nickte einsichtig. »Ja, du hast recht. Ich sehne mich nach meinem Bett. Und du nicht erst seit jetzt.«

Daraufhin bewegte er sich von dem Barhocker und ging zur Tür, schloss diese auf, da der Schlüssel immer noch steckte. Er sah zu Boden, dann hob er den Blick wieder.

»Trotz dieser schlimmen Neuigkeit bin ich froh, dich heute kennengelernt zu haben, Sophie. Bis bald.«

»Geht mir genauso«, flüsterte sie mit einem Lächeln und sah ihm nach.

Damit würde diese Nacht enden – und vielleicht wäre es besser, es dabei zu belassen –, doch ohne groß nachzudenken trat sie hinter ihn.

»Willem!«, sagte sie. »Warte.«

Als er sie ansah, hob sie leicht das Kinn. »Ich mach's.«

Er runzelte die Stirn. »Was meinst du?«

»Ich spiele die kleine Meerjungfrau in deinem Theaterstück. Für Marah. Also, ich versuche es zumindest.«

»Wirklich?«

»Ja, also wenn ich noch darf?«

Diese überraschende Wendung schien ihm die Sprache zu verschlagen. Sein Ausdruck wechselte von Verblüffung in eine nicht übersehbare Begeisterung. Er breitete die Arme aus und riss sie an sich.

»Natürlich darfst du, was ist das für eine Frage. Du ahnst nicht, wie viel mir das bedeutet. Und ich kann Marahs Gesicht kaum erwarten, wenn sie dich als Meerjungfrau sieht.«

Langsam befreite sie sich aus seiner Nähe, drückte sich sacht mit den Händen von seinem Brustkorb. »Ich kann nicht versprechen, dass ich gut spiele.«

»Darum geht es nicht, Sophie. Ich werde dir in den nächsten Tagen eine Kopie des Buches bringen.«

»In Ordnung.«

Noch im selben Moment haderte sie mit ihrer spontanen Entscheidung, weil sie wusste, dass sie an dieser Aufgabe gnadenlos scheitern und sich bis auf die Knochen vor Willem blamieren würde.

»Danke, Sophie«, sagte er leise, drehte sich dann endgültig um und verließ den Pub.

Sie atmete tief ein, kniff die Augen zusammen, während sie die Tür wieder verschloss.

Verdammt! Was ist nur in dich gefahren?

Die Nachricht von Dianas Tod bewegte Sophie nach wie vor, und jedes Mal, wenn ihr diese Meldung durch den Kopf schoss, zog sich ihr Herz vor Kummer zusammen.

Auch Harolds Aussetzer wirkte in ihr nach.

Aber dennoch – und das war vollkommen verrückt – war die vergangene Nacht die wohl schönste ihres Lebens gewesen. Wenn sie an Willem dachte, an sein Lächeln, an seine Gutmütigkeit und die ruhige Art, mit der er mit ihr sprach, bekam sie Herzklopfen. Er ging ihr nicht mehr aus dem Kopf und sie konnte sich nicht erinnern, wann so etwas schon einmal vorgekommen war.

Mit einem Lächeln ließ sie sich in ihr Bett fallen. Erschöpft, aber auch glücklich.

Vielleicht war es an der Zeit, die Vergangenheit endgültig hinter sich zu lassen und ein neues Leben mit Menschen zu beginnen, denen sie vertrauen durfte. Mit Freunden wie Aunt Belle und Willem, die ihr nichts anhaben wollten, denen sie etwas bedeutete.

Canterbury war kein Versehen – es war ein Neubeginn.

My Heart Beat Like A Hammer

Canterbury, 31. August 1997

Willem blinzelte in den hellen Sonnenstrahl, der durch das Fenster seines Zimmers direkt auf sein Gesicht schien. Er fühlte sich wie von einem Lastwagen überrollt. Erst nach und nach kam die Erinnerung an die vergangene Nacht zurück. Seine geschwollene Lippe pochte unangenehm und ein leichter Kopfschmerz gesellte sich hinzu.

Nach einer eiskalten Dusche begab er sich aus seinem Zimmer und sein erster Weg führte zu Marah. Die Vorhänge waren zugezogen und sie schlummerte in ihrem Bett. Er lächelte, als er an sein Geschenk zu ihrem baldigen Geburtstag dachte.

Schon als er die Stufen der Treppe hinunterstieg, hörte er den Fernseher, und er war verwundert, als er Fallon entdeckte, die im Schneidersitz auf dem Sofa saß und reglos in den Flimmerkasten starrte.

»Du bist hier?«, fragte er und sie zuckte zusammen. Er sah ganz genau, dass sie sich schnell die Tränen aus dem Gesicht wischte.

Ach, Fallon, dachte er mit einem Schmunzeln. *Bloß keine Gefühle offenbaren.*

Dianas Tod hatte er schon fast wieder vergessen. Er setzte sich neben seine Schwester, die ihn nicht ansah, vermutlich um ihre Trauer vor ihm zu verstecken.

»Ja, ich bin heute Morgen von London hierhergefahren.«

»Weshalb?«

Sie zuckte mit den Achseln. »Ich wollte meinen Bruder sehen. Ist das so verwunderlich?«

»Nein«, sagte er mit einem leisen Lachen und zupfte an ihrem Arm, damit sie sich an ihn schmiegte. Sie ließ es zu und beide lauschten für ein paar Minuten der Berichterstattung zu Lady Dianas und Dodi Al-Fayeds Tod. Mehrmals schüttelte Fallon ungläubig den Kopf.

»Ich wette, die haben sie umgebracht. Diese abscheulichen Menschen in diesem verdammten Buckingham-Palast. Endlich hatte sich Diana von ihnen losgelöst. Nach der Scheidung von Charles standen ihr jährlich vierhunderttausend Pfund zu, wusstest du das?«

»Nein«, antwortete Willem.

»Diese Abfindung hat sie kein einziges Jahr überlebt. Seltsam, oder? Und dann bandelt sie auch noch mit einem Moslem an. Oh, ich kann mir schon denken, was diese Sippe hinter ihren königlichen Mauern ausgeheckt hat.«

Willem räusperte sich. »Ach Fallon, du siehst doch in allem immer ein Komplott. Ich denke, es war ein tragischer Unfall, und wenn du mich fragst, ist diese verdammte Presse dafür verantwortlich, zu der du übrigens auch zählst.«

Empört richtete sie sich auf. »Spinnst du? Ich bin Reporterin in Krisengebieten und kein Paparazzo.«

»Schon gut, schon gut«, sagte er mit einem Grinsen. »Ich wollte dich nur ein bisschen aufziehen.«

Als sie ihn zum ersten Mal richtig ansah, wich sie zurück. »Herr im Himmel, was ist denn mit deiner Lippe passiert? Bewirbst du dich für einen neuen Terence-Hill-Film?«

»Nein. Ich habe gestern Nacht für die Ehre einer Dame gekämpft.«

Fallon ließ ein Grunzen hören. »Ach, und was sprang im Gegenzug dieser Heldentaten für dich raus? Heißer Sex als Dankeschön?

Dad erzählte mir vorhin, dass du erst heute in der Früh nach Hause gekommen bist.«

»Aunt Belle hat sich wirklich dankbar gezeigt«, flötete er genüsslich.

Mit vor Ekel verzogenem Gesicht stieß sie ihm die Spitze ihres Ellbogens in die Rippe. »Bäh, Willem. Du machst aber auch vor keiner halt.«

»Das war ein Scherz, Schwesterherz.«

Fallon ließ sich wieder in seinen Arm fallen. »Harold?«

»Ja.«

»Der gibt wohl nie auf, was?«

»Manchmal kann ich ihn ein bisschen verstehen. Er hat den Tod seiner Tochter nicht verkraftet, dann hat er seinen Job verloren und schlussendlich hat ihn Belle verlassen.«

»Tja, das war wirklich tragisch. Gut, dass unser Dad nicht in ein solches Loch gefallen ist.«

Willem verzog mürrisch den Mund. Wie konnte sie das glauben? Ihr Vater hatte den Tod der Mutter nicht im Geringsten verschmerzt. Bis heute nicht. Doch das war typisch Fallon, die seit jeher so tat, die Welt zu verstehen, um stets die Wirklichkeit zu verleugnen – zumindest was den inneren Zirkel dieser Familie betraf. Er wusste, es würde keinen Sinn machen, sie zum wiederholten Mal mit der Nase darauf zu stoßen, dass George seitdem nur noch wie ein Roboter agierte. Also wechselte er das Thema.

»Ich habe gestern ein Mädchen kennengelernt.«

»Das ist ja mal was ganz Neues«, erwiderte sie mit gelangweilter Stimme.

»Nicht das, was du denkst. Sie ist Kellnerin bei Aunt Belle. Und jetzt rate mal, wie sie aussieht?«

»Alicia Silverstone?«

»Nein! Was du wieder denkst. Ihr Name ist Sophie und sie sieht haargenau aus wie die Meerjungfrau in Marahs Buch!«

»Okay, ich wusste nicht, dass du seit Neustem auf Flossen abfährst.«

»Jetzt hör doch mal auf«, sagte er genervt. »Ich stehe nicht auf sie.«

»Willem, worauf willst du hinaus?«

Er schob Fallon zur Seite, damit sie ihn ansah. »Ich würde gern zu Marahs Geburtstag die Geschichte aufführen und würde mich freuen, wenn du mir dabei hilfst. Du wirst ausflippen, wenn du Sophie siehst. Als habe der Illustrator sie als Vorbild auserwählt. In den letzten Jahren haben wir Marahs Geburtstag nur im kleinen Kreis gefeiert. Ich würde gern all unsere Freunde, Nachbarn und auch Tante Lou einladen, sofern sie nicht wieder auf irgendeinem Selbstfindungstrip in Indien ist.«

Tante Lou war die Schwester seines Vaters und einer der beiden musste ein Kuckuckskind gewesen sein, da sie genauso unterschiedlich waren wie Willem und Fallon. Lou lebte ein Leben in vollkommener Spiritualität, traf wichtige Entscheidungen nur in gewissen Mondphasen, legte sich selbst (und auch jedem anderen, ob er wollte oder nicht) Tarotkarten, um sich den weiteren Weg deuten zu lassen.

Willem liebte Lou von ganzem Herzen. In der grausamen Zeit nach dem plötzlichen Tod seiner Mutter war sie für ihn die wahrlich einzige Bezugsperson in diesem Haus gewesen. Drei Jahre hatte sie hier gelebt, um George mit den Kindern unter die Arme zu greifen, bis sie sich mit ihm zerstritten hatte und schweren Herzens wieder ausgezogen war. Im Gegensatz zu seinem Vater hatte Lou Willem immer in seinem Vorhaben, Schauspieler zu werden, ermutigt.

»Das ist wirklich eine schöne Idee, aber ich werde Anfang Oktober vermutlich nicht im Land sein. Mein Redakteur will mich für weitere Reportagen in den Kosovo schicken, da kann ich nicht …«

»Fallon!«, mahnte Willem. »Sie ist deine Schwester.«

»*Das weiß ich*. Ich kann mir das aber nicht aussuchen.«

Willems Wut kochte über wie ein Teekessel. »Das könnte Marahs letzter Geburtstag sein. Ist dir das überhaupt bewusst?« Er konnte selbst nicht fassen, dass er das gerade ausgesprochen hatte.

Fallon sackte sichtbar zusammen. »Sag so etwas nicht.«

Er stand auf und schritt aufgebracht in dem Zimmer auf und ab. »Du und Dad, ihr haltet euch beide immer für so abgeklärt, aber in Wirklichkeit seid ihr Meister des Verdrängens.«

Fallons Gesicht nahm eine puterrote Farbe an. »Das ist unfair, Will.«

»Nein, das ist die Wahrheit!«, brüllte er.

George betrat in diesem Moment den Raum. »Was zum Teufel ist hier los? Seid ihr zwei nicht mittlerweile zu alt, um euch zu zanken?«

»*Zanken?*«, wiederholte Willem abwertend und rollte die Augen. »Fallon wird an Marahs Geburtstag nicht hier sein.«

»Dad! Ich werde dann vermutlich im Kosovo sein«, rief Fallon wie eine pikierte Zicke, die auf die Bestätigung des Vaters wartete.

George setzte sich mit verschränkten Armen auf die Sofalehne.

»Nun ja, Willem, das ist nun einmal ...«

»Jaja«, unterbrach er seinen Vater und vollendete dessen Satz. »... eine verdammt wichtige Arbeit. Erspart mir das! Ich kann einfach nicht fassen, wie herzlos ihr beide seid. Schön«, zwang er sich selbst zur Räson. »Mir ist es egal, was ihr *Weltbewegendes* zu tun habt. Ich werde Marah den schönsten Geburtstag ihres Lebens bescheren, ganz gleich, ob ihr zwei Egoisten anwesend seid oder nicht.«

Mit diesen Worten schnellte Willem aus dem Wohnzimmer. Sein Vater rief ihm nach, aber er scherte sich nicht darum und eilte in sein Zimmer.

Ärgerlich kickte er seinen Schuh, der vor seinem Bett lag, durch den Raum. Mit einem lauten Knall prallte dieser gegen die Wand und er zuckte erschrocken zusammen, weil er womöglich Marah geweckt hatte, die im Zimmer neben ihm lag. Sofort lief er hinüber. Tatsächlich rührte sie sich und er setzte sich auf den Stuhl neben ihrem Bett.

Mit sanfter Hand streichelte er über ihre Stirn. »Entschuldige. Ich habe mich gerade wieder über deine Schwester und deinen Vater geärgert. Diese beiden ... Ach, du weißt ja, wie sie manchmal sind.« Lange sah er sie an und sie sah ihn an. »Ich habe etwas ganz Großartiges für dich geplant. Aber du musst dich noch ein bisschen gedulden, okay?«

In ihrem Blick lag eine Eindringlichkeit, die ihm unglaublich wehtat, auch wenn er nicht genau wusste, was diesen Schmerz in ihm auslöste. Vielleicht war es die Endgültigkeit, die sie ihm offenbarte.

Willem sah das, was er vorhin noch Fallon vorgeworfen hatte, um ihr ein schlechtes Gewissen zu bereiten. Aber jetzt, in dieser bedrückenden Stille, die Marah und ihn umgab, wurde ihm bewusst, dass sein Gesagtes eine Prophezeiung war.

Es würde Marahs letzter Geburtstag sein.

Er erkannte es in ihren müden Augen.

***

Sophie ärgerte sich maßlos, als sie an ihrem freien Tag von einem Lebensmitteleinkauf in den Pub zurückkehrte und Aunt Belle ihr mit skeptischem Gesichtsausdruck ein Paket überreichte und sie somit Willem verpasst hatte.

»Von deinem Prince Charming«, waren ihre einzigen Worte.

Danach verschwand sie in ihrer Wohnung.

Aufgeregt schloss Sophie die Tür zu ihrem Zimmer auf, befreite sich hastig von ihrer Jacke und setzte sich an den Küchentisch, schlug den beigefügten Zettel auf und las.

Liebe Sophie,

leider habe ich dich nicht persönlich im Pub angetroffen. Ich bin jetzt auf dem Weg zurück zur Uni und werde vermutlich erst übernächstes Wochenende wieder in Canterbury sein. Die Planung zu Marahs Geburtstag am 10. Oktober läuft in vollem Gange. Ich habe meine gute Freundin Laura gebeten, im Kostümfundus des Cambridge Theaters nach einer Meerjungfrauenverkleidung zu schauen, und tatsächlich hat sie etwas Geeignetes entdeckt, das wir ausleihen dürfen.

Sogar meine Freunde, die du ja bereits kennst, haben sich bereit erklärt, in dem Theaterstück mitzuspielen (wenn auch mit wenig Begeisterung, aber sie würden alles für Marah tun). Ebenso habe ich das perfekte Mädchen für die Rolle der Meereshexe gefunden. Ihr Name ist Priya, und ich bin sicher, du wirst sie mögen.

Wie versprochen findest du in dem Paket eine Kopie der kleinen Meerjungfrau. Ich bitte dich, dir keinen Druck zu machen. Du musst die Sätze nicht fehlerfrei vortragen.

Wir beginnen mit der Probe am übernächsten Samstag um elf Uhr vormittags. Komme bitte zur All Saints' Lane 9. Es ist nur ein paar Straßen vom Pub entfernt – direkt am Ufer des Stour Rivers.

Ich freue mich schon sehr auf dich.

Sophie, ich danke dir von Herzen.

Liebe Grüße, Willem

Mit den Fingerspitzen glitt sie sanft über Willems handgeschriebenen Brief und lächelte. Daraufhin befreite sie das Päckchen von dem Kraftpapier und entnahm die Kopie des Märchenbuchs, die er sogar gebunden hatte.

Voller Neugier blätterte sie durch die Seiten, bis sie die erste Zeichnung der Meerjungfrau fand. Mit einem Schlucken betrachtete sie das Wesen, das ihr angeblich so ähnlich war. Das, was sie jetzt sah, hatte sie nicht erwartet. Und wenn sie genauer darüber nachdachte, wusste sie nicht einmal, was sie hätte erwarten sollen. Doch auf ihrem Schoß lag ein Buch mit einer Märchenfigur, die sich in ihrer wahrhaft vollkommenen Schönheit zeigte und von einer Aura umgeben war, die alles andere in den Schatten stellte. Wallendes Haar, zartgliedrig, und wie es sich für ein Märchen gehörte, ein formvollendetes Gesicht, zu makellos, um wahr zu sein.

Willem konnte doch nicht tatsächlich Sophie mit dieser Perfektion assoziieren? Ein Vergleich, derart verrückt, dass es schon ins Lächerliche mündete. Aber dann betrachtete sie die Nixe genauer, und plötzlich erkannte sie selbst, weshalb er sie für eine vortreffliche Besetzung hielt.

Es waren die Augen, die in beinahe jeder Zeichnung unglücklich und von Sehnsucht erfüllt in die Welt sahen, in der sie leben wollte.

Jene – buchstäblich – ins Gesicht geschriebene Traurigkeit war ihr selbst nie aufgefallen, jedoch schimpfte Aunt Belle oft, sie würde ständig dreinblicken wie sieben Tage Regenwetter.

Die Erkenntnis, dass sie nicht der Schönheit dieser Nixe entsprach, sondern Willem bloß ihre trübsinnige Ausstrahlung aufgefallen war, ernüchterte sie.

Den Dämpfer überwand Sophie jedoch schnell, und sie beschloss, in jeder freien Minute ihren Text zu lernen. Auf keinen Fall wollte sie Willem enttäuschen.

In den nächsten zwei Wochen tauchte sie in die Geschichte ein, prägte sich jedes Wort ein und versuchte, die Sehnsucht der Nixe zu verinnerlichen, eine, die ihr gar nicht so fremd war. Auch sie wollte Teil einer anderen Welt sein, die ihr vor Kurzem noch so unerreichbar erschienen war. In der Realität gab es keine Zauberei, sie musste schon selbst für die Erfüllung ihrer Träume nach einem erfüllten Leben sorgen – ein Leben ohne Angst und Kummer.

Das Mitwirken an diesem Stück war vielleicht der erste Schritt.

Jeden Morgen stand sie im Gemeinschaftsbadezimmer vor dem Spiegel und sagte ihre Dialoge auf, achtete dabei auf ihre Mimik, auf ihre Gestikulation, auf ihre gesamte Körperhaltung. Sie hätte am liebsten nichts anderes als das getan, aber die Pensionsgäste machten ihr stets einen Strich durch die Rechnung, wenn sie ihre Rolle einstudierte.

»Mädchen, übe woanders für den Oscar«, maulte gerade einer der Kerle und sie verließ das Badezimmer peinlich berührt.

Heute, es war Samstag, würde die erste Probe in Willems Haus stattfinden, und sie war so nervös, dass sie sich ständig die feuchten Hände an ihrem Pullover abwischte.

Sie hatte Aunt Belle von dem Stück erzählt. Trotz ihrer anfänglichen Grundskepsis in Bezug auf Willem und Sophie erlaubte sie ihr sogar, erst gegen Abend die Arbeit im Pub aufzunehmen, damit die Gruppe genügend Zeit für die Proben hatte.

Je mehr sie sich der All Saints' Lane näherte, desto langsamer wurden ihre Schritte. Zweifel keimte in ihr auf und begleitete ihren Weg wie ein lauernder Schatten.

Hatte sie genügend geübt? War sie überhaupt die richtige Besetzung für dieses Theaterstück? Was, wenn Willem es später bereuen würde, sie für diesen wichtigen Part vorgesehen zu haben?

Oh, sie würde im Erdboden versinken.

Als sie die Hausnummer 9 erreichte, staunte sie über das angejahrte, aber malerische Backsteinhaus, das irgendwie verwunschen und pittoresk inzwischen all dem Grün stand.

So stellte sie sich das Heim eines verrückten Wissenschaftlers vor, der in seinem selbst erwählten Chaos lebte, aber den halben Tag damit verbrachte, seine rechte Socke zu suchen. Und aus dem Schornstein stiegen immerzu pastellfarbene Rauchschwaden auf, weil er in seinem Studierzimmer irgendwelche Experimente durchführte.

Sophie lachte selbst über ihr Gedankenspiel. Tief atmete sie ein und wieder aus, dann öffnete sie das Gartentor, wanderte über den gepflasterten Weg, der zum Haus führte.

Schon von Weitem hörte sie lautes und ausgelassenes Gelächter, das vom Inneren des Anwesens zu ihr herausdrang. Vor der grünen Holztür blickte sie noch einmal zur Straße zurück und in dieser Sekunde verlor sie den Mut.

Sie würde Willem enttäuschen, das war sicher. Sie war niemand und sie konnte nichts. Es war Zeit, aus diesem Traum wieder zu erwachen, um der Wahrheit ins Auge zu schauen.

Sophie gehörte nicht in diese Welt, ganz gleich, wie sehr sie es sich wünschte.

Verschwinde, bevor du dich zum Narren machst!

Als sie gerade kehrtmachen wollte, stieß sie mit einer älteren Frau zusammen, die soeben die ersten Stufen zur Eingangstür heraufstieg und sie von oben bis unten mit Argwohn taxierte. In ihren Händen hielt sie eine Auflaufform, die mit Alufolie bedeckt war.

»Darf ich fragen, wer du bist, junge Dame?«

»Ich ... ich bin Sophie Parker.«

Die Frau zog die Augenbrauen hoch. »Ach!«, rief sie nun plötzlich voller Begeisterung und drehte sich um. »Frank! Sieh mal, hier ist Willems kleine Nixe.«

Der Mann stutzte mit einer langen Schere die Hecke, die das Grundstück der Frasers von seinem trennte. Er nickte. »Ach, das Pub-Mädchen.«

»Ich bin Dolores. Willems Nachbarin. Er hat uns ganz begeistert von dir erzählt. Na komm, komm. Er wartet bestimmt schon auf dich.«

»Aber ich wollte gerade ...«

Dolores ließ ihr keine Gelegenheit, die geplante Flucht in die Tat umzusetzen, drängelte sie stattdessen dazu, zu klingeln, da sie keine freie Hand hatte.

Jetzt war es zu spät. Sophie musste sich ihren Ängsten stellen und wartete gemeinsam mit Dolores auf die Öffnung der Haustür.

Sie hörte Schritte und ihr Herz klopfte schneller und schneller. Ein Mann öffnete die Tür.

Das musste Willems Vater sein. Ganz bestimmt. Die Ähnlichkeit war nicht zu übersehen. Die Symmetrie der Augen, die markanten Brauen, die Form der Lippen und jene gewisse Feminität der Gesichtszüge. Und doch wirkte Mr Fraser tatsächlich wie ein verstreuter Professor, der sich fragend die Schläfe kratzte, als er sie begutachtete und ganz offensichtlich nicht den leisesten Schimmer hatte, wer da gerade vor ihm stand.

»George, sieh mal, das ist Sophie«, sagte Dolores mit einem schrillen Singsang in ihrer Stimme.

Sophie fragte sich, wie viel Willem über sie erzählt haben musste – wobei dies ziemlich dürftig ausgefallen sein durfte, so wenig, wie sie ihm über sich anvertraut hatte.

»Ach ja, richtig«, murmelte Mr Fraser, vollkommen nüchtern, und bat Sophie sowie Dolores hinein. »Ich bin Willems Vater, George.«

Er streckte ihr die Hand entgegen und sie legte ihre in seine.

»Ich freue mich sehr, Sie kennenzulernen, Mr Fraser.«

Ein flüchtiges Lächeln glitt über seine Lippen. »Ganz meinerseits. Willem und die anderen sind im Wintergarten.«

Sie folgte ihm durch eine weitere Tür, die mit vielen kleinen und bunten Kacheln verziert war. Der Fußboden war ebenfalls mit kunstvollen Steinfliesen ausgelegt. Staunend betrachtete sie den Flur, der größer war als die gesamte erste Etage in Aunt Belles Pension. Eine alte, mit Messingstäben versehenen Holztreppe führte in den oberen Stock. Durch eine geöffnete Tür konnte sie einen kurzen Blick in die Küche werfen. Das, was sie dort sah, verzückte ihr Herz, denn sie entdeckte einen riesigen Backofen, der zum einen mit Gas und zum anderen auch mit Feuer betrieben werden konnte. Genau dieses Mo dell hatte sie oft in Kochsendungen gesehen, und sie wusste, wie kostspielig ein solches Gerät war. Wie gern würde sie in dieser Küche das vorzüglichste Dinner und die köstlichsten Nachspeisen zubereiten!

In dem Haus, in dem sie zuletzt gelebt hatte, war die Küche ein versifftes und mit Mäusekot verunreinigtes Drecksloch gewesen. Der Boden hatte geklebt, die Tapete war durch den unaufhörlichen Zigarettenkonsum ihrer Pflegemutter, Mrs Scarborough, ockergelb verfärbt gewesen. Ohnehin war es Sophie strikt verboten gewesen, diesen Raum zu betreten, da Mrs Scarborough befürchtet hatte, sie würde Lebensmittel für sich und die Kleineren stehlen – was sie durchaus getan hatte. Die daraus resultierende Bestrafung hätte Sophie beinahe umgebracht.

Mr Fraser öffnete die Tür und sie betrat ein lichtdurchflutetes Wohnzimmer. Die Wände waren cremefarben, genau wie die beiden großen Sofas, die sich gegenüberstanden. Jedes Zierkissen lag aufgeschüttelt an seinem rechten Platz, und neben der Sitzgelegenheit fand sich ein Kamin, der mit einer aufwendigen Holztäfelung umrahmt war. Wie gemütlich musste es hier sein, wenn draußen der Schnee fiel und das Kaminfeuer diesen Raum wärmte, schwärmte sie in Gedanken. In den hellblauen Teppichboden war ein dezentes Blumenmuster in rosa und weiß verwebt.

Ein paar Stufen führten zu einem Wintergarten hinunter. Der Ausblick in das satte Grün des Gartens wie auch die glitzernde Wasseroberfläche des dahinter angrenzenden Stour Rivers wirkten auf Sophie, als wäre sie gerade in das weltschönste Idyll spaziert.

Dass Menschen so lebten ... Sie hatte immer geglaubt, solche Häuser entsprangen einzig und allein den Gedankenwelten bedeutsamer Schriftsteller.

Als sie Willem entdeckte, spürte sie erneut dieses vollkommen fremdartige Aufwallen in sich.

Die Zwillinge Matt und Oli lümmelten mit gelangweilten Mienen auf einem Ottomanen und wirkten dabei wie zwei Äffchen, die kurz davorstanden, sich gegenseitig zu lausen.

Alfie war zunächst in seiner Buchkopie versunken, sah dann zu Sophie auf und verzog eigenartig verdrossen den Mund, so als störte ihn ihre Anwesenheit.

Robbie, das widerliche Großmaul, lehnte an der geöffneten Terrassentür und qualmte, nahm dabei keinerlei Notiz von der gerade eingetroffenen Sophie.

»Du bist wirklich gekommen?«, rief Willem mit einem Strahlen im Gesicht und eilte die drei Stufen zu ihr herauf, um sie zu begrüßen.

»Ich habe es versprochen«, flüsterte sie. »Bin ich etwa zu spät?«

»Nein, nein. Die anderen sind auch gerade erst gekommen. Zwei fehlen noch. Meinen Dad hast du ja schon kennengelernt.« Willem verschränkte die Arme vor der Brust und bedachte seinen Vater mit einem selbstgefälligen Lächeln. »Na, hab ich dir zu viel versprochen? Sie sieht haargenau aus wie die Meerjungfrau aus Marahs Buch.«

Sie sah zu Mr Fraser, der sie von oben bis unten begutachtete und seinem Sohn lediglich mit einem leichten Nicken zustimmte.

»Ich muss zurück an den Schreibtisch«, sagte der Vater und nahm Dolores die Auflaufform aus den Händen. »Womit beglückst du uns denn heute?«

»Ein neues Rezept«, antwortete sie mit unüberhörbarem Stolz in der Stimme. »Selbstgemachte Sauce Hollandaise mit Hühnchen, Röstzwiebeln, Nudeln und Ananas. Natürlich mit Cheddar überbacken. Ich dachte, die Truppe braucht später eine Stärkung.«

»Das ist sehr lieb«, entgegnete Mr Fraser. »Komm, Dolores, lassen wir die jungen Leute allein.«

Die Nachbarin machte ein enttäuschtes Gesicht, wäre vermutlich liebend gern geblieben.

Willem stieß Sophie leicht an und beugte sich zu ihrem Ohr herunter. »Ich gebe dir einen gut gemeinten Rat: Iss nicht von dem Auflauf. Dolores ist die mieseste Köchin in ganz England, aber niemand traut sich, ihr das zu sagen.«

Sie kicherte und schritt gemeinsam mit ihm die Stufen zu den anderen hinab. Er klatschte in die Hände.

»So, unsere Hauptdarstellerin ist da. Sophie kennt ihr ja bereits.«

»Hey«, kam es wie im Chor.

»Dann können wir ja endlich beginnen«, sagte Alfie, und wieder erreichte Sophie ein vernichtender Blick, den sie sich keinesfalls erklären konnte.

In dieser Sekunde klingelte es und kurz darauf schneiten zwei weitere Mädchen in den Wintergarten. Die eine sah aus, als wäre sie geradewegs einem Nirvana-Musikvideodreh entsprungen. Ihr kastanienrotes Haar erstreckte sich bis knapp unterhalb ihres Schulterblatts und die schmale Unterlippe war gepierct. Die Jeans war am Knie zerrissen, das schwarze, verwaschene Shirt ließ nur noch schwach das Konterfei von Che Guevara erahnen.

»Sophie, das ist meine Kommilitonin Laura. Ich hatte dir geschrieben, dass sie sich um die Kostüme kümmert.«

Laura hob nur kurz die Hand und murmelte ein lustloses »Hey«.

Sophie war dennoch wild begeistert von ihrer Coolness und dem lässigen Look, und sie wünschte sich sehnlichst, eine ähnliche Nonchalance zu besitzen, die mit einer inspirierenden Scheißegal-Einstellung daherkam.

Doch dann stellte Willem ihr die andere junge Frau vor, die – im Gegensatz zu Sophie – tatsächlich einer Märchenprinzessin glich.

Priya.

Das wohl schönste und makelloseste Mädchen, dem sie je begegnet war. Die Haut wie mit Karamell überzogen, die Zähne weißer als jedes Pearl-White-Werbeversprechen es jemals hätte beschwören können. Das pechschwarze glatte Haar glänzte, als hafteten Tausende winzig kleine Brillanten daran. Sie überragte Sophie um beinahe eine Kopflänge und ihre schlanke Statur glich der einer Liebesgöttin.

Priya schenkte ihr ein herzliches Lächeln, als Willem sie miteinander bekannt machte. Ein Lächeln, das wohl jeden Menschen auf diesem Planeten sofort aus den Socken haute.

Sophie fühlte sich in dieser Runde nichtssagend, vollkommen bedeutungslos. Willem legte seinen Arm um Priyas Taille, streichelte zärtlich über den Hüftknochen, und ihr war klar: Die beiden verband mehr als Freundschaft.

Eine Erkenntnis, die einen spitzen Schmerz in Sophie auslöste.

»Okay, dann sind wir ja nun vollzählig«, sprach Willem in die Runde. »Ich würde vorschlagen, dass wir anfangen.«

Die Rollenverteilung war für Sophie ernüchternd wie auch überraschend. Willem spielte nicht den Prinzen Nikolas, wie sie es sich in ihrer Vorstellung schwärmend ausgemalt hatte, sondern er übernahm den Part des Erzählers. Natürlich machte das Sinn, denn er trug damit den Hauptanteil an dem Stück. Alfie mimte den Prinzen, und wenn man diese Wahl nüchtern betrachtete, war er die perfekte Verkörperung eines etwas verweichlichten Königssprösslings, der sich steif und eitel gab.

Robbie spielte den autoritären, stets brüllenden Meerkönig. Die Zwillinge Matt und Oli verkörperten die Schwestern der kleinen Meerjungfrauen, und sie legten sich dabei sehr ins Zeug, um sich so affektiert weibisch wie nur irgendwie möglich darzustellen, was anfänglich zu einigen Lachern führte. Laura, die neben Willem die Einzige war, die von dem Handwerk der Schauspielerei wirklich etwas verstand, mimte die dämonische und furchteinflößende Meerhexe mit einer Authentizität, dass es Sophie kalt den Rücken hinunterlief. Unweigerlich erinnerte sie Lauras Verkörperung an Mrs Scarborough, die genauso boshaft gesprochen hatte. Selbstverständlich gab Priya das schöne Mädchen, in das sich der Prinz wahrhaftig verliebte.

So viele Tage hatte sich Sophie auf ihre Dialoge vorbereitet, doch als sie in der ersten Probe an der Reihe war, verließ ihre Lippen nur ein furchtbares Gestotter und Gestammel. Die Nervosität legte sie schachmatt.

Willem, der vor ihr auf einem Stuhl saß, das eine Bein lässig über das andere geschlagen, sah sie verständnisvoll an. »Kein Problem, Sophie. Versuch's einfach noch mal. Hier erwartet niemand Perfektion.«

Aber sie konnte den Text perfekt vortragen – zumindest, bevor sie hierhergekommen war. Sie ärgerte sich maßlos über sich selbst, über ihre Schüchternheit, über die Erkenntnis, nicht talentiert zu sein. Sie atmete tief ein und sagte erneut ihren Dialog auf, der im Grunde so einfach war, dass es jedes vierjährige Kind bewältigt hätte, aber auch dieses Mal scheiterte sie kläglich.

»Da können wir ja froh sein, dass die Meerhexe der kleinen Nixe gleich die Zunge abschneidet und Sophie danach nur noch eine Stumme spielen muss«, rief Robbie sarkastisch.

Sophie suchte nach dem Erdloch, in dem sie versinken konnte.

»Halt den Mund!«, stellte sich unerwartet Priya auf ihre Seite, kam zu ihr und legte ihre Hände in Sophies. »Du machst das toll, Kleine. Schließ mal deine Augen und atme mehrmals langsam ein und wieder aus.«

Sie gehorchte ihrer Anweisung und ließ sich auf die Atemübungen ein, die ihr tatsächlich etwas die Nervosität nahmen. Als sie die Augen wieder öffnete, sah sie in Priyas mütterlich lächelndes Gesicht.

»Jetzt versuche es noch einmal.«

Sophie sprach ihren Text dieses Mal genauso fehlerfrei wie im Gemeinschaftsbadezimmer in der Pension

Sie wagte es sogar, dabei den Körper einzusetzen, gestikulierte mit den Händen, um ihr Gesprochenes zu unterstreichen. Der Wortwechsel zwischen ihr und Laura, die auch die weise Großmutter der kleinen Meerjungfrau spielte, erschien ihr endlos, aber sie versuchte, sich nicht aus der Ruhe bringen zu lassen.

Und im Gegensatz zu Laura benötigte Sophie keinen Text, von dem sie ablas.

Als die Szene zu Ende war, sah sie mit Herzklopfen zu Willem, der weiterhin auf dem Stuhl saß, sich inzwischen nach vorn gebeugt hatte und das Kinn auf den gefalteten Händen abstützte. Lange sprach er nichts, sah sie nur an.

Die Stille war für Sophie unerträglich, denn auch niemand der anderen wagte einen Mucks.

»Kannst du etwa den ganzen Text auswendig?«, fragte er dann und sie nickte leicht. »Du weißt, dass das keine Voraussetzung war, oder?«

»Ich weiß.«

»Respekt«, kam es von Robbie.

Sophie konnte Willems Blick nicht recht deuten. Lag Faszination in seinem Ausdruck oder doch Spott?

»Gut, dann lasst uns die nächste Szene spielen«, war das Einzige, was er zu sagen hatte, aber dennoch schien er seine Augen nicht von ihr abwenden zu können.

Am frühen Nachmittag klatschte Willem nach dem dritten Durchgang in die Hände.

»Ich denke, das reicht für heute. Gehen wir in die Küche und überlegen, ob wir Dolores' Auflauf trauen können oder ob wir nach dem ersten Bissen an einer Lebensmittelvergiftung sterben.«

Alle lachten.

Der anfängliche Druck, der wie Backsteine auf Sophies Schultern gelegen hatte, war inzwischen gänzlich verschwunden. Sie selbst war verblüfft, wie viel Spaß ihr die Schauspielerei bereitete. Dafür, dass sie niemals ein Theater besucht hatte, war sie doch ein wenig stolz auf ihre Leistung.

In der Küche roch Willem an Dolores' Auflauf und rümpfte prompt die Nase. »Ich bestell uns Pizza.«

Sophie seufzte leise, weil sie kein Geld dabeihatte. »Für mich nicht«, flüsterte sie ihm zu, obwohl sie einen Bärenhunger verspürte.

»Du bist natürlich eingeladen«, sagte er mit einem Zwinkern.

Irgendwie war ihr das unangenehm. »Das ist nicht nötig. Ich esse später zu Hause.«

»Keine Widerrede! Du bist hier mein Gast.«

Robbie öffnete den Kühlschrank, entnahm ihm ein Bier nach dem anderen und reichte jedem eins.

Sophie staunte, denn noch nie hatte sie einen solch prall gefüllten Kühlschrank gesehen. Er übertraf ihre kühnsten Vorstellungen eines modernen Schlaraffenlands. Willem drückte ihr ein Bier in die Hand und befreite die Flasche von dem Kronkorken, stieß mit ihr an.

»Hey, Sophie«, rief Oli. »Das war wirklich gut.«

»Gut?«, fragte Priya erstaunt und zeigte ihr Pearl-White-Lächeln. »Sophie, du warst bezaubernd.«

Sie wusste mit diesen Komplimenten nicht umzugehen. Zu selten hatte sie in ihrem Leben gehört, dass sie etwas gutmachte. Im Gegenteil.

»Ich habe euch doch versichert, dass sie toll ist«, sagte Willem mit stolzer Stimme. Und das war alles, was für Sophie zählte.

Sie hatte ihm versprochen, mitzumachen, weil sie das Gefühl gehabt hatte, dass ihm diese Aufführung viel bedeutete, und deshalb gab sie ihr Bestes.

Als sie Willem ansah, fragte sie sich zum ersten Mal in aller Ehrlichkeit ihr selbst gegenüber, ob sie sich vielleicht in ihn verliebt hatte. Ein Gemütszustand, von dem sie bislang nur in Büchern gelesen hatte. Leidenschaftliche Textstellen, mit denen sie sich niemals identifiziert hatte, weil sie die beschriebenen Symptome des Verliebtseins wie Bauchflattern, Herzklopfen und feuchte Hände nicht kannte.

Allerdings traten genau diese *Beschwerden* auf, sobald sie Willem sah oder an ihn dachte.

Sophie war jedoch klug genug, um zu verstehen, dass dieses Verliebtsein eine Einbahnstraße war, etwas, das sie nur im Stillen ihres Inneren auslebte, weil Willem niemals das Gleiche für sie empfinden würde. Und obwohl sie sich dieser These sicher war, fragte sie sich doch, weshalb er sie manchmal so eigenartig ansah, als ob er sie zu ergründen versuchte. So wie auch in diesem Augenblick, als er bedächtig an seinem Bier nippte und sich wieder ihre beiden Blicke begegneten. Bis Priya sich dazwischendrängte, gewiss nicht aus Boshaftigkeit, sondern um ihm etwas ins Ohr zu flüstern.

Er nickte ihr mit einem Lächeln zu, sah sie dann mit einem zärtlichen Gesichtsausdruck an.

Und jetzt wurde Sophie klar, wie Willem aussah, wenn er wahrhaftig in ein Mädchen verliebt war, und das unterschied sich um Welten von dem, wie er sie ansah.

Alfie kam auf sie zu und prostete ihr mit seinem Bier zu.

»Ich muss zugeben, dass ich erst ein bisschen skeptisch war, was dich betrifft, aber du scheinst wirklich ganz nett zu sein.«

»Danke, Alfie«, antwortete sie und wieder hafteten ihre Augen an Willem und Priya, die gerade mit den Fingerspitzen über seine Brust streichelte.

»Ich befürchte, du bist *zu* nett«, sprach Alfie mit gedämpfter Stimme weiter.

Sophie runzelte die Stirn. »Wie meinst du das?«

»Willem ist mein bester Freund, und ich kenne niemanden, der zu anderen Menschen zuvorkommender und charmanter ist als er. Ich bin mir nicht sicher, ob er dich wirklich so sehr mag, weil du bist, wie du bist, oder ob du lediglich dazu dienst, sein ausgeprägtes Hel fersyndrom zu befriedigen. Verstehe mich jetzt nicht falsch, aber ich beobachte dich schon seit dem Abend im Pub, als ihr beide euch kennengelernt habt, und man müsste ein Blinder sein, um nicht zu sehen, wie verknallt du in ihn bist.«

Sie sah ihn erschrocken an. »Das stimmt nicht.«

Alfie lächelte. »Und ob. Hey, dafür solltest du dich nicht schämen. Die meisten Mädchen verlieben sich in Willem.« Er sah zu seinem Freund hinüber und Sophie war verwirrt, denn in seinen Augen lag etwas Trübsinniges. »Laura und Willem führen seit Monaten eine reine Sexbeziehung, dabei steht sie eher auf Frauen. Wenn du mich fragst, schafft so was nur er.«

»Ich dachte, Priya und er wären ...«

»Erst seit Kurzem. Jahre war Willem in sie über beide Ohren verliebt, hat sie idealisiert und vergöttert, aber ich kenne ihn wie kein anderer. Jetzt, da er sie geknackt hat, wird sie ihn irgendwann langweilen und er wird sich auf die Suche nach der nächsten Herzdame begeben. Bei allem Respekt, Sophie, das wirst gewiss nicht du sein. Du entsprichst nicht einmal im Ansatz seinen weiblichen Vorlieben.«

»Und die wären?«, fragte sie mit einem deutlichen Hauch von Biestigkeit in der Stimme, die sie selbst überraschte.

»Oberflächlich betrachtet sind es natürlich meist die langbeinigen, perfekt zurechtgemachten Modeltypen, aber Schönheit ist für Willem eher sekundär. Was wiederum für dich sprechen würde.« Den fiesen Wink verstand Sophie. »Er liebt Frauen, die ihn herausfordern, die ihn niemals langweilen. Sie sollte kultiviert und belesen sein, sich ebenfalls für Literatur und Theater begeistern. Er legt viel Wert auf Gepflegtheit, und sie sollte eine gewisse Aura umgeben, die in seinen Augen einzigartig ist. Na ja, und eine sexgierige Akrobatin würde ein Willem Fraser auch nicht von der Bettkante stoßen. Also, sag mir, Sophie: Über welche dieser Eigenschaften verfügst du?«

Wieder sah er mit traurigen Augen zu Willem hinüber und es machte den Eindruck, als wäre er selbst in ihn verknallt.

Wie würde Brendan diesen Alfie betiteln?

Ja, er würde ihn als einen eingebildeten und verkappten Homo beschimpfen. Wer weiß, vielleicht hätte dieser aufgeblasene Gockel in seinen furchtbar konservativen Klamotten eine solche Beleidigung verdient, aber so war Sophie nicht, also schluckte sie die Worte wieder hinunter. Wie gern hätte sie jetzt den Mut aufgebracht, um sich in ein besseres Licht zu rücken. Sie mochte bestimmt keine langbeinige Schönheit sein, aber sie war nicht dumm, und selbst als sie auf der Straße lebte, war ihr die eigene Körperhygiene meist wichtiger gewesen als die Aufnahme von Nahrung. Dieser Alfie wusste einfach gar nichts von ihr.

Sophie schwieg.

Er kam noch einen Schritt näher auf sie zu und sie wich zurück. Sie hasste es, wenn man ihr auf die Pelle rückte. Irgendwie verwandelte sich sein eiserner Blick in einen eher weicheren, verständnisvolleren.

»Sophie, mit dem, was ich dir gerade gesagt habe, wollte ich dir bestimmt nicht wehtun. Das musst du mir bitte glauben. Ich weiß, was es bedeutet, sein Herz an einen Menschen zu verlieren, der diese Liebe niemals erwidern wird. Du solltest dir Willem aus dem Kopf schlagen, bevor es zu spät ist.«

»Dir ist das anscheinend nicht gelungen«, konterte sie beherzt. Deutlich erkannte sie sein Entsetzen, weil sie ganz offensichtlich ins Schwarze getroffen hatte. Als er nichts erwiderte, sah sie ihn triumphierend an. Homosexualität war ihr nicht fremd. Auf der Straße war sie Schwulen begegnet, die zu anderen Männern ins Auto gestiegen waren. Alfie wandte seinen Blick von ihr ab und trank gedankenversunken sein Bier, starrte auf den Boden. Irgendwie tat er ihr leid.

»Ich finde das nicht schlimm, Alfie«, sagte sie leise. »Seit wann empfindest du so für ihn?«

Ewig schwieg er und sie rechnete nicht mit einer Antwort. Seine sehnsuchtsvollen Augen wanderten dann zu Willem, der über irgendeinen Scherz von Priya lachte.

»Schon lange.«

»Weiß er davon?«

Aufgeregt wandte er sich zu ihr um. Auf seinem Hals bildeten sich rote Flecken. »Nein! Und er darf es niemals erfahren. Nie! Niemand. Hast du verstanden?«

Gutmütig nickte sie. »Ich verrate es nicht. Das verspreche ich.«

»Okay«, sagte er, offenkundig dankbar, dass sie ihm dieses Ehrenwort gab. Nicht ein Mal hatte sie ihn bislang lächeln sehen, doch jetzt tat er es. »Dann sind wir beide irgendwie Verbündete, nicht wahr?«

»Verbündete?«, fragte sie irritiert.

»Ja, so etwas wie ein Geheimclub. Der Willem-Heartbreak-Club.«

Sie kicherte, auch wenn es eigentlich nichts zu kichern gab. »Ich weiß nicht, ob ich unbedingt ein Mitglied sein will. Ich kenne ihn kaum und bin nicht nach Canterbury gekommen, um mich zu verlieben.«

»Ehrliche Meinung, Sophie? Dafür ist es bereits zu spät.« Er hielt ihr sein Bier entgegen, damit sie anstieß. »Also: herzlich willkommen im Club.«

Sie verzog maulend den Mund, prostete ihm aber zu.

Während des Pizzaessens saß sie an dem großen Esstisch neben Priya, und obwohl sie ihr gegenüber eine nicht zu verleugnende Eifersucht hegte, bewunderte sie die junge Frau. Sie erzählte von ihrem Medizinstudium, ihren Eltern, die sie abgöttisch liebte, und dass sie Willem eine lange Zeit zappeln gelassen hatte, obwohl sie ihn schon immer gemocht hatte.

Niemand der anderen am Tisch hörte ihnen zu, und je mehr sie Priya kennenlernte, desto mehr dachte sie daran, was Alfie ihr gerade über Willems Vorliebe für Frauen erzählt hatte.

Priya besaß einfach alles, wonach Willem laut seinem besten Freund suchte. Sie war unglaublich klug, begehrenswert schön, beherrschte die gesellschaftliche Etikette. Sophie versuchte, die Gabel genauso elegant zum Mund zu führen, wie sie es tat.

Und gewiss war sie eine gelenkige sowie sinnliche Liebhaberin.

Doch die schlimmste Erkenntnis, die Sophie über Priya machte, war, dass sie einfach unfassbar nett zu ihr war, und sie schämte sich für ihre Eifersucht, die so lächerlich war, weil es dafür keinen Grund gab.

Alfie hatte recht. Selbst wenn sie es darauf angelegt hätte, Willem für sich zu begeistern – gegen jemanden wie Priya würde sie niemals eine Chance haben.

Noch in diesem Moment beschloss Sophie, sich nicht mehr dieser Traumvorstellung hinzugeben. Sie würde immer ein Aschenputtel bleiben, denn in dieser Welt gab es keine gute Fee, die sie mit einem *Bibidi Babidi Bu* in eine Priya verwandeln würde.

Du warst ein Nichts, du bist ein Nichts und du bleibst ein Nichts.

Worte aus Mrs Scarborough Mund, die vermutlich mehr der Wahrheit entsprachen, als Sophie lieb war.

Sobald der letzte Satz des Theaterstücks an Marahs Geburtstag ausgesprochen war, würde sie wieder aus Willems Leben verschwinden. Für immer. Sie würde sich wie die kleine Meerjungfrau in Schaum auflösen, unsichtbar die Welt der Menschen beobachten, für die sie nicht bestimmt war.

Obwohl sie dieser Gedanke wehmütig stimmte, war er doch ein Befreiungsschlag.

In vier Wochen war es vorbei, so lange musste sie standhaft bleiben, in Willem das sehen, was er war: ein unerreichbares Universum.

***

Verdammt, Fraser, hör in Teufels Namen auf, sie ständig anzusehen, befahl Willem sich selbst.

Er konzentrierte sich auf Priya. Voll und ganz ... um sich dann doch wieder in Sophies Gesicht zu verlieren.

Er wusste nicht, was es war, aber irgendetwas löste dieses Mädchen in ihm aus. Im Gegensatz zu seinen Freunden hatte sie die Geschichte der Meerjungfrau gänzlich auswendig gelernt und das berührte sein Herz zutiefst. Von der bestellten Pizza aß sie nur ein einziges Stück, während sich die anderen wie ein ausgehungertes Wolfsrudel darüber hermachten und sich wohl niemand darum scherte, vielleicht mehr Pizzaecken gegessen zu haben als der Nebenmann. Willem sah, dass Sophie mehrmals zu dem geöffneten Pizzakarton mitten auf dem Tisch schielte, in dem nur noch ein einziges Stück lag, aber sie schien den anderen den Vortritt zu lassen.

»Bitte, nimm du das letzte Stück«, sprach er über den Esstisch zu Sophie, die jedoch den Kopf schüttelte und die Hände im Schoß vergrub.

»Nein danke, ich bin schon satt.«

Willem wettete, dass sie die Pizza aus Höflichkeit ausschlug.

»Also, wenn keiner mehr will«, sagte daraufhin Robbie, der neben ihm saß, schnappte sich das letzte Stück schneller aus dem Karton, als man gucken konnte, und stopfte es sich gierig in den Mund.

Irgendwie machte Willem das wütend und er schenkte Sophie einen verzeihenden Blick, den sie mit einem verhuschten Lächeln erwiderte.

»Gehen wir gleich von hier aus zu Tobys Party?«, fragte Alfie, der sich mit einer Serviette den Mund säuberte.

Die Party hatte Willem beinahe wieder vergessen. »Ich denke schon. Sophie? Möchtest du mitkommen? Toby ist ein ehemaliger

Klassenkamerad von uns. Er wird sicher nichts dagegen haben, wenn du uns begleitest. Er wohnt nur ein paar Straßen weiter.«

Insgeheim hoffte er, dass sie zusagte. Er wollte gern noch weiter Zeit mit ihr verbringen, sich wieder mit ihr unterhalten wie vor zwei Wochen im Pub.

»Ich kann leider nicht«, antwortete sie zu seiner Enttäuschung. »Meine Schicht bei Aunt Belle beginnt gleich.« Daraufhin erhob sie sich von dem Stuhl. »Es ist auch schon sehr spät. Ich muss jetzt gehen.«

Willem stand ebenfalls auf. »Ich begleite dich noch zur Tür.«

»Hey, Sophie«, sagte Matt. »Du hast heute wirklich gut gespielt.«

Ein jeder nickte anerkennungsvoll, und Willem sah, dass sie errötete.

»Matt hat recht. Du warst ganz großartig«, manifestierte Priya, die jetzt aufstand und Sophie umarmte. »Ich hoffe, wir sehen uns öfter.«

»Das hoffe ich auch«, antworte sie verlegen und nickte allen zum Abschied zu.

Im Flur stopfte Willem seine Hände in die Hosentasche; er empfand eine Art Kummer, weil er sie erst zur nächsten Probe übernächstes Wochenende wiedersehen würde.

Das ist doch vollkommen verrückt.

»Oh, warte bitte«, sagte er, bevor sie die Jacke überzog. »Ich habe ganz vergessen, dir Marah vorzustellen.«

»Das stimmt«, erwiderte sie mit einem Lächeln.

»Komm, sie und ihre Pflegerin Brenda sind im Fernsehzimmer.«

»Ihr habt ein Fernsehzimmer?«, fragte sie erstaunt.

»Ja, mein Vater kann den Flimmerkasten im Wohnzimmer nicht ausstehen. Ich muss dich allerdings vorwarnen: Manchmal reagiert Marah phobisch bei fremden Menschen. Das legt sich aber, wenn sie dich öfter sieht.«

»Okay«, sagte sie verunsichert, und dann: »Das kenne ich gut.«

Er öffnete die Tür neben der Treppe und betrat den Raum. Brenda saß auf dem Sofa, las in irgendeinem Klatschmagazin, während Marah in ihrem Rollstuhl saß und in Richtung des Fernsehers schaute, auf dem gerade ein Cartoon über dem Bildschirm flimmerte.

»Seid ihr schon fertig?«, fragte Brenda.

»Ja. Das ist Sophie. Ich habe dir von ihr erzählt.«

Sie erhob sich von dem Sofa und ging auf Sophie zu. »Willem, du hast nicht zu viel versprochen. O mein Gott, du bist der Nixe ja wie aus dem Gesicht geschnitten.« Sie blickte ihn verschwörend an und grinste. Er konnte nicht genau deuten, was Brenda ihm hiermit signalisieren wollte, eine Ahnung hatte er jedoch: *Das Mädchen ist aber nett. Wäre sie nicht was für dich?*

»Ich lass euch einen Moment allein, damit Sophie unsere Marah kennenlernen kann.«

Willem nickte und Brenda verließ das Zimmer. Er nahm Sophie an der Hand und ging mit ihr zu seiner Schwester.

»Hey, Marah, ich möchte dir jemanden vorstellen.« Beide setzten sich vor den Rollstuhl und die Augen des Mädchens wanderten vom Fernseher in seine Richtung, dann zu Sophie.

»Hallo Marah, ich bin Sophie Parker. Ich freue mich sehr, dich kennenzulernen. Willem hat mir viel von dir erzählt«, sprach sie mit leiser Stimme. Möglicherweise wartete sie auf eine Erwiderung von Marah, aber das Einzige, was seine Schwester offenbarte, war ein kurzes Lächeln.

Wenn Sophie wüsste, wie außergewöhnlich diese Geste war ...

Sobald ein Fremder in Marahs Nähe aufschlug, machte sich ihre Furcht in der Verkrampfung ihrer Hände und Arme bemerkbar. Bei Brenda hatte es damals Tage gebraucht, bis sie sich an die Pflegerin gewöhnt hatte.

Doch bei Sophie – und das war absolut bemerkenswert – blieb sie entspannt.

Fasziniert sah Willem von einer zur anderen. »Marah freut sich ebenfalls, dich kennenzulernen.«

Behutsam legte Sophie ihre Hand auf die seiner Schwester und sie ließ diese Berührung zu.

Eigenartig, sinnierte er.

Jetzt wunderte er sich nicht über Marah, sondern über das Mädchen, das bislang jeder Innigkeit ausgewichen war.

»Willem hat mir erzählt, dass du bald Geburtstag hast. Ich kann dir verraten, dass er etwas wirklich Wundervolles für dich geplant hat, und ich hoffe, es wird dir gefallen.« Sie sah ihn an. »Ich hoffe, ich habe jetzt nicht zu viel ausgeplaudert.«

Er schüttelte den Kopf. »Nein, nein.«

Und während er schweigend dasaß, begriff er, dass Sophie etwas ganz Besonderes war und er sich von Minute zu Minute mehr zu ihr hingezogen fühlte, als ihm lieb war.

An der Haustür verabschiedeten sie sich voneinander. Als Sophie sich umdrehte, rief er sie zurück.

»Warte bitte!« Mit erwartungsvollen Augen sah sie ihn an. »Ich möchte nicht, dass du denkst, ich würde dich nur mögen, um Marah mit dem Theaterstück eine Freude zu bereiten.« Er geriet ein wenig ins Straucheln. Das passierte ihm in Gegenwart eines Mädchens selten. »Ich mag dich wirklich, Sophie. Sehr sogar.«

Deutlich erkannte er ein Schlucken und hoffte inständig, dass sie sich nicht von ihm bedrängt fühlte.

»Ähm ...« Zu mehr Äußerungen schien sie nicht fähig und eine unbehagliche Grabesstille breitete sich zwischen ihnen aus.

In ihren Augen sah er wieder diese Verletzlichkeit, die ihn rührte. Zu gern hätte er gewusst, was ihr in der Vergangenheit zugestoßen war, dass sie derart verzagt auf ihn reagierte.

»Komm bitte gut nach Hause«, sagte er daraufhin, um der Stille ein Ende zu setzen.

»Danke.« Sie wandte sich um, als er gerade die Haustür hinter sich zuziehen wollte.

»Willem«, sagte sie und trat von einem Fuß auf den anderen. »Ich mag dich auch. Sehr sogar.«

Er lächelte. Sein Herz hämmerte gegen seinen Brustkorb.

»Auf Wiedersehen, Sophie.«

Under The Sea

Canterbury, 10. Oktober 1997

Die vergangenen Tage gehörten zu jenen seltenen und unbeschwerten Phasen, in denen Sophie scheinbar alles gelang. Die Arbeit im Pub ging ihr inzwischen leicht von der Hand. Sie hatte gelernt, bis zu zehn Gläser Bier gleichzeitig auf dem Tablett zu balancieren, und sie machte keinerlei Fehler mehr, wenn sie die Gäste abkassierte.

Die Trinkgelder fielen mittlerweile großzügiger aus, und Belle war so zufrieden mit Sophies Arbeit, dass sie ihr den Stundenlohn erhöhte, ohne dass sie darum gebeten hatte.

Selbstredend verlor Belles Mund nie ein lobendes Wort, aber sie bewies ihre Dankbarkeit mit kleineren und größeren Geschenken, die sie Sophie vor der Tür ihres Pensionszimmers hinterließ. Manchmal war es eine Tüte voller Lebensmittel oder sie schenkte ihr Pakete mit neuen Anziehsachen, die nicht aus einem Secondhandladen stammten. Erst letzte Woche hatte Belle ein Telefon in ihrem Zimmer installieren lassen, das allerdings eher dazu diente, sie aus dem Pub anzurufen, wenn sie an ihren freien Tagen doch aushelfen sollte. Aber Sophie widersprach nie, half ihr gern aus, ganz gleich, wie hundemüde sie oft war.

Nach der letzten Probe des Theaterstücks hatte sie Willem heimlich ihre Telefonnummer zugesteckt und seitdem telefonierten sie fast täglich miteinander, meist nach Sophies Schicht. Obwohl er ihr einmal gesagt hatte, dass er Telefonate verabscheute, unterhielten sie sich oft stundenlang. Er erzählte ihr von seinem Alltag in Cambridge, sie von den wirklich kuriosen Begegnungen aus dem Pub.

Mit Bravour vermied sie Gespräche über ihre Vergangenheit, und Willem schien begriffen zu haben, dass sie darüber, was damals gewesen war, nicht ausgequetscht werden wollte. Sie genoss jede Sekunde, liebte den Klang seiner Stimme. Ständig erwischte sie sich selbst dabei, wie sie mit einem Lächeln und geschlossenen Augen auf ihrem Bett lag, um seinen Erzählungen zu lauschen, dabei die Hand auf ihren Brustkorb legte, um das Klopfen ihres Herzens zu spüren.

Ihr Leben hatte sich um hundertachtzig Grad gewendet. Niemals hätte sie das für möglich gehalten, als sie an jenen verregneten Tag vor einem halben Jahr heimlich das Haus von Mrs Scarborough verlassen hatte und einfach davongerannt war – ohne zu wissen wohin.

Doch so schön ihr derzeitiges Leben bei Tag war, verbrachte sie die Nächte weiterhin in Angst.

Was, wenn Mrs Scarborough oder auch Brendan herausfinden würden, wo sie sich jetzt aufhielt?

Was, wenn die Behörden irgendwann an ihre Tür hämmerten, um sie erneut an diesen finsteren Ort zurückzubringen, weil sie nicht volljährig war?

Lieber wollte Sophie sterben, als jemals wieder die Schwelle zu dieser Hölle zu übertreten.

Die Telefonate mit Willem nahmen ihr diese Angst, und sie war dankbar, endlich einen Freund in ihrem Leben zu wissen. Das erste Mal.

Inzwischen erlaubte sich Sophie, ihr Zimmer nach ihrem eigenen Geschmack einzurichten.

In einem kleinen Dekorationsladen, der nicht weit vom Pub entfernt lag, kaufte sie eine neue Nachttischlampe mit einem weißen Lampenschirm, Kerzen, die nach Vanille dufteten, sowie ein paar Zierkissen, die sie auf dem Sessel und auf ihrem Bett drapierte. Am liebsten hätte Sophie ihr ganzes Erspartes in dem Laden gelassen, aber sie zügelte sich.

Manchmal fragte sie sich selbst, was sie sich von ihrem weiteren Leben erhoffte – und während sie das Fremdenzimmer immer mehr in ihr eigenes Domizil verwandelte, kam die Antwort: Eines Tages wünschte sie sich ein heimeliges Heim, in dem sie sich vollkommen sicher fühlte, das lichtdurchflutet war und durch das stets der Duft nach frisch gebackenen Plätzchen wehte.

Genau wie auch an diesem Vormittag, denn Sophie wagte sich an das Nusseckenrezept ihrer Pflegemutter May heran, bei der sie gelebt hatte, bevor sie zu Mrs Scarborough geschickt worden war. Angeblich war es ein uraltes Familienrezept.

Die Krux lag nicht in der Zubereitung, die beherrschte sie im Schlaf, sondern an dem Backofen, der vermutlich noch ein Relikt aus den Siebzigerjahren war. Stundenlang hatte sie den Ofen von altem Ruß und eingebackenem Fett befreit. Mit Kopfhörern auf den Ohren tänzelte sie zu dem Fleetwood-Mac-Song *Seven Wonders* und wagte alle paar Minuten einen Blick in das Backrohr, damit die Nussecken nicht verbrannten. Auf der Herdplatte schmolz sie Schokolade, in die sie eine gute Messerspitze Zimt sowie eine Prise Salz verrührte. Das waren die Geheimzutaten. Im Geiste ging sie immer wieder ihren Text durch, denn heute war der große Tag. Sie wusste nicht, worauf sie sich mehr freute. Auf Marahs Gesicht, wenn sie Sophie in ihrem Meerjungfrauenkostüm sah, oder auf Willem. Vielleicht galt ihre Vorfreude beidem.

Aunt Belle hatte ihr an diesem Samstag einen freien Abend zugesprochen.

Um Punkt vierzehn Uhr betrat sie das Haus der Frasers. Im Flur begegnete sie einer schlanken und durchaus hübschen Frau mit leicht rotblondem schulterlangem Haar und heller, sommersprossiger Haut.

»Ich bin Willems Schwester Fallon. Du bist Sophie, nicht wahr?«

»Ja«, antwortete sie mit einem Lächeln. In ihren Händen hielt sie den Teller mit den Nussecken. »Willem hat mir viel von dir erzählt.« Sie war ein wenig verwundert, Fallon hier anzutreffen. Willem hatte sich sehr darüber aufgeregt, dass seine Schwester nicht zu Marahs Geburtstag da sein würde, weil ihr – so wie er sagte – der Job wichtiger wäre als alles andere. Offenbar hatte sie sich umentschieden. Dass Willem und Fallon Geschwister waren, ließ nur die Form und Farbe der Augen erahnen, ansonsten hätten sie vom Äußerlichen nicht unterschiedlicher sein können.

»Vermutlich, wie nervtötend er mich findet.« Sie zeigte auf die Plätzchen. »Hast du die selbst gebacken?«

Sophie nickte und Fallon enthüllte ein Lächeln, auch wenn es ein bisschen distanziert wirkte – im Gegensatz zu Willems stets einnehmendem Wesen. Aber er hatte sie bereits vorgewarnt, dass seine Schwester oftmals kühl reagierte, im Grunde jedoch eine kluge Frau mit einem weichen Kern war.

»Sehr lieb von dir. Ich stelle sie zu dem Büffet.«

Sophie sah sich in dem Wohnzimmer um und stellte fest, dass die beiden Sofagarnituren fehlten, um Platz für die Aufführung zu schaffen. Fallons hochhackige Pumps hallten durch den Raum.

Sie folgte Willems Schwester in den Wintergarten, der mit unzähligen Ballons und Luftschlangen dekoriert war. Von einem Balken zum nächsten war eine Girlande mit *Happy Birthday* gespannt. Auf einer langen Tafel fanden sich Köstlichkeiten in Hülle und Fülle. Verschiedene Häppchen aus Blätterteig, Sandwiches, etliche Kuchen und eine dreistöckige Geburtstagstorte, die mit dem blau-türkisen Farbverlauf an eine Unterwasserwelt erinnerte und mit essbaren Regenbogenfischen verziert war.

Fallon stellte die Nussecken zu den anderen Speisen und inspizierte Sophie.

»Bist du aufgeregt? Wir erwarten über zwanzig Gäste.«

»Ich habe die Nacht kaum ein Auge zugemacht«, sagte sie und strich sich nervös die feuchten Hände an ihrem Jeanskleid ab, das Aunt Belle ihr erst vor Kurzem gekauft hatte. Bewundernd begutachtete sie Fallons burgunderrotes Etuikleid, das eng anlag und ihre schlanke Taille betonte. In diesem Moment betrat Willem schnellen Schrittes das Wohnzimmer und begrüßte Sophie mit einem freundschaftlichen Wangenkuss.

Er wirkte etwas aufgebracht. »Gut, dass du schon hier bist. Alfie liegt mit einer Magen-Darm-Grippe im Bett.«

»O nein«, rief sie bestürzt. »Was machen wir denn jetzt? Er spielt doch den Prinzen.«

»Tja, den Part werde ich wohl oder übel übernehmen. Fallon springt als Erzählerin ein.«

Natürlich brachte diese Information Sophie etwas aus dem Konzept, doch dann freute sie sich innerlich wie ein kleines Kind, dass Willem Alfies Rolle übernahm.

Sie konnte sich nicht helfen, aber irgendwie schien er verändert, so unnahbar und kühl. Er hielt sie auf Abstand und es machte den Eindruck, als schaute er durch sie hindurch. Sicherlich war sein Verhalten seiner Aufregung geschuldet. Mehr nicht.

Alle, die an dem Theaterstück beteiligt waren, versammelten sich in Willems Zimmer. Sophie betrachtete die alten Filmposter von *Lawrence von Arabien*, *Manche mögen's heiß* und *Casablanca*, die gerahmt über seinem Bett hingen. An der gegenüberliegenden Wand war ein Regal, in dem unzählige Literaturbücher standen. Einige davon in Französisch, Spanisch und sogar in Altgriechisch – alles Sprachen, die Willem beherrschte, da ihm die wohl denkbar beste Schulbildung zuteilgeworden war. Privatschulen hier in Canterbury, daraufhin der Besuch am Eton College, von dem Sophie immer gedacht hatte, dort würden nur adelige Sprösslinge ausgebildet. Das stimmte jedoch nur bedingt, denn es bedurfte lediglich eines fetten Geldbeutels, um sich in die englische Elite einzukaufen.

»Was nicht bedeutet, dass wir reich sind«, hatte Willem einmal in einem ihrer endlosen Telefonate gesagt. So ganz kaufte sie ihm das nicht ab. Jedoch war in Sophies Augen ein jeder wohlhabend, der sich ein solches Haus wie das der Frasers leisten konnte, in dem jedes der drei Kinder ein eigenes Zimmer mit angrenzendem Badezimmer besaß.

Wer verfügte schon über ein Fernsehzimmer?

In Willems Zimmer stand ebenfalls ein moderner Fernseher und eine Hi-Fi-Anlage, von der die musikliebende Sophie nicht zu träumen wagte. Der Walkman, der sie überallhin begleitete, war noch nicht einmal von ihrem eigenen Geld gekauft, sondern aus einem Birminghamer Warenhaus geklaut.

Laura, Priya, Robbie, Matt und Oli schwirrten um Sophie herum, und ständig hörte sie die Klingel, was darauf schloss, dass sich immer mehr Gäste unten im Wintergarten einfanden. Ihre Finger zitterten bereits jetzt vor Aufregung und sie trug das Nixenkostüm, das ihr viel zu groß war.

Laura versuchte, mit ein paar Nähstichen die Flosse zu kürzen und das Bikinioberteil, das mit Hunderten kleinen Muscheln besetzt war, enger zu nähen. Ein wenig fühlte Sophie sich in diesem doch recht freizügigen Oberteil unwohl, aber sie traute sich nicht, um eine Strickjacke zu bitten, um ihre nackte Haut zu verhüllen. Nun ja, welche Meerjungfrau trug auch schon eine Jacke? Also schluckte sie ihr Schamgefühl hinunter. Der Wimpernkleber brannte in ihren Augen, jedoch wagte sie es nicht, daran zu reiben, weil Priya sie gerade schminkte.

Sophies langes Haar war in Dutzende Lockenwickler eingedreht, so fest, dass ihr die Kopfhaut schmerzte. Zum Glück legte nun Fallon Hand an und befreite sie nach und nach von den Dingern.

Als Priya den allerletzten Pinselstrich an Sophies Gesicht vollendete, lächelte sie voller Stolz über ihr Werk.

»Du siehst einfach bezaubernd aus, Kleine. Du solltest dich viel öfter schminken.« Sie hielt ihr einen Handspiegel vor, damit sie sich selbst betrachten konnte. »Will, schau mal! Ich denke, wir haben die Illustration aus Marahs Buch gut getroffen. Was meinst du?«

Willem, der an seinem Schreibtisch saß und die ganze Zeit in dem Manuskript vertieft war, um seine unerwartete neue Rolle zu lernen, blickte flüchtig zu ihnen herüber. Sophie wagte ein zartes Lächeln, das jedoch unerwidert blieb, was sie sehr verunsicherte.

»Ja, Priya, es ist perfekt.« Dann wandte er sich wieder dem Skript zu.

»Ich glaube, unser Willem ist ein wenig aufgeregt«, flüsterte seine Freundin mit einem Augenzwinkern.

Ja, das musste es wohl sein. Dennoch fragte Sophie sich, ob sie vielleicht irgendetwas falsch gemacht hatte, denn seit sie heute hier angekommen war, schien Willem wie ausgewechselt. Zu seinen Freunden war er wie immer, cool und freundlich. Noch auffälliger war sein Verhalten gegenüber Priya, die er schon fast demonstrativ häufig umarmte und küsste.

Jeder Kuss glich für Sophie einem gehörigen Tritt in die Magengrube, und der Verdacht erhärtete sich, dass Willem genau dies auch beabsichtigte.

Fallon saß in einem Ohrensessel und las die ersten Zeilen aus der Geschichte, während die Gäste sich um Marahs Rollstuhl versammelt hatten, an ihrem Wein nippten und ihr aufmerksam lauschten. Durch einen Türspalt wagte Sophie einen Blick in den Wintergarten und ihre Knie schlotterten unkontrolliert. Im Wohnbereich war eine Leinwand aufgestellt, die Laura und ein paar ihrer Kommilitonen mit Unterwassermotiven bemalt hatten. Eine andere, die während des Stücks ausgetauscht wurde, zeigte das Schloss des Prinzen. Ein jeder hatte sich so viel Mühe gegeben, um dem Mädchen eine Freude zu bereiten. Das war schon außergewöhnlich und bewies, was vor allem Willem seinen Freunden bedeuten musste.

Jetzt durfte Sophie auf keinen Fall ihren Einsatz verpassen. Der Druck auf ihren Schultern war enorm, denn zum ersten Mal würde Marah *ihre* kleine Meerjungfrau sehen, und sie betete inständig, diesen Moment nicht durch ihre Nervosität zu vermasseln. Willem, gekleidet in einem weißen Rüschenhemd und einem gold-weinroten Jackett aus einem steifen Brokatstoff, stand stumm neben ihr. Ohne ihn anzusehen, spürte sie, dass er sie von der Seite mehrmals anstarrte. Sie atmete tief aus und lauschte Fallon.

»Jede der kleinen Prinzessinnen pflegte ein Fleckchen des Meergartens. Die eine gestaltete ihr Blumenbeet in der Gestalt eines Walfisches, eine andere liebte es, wenn ihre Blumenpracht der Silhouette eines Meerweibs glich, aber die jüngste erschuf das Bild der Sonne. Und die Blumen, die sie pflanzte, leuchteten feuerrot. Sie war ein wunderschönes Kind, nachdenklich und still.«

Das war Sophies Einsatz.

Und sie verpatzte ihn.

»Sie war ein wunderschönes Kind, nachdenklich und still«, wiederholte Fallon mit Nachdruck in der Stimme.

Willem stieß Sophie leicht mit der Spitze seines Ellbogens an. »Hey, schläfst du?«, flüsterte er und sie bemerkte seinen stinkigen Unterton. Hastig betrat sie die Bühnenfläche des Wohnzimmers, wäre beinahe über ihre Flosse gestolpert. Nur mit Mühe konnte sie einen Sturz verhindern, und nun galt es, ihre Aufregung zu bändigen.

Doch als sie in der Mitte des Raums angelangt war, bereits jetzt außer Atem, geschah etwas, das sie nicht erwartet hatte: Die Familie und die Freunde der Frasers klatschten, als sie ins Scheinwerferlicht rückte.

Setzte gerade ihr Herzschlag aus? *Um Himmels willen, Sophie, fall jetzt nicht in Ohnmacht!*

Fallon las weiter vor und Sophie wagte einen Blick zu Marah.

Im ersten Moment wirkte es, als litte sie an einem ihrer Krampfanfälle, von denen Willem ihr schon öfters erzählt hatte, aber ihre Lippen waren zu einem breiten Grinsen geformt. Ihre Augen leuchteten, als wohnten in ihnen Tausende Sterne. Eine dunkelhaarige, braungebrannte Frau mit einem sonnigen Lächeln hatte sich neben Marahs Rollstuhl gesellt und hielt die Hand des Mädchens.

Reiß dich zusammen, Sophie! Enttäusche diese Menschen nicht, befahl sie sich und schloss für eine Sekunde die Augen, um sich zu fangen. *Einatmen, ausatmen.*

Die ersten Sätze, die sie sprach, waren holprig und sie verhaspelte sich ständig, doch mit jeder Bühnenminute schöpfte sie immer mehr Selbstbewusstsein, fand endlich einen Zugang zu ihrer Rolle. In den Gesichtern der Zuschauer sah sie Verzückung, und sie alle lachten, als Matt und Oli in ihren Nixenkostümen eine wohl nicht erwartete, wenn auch maßlos übertriebene Weiblichkeit zum Besten gaben.

Dramatische Musik setzte ein und die Meerjungfrau rettete den Prinzen aus den tosenden Wellen vor dem Ertrinken. Sophie zog den leblos spielenden Willem aus dem imaginären Meer an den imaginären Strand.

»Nur ein Kuss konnte den Prinzen zum Leben erwecken.«

In den Proben hatten sich sowohl Sophie als auch Alfie geweigert, sich einen echten Kuss zu geben, doch als sie sich jetzt über Willem beugte, seine Schläfe streichelte, vergaß sie diese Abmachung.

Sie war so sehr in ihrer Rolle vertieft, dass ihre Lippen seine berührten und diese nicht wieder verließen.

Sie war nicht die Meerjungfrau.

Sie war Sophie, die sich in Willem verliebt hatte, ohne es zu wollen.

Dann spürte sie seine Hände, die gegen ihren Brustkorb drückten. Erschrocken riss sie die Augen auf, entsetzt über sich selbst. In seinem Ausdruck erkannte sie einen Anflug von Zorn, doch er besann sich schnell und verwandelte sich wieder in den Prinzen zurück, der erwachte, während die Nixe voller *echter* Scham die Bühne verließ.

Sophie wollte im Erdboden versinken. Was in Teufels Namen hatte sie gerade geritten? Hinter der Kulissenwand erwartete sie Priya, bereits mit einem irritierten Gesichtsausdruck.

»Was war das denn?«, fragte sie im Flüsterton – und zwar zu Recht.

»Ein Versehen«, erwiderte Sophie kleinlaut. »Priya, das musst du mir glauben.«

»Jaja, schon gut«, sagte sie, gab sich dabei wie eh und je als das wohl netteste Mädchen der Welt. Eine Wesensart, die es Sophie wahrlich nicht leichter machte, Willem auf diese Art anzuhimmeln, die sich doch unaufhaltsam mehr und mehr von einer Freundschaft differenzierte.

Nach Willems Monolog über die unbekannte Schönheit, die ihm als Prinzen soeben das Leben gerettet hatte, war eine Pause von fünf Minuten eingeplant, und er stürmte zu Sophie und Priya hinter die Kulisse.

Wut machte sich deutlich in seinem Gesicht erkennbar. »Sag mal, was sollte das, Sophie?«

Wie ein eingeschüchtertes Lämmchen, das ahnte, gleich auf der Schlachtbank zu landen, stand sie vor ihm und wusste nicht, was sie sagen sollte.

»Entschuldige, ich … ich war zu sehr in meiner Rolle.«

»Ja, klar«, maulte er voller Sarkasmus.

»Lass gut sein, Willem«, besänftigte Priya. »Hast du Marah gesehen? Sie scheint hin und weg zu sein. Und das ist vor allem Sophies Verdienst.«

Er sah Sophie an, sichtlich unentschlossen, wie er reagieren sollte. Dann seufzte er und nickte.

»Ich hab's gesehen. Tut mir leid, Sophie.«

»Schon gut.«

»Zum Glück war das die einzige Szene mit uns, in der wir uns so nahe kommen.« Wie furchtbar sich seine Worte anhörten. Sie wagte es nicht, ihn weiter anzusehen, blickte jetzt starr auf den Steinboden.

»Ich muss was trinken«, murmelte er, packte Priyas Handgelenk und ließ Sophie allein zurück.

Sobald das Stück vorbei wäre, sie sich endlich aus diesem Kostüm befreien konnte, wollte sie dieses Haus sofort verlassen und nie wieder zurückkehren.

***

»Wehmütig schaute die Meerjungfrau dem Horizont entgegen, bis sie in das Meer zurückging und sich in Schaum auflöste.«

Willem hatte für diese letzte Szene das Klavierstück *Pavane* von Gabriel Fauré eingeplant, das Priya auf dem alten Piano seiner Mutter spielte. Ein blaugrüner Schimmerstoff legte sich über Sophie, der sie für immer in den Weiten des Ozeans verbarg.

Die Gäste applaudierten und jubelten. Er sah zu Marah, deren wache Augen aufgeregt von links nach rechts und wieder zurück wanderten. Die eine versteifte Hand legte sie auf die andere, und vielleicht versuchte sie, ebenfalls zu klatschen, aber es gelang ihr nicht.

Das Theaterstück war gewiss frei von jeglicher Perfektion, doch das war niemals Willems Intention gewesen. Er wollte seiner Schwester eine Freude bereiten und scheinbar war es ihm gelungen. Das war die Hauptsache.

Nachdem sich alle Mitwirkenden vor dem Publikum mehrfach verbeugt hatten, ging er auf Marah zu und küsste ihre Wange. Kurz hielt er inne und schluckte seinen Kloß hinunter, der sich seit der letzten Szene in seinem Hals wie Kaugummi festgeklebt hatte.

»Ich hoffe, es hat dir gefallen«, flüsterte er ihr zu.

Und da war wieder Marahs Lächeln, das mehr ausdrückte, als tausend Worte es je hätten beschreiben können.

Tante Lou, die ihrer Nichte während der ganzen Aufführung nicht von der Seite gewichen war, griff nach Willems Hand und sah ihn mit vor Tränen schimmernden Augen an.

»Das war einfach wunderschön«, raunte sie ihm zu und verlor eine Träne.

»Danke, Tante Lou.«

Er war voller Dankbarkeit dafür, dass sie extra für Marahs Geburtstag aus ihrer Wahlheimat Fuerteventura angereist war. Nun drehte er sich zu Sophie um und ärgerte sich maßlos über sich selbst, dass er sie während der Aufführung so angegangen war. Auch wenn sie anfänglich mehrmals gepatzt, den Einsatz oder Text vergessen hatte, hatte sie die Rolle der Meerjungfrau dennoch in all ihrer Verletzlichkeit und in ihrem Herzschmerz, der Sehnsucht nach einer anderen Welt, mit größter Bravour gespielt. Sie hatte genau das verkörpert, was Willem in ihr gesehen hatte, als er ihr zum ersten Mal im Pub begegnet war.

Gewiss war es keine Selbstverständlichkeit, dass sie sich bereit erklärt hatte, mitzuspielen.

Und nun war es vorbei.

Es musste so sein.

Alfie war Marahs Geburtstagsfeier gar nicht wegen einer Magen-Darm-Grippe ferngeblieben. Das hatte einen anderen, bitteren Grund.

Gestern Abend hatten Willem und er einen heftigen Streit gehabt, der vielleicht in naher Zukunft nicht zu kitten war.

Unbedarft hatte er seinem besten Freund erzählt, dass er beinahe täglich mit Sophie telefonierte und nicht wusste, wohin ihn diese

Freundschaft führen würde, die sich irgendwie nicht mehr wie eine anfühlte. Noch war bislang rein gar nichts zwischen ihnen geschehen, aber er dachte oft darüber nach. Von Alfie, der stets ein verständnisvoller Kumpel gewesen war, hatte er sich einen Rat erhofft, doch ihm war nur empörtes Unverständnis entgegengeschlagen.

Willem sei ein egoistischer Mistkerl, der sich nie mit dem zufriedengab, was er hatte, angeblich ständig dem nachgierte, was er nicht haben durfte.

Noch immer hallten Alfies Worte in ihm nach. »Soll ich dir mal was sagen, Willem Fraser? Ich habe die Schnauze gestrichen voll von dir. Gefällt es dir, jeden Menschen in deiner Umgebung zu verletzen? Macht es dir Spaß, jeden, dem du etwas bedeutest, vor den Kopf zu stoßen? *Willem, der Held. Willem, der Schöne. Willem, der glaubt, die ganze Welt würde ihm zu Füßen liegen, sobald er mit den Fingern schnippt.* Du weißt doch gar nicht, was du wirklich willst, nimmst lieber in Kauf, anderen das Herz zu brechen. Jahrelang hast du mir wegen Priya die Ohren vollgejammert. Sie sei die anbetungswürdigste Frau auf diesem Planeten. *Was würde ich nur darum geben, dass sie sich endlich für mich entscheidet?* Deine Worte, Willem, deine verfluchten Worte. Alles nur dummes Blablabla. Und dann tritt irgendeine vollkommen nichtssagende Kellnerin in dein Leben und wieder müssen die Karten neu gemischt werden. Für wen hältst du dich eigentlich? So läuft das nicht, verdammte Scheiße. Tu also, was du nicht lassen kannst. Es ist mir scheißegal. Bin ja mal sehr gespannt, wie dein hochgelehrter Vater auf ein Mädchen an deiner Seite reagiert, das nicht einmal einen Schulabschluss hat. Aber was soll's – vermutlich passt so eine Idiotin zu einem zukünftig brotlosen Schauspieler.«

Bei dieser Verhöhnung hatte Willem fast seine gute Stube vergessen; seine Hand hatte vor Jähzorn gezittert und er hatte sich zusammenreißen müssen, um sie Alfie nicht ins Gesicht zu schmettern. Aus seiner Wut heraus hatte er ihm die Freundschaft gekündigt und ihn zum Teufel gejagt. Er konnte sich bei bestem Willen nicht erklären, was in Alfie gefahren war. All diese Vorwürfe waren wie aus dem Nichts gekommen.

Doch das Schlimmste war: Er hatte recht.

Er liebte Priya – zumindest glaubte er das. Felsenfest. Und deswegen musste Sophie wieder aus seinem Leben verschwinden.

So schnell wie nur irgendwie möglich.

Nachdem er sich aus seiner ungemütlichen Prinzen-Maskerade befreit hatte, schenkte er sich ein Glas Weißwein ein. Viele Freunde der Familie waren da, unterhielten sich und einer nach dem anderen klopfte Willem auf die Schulter. Frank saß mit einer Flasche Bier halb schlafend in dem Ohrensessel, während Dolores eine Schar Nachbarsfrauen um sich versammelt hatte und scheinheilig über Willems Schauspieltalent philosophierte. »Unser Will wird einmal ein ganz Großer.«

George, sein Vater, war in ein Gespräch mit seinem Kanzleipartner vertieft, besprach vermutlich wieder die neuesten Gesetzesänderungen des Obersten Gerichtshofs. Fallon schimpfte mit einer ehemaligen Collegefreundin über die Königsfamilie und beharrte auf ihrem Verdacht, dass die Windsors für Prinzessin Dianas Tod verantwortlich waren.

Also alles beim Alten.

Robbie, Matt und Oli (weiterhin in ihren Nixenkostümen gekleidet) bespaßten Marah und wiederholten eine Szene aus dem Theaterstück, was Willem zu einem Lächeln bewegte.

Sophie, Laura und Priya waren vermutlich noch oben, um sich umzuziehen.

Jemand tippte ihn von der Seite an. Es war Tante Lou.

»Begleitest du mich in den Garten? Ich muss ein bisschen frische Luft schnappen.«

»Gute Idee«, erwiderte er.

Willem folgte Lou hinaus und sie schlenderten zum Flussufer hinunter, dabei hakte sie sich bei ihm ein.

»Was ist los, Will? Du wirkst nicht sehr glücklich.«

»Ach was, das kommt dir nur so vor.«

»Bist du sicher?«

Er sah in ihre klaren, irgendwie immer strahlenden Augen, die stets wissend und klug auf ihn wirkten.

»Um ehrlich zu sein, geht gerade einiges in mir vor.«

»Das habe ich dir sofort angesehen. Na los, raus mit der Sprache. Ich wette, es hat etwas mit dieser Sophie zu tun. Nicht wahr?«

Erstaunt sah er sie an. Tante Lou, die seit drei Jahren wie eine Nomadin in irgendwelchen Hippiedörfern auf den Kanarischen Inseln lebte, hatte schon immer behauptet, sie besäße die spirituelle Kraft des Sehens. Das war natürlich absoluter Blödsinn, aber in Momenten wie diesen war Willem sich nicht sicher, ob an ihrer Behauptung vielleicht nicht doch etwas dran war.

»Wie kommst du darauf?«, stellte er sich dumm.

Sie grinste, spreizte Zeigefinger und Mittelfinger, deutete von ihrem Augenpaar zu Willems. »Um das zu sehen, muss man keine Erleuchtete sein. Du magst bestimmt ein guter Schauspieler auf der Bühne sein, aber fernab des Scheinwerferlichts agierst du wie ein offenes Buch. Das hast du schon immer getan. Und vor mir kannst du ohnehin nichts verbergen. Was hat es also mit diesem Mädchen auf sich?«

»Eigentlich ... eigentlich nichts.« Er grübelte. »Tante Lou, kennst du dieses Gefühl, wenn du jemandem begegnest, nach dem du gar nicht gesucht hast, und du fühlst dich zu diesem Menschen hingezogen, ohne es zu wollen?«

Lou zog allwissend die Augenbrauen hoch, nippte genüsslich an ihrem Wein. »Natürlich. So beginnen tragische Liebesgeschichten.«

»Toll«, erwiderte er brummend.

Lou lachte. »Dann verrate mir, was gegen Sophie spricht.«

»Priya.«

Jetzt verzog sie ernüchtert den Mund und seufzte schwer.

»Was ist nur aus meinem kleinen, süßen Will geworden, der morgens im Micky-Mouse-Schlafanzug vor dem Fernseher lümmelte und zum fünfhundertsten Mal E.T. angesehen hat?« Sie stieß ihm schmollend mit dem Ellbogen in die Seite. »Jetzt bist du erwachsen und ein Herzensbrecher wie die meisten Männer.«

»Ich will kein Herzensbrecher sein. Deshalb habe ich mich dazu entschieden, den Kontakt zu Sophie abzubrechen. Ich kenne sie ja kaum.«

»Ojemine, Will. *Ich habe mich entschieden, den Kontakt zu Sophie abzubrechen*«, äffte sie ihn nach, indem sie theatralisch mit den Händen fuchtelte. »Junge, mir ist bewusst, dass es in diesem Haus kein Platz für Herzensentscheidungen gibt. Dafür sind sowohl dein Vater als auch deine Schwester bekannt, aber bitte sag mir nicht, dass du dich ebenfalls zu einem Menschen entwickelt hast, der nicht auf das hört, was sein Herz ihm sagt? Und jetzt antworte nichts Falsches, sonst bin ich sehr von dir enttäuscht.« Lou zwinkerte ihm zu.

»Ich will niemals so verkopft sein wie mein Vater oder Fallon, aber in dieser Sache muss ich vernünftig sein. Ich bin schon ewig in Priya verliebt, und ich wäre ein vollkommener Dummkopf, sie jetzt wieder gehen zu lassen. Ich glaube, Sophie ist einfach zu kompliziert, hat vermutlich viel Schlimmes erlebt, das sie bislang nicht verarbeitet hat.«

»Also bist du zu bequem?«

»Was? Nein. Ich traue es mir nicht zu. Tante Lou, sobald ich sie versehentlich oder auch absichtlich berühre, schreckt sie wie ein verängstigtes Reh zurück.«

»Das klingt besorgniserregend. Möglicherweise braucht sie Hilfe.«

Marah schlich sich in Willems Gedanken. »Ich denke nicht, dass ich mir noch mehr Seelenschmerz auflasten will. Darüber hinaus ist Sophie überhaupt nicht mein Typ.«

»Ach, und was ist dein Typ? GGG?«

Irritiert sah er sie mit zusammengezogenen Augenbrauen an. »GGG?«

»Groß, gertenschlank und geil.« Lou rümpfte die Nase. »Es geht also um Sex?«

Unverstanden rieb er sich die Stirn. »Großer Gott im Himmel, können wir bitte dieses Thema lassen?«

»Du meinst vögeln, bumsen, ficken? Willem Fraser, du bist kein Kind mehr. Du bist Anfang zwanzig. Und Männer in deinem Alter haben nichts anderes im Sinn als vögeln, bumsen und ficken.«

»Hilfe, du bist meine Tante!«, sagte er und konnte sich ein verschämtes Grinsen kaum verkneifen. »Hast du auf den Kanaren wieder an irgendeinem bewusstseinserweiterndem Ritual teilgenommen?«

»Kein Grund, rot anzulaufen. Himmel, Arsch und Zwirn, du hast ja fast einen ähnlich steifen Stock im Hintern wie dein Vater. Wir haben doch immer über alles sprechen können. Hör zu, Willem, wenn du glaubst, Priya ist die Richtige, dann ist das etwas Großartiges.« Sie kam näher und begann zu flüstern. »Wir beide wissen jedoch, dass Priya nicht die Letzte sein wird.«

Aus ihrer Handtasche zog sie einen Joint und zündete ihn an.

»Tante Lou, sag mal, du kannst doch jetzt nicht kiffen«, murmelte er und grinste.

»Wieso nicht?« Sie hielt ihm die Tüte entgegen und er zog daran, blickte sich daraufhin verschwörerisch zu dem Wintergarten um. »Du musst diesem Mädchen sagen, dass du kein Interesse an ihm hast. So schnell wie möglich, bevor Sophie sich Hoffnungen macht. Auf der Welt gibt es keinen größeren Schmerz als Herzschmerz. Lass dir diesen Rat von deiner alten, geläuterten Tante geben.«

Lou hatte nie geheiratet, trauerte seit 1969 einem amerikanischen Soldaten nach, den sie während eines Auslandssemesters in Heidelberg kennengelernt hatte – der ihr allerdings verschwiegen hatte, Frau und Kinder zu haben.

Nachdem der Joint gemeinschaftlich vernichtet worden war und Lou den erloschenen Stummel in Richtung von Dolores' und Franks heiligen Rasen geschnipst hatte, kehrten beide ins Haus zurück.

Am Büffet blieb Lou stehen und zeigte auf einen Teller mit Nussecken.

»Die solltest du mal kosten. Absolut köstlich. Fallon erzählte mir, dass deine Sophie sie wohl gebacken hat.« Sie zog sich an seiner Schulter zu seinem Ohr hinauf. »Das Mädchen kann backen. Ich würde mir das noch einmal überlegen.« Er vernahm ein Seufzen und Lou schaute in die Menge der Gäste. »Irgendwie finde ich sie niedlich.«

Willem folgte ihrem Blick. Sophie, die sich inzwischen wieder umgezogen hatte, war in einer Unterhaltung mit Onkel Frank gefangen. Anhand der hastigen Gestikulation, dem Andeuten eines Wurfes, erkannte er, dass der Mann ihr gerade von seiner triumphalen Rugbykarriere erzählte. Als Frank daraufhin auch noch unter vollem Einsatz seines Körpers den berühmt-berüchtigten Haka-Tanz der neuseeländischen Rugbymannschaft zum Besten gab, entschied er, Sophie aus dieser Skurrilität zu befreien.

»Ich bin sicher, du würdest Sophie mögen«, sprach er zu seiner Tante und zwinkerte. »Sie trägt selbst genähte Hippiekleider und steht auf Fleetwood Mac.«

»Ich bin Feuer und Flamme.« Lou betrachtete sie nachdenklich. »Ungewöhnlich.«

»Ich gehe mal zu ihr und erlöse sie von Onkel Frank«, sagte er mit einem Seufzen.

Lou klopfte ihm mutmachend auf die Schulter und rief ihm hinterher: »Sie kann backen.«

Schmunzelnd schüttelte er den Kopf, drängte sich an der diskutierenden Fallon vorbei, trat dann auf Sophie und Frank zu und unterbrach dessen lautstarke Rugby-Anekdoten. Ihm fiel auf, dass Sophie es nicht wagte, ihn anzusehen, sondern stattdessen betreten die Lider senkte.

»Onkel Frank, darf ich Sophie für einen Augenblick entführen?«

»Aber nur, wenn es sein muss«, erwiderte Frank grinsend. »Die Kleine versteht was von Rugby.«

Ungläubig runzelte Willem die Stirn. »Tatsächlich?«

Sophie nickte. »Ja, ich kenne jemanden, der auch gespielt hat.«

Wieder wurde ihm bewusst, dass er so gut wie nichts über sie wusste. Und das nach den stundenlangen Telefonaten, in denen sie über ihre Lieblingsfilme, Bücher oder Musik gesprochen hatten, er ihr alles Erdenkliche von sich erzählt hatte, während sie sich in nerviges Schweigen zu ihrer Vergangenheit gehüllt hatte.

Er bat sie, ihn in die Küche zu begleiten, um ungestört zu sein. Er wollte es einfach nur hinter sich bringen.

Schleichend folgte sie ihm und er schloss die Küchentür.

Noch stand er mit dem Rücken zu ihr, atmete tief ein und kniff für eine Sekunde die Augen zu.

Das folgende Gespräch würde auch ihm nicht leichtfallen.

Ganz und gar nicht.

***

Sophies Herz raste, und sie wusste nicht, wohin mit ihren bebenden Händen, also verbarg sie sie hinter ihrem Rücken. Er stellte sich auf die gegenüberliegende Seite der Kochinsel, die jetzt wie eine unüberwindbare Mauer zwischen ihnen stand.

Sie versuchte, sich ein heiteres, unbedarftes Lächeln abzuringen, aber auch ihre Gesichtsmuskeln zitterten unkontrolliert.

Willem vergrub indes seine Hände in seiner Hosentasche und zog dabei die Schultern hoch.

»Ich wollte mich bei dir bedanken, Sophie. Dafür, dass du mitgemacht hast. Niemand hätte die Meerjungfrau besser verkörpern können als du. Ganz ehrlich. Ich bin mir sicher, Marah wird sich ihr Leben lang an dich erinnern. Du hast ihr heute große Freude geschenkt.«

»Ich habe mehrmals gepatzt.«

Er winkte ab. »Vollkommen egal. Du hast das großartig gemacht. Das ist mein Ernst.«

»Ich freue mich, dass ich dabei sein durfte. Ich habe noch nie bei einem Theaterstück mitgespielt. Ehrlich gesagt stand ich kurz vor einem Herzstillstand, weil ich so nervös war.«

»Das ist ganz normal. Ich war es auch und ich habe schon in vielen Stücken mitgespielt.« Er beugte sich dann vor, beide Hände auf die Arbeitsfläche gestützt, den Kopf tief gesenkt. »Sophie, wir müssen über das sprechen, was während der Aufführung geschehen ist.«

O Gott, o Gott, o Gott.

Sie wollte auf der Stelle tot umfallen.

»Ich ... ich sagte doch schon, dass dieser Kuss überhaupt nichts zu bedeuten hatte. Es war ein Versehen. Mehr nicht.«

Willems besorgter Ausdruck bewies, dass er ihr das nicht abkaufte. Das war kein Wunder, denn es war schlicht und ergreifend eine Lüge, eine Ausrede. In jenem Moment hatte sie zwar die Kontrolle über sich verloren, jedoch war dieser Wunsch nach einem Kuss ihrem tiefsten Inneren entsprungen. Einem Bedürfnis nach Zärtlichkeit, von dem sie nicht gewusst hatte, dieses überhaupt in sich zu tragen, nach allem, was Brendan ihr angetan hatte.

»Bist du dir sicher?«

Sophie knickte ein. »Ich habe keine Ahnung, was da in mich gefahren ist, und es tut mir schrecklich leid.«

Er hielt den Blick auf sie gerichtet und seine Augen verfinsterten sich. »Hör auf, dich zu entschuldigen!«

»Ja, entsch…« Sie unterbrach sich sofort. »Ich weiß nicht, was ich noch sagen soll.«

»Hör zu, Sophie, ich habe nicht gelogen, als ich sagte, dass ich dich sehr mag. Das tue ich wirklich. Aber ich befürchte, du interpretierst mehr in unsere Freundschaft hinein, als es in Wahrheit ist.«

Ein stechender Schmerz schoss wie ein Stromschlag durch ihre Glieder. Diese Unterhaltung war so unsagbar unangenehm, dass sie sich nur zu gern in Schaum aufgelöst hätte.

Ihre Unfähigkeit, seinem Verdacht zu widersprechen, war ihm wohl Beweis genug, dass er ins Schwarze getroffen hatte.

Und das hatte er wahrhaftig.

»Ich denke, es wäre das Beste, wenn wir beide uns nicht mehr so häufig … du weißt schon. Ich fürchte, auch Priya würde es stören, wenn sie wüsste, wie oft wir beide Kontakt haben.«

Seine monoton aufgesagten Worte rieselten nur schwerfällig zu Sophie hindurch, als würde er durch Watte zu ihr sprechen.

»Dieses Gespräch habe ich übrigens nicht geplant, falls du denkst, ich hätte bis nach der Aufführung gewartet, um dir diesen Korb zu erteilen. Das musst du mir glauben. Ich könnte aber verstehen, wenn du mich jetzt verabscheust.«

Mit allergrößter Anstrengung begradigte Sophie ihre Haltung.

Heul jetzt nicht!, befahl sie sich und schüttelte wie benebelt den Kopf. »Nein, nein. Ich verabscheue dich nicht. Ich verstehe das.«

Sie wagte einen Blick in sein Gesicht. Mitleid schlug ihr entgegen und das konnte sie kaum noch ertragen. Sie wollte nicht so angesehen werden, denn es belegte, dass sie ein bedauernswerter Mensch war.

»Ich denke, ich gehe jetzt besser«, flüsterte sie, die Augen wieder auf den Boden gerichtet. Sie konnte hier nicht länger bleiben.

»Okay«, kam es ebenfalls leise von ihm. »Ich begleite dich noch zur Tür.«

Etwas, das sich mit Gereiztheit oder auch Wut bezeichnen ließ, kochte in ihr hoch. »Nein, nicht nötig. Ich finde schon allein hinaus.«

Sie sah ihn nicht mehr an, konnte es nicht, und verließ eilig die Küche, den Hausflur, den Vorgarten, die All Saints' Lane.

Hatten ihre Füße überhaupt den Boden berührt? Es fühlte sich an, als wäre sie geflogen, und erst nachdem sie in die nächste Straße abgebogen war, konnte sie wieder atmen.

Heiße Tränen rannen über ihre Wangen, sie konnte nichts dagegen tun. Der Himmel war anthrazitfarben und vereinzelte Regentropfen fielen auf den Asphalt. Sophie drückte sich mit dem Rücken gegen eine Mauer, weil sie sich nicht in der Lage fühlte, nur einen weiteren Schritt zu machen.

Was hatte sie erwartet? Wie konnte sie auch nur im Entferntesten glauben, in die Gesellschaft, in der Willem sich bewegte, hineinzupassen? Wie konnte sie sich einbilden, jemand wie er könnte mehr für sie empfinden?

Das war absurd gewesen.

Doch was Sophie wirklich wehtat, war die Erkenntnis, dass sie es zum ersten Mal gewagt hatte, sich einem anderen Menschen zu öffnen. Zumindest ein wenig.

Vielleicht hätte sie eines Tages sogar den Mut aufgebracht, Willem zu erzählen, was damals mit ihrer Mummy geschehen war, was sie selbst über Jahre im Haus von Mrs Scarborough durchgemacht hatte.

Ein Wunsch, eine Sehnsucht nach einem anderen Menschen, dem sie sich hätte anvertrauen können, war dahin – hatte sich soeben in Schaum aufgelöst.

Was blieb, waren Hunderte kleine Luftblasen, die nach und nach zerplatzen.

Part Three

As Tears Go By

Canterbury
-Christmas-

1997

O Holy Night

Canterbury, Weihnachten 1997

Aunt Belle war auf dem Sprung. Auf dem Tresen parkte sie ihre vollgestopfte Reisetasche. Bis Neujahr blieben sowohl der Pub als auch die Pension geschlossen.

»Warum begleitest du mich nicht zu meiner Schwester nach Rochester?«, fragte sie, während sie die Kasse öffnete, um Sophie den Dezemberlohn auszuzahlen.

»Irgendjemand muss doch auf dieses Haus achtgeben«, erwiderte sie mit einem butterweichen Lächeln. Nein, sie wollte die freie Zeit nutzen, um allein zu sein. Außerdem lag sie Aunt Belle schon genug auf der Tasche.

»Blödsinn! Ich schließe den Laden jedes Jahr an den Festtagen und es ist bislang noch nie etwas geschehen. Ich biete dir ein allerletztes Mal an, mich zu begleiten. Du willst doch nicht ernsthaft die Weihnachtstage allein verbringen. Meine Schwester hat sechs Kinder, da kommt es auf ein weiteres nicht an.«

Sophie neigte den Kopf zur Seite und lächelte herausfordernd. »Ich bin kein Kind.«

»Jaja, erzähl das den Weihnachtselfen. Ich weiß schon, irgendwann wird hier jemand von der Behörde aufkreuzen und mich wegen Beschäftigung einer Minderjährigen anzeigen.« Belle sah sie mit ernster Miene an. »Findest du nicht, dass es vielleicht allmählich an der Zeit ist, mir die Wahrheit zu verraten? Mädchen, wenn ich dich hätte feuern wollen, dann wäre das schon längst passiert, denkst du nicht auch? Raus mit der Sprache! Wie alt bist du wirklich?«

Bei dieser Aufforderung senkte Sophie den Kopf und sie schluckte.

»Kurz bevor ich hierherkam, bin ich sechzehn geworden.«

Belle stützte sich mit den Unterarmen auf die Theke und nickte wie einer dieser Wackeldackel, mit denen manch einer die Hutablage seines Autos schmückte.

»Noch ein Kind, dachte ich es mir doch.« Sie zündete eine Zigarette an und durchleuchtete Sophie mit geschärften Augen. »Hoffen wir, dass niemals jemand dahinterkommt. Wir würden beide in Teufels Küche kommen.« Nach nur einem Zug drückte sie den Glimmstängel in den überfüllten Aschenbecher und zählte die Geldscheine weiter.

Sophie fühlte sich schlecht, weil sie Belle so lange belogen hatte, aber dann fiel ihr auf, dass die Frau gar nicht mehr aufhörte, ihr Geld auszulegen. Ein Zehnpfundschein folgte dem nächsten.

»Belle«, sprach sie irritiert. »Das ist viel zu viel. Was machst du denn da?«

»Das ist nicht zu viel. Siehe es als eine Art Weihnachtsgratifikation.«

»Aber ...«

»Nichts aber. Halt jetzt den Mund! Du hast in den vergangenen vier Monaten hier mehr geschuftet, als es für dich gut wäre.«

Sophie wusste nicht, was sie sagen sollte. Ein tiefbewegtes »Dankeschön« glitt über ihre Lippen.

Aunt Belle legte ihre sonst eher miesepetrige Maskerade ab und schenkte ihr ein mütterliches Lächeln. »Ich habe dir zu danken. Ich kann mir diesen Pub ohne deine Hilfe gar nicht mehr vorstellen. Ich habe noch etwas für dich.«

Noch was? Sie traute ihren Ohren nicht. Belle reichte ihr ein rechteckiges und schweres Paket, das in weihnachtlichem Geschenkpapier eingewickelt war.

»Aufmachen!«, befahl sie Sophie, die sich während des Öffnens fragte, ob sie jemals von irgendjemandem etwas geschenkt bekommen hatte. Bei Mrs Scarborough hatte Weihnachten darin bestanden, Fastfood serviert zu bekommen, bevor sich die schreckliche Frau in die Besinnungslosigkeit gesoffen hatte.

Sophie betrachtete den Inhalt. Es war ein Sammelband. Als sie den Titel las, verschwamm ihr Blick vor lauter Tränen.

»Jane Austen Kollektion.«

»Alles, was das Herz begehrt. *Emma*, *Stolz und Vorurteil*, *Sinn und Sinnlichkeit*, *Mansfield Park* sowie *Northanger Abbey*. Jede einzelne Ausgabe ist illustriert.«

Sophie legte die Bücher auf den Tresen, stellte sich auf die Thekenfußablage und beugte sich zu Belle hinüber, um sie zu umarmen.

»Das ist das wunderschönste Geschenk überhaupt. Danke, danke, danke.« Sie wollte die Frau gar nicht mehr loslassen.

»Jaja, schon gut, meine kleine Miss Austen. Du hast es dir verdient.« Sie beide lösten sich aus der Umarmung und Belle drückte ihr zum Abschied einen Kuss auf die Wange.

Daraufhin verließ sie den Thekenbereich und klemmte sich die Reisetasche unter den Arm.

»Frohe Weihnachten, Sophie«, sagte sie mit weicher Stimme.

»Frohe Weihnachten, Aunt Belle.«

Klirrende Kälte begleitete Sophie an diesem frühen Nachmittag auf ihrem Rückweg vom Supermarkt zur St Margaret's Street, in die sie gerade einbog. Es war so frostig, dass sie ihren eigenen Atem aufsteigen sah. Kleine Eiskristalle hatten sich auf ihren Wimpern gebildet. Die Luft duftete nach Kaminholz, und sie glaubte sogar, Weihrauch zu riechen. Die Henkel der schweren Plastiktüte schnitten sich schmerzhaft in die Haut ihrer Finger, und sie ärgerte sich, dass sie keine Handschuhe trug.

An diesem Heiligabend hatte sie sich vorgenommen, sich mit einem Festmahl zu verwöhnen – so wie sie es sich immer vorgestellt hatte. Obwohl sie allein war, hatte sie einen Gänsebraten gekauft, von dessen Reste sie vermutlich noch im neuen Jahr zehren würde. Zuerst hatte sie sogar überlegt, einen ganzen Truthahn zu kaufen, der aber zu viel des Guten gewesen wäre.

Wie ein Kind freute sie sich auf die Zubereitung, die sicher einige Stunden beanspruchen würde. Erst neulich hatte sie in der kleinen Buchhandlung in der Watling Street ein Kochbuch mit traditionellen Weihnachtsrezepten erstanden.

Die Glocken der Kathedrale läuteten und eine Menschenmenge strömte ihr entgegen, die gerade die Sechzehn-Uhr-Messe verließ. Auf ihrem Weg zur Pension begegnete sie den Zwillingen Matt und Oli, die stehen blieben, um sie zu begrüßen.

»Komm, ich nehm dir die Tüte ab. Sieht schwer aus«, sagte Oli, noch bevor Sophie dagegen Einspruch einlegen konnte. »Mensch, da sind ja Lebensmittel für eine ganze Armee drin.«

Es war nicht das erste Mal, dass sie die beiden nach Marahs Geburtstag wiedersah. Da sie hier in Canterbury lebten, waren sie oft Gäste in Aunt Belles Pub.

Willem hatte Sophie seither jedoch nicht mehr wiedergesehen.

Auch Alfie schien wie vom Erdboden verschluckt, aber die Brüder hatten ihr vor einigen Wochen erzählt, dass Willem und er wohl zerstritten waren. Den genauen Grund für dieses Zerwürfnis kannte niemand.

»Wie geht es dir?«, erkundigte sich Oli.

»Gut. Danke. Kommt ihr gerade aus der Kathedrale?«

Bei dieser Nachfrage fiel ihr auf, dass sie es bislang noch nicht ein Mal geschafft hatte, sich den Dom von innen anzuschauen. Generell kannte sie von Canterbury nur die Altstadt sowie die All Saints' Lane, die Straße, in der die Frasers lebten.

»Ja, es gehört sozusagen zum Pflichtprogramm, die Messe an den Weihnachtsfeiertagen zu besuchen. Unsere Eltern müssten auch jeden Moment kommen, die quatschen noch mit Freunden. Wenn man hier in Canterbury lebt, ist der Gottesdienst eine Art Schaulaufen.«

Unweigerlich sah sie zu den Passanten, die an ihnen vorbeispazierten.

»Dann haben Willem und seine Familie den Gottesdienst ebenfalls besucht?«, wagte sie zu fragen, tat dabei lässig.

Wie gern hätte sie ihn zumindest im Vorbeigehen gesehen. Sie wünschte sich, einfach nur sein Gesicht sehen.

»Nicht, dass ich wüsste«, antwortete Matt mit einem Schulterzucken. »Willem hat sich die letzten Wochen ziemlich rar gemacht. Mich würde es nicht wundern, wenn er überhaupt nicht in der Stadt ist.«

»Wahrscheinlich düst er gerade mit Priya auf Skiern durch die Schweizer Alpen. Soweit ich weiß, verbringt sie die Festtage immer in Zermatt.«

Enttäuschung machte sich in Sophie breit. »Willem und Priya sind also immer noch ein Paar?«

Oli lachte. »Glaub mir, die lässt Willem nicht mehr los.«

Die Zwillinge begleiteten sie bis zur Tür und dicke Schneeflocken tänzelten durch die Gasse.

»Danke euch«, sagte sie und nahm die Tüte wieder an sich.

»Sollen wir dir die Sachen noch hochbringen?«, fragte Matt.

»Nein, nein, das ist wirklich nicht nötig.«

Oli betrachtete die verschlossenen Fensterläden des Pubs. »Sag mal, Aunt Belle ist doch wie jedes Jahr bei ihrer Schwester.«

»Ja, das stimmt.«

»Heißt das etwa, dass du die Feiertage ganz *allein* verbringst?« Seine Frage endete in einer beschämten Stille.

Sophie musste die Tatsache entschärfen. »Nur heute Abend. Morgen bin ich bei Freunden eingeladen. Also alles in Ordnung.«

Sie sah Oli an, dass er an ihrer Aussage zweifelte. Matt tippte ihm auf die Schulter. »Da kommen Mum und Dad.«

»Okay, Sophie. Wir müssen weiter«, sagte Oli.

»Klar. Danke, dass ihr mir geholfen habt, meinen Einkauf zu tragen.«

Die Brüder nickten synchron und steuerten auf ihre Eltern zu. Oli drehte sich noch einmal zu ihr um.

»Frohe Weihnachten, Sophie.«

»Das wünsche ich euch auch«, rief sie mit einem Lächeln und suchte dann in ihrer Handtasche nach dem Haustürschlüssel.

Ihr flüchtiger Blick blieb an einer blonden Frau hängen, die gerade an ihr vorbeiging. An ihrer Hand schlenderte ein kleines Mädchen, das den Arm nach dem Schneegestöber reckte, den Kopf in den Nacken legte, den Mund weit öffnete und dabei die Zunge ausstreckte, damit die Schneeflocken darauf landeten.

Sophie war wie vom Donner gerührt und ihr ganzer Körper versteifte sich. Die Frau, die einen schwarzen Wollmantel trug, das lange Haar zu einem Zopf geflochten hatte, auf dem sich die Eiskristalle niederließen, sah aus wie ihre Mummy. Das Mädchen hätte auch sie selbst sein können, in einer Zeit, als ihre kleine Welt noch in Ordnung gewesen war.

Sophie sah dem Mutter-Tochter-Gespann nach, bis es in der Menge verschwand.

Ihr Herz schrumpfte vor Sehnsucht nach ihrer geliebten Mummy, die schon so viele Weihnachten nicht mehr bei ihr war.

Dieses Wiedererleben brachte sie vollkommen aus der Fassung. Bis vorhin hatte sie den Gedanken verdrängt, ein Weihnachtsfest nur mit sich allein zu verbringen, und sie war mit dieser Tatsache nicht unglücklich. Doch nach Olis bedauernder Miene und der Begegnung mit dieser Frau, die ihrer Mummy so ähnelte, trieb es Sophie jetzt Tränen in die Augen – unerwartet und ungewollt.

Sie atmete tief ein, in der Hoffnung, ihr Herz zu erleichtern, das so schwer in ihrer Brust schlug.

Als sie ihr Zimmer betrat, stellte sie die Einkaufstüte auf dem Esstisch ab und knipste den kleinen künstlichen Weihnachtsbaum an, den sie Anfang Dezember in einem Billigladen nahe dem Bahnhof gekauft hatte. Sie schaltete den Radiowecker ein und suchte nach einem Sender, der Weihnachtsmusik spielte. Zu den heiteren Klängen von Madonnas *Santa Baby* holte sie sich ins Bewusstsein, wie gut sie es hatte. Sie war in Sicherheit, lebte in einer friedlichen Stadt und hatte ein Dach über dem Kopf, führte ein von Furcht befreites Leben. Eine Wirklichkeit, die noch vor einem Jahr undenkbar gewesen wäre.

Sophie breitete die Lebensmittel auf dem Esstisch aus. Daraufhin nahm sie das Kochbuch zur Hand und begann mit der Zubereitung ihres Festmahls, das sie von ihrem eigenen Geld bezahlt hatte und jetzt in ihrer eigenen Küche kochen durfte. Die Gans füllte sie mit Quitten, Birnen, enthäuteten Weintrauben, Salbei, Knoblauch sowie Bohnenkraut, vernähte die Bauchhöhle mit einem Küchengarn und schob den Braten in den Backofen. Mehrmals musste sie das Fleisch mit dem austretenden Fett übergießen, das sie in einer Pfanne unterhalb des Backrostes auffing. Aus den Innereien kochte sie den Soßenfond und schälte Kartoffeln, die sie später in einer Bratpfanne auf dem Herd röstete. Zum Nachtisch wollte sie sich selbst einen Weihnachtspudding servieren, den sie allerdings fertig im Supermarkt gekauft hatte.

Inzwischen war es neun Uhr abends geworden, als Sophie den Gänsebraten aus dem Ofenrohr herauszog. Die Haut hatte eine schöne goldbraune Farbe angenommen und stand der Abbildung in dem Kochbuch in nichts nach. Der Tisch war gedeckt; sie hatte eine

Kerze angezündet, drapierte den Braten auf einer Servierplatte, füllte die Kartoffeln in eine Schüssel und die Soße in eine Kaffeetasse, weil sie keine Sauciere besaß.

Sophie ließ sich auf dem Stuhl nieder, legte eine Serviette auf den Schoß und bestaunte ihr Kochwerk, überlegte, ob sie ein Gebet sprechen sollte. Das hatte sie zwar noch nie getan, aber sie verspürte das Bedürfnis, einen Dank an Gott zu entsenden.

Also tat sie es.

Ein wenig unbeholfen zerlegte sie die Gans und löste einen Teil der Brust aus, die sie auf den Teller legte, mit der honigfarbenen Soße übergoss, bevor sie sich anschließend an den Kartoffeln bediente.

Der erste Bissen war auch der letzte.

Wie betäubt legte Sophie das Besteck auf den Tisch zurück und starrte in den flackernden Schein der Kerze. Den ganzen Abend hatte sie in der Küche gestanden, sich mit der Zubereitung abgelenkt, nicht über sich selbst nachgedacht, und jetzt saß sie da, allein, mit einem Weihnachtsessen für eine vierköpfige Familie – ohne Appetit.

Das ganze Zimmer und vermutlich die gesamte Pension rochen nach Bratenfett, sodass sie aufstand und die beiden Fenster aufriss. Kalte, klare Luft strömte in den Raum und sie stützte sich mit den Unterarmen auf die Fensterbank, blickte auf die menschenleere Gasse hinunter und dann über die Dächer in den sternenklaren Himmel. Die Stadt lag friedlich in eine weiße Decke gehüllt, aber es schneite nicht mehr. Von irgendwoher hörte sie Musik und fröhliches Gelächter, das von einem der anderen Fachwerkhäuser zu ihr herüber hallte. Sie stellte sich eine Familienfeier vor. Eine Ansammlung von Menschen, die einander liebten, die an einem riesigen Tisch Platz nahmen, der mit den allerköstlichsten Speisen gedeckt war. Menschen, die in gemeinsamen Erinnerungen schwelgten, die Gegenwart in vollen Zügen genossen und einen zuversichtlichen Blick in die Zukunft wagten.

Ganz gleich, wie dankbar Sophie für all das war, was sie nun umgab, fragte sie sich, ob sie nicht doch noch ein bisschen mehr von ihrem weiteren Leben erwarten durfte. Außer Aunt Belle gab es niemanden an ihrer Seite, und wenn sie ehrlich zu sich selbst war, wusste sie, dass es vielmehr eine Zweckgemeinschaft war.

In einer lieben Familie zu leben war vielleicht ein illusorischer Traum, aber Freunde wären schön.

Nach einer Weile schloss Sophie die Fenster, deckte den Tisch wieder ab und ließ im Spülbecken Wasser ein, um das ganze Geschirr und die Pfannen abzuwaschen und das entstandene Chaos zu beseitigen.

Aus dem Radio tönte *O Holy Night* und der Teller glitt ihr aus den Fingern und versank im Spülwasser.

Sie stand einfach nur da, bewegte sich nicht, lauschte den Klängen des Weihnachtsliedes und spürte die frostige Hand der Einsamkeit, die sich unbarmherzig auf ihre Schulter legte.

Wie sehr sie sich jetzt nach ihrer Mummy sehnte, nach ihrer Stimme, nach ihrem Duft, nach ihrer Umarmung.

Eine Sehnsucht ... kaum aushaltbar.

Alle Dämme brachen und Sophie weinte, wie sie schon lange nicht mehr geweint hatte. Sie weinte um das, was sie verloren hatte, über das, was sie hatte erleben müssen. Aber da war auch eine Erleichterung, ein Gefühl der Erlösung, all dem entkommen zu sein.

Sie wischte sich die Tränen aus dem Gesicht, hinterließ eine Schaumspur auf ihrer Wange.

Ein Klingeln ließ sie erschrocken aufhorchen.

Kurz glaubte sie, sich das Schellen bloß eingebildet zu haben, bis es abermals im Hausflur der Pension erklang. Sie runzelte die Stirn, warf einen Blick zu ihrem Radiowecker. Es war fast zehn Uhr. Vermutlich ein Versehen.

Sie ging zum Fenster und öffnete es, um auf die Straße zu schauen.

Vor der Eingangstür des Pubs erkannte sie Willem, der genau in diesem Moment zu ihr heraufsah.

Voller Schrecken trat sie einen Schritt zurück. Wie betäubt schüttelte sie den Kopf. Ihr Verstand musste ihr einen Streich spielen. Doch dann hörte sie, wie er ihren Namen rief.

Händeringend überlegte sie, was sie tun sollte. Sachte trat sie wieder ans Fenster.

Ein verhalten gesprochenes »Hi« drang zu ihr herauf.

Sophies Puls schoss in die Höhe. Hektisch sah sie sich in ihrem Zimmer um, dann an sich herunter. Die helle Bluse, die sie trug, war mit Fettflecken übersät und voller Knautschfalten. Das Gesicht nicht geschminkt, die Haare zu einem Dutt hochgebunden, aus dem einige Haarsträhnen heraushingen.

»Mist!«, fluchte sie. Hastig knöpfte sie die Bluse auf, zog sie aus. Aus dem Kleiderschrank kramte sie einen schlichten schwarzen Pullover, den sie überzog. Daraufhin verließ sie eilig das Zimmer und hastete die Treppe hinunter, um Willem die Tür zu öffnen.

Wortlos stand sie ihm jetzt gegenüber.

»Ähm«, hauchte er. »Hi.«

»Hi«, erwiderte sie fiepsend wie eine Maus, krampfhaft bemüht, ihre Nervosität nicht zu zeigen.

Sie sah, dass sein Körper bibberte.

»Darf ich reinkommen? Es ist schweinekalt.«

Sophie überlegte, nickte wie mechanisch, hielt ihm die Tür auf, damit er eintreten konnte, und wies ihm den Weg hinauf. Oben angelangt führte sie ihn in ihr Zimmer.

Willems Wangen waren von der Kälte gerötet. Irgendwie machte es den Eindruck, als würde er selbst nicht genau wissen, was ihn hierhergeführt hatte. In seiner Hand hielt er eine kleine Papiertüte, die er auf einem der beiden Stühle ablegte.

Er lächelte ihr zu, sah sich dann in ihrem Zimmer um. »Du hast es hier sehr gemütlich.«

»Danke. Das Fernsehzimmer ist nebenan.«

Er lachte.

»Wonach duftet es hier?« Dann erblickte er den Gänsebraten, den Sophie zuvor auf der Küchenzeile abgestellt hatte. Erschrocken sah er sie wieder an. »Erwartest du Besuch?«

Irgendwie hasste sie ihn dafür, sie derart überfallen zu haben.

»Nein.«

Und da flog dieser unliebsame Mitleidsblick über Willems Gesicht, den sie heute schon bei Oli gesehen hatte.

Ja, das ganze Essen habe ich für mich allein zubereitet, weil ich niemanden habe, der es mit mir hätte teilen können. Ja, ich bin ein einsames Mädchen und jetzt verschwinde wieder, Willem Fraser.

Diese Worte hätte sie gern laut ausgesprochen, doch sie verließen ihre Lippen nicht.

»Entschuldige, dass ich hier einfach so aufschlage, aber ...« Sein Satz hing unbeendet in der Stille des Raums und sie zog fragend die Augenbrauen hoch.

»Aber?«

»Ich hatte Angst, du würdest sofort auflegen, wenn ich dich angerufen hätte.« Er zog seinen schwarzen Wintermantel aus und Sophies Augen weiteten sich, als sie seinen roten Strickpullover erblickte, der mit Schneeflocken verziert war. Er lugte selbst an sich hinunter und lachte peinlich berührt.

»Was soll ich sagen? Ich komme gerade von Tante Dolores' und Onkel Franks alljährlicher *Nightmare-before-Christmas-Party*. Ein solches Outfit ist Pflicht. Na ja, als Dolores die Karaokemaschine anwarf, habe ich mich klammheimlich vom Acker gemacht. Wenn sie *Last Christmas* singt, hört es sich an, als hätte man einer Katze auf den Schwanz getreten. Und sobald Fallon *Blue Christmas* haucht, treibt einen das in den Selbstmord.«

Sophie zwang sich zu einem Lächeln. »Und ... weshalb bist du jetzt hier?« Diese Frage kostete sie größte Überwindung.

Willem schien von ihrer Direktheit überrumpelt, zumindest weiteten sich seine Augen für eine Millisekunde. Er presste die Lippen aufeinander, antwortete dann: »Um ehrlich zu sein, wollte ich dich schon seit einer Ewigkeit treffen, aber in den entscheidenden Moment verließ mich irgendwie jedes Mal der Mut.« Er machte eine Pause, senkte den Kopf, schaute dann wieder auf und sah sie mit einem sehr klaren Blick an. »Sophie, ich möchte mich bei dir entschuldigen. Auf Marahs Geburtstagsfeier habe ich mich dir gegenüber wie ein Arschloch verhalten.«

Ja, das hast du.

»Okay«, erwiderte sie kaum hörbar.

»Ich habe keine Ahnung, was mit mir los war. Es war nicht meine Absicht, dich so vor den Kopf zu stoßen. Die Wahrheit ist, dass ich seither ständig an dich gedacht habe. Tja, und vor ein paar Tagen ist mir etwas über den Weg gelaufen, das ich dir gern schenken wollte. Als ich es sah, war es irgendwie wie ein Weckruf.« Aus der Papiertüte zog er eine Geschenkschachtel hervor, die er ihr überreichte. Irritiert betrachtete sie das Präsent. »Bitte, mach es auf.«

Sophie schluckte und öffnete das Geschenkpapier. Zum Vorschein kam eine Best-of-Disc von Fleetwood Mac.

»Oh. Das ist ... das ist wirklich sehr lieb von dir. Allerdings ...«

»Allerdings«, unterbrach er sie, »besitzt du keinen Discman.«

Sie zupfte an ihrem Pulli. »Stimmt.«

Wieder griff er in die Papiertüte und Sophie traute ihren Augen nicht, als sie erkannte, was er in seiner Hand hielt. »Und deshalb habe ich dir einen besorgt. Du hast mir erzählt, dass du befürchtest, dein Walkman würde nicht mehr lange überleben, so oft, wie du ihn in Gebrauch hast. Na ja, und ich dachte, es wäre vielleicht mal an der Zeit, modernere Technik zu verwenden.«

Sie konnte es nicht fassen. Freudestrahlend streckte er ihr das Gerät entgegen, aber sie verweigerte die Annahme.

»Willem, das geht nicht. Das ist zu teuer. Ich kann das Geschenk nicht annehmen.«

Seine Miene war traurig. »Bitte, Sophie. Dann sieh es nicht nur als ein Weihnachtsgeschenk, sondern als mein Dankeschön für dein Mitspielen bei der kleinen Meerjungfrau.« Er stockte. »Oder verstehe das Geschenk als eine Art Entschuldigung. Also? Verzeihst du mir?«

Wenn sie jetzt einknickte, würde sie eine Richtung einschlagen, von der sie nicht wusste, wohin der Weg sie führen würde.

Willem musste nun wieder verschwinden. Aus diesem Zimmer, aus der Pension, aus ihrem Universum.

Sofort!

Viel verstand sie nicht von der Liebe, jedoch drängte sich in ihrem Inneren eine Vorahnung auf, dass er ihr das Herz brechen würde, wenn er bliebe.

Sophie spürte seinen erwartungsvollen Blick und sie traf eine Entscheidung.

Sie wagte sich auf den nebulösen, tollkühnen Pfad.

»Ich verzeihe dir«, hauchte sie und nahm den Discman an, der sicherlich nicht billig gewesen war.

Willems angespannte Haltung lockerte sich. »Ein Glück«, sagte er grinsend. »Darf ich mich setzen?« Er zeigte zum Esstisch.

»Natürlich.« Sie sah ihn grübelnd an. »Ich habe gar nichts für dich.«

»Ich will auch nichts.«

»Das mag sein, aber ich habe ein schlechtes Gewissen.«

»Bitte nicht.«

Sophie stellte seine Geschenke neben die Jane-Austen-Kollektion auf die Anrichte und setzte sich zu ihm.

»Ich habe heute Matt und Oli getroffen. Sie denken, du wärst mit Priya im Skiurlaub.«

Er faltete die Hände zusammen und wand sich. »Ich würde Weihnachten niemals ohne meine schrecklich nette Familie verbringen.« Er lachte kurz und wurde dann ernst. »Ich werde gleich nach dem Boxing Day zu Priya in die Schweiz reisen. Wir bleiben dort bis Neujahr. Danach geht's direkt wieder zur Uni, wo ich mich auf das letzte Semester vorbereiten muss. Ich hatte vergangene Woche übrigens ein Vorsprechen an der Royal Academy in London.«

»Und?«, fragte sie neugierig. Sie wusste, wie sehr er sich wünschte, dort angenommen zu werden, um das Handwerk des Schauspiels zu lernen. Wie er ihr erzählt hatte, war die Royal Academy of Dramatic Arts, kurz genannt RADA, eine der bedeutendsten, traditionsreichsten Schauspielschulen, an denen schon viele namhafte britische Schauspieler wie Richard Attenborough oder Kenneth Branagh ausgebildet worden waren.

Willem druckste und wirkte auf einmal sehr deprimiert. »Ist halt schwer, dort aufgenommen zu werden. Fast unmöglich, wenn man den Ansprüchen der Dozenten nicht entspricht. Die Konkurrenz ist einfach zu groß.«

Sophie rang die Hände in ihrem Schoß. »Das tut mir sehr leid, Willem.«

Sein Gesichtsausdruck verwandelte sich von geknickt in heiter und er grinste bis zu den Ohren. »Aber die Konkurrenz war offenbar nicht stark genug. Ich wurde angenommen.«

»Ehrlich? Das ist ja fantastisch!« Sie beugte sich über den Tisch und gab ihm einen sanften Klaps auf den Brustkorb. »Meine Güte, kurz bin ich dir wirklich auf den Leim gegangen. Ich freue mich sehr für dich. Ich weiß, dass du davon lange geträumt hast.«

»Danke, Sophie. Ja, ich kann es selbst noch nicht fassen. Du hättest mal den entsetzten Gesichtsausdruck meines Vaters sehen sollen, als ich den Anruf erhielt. Bis zum Schluss hatte er geglaubt, ich würde nach Cambridge etwas *Vernünftiges* mit meinem Leben anstellen.«

»Ich bin sicher, er will nur das Beste für dich.«

»Vielleicht. Schade, dass er das nie zeigt.«

»Darf ich mal fragen, weshalb du dich für ein Literaturstudium entschieden hast? Warum hast du nicht direkt eine Schauspielausbildung ins Auge gefasst?«

Er zuckte mit den Achseln. »Mangelndes Selbstvertrauen. Ich wusste damals nicht, ob ich wirklich das Zeug dazu hätte. Tante Lou gab mir den Rat, mich in Cambridge einzuschreiben, damit ich die alten Schriftwerke auf ihre Bedeutung analysiere, um sie tatsächlich zu verstehen, sollte ich diese eines Tages auf einer Bühne rezitieren. Lou hatte damit vollkommen recht gehabt. Und eine solide Ausbildung schadet gewiss auch nicht. Sollte ich als Schauspieler scheitern, hätte ich eine Vielzahl an Möglichkeiten, mein Einkommen zu bestreiten. Wer weiß, vielleicht ende ich irgendwann als ein konfuser Englischlehrer in Kordhosen.«

»Vermutlich. Und du müsstest ständig ernsthafte Gespräche mit in dich verknallte Schülerinnen führen, um ihnen zu erklären, dass du für sie viel zu alt bist.« Sie grinste, biss sich aber sofort auf die Lippen. »Ähm ... du weißt doch, viele Mädchen stehen irgendwann mal auf ihre Lehrer.«

Willem sah sie mit einem verschmitzten Lächeln an. »So, so. Warst du denn jemals in einen deiner Lehrer verknallt?«

Sie war noch nie in jemanden verliebt gewesen.

Bis sie nach Canterbury gekommen war ...

»Nein, nicht wirklich.« Sie schaute zur Küchenzeile, suchte nach einem Themenwechsel. »Hast du vielleicht Hunger? Ich habe heute zum ersten Mal in meinem Leben eine Weihnachtsgans zubereitet. Ich könnte unten im Pub nach einer Flasche Wein suchen.«

Willem trommelte mit den Fingern auf den Tisch. »Das musst du mich nicht zweimal fragen«, meinte er mit einem Zwinkern. »Das Büffet bei Dolores und Frank war ... eben ein Büffet von

Dolores und Frank.« Er beugte sich zu ihr herüber. »Die Lasagne war in der Mitte noch gefroren.«

»Oje«, sagte sie mit einem Grinsen und erhob sich. »Dann, Mr Fraser, wollen wir Ihren Hunger mal stillen.«

Sophie fand eine Flasche Rotwein in einem Unterschrank der Theke im Pub sowie zwei passende Gläser. Sie hoffte, dass der Wein noch genießbar war, und als sie in ihr Zimmer zurückkehrte, befreite sie die Weinflasche vom Korken, schenkte Willem und sich selbst ein. Nie zuvor hatte sie je einen Tropfen Wein getrunken und ließ ihn entscheiden, ob er schmeckte oder nicht.

Er schwenkte das Glas unterhalb seiner Nase hin und her, schnupperte und zog die Augenbrauen himmelhoch, tat wie ein Experte bei einer Weinprobe. »Ein unvergleichliches Bouquet saftiger Kirschfrucht, zarten Frühlingsblüten und Vanille.« Sophie kicherte. Er nippte, verzog den Mund. »Und ... ganz viel Kork.«

»O nein«, rief sie. »Möchtest du vielleicht etwas anderes?«

»Nein, nein, so schlimm ist es nicht.«

Beim Kerzenschein kostete er von der Gans, die Sophie noch einmal im Ofen erwärmt hatte, und sah sie erstaunt an.

»Das ist köstlich.«

»Wirklich?«

»Sophie, an dir ist eine hervorragende Köchin verloren gegangen. Noch heute schwärmen Tante Lou und Fallon von deinen Nussecken. Hast du mal überlegt, dich ausbilden zu lassen?«

»Schon«, murmelte sie. »Ich denke aber nicht, dass ich gut genug bin.«

»Machst du Witze? Du musst was draus machen«, ließ Willem nicht locker, schwärmte weiter von ihren Speisen, der Zartheit des Fleisches, der Knusprigkeit der Haut und der ausgewogenen Würze der Soße.

Sie plauderten angeregt über die Geschehnisse der letzten Wochen, während derer sie voneinander getrennt gewesen waren, wobei Sophie lediglich Geschichten aus ihrem Pub-Universum beisteuerte. Sie berichteten ihm, dass erst vor Kurzem Harold wieder aufgekreuzt war, Aunt Belle ihn jedoch zum Teufel gejagt hatte, noch bevor er die Türschwelle überschreiten konnte. Und als sie Willem zum Nachtisch den Weihnachtspudding servierte, schien er vollkommen hin und weg zu sein. Sie verschwieg ihm, dass es ein Fertiggericht war, denn sie genoss seine Würdigung zu sehr.

Allerdings drängte sich auch ihre Unehrlichkeit über ihre wahre Herkunft und ihr Alter auf. Bislang hatte sie ihm nicht die Wahrheit erzählt, dass sie erst sechszehn war und nicht achtzehn, so wie er glaubte. Sie steckte in einem gehörigen Dilemma, weil sie das Bedürfnis verspürte, ehrlich zu ihm sein zu wollen, doch andererseits wusste sie nicht, wie sie es ihm nach all der Zeit beichten sollte.

Später half er ihr beim Abwasch und die Weinflasche war trotz des korkigen Nachgeschmacks beinahe leer getrunken. Sophie merkte, dass sie leicht beschwipst war, und der Wein lockerte nicht nur ihre nervöse Anspannung, sondern auch ihre Zunge.

»Ich habe erfahren, dass Alfie und du zerstritten seid.«

Kurz hörte er auf, den Teller zu trocknen, und musterte sie. »Hat dir das einer der Zwillinge gesagt?«

»Ja«, antwortete sie und biss sich auf die Zunge, weil sie den Eindruck hatte, dass ihm dieses Gesprächsthema nicht behagte. Er wand sich eigenartig, bedachte sie mit einer verschwörerischen Miene, als hätte sie etwas mit diesem Streit zu tun – was sicherlich vollkommener Blödsinn war.

»Das ist richtig. Leider. Ich habe Alfie seit einer Ewigkeit nicht mehr gesehen. Um ehrlich zu sein, ging es bei unserem Streit um dich.«

»Um mich?«, fragte sie verdutzt.

»Ich erzählte ihm, dass wir beide oft miteinander telefonieren und ich mir zu dieser Zeit nicht sicher war, was das zwischen uns ist. Alfie reagierte darauf ziemlich allergisch und bewarf mich mit einer Vielzahl an Vorwürfen.«

Gebannt stand sie neben ihm, hatte inzwischen aufgehört, zu spülen, und starrte ihn verwirrt an. Was sollte das heißen, er wäre sich nicht sicher gewesen, was zwischen ihnen war?

Hatte sie sich vielleicht doch nicht getäuscht und auch Willem hatte mehr für sie empfunden, als er damals zugegeben hatte?

»Es ging um mich?«

Er legte den Teller auf die Arbeitsplatte, winkte ab. »Nun ja, nicht wirklich. Ich hab den Verdacht, dass Alfie schon lange nach einem Grund gesucht hat, um seinem Frust Luft zu verschaffen. Ich muss aber zugeben, dass ich ihn doch sehr vermisse. Du musst wissen, dass wir beide seit der Vorschule befreundet sind und ich immer dachte, ich könnte mit ihm über alles sprechen. Ich will mich in ihm nicht geirrt haben, verstehst du das?«

Es ging um mich?, fragte sie sich in Dauerschleife. Er lächelte mit einem riesigen Fragezeichen auf der Stirn, weil sie ihm nicht antwortete.

»Ähm ja, das verstehe ich.«

Seine Miene war wieder ernster. »Sophie, als wir uns kennenlernten, wusste ich wirklich nicht, ob das zwischen uns Freundschaft war oder vielleicht doch mehr. Ich habe keine Ahnung, weshalb ich mich das gefragt habe, denn schließlich hast du nie mit mir geflirtet oder mir gesagt, dass du dir mehr erhoffst.«

Innerlich seufzte sie, weil sie überhaupt nicht in der Lage war, mit jemandem zu flirten. Ein Umstand, der sie maßlos ärgerte. Was wäre geschehen, wenn sie ihm tatsächlich signalisiert hätte, ihn auf diese *eine* Art zu mögen? Jetzt war es zu spät. Eine Wahrheit, die er mit seiner weiteren Ausführung besiegelte. »Vermutlich war das alles ein Anflug an Arroganz. Ich bin mit Priya zusammen und das wusstest du immer. Ich bin der Überzeugung, dass eine Freundschaft zwischen Mann und Frau durchaus möglich ist. Was meinst du?«

Er nahm sein Weinglas in die Hand und prostete ihr zu. Ihre Enttäuschung hätte ihm diesen Toast am liebsten verwehrt, jedoch hielt sie ihm ihr Glas nach einem anfänglichen Zögern entgegen.

»Natürlich ist das möglich«, gab sie sich cool.

»Auf einen Neuanfang, Sophie Parker.«

»Auf einen Neuanfang.«

Und das glockenhelle Klirren, das entstand, als sich beider Weingläser berührten, besiegelte ihre Freundschaft.

Verstohlen betrachtete sie ihn über den Rand ihres Glases, hoffte, er würde doch einen Rückzieher machen, ihr den Rotwein aus der Hand reißen, um sie auf der Stelle zu küssen. Aber diese romantische Wendung spielte sich nur in ihrem Kopf ab.

»Willem, du solltest dich auch mit Alfie versöhnen. Ihr seid beste Freunde.«

Er antwortete nicht sofort. »Ja, du hast recht. Ich werde ihn gleich morgen anrufen. Ein Weihnachten ohne Alfie ist kein Weihnachten. In all den Jahren, die wir uns kennen, hat er den Weihnachtsabend bei meiner Familie und mir verbracht, sobald seine Großmutter eingeschlafen ist. Vielleicht ist morgen die beste Gelegenheit, das Kriegsbeil zu begraben.«

»Bestimmt«, versicherte sie ihm. Wie sehr sie sich in diesem Augenblick wünschte, er würde auch sie fragen, den Weihnachtstag bei ihm zu verbringen.

Gespannt sah er sie an. »Was machen wir denn jetzt? Oder möchtest du, dass ich gehe? Schließlich ist es gleich Mitternacht.«

»Nein«, kam es von ihr wie aus der Pistole geschossen. »Bitte bleib noch.«

»Okay«, erwiderte er mit einem Schmunzeln. Von Nahem betrachtet waren seine Augen strahlend blau. Sie presste die Lippen aufeinander und überlegte. »Ich könnte den Fernseher einschalten.

Gleich läuft eine Wiederholung von *Der kleine Lord Fauntleroy*. Ich liebe diesen Film sehr.«

»Ehrlich? Das ist mein Lieblingsweihnachtsfilm. Ich habe ihn bestimmt ein Dutzend Mal gesehen.«

»Dann sind wir schon zu zweit«, sagte sie mit einem Zwinkern.

Sophie riss die Augen auf. Sie musste für einen Moment eingenickt sein. Im Fernseher flimmerte bereits der Abspann des Films, die Kerze auf dem Esstisch war längst erloschen und neben ihr saß Willem auf ihrem Bett, der ebenfalls eingeschlafen war. Sie wagte es nicht, sich zu bewegen, da sie ihn nicht wecken wollte. Ja, weil sie nicht wollte, dass er sie wieder verließ.

Draußen hatte der Nachthimmel durch den erneuten Schneefall ein wunderliches Violett-Grau angenommen und vereinzelt stoben Flocken gegen die Fensterscheibe, schmolzen langsam zu Wassertropfen.

Behutsam zog sie die Bettdecke über ihre beiden Körper und spürte seine Wärme. Kurz regte er sich, lehnte dann seinen Kopf an ihre Schulter. Seine Hand lag auf ihrem Oberschenkel.

Eine Berührung, so unabsichtlich, und doch bedeutete sie für Sophie eine unbekannte Welt der Zärtlichkeit, eine der Nähe.

Schlafen würde sie nicht. Sie wollte jede Sekunde an seiner Seite auskosten, sich in seinem wohltuenden Duft einhüllen wie ein Kind in den behütenden Armen einer Mutter. Viele Nächte hatte sie in Furcht verbracht, einsam in diesem Zimmer, geplagt von Albträumen, die sie vermutlich ihr ganzes Leben nicht loslassen würden.

Die Augen waren schwer und entgegen ihrem Vorhaben schlief sie doch neben Willem ein.

Eine traumlose Nacht. Eine wundervolle Nacht in Geborgenheit.

Der Radiowecker sprang an. Voller Schrecken fuhr Sophie hoch. Draußen dämmerte es bereits, und sie bemerkte, dass auch Willem erwachte. Er hatte seinen Arm um ihre Taille gelegt und ihre Beine waren ineinander verschränkt. Wann war es zu dieser Löffelchenstellung gekommen?

»O Mann, wie viel Uhr ist es?«, murmelte er in ihren Nacken, sodass sich sämtliche Härchen aufstellten.

Sie rutschte ein paar Zentimeter von seinem Körper weg, drehte sich zu ihm um und sah, dass er seine Augen noch geschlossen hatte.

»Acht Uhr.«

»Hast du ein Schlafmittel in den Rotwein getan?«, fragte er mit einem Lächeln.

So sehr sie sich wünschte, sich wieder an ihn zu kuscheln, um die Außenwelt abzuschalten, setzte sie sich auf.

»Macht sich denn niemand in deiner Familie Sorgen, wenn du in der Nacht nicht heimkehrst?« Sie winkelte die Beine an.

Unter der Decke nahm er ihre Hand, drückte sie mit einem Grinsen, ohne die Augen zu öffnen. »Sophie, ich bin zweiundzwanzig.«

»Ja. Richtig.«

Sie schwiegen und aus dem Radio plärrte Mariah Carey *All I Want For Christmas* vor sich hin. Sophie runzelte die Stirn, als er anfing, an sich herumzutasten.

»Ich trage noch meine Hose«, sagte er, gefolgt von einem erleichterten Aufjauchzen. »Wir hatten also keinen Sex.«

Mit einem Mal fühlte sie sich unwohl und zog die Knie noch näher an ihren Körper heran.

»Natürlich nicht«, erwiderte sie empört.

Er lachte und setzte sich auch auf. Sein Haar war zerzaust und er stupste sie an. »Das war ein Scherz.«

»Ist dir vermutlich schon oft passiert, oder?«

»Was?«

»Dass du am Morgen neben einem Mädchen aufwachst und ertasten musst, ob du noch deine Unterhose trägst.«

Amüsiert schüttelte er den Kopf. »Wie kommst du denn darauf?«

»Alfie meinte, du seist alles andere als ein Kind von Traurigkeit. Du schläfst sogar mit Laura, obwohl sie lesbisch ist.«

»Bi.«

»Was?«

»Laura ist bisexuell. O Gott, das hört sich ja an, als hätte ich sie dazu gezwungen, mit mir zu schlafen. Außerdem ist das schon lange vorbei. Ich bin mit Priya zusammen, falls du das vergessen haben solltest.« Er schluckte hörbar. »Was in aller Welt hat Alfie dir noch alles erzählt?«

»Nichts weiter. Nur, dass du ein Herzensbrecher bist.«

Sein Mund bildete ein vollkommenes »O«, dann maulte er gereizt: »So ein Unsinn. Ich kann nicht fassen, dass er solch einen Mist erzählt. Ich habe mit Laura geschlafen, bevor ich mit Priya in einer festen Beziehung war. Seit ich mit ihr zusammen bin, lebe ich in manischer Treue. Ich könnte Alfie in den Allerwertesten treten.«

Sophie biss sich auf die Zunge und unterdrückte ein Kichern. »Manisch treu?«

»Ja, manisch treu.«

Sie sahen einander an und lachten jetzt beide, bis sie aus der wohlig warmen Decke schlüpften und auf der Bettkante saßen.

»Hat Priya nichts dagegen, dass du in fremden Betten aufwachst?«

Ewig sah er sie an. »Warum sollte sie? Ist ja nichts passiert. Wir sind doch Freunde, oder nicht?«

Da war es wieder: Freunde.

Sie hob den Kopf und betrachtete ihn von der Seite.

»Schon. Aber wenn ich Priya wäre, dann würde mir das nicht gefallen.«

»Sie muss es ja nicht erfahren. Warum sollte man die Pferde scheu machen, wenn es dafür keinen Grund gibt?«

»Stimmt«, antwortete sie leise. Möglicherweise mit einem Quäntchen zu viel Enttäuschung in der Stimme. »Darf ich dich mal was fragen?«

»Klar. Schieß los.«

»Weshalb hast du dich in Priya verliebt? Ich meine, mal davon abgesehen, dass sie sehr schön und klug ist.«

»Reicht das nicht?«, fragte er mit einem breiten Grinsen. Sophie nahm ein Kissen und schlug ihm damit auf die Schulter, und lachend rief er: »Jaja, schon gut.« Ein langes Schweigen folgte, und sie wunderte sich schon, was dieses zu bedeuten hatte.

Hätte er Sophie gefragt, was sie an ihm liebte, wären ihr Dutzende Gründe eingefallen. Die liebevolle Art, wie er mit seiner Schwester umging. Dass er ein aufmerksamer Zuhörer war und er seinem Gegenüber stets das Gefühl gab, der Mittelpunkt der Erde zu sein. Sie mochte den Klang seiner butterweichen Stimme und dass er für *Sturmhöhe* genauso schwärmte wie sie selbst. Sie bewunderte seine Ideologie, dass das Leben voller Möglichkeiten steckte und es sich immer lohnte, für seine Träume einzustehen, ganz gleich wie unerreichbar sie auch sein mochten. Und da war die Art, wie er sie manchmal unbewusst berührte – so selbstverständlich, so innig.

Sophie hätte noch stundenlang von ihm schwärmen können, doch für Willem schien es eine echte Herausforderung darzustellen, die Gründe für seine Liebe zu Priya aufzuzählen.

Sein Kinn ruhte auf seinen gefalteten Händen und er starrte in den dämmergrauen Raum. »Ich liebe ihre Großherzigkeit. Egal mit wem sie sich unterhält, sie ist zu jedem freundlich: zum Kellner, der versehentlich ein falsches Gericht serviert, zu der alten Frau, die im Schneckentempo eine Straße überquert, obwohl Priya es eilig hat. Sie verwickelt meinen Vater in Gespräche über Gott und die Welt, auch wenn er sich ständig in seinen Mantel der Wortkargheit hüllt. Sie spielt Klavier wie Elton John, tanzt wie Josephine Baker und nach ihrem Studium will sie nach einem Heilmittel gegen Alzheimer forschen, weil ihr Großvater daran gestorben ist. Sie ist wohlhabend, aber niemand würde es von ihr erfahren. Sie ist schön, ohne es zu beabsichtigen. Sie ist tiefgründig, ohne selbst kompliziert zu sein.«

Sophie hing an seinen Lippen, und die hingebungsvolle Art, mit der er über Priya sprach, zerriss ihr das Herz in tausend Stücke. Wieder wurde ihr bewusst, dass sie niemals auch nur den Hauch einer Chance hatte, sich mit jemandem wie Priya zu messen. Fröstelnd legte sie die Bettdecke über ihre Schultern, sah auf den Fußboden.

»Das klingt wirklich großartig, Willem. Sie scheint eine perfekte Frau zu sein.«

Er sah irgendwie unangenehm berührt aus. »Sie ist nicht perfekt. Das ist niemand, Sophie. Priya schnarcht wie ein Holzfäller, interessiert sich nicht die Bohne fürs Theater und hat einen noch grauenhafteren Musikgeschmack als du.«

»Hey!«, rief sie empört und er lachte.

»Tja, und um ganz ehrlich zu sein: Es ist ein Klischee, zu glauben, alle indischstämmigen Menschen würden die Liebeskunst des Kamasutras beherrschen.«

Er atmete langsam aus, und Sophie hatte den Eindruck, auf einen großen Knackpunkt in Willems und Priyas Beziehung gestoßen zu sein. Der Triumph blieb aus, denn auch sie war gewiss keine sexgeile Nymphomanin.

»Ich muss langsam los«, sprach er und stand von der Bettkante auf.

»Okay.«

Gott, sie wünschte sich sehr, dass er blieb. Er zog sich den Mantel über.

»Sophie?«

»Ja.«

»Ich habe die letzte Nacht hier bei dir sehr genossen. Ich bin froh, dass wir beide wieder Freunde sind.«

»Ich auch.«

Er küsste ihre Stirn, blieb dann aber nach der Verabschiedung stumm an der Türschwelle stehen.

Das Vernünftigste wäre, wenn er jetzt einfach ginge. Und doch hoffte sie so sehr, dass er bliebe.

Und tatsächlich drehte er sich zu ihr um und sie stand erwartungsvoll vor ihm wie ein kleines Mädchen vor dem Weihnachtsmann. Es sah aus, als suchte er nach den richtigen Worten.

»Ich finde dich wirklich wunderbar, Sophie.«

Sie schenkte ihm ein schüchternes Lächeln und hoffte, nicht rot anzulaufen. »Ich dich auch, Willem.«

Er hielt den Kopf gesenkt und starrte auf seine Hände, während sie jeden Moment darauf wartete, dass er nun gehen würde.

Aber er tat es nicht.

»Sophie?«

»Ja?«

»Möchtest du vielleicht das Weihnachtsfest bei mir und meiner Familie verbringen?«

Mit großen Augen sah sie ihn an. Hatte sie richtig gehört? »Was?«, fragte sie mit zitternder Stimme.

»Ich lasse nicht zu, dass du Weihnachten hier allein in deinem Zimmer feierst. Und nein, das ist keine Mitleidseinladung.« Skeptisch runzelte sie die Stirn. »Ja schön, es mag sich gerade so angehört haben. Aber die Wahrheit ist, dass ich mich sehr freuen würde, wenn wir den Weihnachtstag zusammen verbringen würden. Also, keine Widerrede!«

»Ich komme«, purzelte es aus ihrem Mund, zu schnell, um es wieder zurückzunehmen.

Willem lächelte erfreut. »Wunderbar. Erwarte aber bitte keine delikaten Ergüsse. In meiner Familie kann niemand kochen. Wir essen meist was vom Chinesen.«

»Ist das ein Scherz?«

»Was ist falsch an chinesischem Essen?«

Sophie stöhnte. Die Küche der Familie Fraser war riesig, die Speisekammer vermutlich bis zur Decke mit Lebensmitteln vollgestopft und sie besaßen den weltbesten Ofen, den man für Geld kaufen konnte – und sie aßen Fastfood an Weihnachten?

»Ich könnte kochen.«

Willem lachte automatisch. »Jetzt scherzt du aber.«

»Nein, das ist mein Ernst. Ich würde es gern machen. Sozusagen als Dank, dass ich Weihnachten bei euch sein darf.«

»Ich weiß nicht«, sagte er und wand sich. »Du bist doch nicht unsere Angestellte.«

Sie lächelte über das ganze Gesicht. »Bin ich auch nicht. Aber möglicherweise ist es die Gelegenheit, euch mal das Kochen beizubringen. Ich benötige Hände für die Schnibbelarbeiten.«

»Also gut, Sophie. Dann komm um vierzehn Uhr zu uns. Wir werden zusammen kochen und währenddessen der Weihnachtsansprache der Queen lauschen.«

Sie nickte heiter. »Klingt gut.«

»Bis später.«

»Bis später, Willem.«

Als er die Pension verlassen hatte, sprang sie freudig quietschend durch ihr Zimmer.

Noch lange lag sein Parfüm in der Luft, und sie weigerte sich, ein Fenster zu öffnen, damit sein Duft nicht verflog.

Sie duschte, föhnte das Haar und drehte es in unzählige Lagen Klopapier. Das hatte sie mal in einem Film gesehen und war eine Art Alternative zu Papilloten, die sie eben nicht besaß. Nur mit einem Handtuch um den Körper gewickelt eilte sie in ihr Zimmer, denn der Hausflur war eisigkalt. Grübelnd stand sie vor ihrem geöffneten Kleiderschrank und inspizierte die Ansammlung Secondhand-Klamotten, die Aunt Belle für sie besorgt hatte.

Egal wie dankbar sie für die Fülle an Pullovern, Jeanshosen und dem ein oder anderen Kleid war, nichts, aber auch gar nichts mutete festlich beziehungsweise elegant an. Das meiste war schlicht und ergreifend praktischer Natur, Sachen, die sie beim Kellnern trug und zudem leider vollkommen unmodern waren. Frustriert ließ sie sich auf den Boden plumpsen. Und wie sie so dasaß, gesellte sich neben ihre Unzufriedenheit noch ein weiterer Gemütszustand hinzu: Bammel. Bei den Frasers würde nicht nur ein Mädchen am Tisch sitzen, das wie ein grobschlächtiger Bauer aussehen würde, sie würde auch als ein solcher diesen Eindruck erwecken lassen, weil sie rein gar nichts vorzuweisen hatte. Keine Bildung, kein Geld, kein Stil. Sie hatte nicht einmal einen richtigen Job.

Verdammt, sie war gerade zwei Jahre älter als Marah.

Bereite dich auf alle Fragen vor und hab bloß für alles eine plausible Erklärung.

Ihr Blick wanderte zum Schrankboden, auf dem eine rote Wolldecke lag.

Könnte man aus dem feinmaschigen Stoff einen Rock nähen?, fragte sie sich. Auf einem Werbeplakat in der Stadt hatte sie eine riesige Weihnachtsanzeige für einen schicken Peugeot gesehen. An dem Kotflügel lehnte eine attraktive Blondine, die einen weihnachtsroten Tellerrock trug und diesen mit einem schwarzen Rollkragenpullover kombiniert hatte, dazu Lackpumps.

Sophie blickte zum Radiowecker. Noch war Zeit und heute sollte sich ihre flinke Nähhand bezahlt machen. Aus einer Küchenschublade kramte sie ihr Nähkit hervor. Mit einem Maßband vermass sie ihre Taille, Hüfte und den Abstand zu den Knien, stellte erstaunt fest, dass sie seit ihrer Flucht aus dem Scarborough-Haus deutlich an Körperumfang zugelegt hatte. Darüber war sie erleichtert, denn endlich hatte ihre Figur zumindest einen Hauch von Weiblichkeit angenommen und sie sah nicht mehr aus wie ein hageres Kind. Sie breitete die dünne Decke auf dem Fußboden aus, zeichnete mit einem Bleistift die Einzelteile auf, die sie, sofern alles gut lief, zu einem Rock zusammennähen würde. Zuerst fertigte sie das Bündchen an, das sie mit Druckknöpfen versah und danach nähte sie die vier Ausschnitte zusammen.

Mit Stolz betrachtete sie ihr fertiges Werk und der Tellerrock sah haargenau so aus wie auf dem Plakat. Mit Schrecken stellte sie fest, dass es inzwischen kurz nach ein Uhr war und sie sich beeilen musste, um pünktlich bei den Frasers zu sein.

Sie löste das Haar aus den Klopapierlagen, kämmte es aus, damit es natürlicher erschien, und band einige Strähnen am Hinterkopf zusammen, sodass sie sie nicht im Gesicht störten. Zwar besaß sie nur wenig Make-up, aber es sollte genügen, um die Haut ebenmäßiger zu schminken, den Augen zu mehr Ausdruck zu verhelfen und die Lippen in einem tiefen Rot anzumalen. Sie benötigte nicht viel Puder, da sich ihre Gesichtshaut von ihrer Zeit auf der Straße erholt hatte und das Abdecken von Unebenheiten nicht mehr nötig war. Auch die Augenringe waren verschwunden.

Zu viel des Guten?, sinnierte sie, als sie sich im Spiegel betrachtete. Mit einem Taschentuch tupfte sie über den Mund, damit das Rubinrot nicht zu aufdringlich erschien. Ein Trick, den sie bei Priya gesehen hatte, als sie Sophie für die kleine Meerjungfrau hergerichtet hatte.

Eilig zog sie einen schwarzen, gerippten Pullover über, der eng am Körper anlag, schlüpfte in eine dunkle Nylonstrumpfhose und bemerkte erschrocken eine Laufmasche, die sich vom Bündchen über den Hintern bis hin zum Oberschenkel erstreckte. *Mist!* Bei Mrs Scarborough hatte sie oft gesehen, dass sie solche Maschen mit Nagellack präparierte, damit sie nicht weiter ausfransten. Zum Glück besaß Sophie einen Klarlack, den sie von Aunt Belle geschenkt bekommen hatte, damit ihre Finger gepflegter aussahen.

Erleichtert stellte sie fest, dass der Tellerrock lang genug war und die Laufmasche vollkommen verdeckte.

In sich hineinlächelnd musterte sie sich im Spiegel. Nichts war perfekt, aber sie war froh, das Bestmögliche aus sich und ihren Mitteln herausgeholt zu haben.

Und so schlenderte Sophie im Schein der matten Wintersonne durch die mit Schnee bedeckten Gassen zur All Saints' Lane. Mehrmals war sie mit den hohen Pumps auf der glatten Straße ausgerutscht, hatte sich jedoch immer im letzten Moment an Hauswänden abfangen können. Aus den Kaminen der schönen Einfamilienhäuser stieg Rauch in den Himmel empor und sie holte tief Luft, atmete den holzigen, rauchigen Winterduft ein.

So hatte sie sich Weihnachten immer vorgestellt.

Sie konnte die Dachgiebel des Fraser-Hauses bereits sehen, da lief ihr plötzlich ein unerwarteter, heftiger Angstschauer den Rücken hinunter, sodass sie für einen Augenblick stehen blieb.

War das eine Panikattacke?

Was, wenn sie sich vor Willem und seiner Familie lächerlich machte, weil sie irgendetwas Dummes von sich geben würde? Was, wenn sie das angepriesene Essen vermasselte und sein Vater sie in die Mangel nehmen würde, sie über ihre Vergangenheit ausquetschte? Das Verhör baute sich drohend vor ihr auf, eine Aneinanderreihung Hunderter Fauxpas, einer beängstigender als der andere.

Dreh um! Dreh um! Dreh um! Hast du sie noch alle? Du kannst es nur vermurksen.

Sophie machte auf dem Absatz kehrt, überlegte sich schon eine Ausrede. Sie würde Willem anrufen und ihm das Märchen der furchtbaren Kopfschmerzen vorgaukeln.

Danke für deine Einladung. Mach's gut. Ich wünsch dir noch ein schönes Leben.

Ein Taxi hielt am Straßenrand und eine Frau, die eine Nikolausmütze trug, stieg aus. Es war Willems Tante Lou.

»Sophie?«, rief sie mit beschwingter Stimme. »Wo willst du denn hin? Das Haus ist doch dort vorn.«

Sie suchte händeringend nach einem Vorwand, damit sie zur Pension zurückrennen konnte.

»Ich hörte schon, dass du uns heute Gesellschaft leistest.«

»Ähm ... ich ...«

Lou lächelte über das ganze Gesicht, und Sophie überlegte, ob sie jemals in ihrem Leben einer sympathischeren Frau begegnet war. Ihre Augen leuchteten wie Willems und sie umgab eine unglaublich lebensbejahende Aura. Man musste sie einfach mögen.

Lou kreuzte die Arme vor der Brust und sah sie mit skeptischer, aber auch irgendwie belustigter Miene an. »Hast du gerade kalte Füße bekommen?«

»Was?« Ertappt trat sie von einem Bein auf den anderen. »Nein. Ich ... ich dachte nur, ich hätte meinen Schlüssel vergessen. Aber ...«, sie kramte in ihrer Manteltasche und zog den Haustürschlüssel hervor. »... ich hab ihn gefunden.«

»Gott sei Dank«, sagte Lou und zwinkerte ihr zu. Es war ganz klar, dass sie sie durchschaut hatte. Sanft legte sie Sophie die Hand auf die Schultern. »Na komm, meine Süße. Bringen wir mal ein bisschen Stimmung in die Bude.«

Lou hakte sich bei Sophie ein und führte sie zum Haus der Frasers.

Jetzt gab es kein Zurück mehr.

»Kleines, du musst mir unbedingt verraten, wo du den Rock herhast.«

Fraser-Mush

Canterbury, zwei Minuten später

»Schau mal, wer mir gerade auf der Straße begegnet ist«, sagte Tante Lou, übertrieben fröhlich, durchschaubar süffisant. Fehlte nur noch ein: *Ach, Will, ich wusste doch, dass du nicht von dem Mädchen lassen kannst.*

»Fröhliche Weihnachten, Tante Lou«, begrüßte er sie mit einem verschwörerischen Blick, umarmte sie und küsste ihre Wange. An der Tür wartete Sophie, die fahrig von links nach rechts schaute, als fragte sie sich, ob es eine kluge Idee gewesen war, seiner Einladung zu folgen.

Dieselbe Frage, die er sich auch stellte.

Ihr Aufzug erstaunte ihn. Die Wimpern waren stärker getuscht als sonst und sie hatte einen roten Lippenstift aufgetragen, und er überlegte, ob ihm dieser reizvoll geformte Mund je zuvor aufgefallen war. Normalerweise mochte er ihre natürliche Schönheit, dieses mädchenhafte, aber er musste zugeben, dass das Make-up ihre zarten Züge noch mehr zur Geltung brachte und sie dadurch auch ein wenig eleganter erschien.

»Schön, dass du gekommen bist«, raunte er und half ihr aus dem Mantel, den er an der Garderobe aufhängte. »Du siehst sehr hübsch aus.«

Ein wirklich, wirklich ernst gemeintes Kompliment.

Ob sie ihm das abkaufte, blieb offen, denn sie schenkte ihm nur ihr typisch bescheidenes Lächeln. Eins, das er sehr mochte.

Er führte sie ins Wohnzimmer. Fallon saß vor Marah auf einem Stuhl und befreite den Mund ihrer Schwester mit dem Löffel von Breiresten, während sein Vater grübelnd vor dem Weihnachtsbaum stand und seit gefühlt einer Stunde nach dem Grund für die defekte untere Lichterkette suchte. Tante Lou ließ sich auf das Sofa plumpsen, drückte sich in den Kissenhaufen und schlug ein Bein über das andere.

»Ihr kennt doch noch alle Sophie?«, fragte er in die Runde.

»Hi«, winkte Fallon – netter als üblich, wegen Weihnachten, und George unterbrach seine Fehlersuche, um auf sie zuzukommen und Sophie die Hand zu reichen.

»Miss Parker.«

Willem rollte über diese Förmlichkeit unbeobachtet mit den Augen.

»Wo sind Ihre Flossen?«

Blöder Scherz.

»An Weihnachten verwandle ich mich immer in ein Mädchen, das sich bemüht, auf Pumps zu laufen«, entgegnete Sophie und Willem war über die Schlagfertigkeit verblüfft.

Lachte George? Ein richtiges Lachen?

Nun ja, es war Weihnachten.

»Dann hoffe ich, Sie mussten der Meerhexe ein nicht allzu großes Opfer darbringen, um unserer bescheidenen Familienfeier beizuwohnen.«

»Nein, dafür hat sie von mir nichts verlangt.«

Wieder ein Lachen.

Was passierte hier gerade? Wo waren die Trompeten, die Streicher und die Querflöten? Willem hatte haufenweise Frauen in dieses Haus geschleppt, sie seinem Vater vorgestellt, und keine von ihnen hatte George Fraser mehr als ein dürftiges »Hallo« entlockt.

Schon wieder eine Neue, Willem? Lohnt es sich, sich mit ihr zu beschäftigen oder ist sie nächsten Samstag wieder Schall und Rauch?

»Marah freut sich bestimmt, dich wieder zu sehen.«

Sophie nickte und beugte sich zu seiner Schwester hinunter, streichelte ihr die Hand. »Hi, Marah.«

Das war kein magischer Moment, wie man sich ihn vielleicht in romantischen Filmen vorstellen würde und in dem die stumme Marah ein Zeichen der übermäßigen Freude offenbarte, um Willem zu demonstrieren: *Da! Die mag ich.* Seit ein paar Tagen hatte sie mit erhöhter Temperatur zu kämpfen und vorgestern hatte sich noch eine tief sitzende Bronchitis dazugesellt, die ihr ohnehin schwaches Abwehrsystem herausforderte. Sophie gab sich Marah gegenüber wie alle Fremden, die dem Mädchen nicht täglich begegneten, den Anblick nicht gewöhnt waren, mit Vorsicht und einer gewissen Distanz. Er empfand ein solches Verhalten jedoch nicht als unangemessen oder widernatürlich. Wenn man nicht wie er selbst mit einem gehandicapten Menschen aufgewachsen war, war es durchaus normal, Bedachtsamkeit im Umgang walten zu lassen.

Nach der Begrüßungszeremonie *à la Fraser* machte Sophie einen deutlich gehemmten Eindruck. Sie schien nicht zu wissen, ob sie sich auf das Sofa neben Tante Lou setzen oder ob sie durch das Wohnzimmer schlendern sollte, um die kaum vorhandene Weihnachtsdekoration zu bewundern.

Ein peinlicher Moment des Schweigens blähte sich auf.

Fallon inspizierte Sophie, Tante Lou inspizierte Sophie – bis er selbst erkannte, dass er Sophie inspizierte. Lediglich George begab sich wieder auf Spurensuche im ungelösten Fall des defekten Lichterkettenlämpchens.

In diesem Augenblick bereute Willem seine spontane und vollkommen unüberlegte Einladung.

Was hatte ihn nur geritten?

Was hatte ihn *gestern Abend* geritten, als er sie spontan besuchte?

Wie bescheuert von ihm, auch noch über Nacht geblieben zu sein.

Er hatte sie aus seinem Leben verbannt, nur um sie jetzt wieder hineinzulassen. Warum? Innerlich brummte er über seine eigene Dämlichkeit. Und würde er sich mit Sophie in irgendeine *Sache* verstricken (vollkommen egal, welcher Natur), so würde er Oli die Schuld in die Schuhe schieben. Hätte er Willem gestern am frühen Abend nicht angerufen, um seinen Verdacht zu äußern, dass das Mädchen die Weihnachtstage wohl mutterseelenallein verbringen würde, hätte er sie *niemals* aufgesucht.

Auch wenn er sich nur ungern eingestand, in den letzten zwei Monaten viel an sie gedacht zu haben – nun, sehr viel – war das Thema für ihn faktisch gegessen gewesen.

Die Fleetwood-Mac-CD war ein Weihnachtspräsent irgendeines Klienten seines Vaters gewesen und den Discman hatte Willem eigentlich für sich selbst gekauft. Er war jedoch gut erzogen und wollte nicht mit leeren Händen aufkreuzen, wobei es der rote Weihnachtsstern auf der Küchenfensterbank auch getan hätte.

Jetzt stand sie neben ihm, und er hatte keine Ahnung, was er mit ihr anstellen sollte. Und sie dachte womöglich ähnlich.

Hoffentlich hatte sie sich nicht für ihn so in Schale geschmissen. Bislang kannte er sie in recht unmodernen Klamotten, mit Pferdeschwanz und einem Make-up, das nicht erwähnenswert gewesen wäre. Wie unverschämt von ihr, ihm diese himbeerroten Lippen zu präsentieren, die ihm unablässig eine Einladung zu einem Kuss aufdrängten.

Warum tust du das, Sophie Parker?

Noch schlimmer war jedoch, dass er permanent auf ihre Oberweite glotzte und sich ständig fragte, wie ihr Busen wohl unverhüllt aussah.

Er war mit einer Göttin zusammen. Priya war der Inbegriff feuchter Männerträume. Und er war geil auf ein Mädchen, das wie ein unberührtes Schulmädchen anmutete? Doch wie sollte er leugnen, dass Sophies Gesicht hinreißend war?

Hatte sich soeben das Adjektiv *GEIL* in seine Gedanken geschlichen?

O Will, sei kein Idiot. Du kannst auch mit Frauen schlicht und ergreifend befreundet sein – auch wenn dir das noch nie gelungen ist. Dieses Mal schaffst du das. Priya ist geiler, Priya ist geiler.

»Soll ich vielleicht schon einmal einen Blick in die Speisekammer werfen?«, riss Sophie ihn aus seinen stummen Anfeuerungen.

»Bitte, was?«

Sie sah ihn mit strahlenden Augen an. »Ich soll doch das Weihnachtsessen zubereiten.«

»Ach ja«, murmelte er und alle drehten ihre Köpfe zu ihnen.

Tante Lou rutschte von dem Sofa. »Sie soll was?«

Fallon, die gerade eine CD mit Weihnachtsmusik eingelegt hatte, legte eine Hand in die Taille. »Habe ich mich jetzt verhört?«

George schaute regungslos zu seinem Sohn.

»*Sophie*«, sagte Willem eindringlich. »Ich habe dir doch gesagt, dass du das nicht tun musst. Wir bestellen später einfach was vom Asiaten – wie jedes Jahr.«

Sie verzog den Mund zu einem breiten Lächeln.

»Nein, es wäre mir wirklich eine riesige Freude.« Sie flüsterte ihm mit flehendem Ausdruck zu: »Bitte, lass mich etwas tun.«

Okay, dachte er, *sie fühlt sich hier unwohl und bettelt nach einer Ablenkung.*

»Also, wenn ihr mich fragt«, wandte Tante Lou ein, »hab ich nichts gegen ein vernünftiges Weihnachtsessen. Wäre doch mal schön, nicht zu befürchten, an einer Glutamat-Vergiftung zu krepieren.« Mit klatschenden Händen stand sie vom Sofa auf. »Und wir werden dir natürlich helfen. Auch wenn wir vermutlich allesamt mit abgehakten Fingerkuppen und Verbrennungen in der Notaufnahme landen werden.«

Fallon zuckte die Achseln. »Warum nicht.«

In der Küche herrschte ein reges Durcheinander, weil weder Fallon, Tante Lou noch Willem wussten, was zu tun war, sondern sich wie die ersten Menschen auf einem unerforschten Planeten verhielten. Dieser Raum war sozusagen Terra incognita, denn darin hatte sich noch keines Frasers Fuß verirrt. Nur Brenda, Marahs Pflegekraft, wusste, wie man diesen monströsen Ofen anstellte, ohne dabei das ganze Haus in Brand zu setzen, und sie war auch diejenige, die acht darauf gab, aufgebrauchte Lebensmittel zu ersetzen.

Die Frage *Wie hatten sie eigentlich ohne Brenda überlebt?* empfand Willem als durchaus berechtigt. Die einzige Kochkunst, die er beherrschte, bestand aus undefinierbaren, tot gerührten Rühreiern. Seine Mutter war jedoch eine leidenschaftliche Köchin gewesen. Zumindest glaubte er, sich an diese Passion erinnern zu können. Und von wem sollte die Küche sonst in dieser Vollendung ausgestattet worden sein, wenn nicht von ihr?

Sophie allerdings hatte den imaginären Mantel der Unsicherheit abgelegt und huschte flink aus der Speisekammer in die Küche zurück, trug haufenweise Konserven und anderes Essbares zur Arbeitsplatte. Mit einer Schere (die sie sofort in einer Schublade gefunden hatte) schnitt sie Zwiebeln und Knoblauch ab, die von der Decke herunterhingen.

Mit grübelnder Miene begutachtete sie die Ausbeute der Speisekammer, wanderte daraufhin wortlos zum Kühlschrank, aus dem sie Eier, Cheddar, Milch und gefühlt hundert weitere Nahrungsmittel entwendete.

»Willem, du könntest schon einmal drei Zwiebeln in kleine Würfel schneiden. Fallon, vielleicht magst du das Gemüse waschen und ebenfalls schneiden? Ähm, und Tante Lou, würdest du mir bei der Quiche helfen?«

Lou zog die Augenbrauen hoch. »Wir machen eine Quiche? So eine richtig französische?«

»Ja, mit Lauch und Speck und mit Cheddar überbacken.«

»Wo zum Teufel hast du das gelernt?«, fragte seine Tante baff.

»Ich habe zu Hause viel kochen müssen«, antwortete sie, wieder etwas gehemmt, so wie sie ständig sprach, wenn es um ihre Vergangenheit ging. »Außerdem habe ich Hunderte Kochsendungen geschaut.« Sie lächelte und füllte Mehl in eine Schüssel, schlug wie ein Profi die Eier mit nur einer Hand auf, was Willem mit Staunen beobachtete.

Fallon, die ungeschickt wie er das Gemüse zerkleinerte, sah ihn mit einem Blick an, der ein *Was zur Hölle machen wir hier?* ausdrückte.

Tante Lou fand im Kühlfach einen Wildschweinbraten, und alle fragten sich verwundert, wie dieser dort hineingelangt war.

Sophies Augen glänzten. »Das ist ja großartig«, rief sie euphorisch. »Wir tauen ihn auf und dazu werde ich eine Soße aus Gewürzen, Rotwein und Gingerbread zubereiten.«

»Gingerbread?«, fragte Fallon mit gerümpfter Nase. »Zu Fleisch?«

»Das passt hervorragend. Versprochen. Allerdings schmeckt die Soße am besten, wenn man vorher einen Sud aus ausgelösten Knochen ansetzt.«

»Wir könnten Dexter ausgraben«, sagte seine Schwester mit einem Schmunzeln und Willem verzog angewidert den Mund.

»Wer ist Dexter?«, fragte Sophie misstrauisch.

»Unser Hund«, raunte er.

»Ähm ... Instantbrühe tut es auch«, erwiderte sie daraufhin und alle lachten.

Eine Stunde später glich die Küche einem Kriegsschauplatz, und zur Enttäuschung der restlichen Damen brachte Sophie zum Ausdruck, noch lange nicht fertig zu sein. Willem hingegen bereitete das Kochen mehr Spaß, als er geahnt hätte, was vielleicht daran lag, wie gern er Sophie bei ihrem Enthusiasmus und ihrer Hingabe beobachtete.

Sie schien in ihrem Element zu sein und war längst nicht mehr das kleine verängstigte Mäuschen, das vorhin noch scheu im Wohnzimmer gestanden hatte.

George steckte seinen Kopf durch die Küchentür. »Willem? Könntest du mir bitte helfen, Marah nach oben zu tragen. Sie ist müde und der Tag wird noch lang.«

»Klar«, erwiderte er.

Jeder Handgriff saß. George wechselte Marahs übel riechende Windel, während Willem ihre Temperatur maß.

»Das Fieber ist etwas gesunken«, stellte er fest.

»Das ist gut.«

»Ich bring sie ins Bett. Du solltest deinen Rücken schonen.«

»In Ordnung.«

Willem trug die bereits eingeschlafene Marah zu ihrem Gitterbett, während George die Decke umschlug.

Lange betrachteten sie Marah, ohne ein Wort zu sprechen, bis sein Vater den Anfang wagte.

»Sie ist nett.«

»Sophie?«

»Wen sollte ich sonst meinen? Noch ein bisschen jung, findest du nicht?«

Willem schnalzte missbilligend mit der Zunge. »Sie ist achtzehn! Und was soll das heißen, sie sei zu jung? Wofür? Sie ist eine Freundin. Mehr nicht.«

George nickte, sah ihn nicht an, und Willem wusste genau, was dieses kenntnisreiche Nicken bedeutete: *Erzähl das deiner Großmutter.* Sofort begab er sich in den Verteidigungsmodus.

»Es ist doch nicht ungewöhnlich, mit einer Frau nur befreundet zu sein.«

»Nein«, entgegnete sein Vater trocken. »Für dich aber schon. Erst recht, wenn du sie an Weihnachten hierher einlädst. Zudem ist sie hübsch, kocht anscheinend wie Bocuse und strahlt eine gewisse Ernsthaftigkeit aus. Anders als diese dusseligen Sexbomben, denen wir sonst im Morgengrauen auf dem Weg zum Bad begegnen. Sophie mag dich.«

»Sie ist nur eine Freundin.«

»Was ist denn mit Priya?«

Willem war jetzt ungehalten. »Dad! *Sophie ist nur eine Freundin.*«

»Du wiederholst dich, Junge. Wenn ein Mensch etwas ungefragt andauernd betont, dann nur, um sich selbst zu belügen.«

»Lassen wir das, okay?«

Nachdem alle eine kurze Pause eingelegt hatten, um die Weihnachtsansprache der Queen zu sehen, und Willem bereits von Fallons ewigem Pseudohass gegenüber der royalen Familie genervt war, trafen Tante Dolores, Onkel Frank und ihr Sohn Gavin ein.

Gavin, ein Jahr älter als Willem, lebte inzwischen in Worcester und wartete als Ersatzspieler der Warriors auf seinen Durchbruch.

Er war ein Rugbyspieler wie einst sein alter Herr, mit ausladendem Brustkorb, strammen Waden, stechend blauen Augen und gut aussehend, was stets die Frage aufwarf, ob er tatsächlich der leibliche Sohn von Dolores und Frank war. Nun war es aber so, dass er die gleichen Parolen brüllte und ein ähnlich überlautes Organ aufwies wie sein Vater. Als sie noch die Vorschule besucht hatten, waren Willem und Gavin Nachbarsjungen gewesen, die im Garten geheime Höhlen aus Ästen gebaut und gemeinsam Schabernack getrieben hatten. Eine Jungenfreundschaft, vorbehaltlos, arglos und fernab irgendwelcher todernster Zukunftsgespräche. Der eine war eben der eine, der andere der andere. Das hatte sich geändert, als Willem mit dreizehn das Eton College in Berkshire besuchte, während Gavin eine städtische Schule hier in Canterbury durchlief und anfing, über den feinen Pinsel Willem zu spotten.

Eton war gewiss nicht Willems Entscheidung gewesen. Und noch immer verachtete er seinen Vater, ihn dort hineingedrängt zu haben, fernab seiner Freunde, abgeschottet in einem elitären, politischen Zuchthaus – wie er es heute gern verschrie. Eine Brutstätte Dutzender Premierminister, Royalisten sowie Kaderschmiede hochdekorierter Olympioniken, Firmenbosse, Journalisten und Offiziere. Ein Türöffner für Karrieristen oder, besser gesagt, ihrer ambitionierten Eltern, denen eine halbjährliche Schulgebühr von mehreren Tausend Pfund nichts ausmachte. Nicht alles war schlecht, auch wenn Willem dies gegenüber seinem Vater niemals zugab, aber sollte er selbst jemals einen Sohn haben, so würde er ihm eine solche Jugend ersparen.

»Will, du alter Schönling«, blökte Gavin, lachte rau und schlug ihm hart auf die Schulter. »Was macht die *schöne* Schauspielkunst?«

Willem stellte sich gedanklich vor, ihn an den Weihnachtsbaum zu fesseln und den vorlauten Mund mit Panzerband zuzukleben. »Alles bestens. Was macht die Ersatzbank?«

»Ach, davon verstehst du doch nichts. Wer ist denn das?«, fragte Gavin und Willem folgte seinem Blick. Sophie begrüßte Dolores sowie Frank, der sich wohl wirklich freute, sie wiederzusehen, um seine Rugby-Anekdoten weiter fortzuführen.

»Das ist Sophie Parker.«

»Wo hast du die denn her? Mum sagte mir, du seist mit Priya Chamber zusammen.«

»Bin ich auch.«

Gavin stieß Willem mit der Ellbogenspitze in die Rippen. »Du kleiner Schwerenöter. Hätte ich früher gewusst, dass die Weiber auf ehemalige Pinguinpimpfe mit versnobtem Akzent abfahren, hätte ich meine Eltern auch angebettelt, mich aufs Eton College zu schicken.«

»Die hätten dich dort niemals aufgenommen.«

»Hm, tja, kann eben nicht jeder ein speichelleckender Fatzke sein.« In freier Wildbahn hätte Willem ihm jetzt die Faust ins Gesicht geschlagen. »Dann ist diese Sophie nicht deine Freundin?«

»Nein«, sagte er trotzig und eine Lüge wäre ihm leichter von den Lippen gegangen. »Tu mir einen Gefallen und lass sie in Ruhe, ja?«

»Was soll *das* denn heißen?«

»Du weißt genau, was ich meine. Du gräbst alles an, was nicht bei drei auf den Bäumen sitzt.«

»Na, da stehen wir uns doch in nichts nach, oder, Fraser?«

Treffer versenkt!

»Hör zu! Sophie ist ein wirklich herzensgutes und unverdorbenes Mädchen, das zurzeit sehr einsam ist, und ich denke, sie hat anderes im Sinn, als sich von einem Proll, wie du einer bist, angraben zu lassen.«

Verschwörerisch beugte sich Gavin zu ihm vor. »Du machst sie nur noch interessanter. Sie hat ziemlich geile Titten, oder?«

In Willem brodelte es. Er legte beide Hände auf Gavins kräftige Schultern und presste seine Finger in das harte Nackenfleisch, lächelte dabei, damit die anderen glaubten, es wäre eine Geste der Freundschaft, und sprach dann leise:

»Ich schwöre dir, wenn du sie anfasst, drehe ich dir den Hals um. Verstanden?«

»Nimm sofort die Flossen runter, sonst erlebst *du* dein blaues Wunder.«

Frank legte seine Arme um die beiden Männer.

»Hach, deshalb liebe ich Weihnachten. Ist doch immer wie in den guten, alten Zeiten, meint ihr nicht auch? Kommt, ich habe einen Punsch angesetzt.« Er zwinkerte ihnen zu. »Natürlich mit ordentlich Umdrehungen. Verratet es aber nicht Dolores.«

Liebevoll hatte Fallon den Tisch gedeckt und die alten Kerzenleuchter aus dem Keller geholt, die noch aus der Ausstattung ihrer Mutter stammten. Ewig hatte Willem nicht mehr das Silberbesteck gesehen, das George in den letzten zwei Stunden vom angesetzten Flugrost befreit hatte. Nach und nach servierten Tante Lou und Sophie die Speisen, und er kam aus dem Staunen nicht mehr heraus, was sie mit all den wenigen Zutaten gezaubert hatte. Der Wildschweinbraten lag in einer glänzend braunen Soße, die wundervoll nach weihnachtlichen Gewürzen duftete. Dazu gab es Yorkshire Pudding, die französische Quiche, in Honig glasierte Möhren und irgendetwas Undefinierbares aus gestampften Süßkartoffeln und Kohl. Sophie nannte dieses Gemisch liebevoll den *Fraser-Mush*.

Und wann zur Hölle hatte sie auch noch einen traditionellen Christmas Cake gebacken?

»Schön, dass wir es in diesem Jahr wieder geschafft haben, alle gemeinsam den Weihnachtsabend hier zu verbringen«, sagte George in einer sanften Festtagsstimme. Er hob sein Weinglas. »Noch mehr freue ich mich, dass ein neues Gesicht an diesem Tisch sitzt. Sophie, das sieht alles wirklich fantastisch aus.«

»Das habe ich gern gemacht«, erwiderte sie. Ihre Wangen waren ganz rot von der Hitze in der Küche.

Dolores quälte sich ein Lob über den zarten Braten heraus, der ihr vermutlich bewies, nicht die beste Köchin unter der Sonne zu sein. Frank und Gavin inhalierten das Essen in wenigen Minuten.

Willem hingegen genoss das Menü in vollen Zügen, und er kam nicht umher, hin und wieder zu Sophie zu schielen, die neben ihm saß.

Er schaute zu Marah, die in ihrem Rollstuhl zwischen Fallon und Tante Lou saß und ein festliches schwarz-weiß kariertes Kleid trug. Der weiße Kragen war jedoch mit dem *Fraser-Mush* vollgekleckert, der es ihr offenbar sehr angetan hatte. Mit einem Brummen machte sie sich bemerkbar, damit Fallon ihr den nächsten Löffel zum Mund führte. Er war froh, dass es ihr inzwischen etwas besser zu gehen schien. Im letzten Jahr hatte sie Weihnachten im Hospital verbracht.

Ein schlimmes, gedrücktes Fest, vollkommen anderes als in diesem Jahr.

»In diesem Haus habe ich noch nie so gut gegessen wie heute«, kam es von einer schwelgerischen Fallon. Ohne es zu beabsichtigen, war diese Feststellung eine abgefeuerte Spitze in Richtung Dolores, deren Aufläufe und andere Konservengerichte den Fraser-Speiseplan der letzten Jahre bestimmt hatten. Prompt rümpfte die Frau die Nase. Seine Schwester kicherte amüsiert.

»Vielleicht sollten wir bei unserem Lieblingschinesen anrufen und ihm sagen, dass alles in Ordnung ist und wir noch am Leben sind. Der arme Jin hat heute vermutlich seinen einzigen Kunden an Weihnachten verloren.«

Das Essen war vorbei und sie alle entschieden, das dreckige Geschirr einfach in die Küche zu stellen und die Tür zu verriegeln, um sich dem entstandenen Chaos erst am nächsten Tag zu widmen.

George balancierte einen Stapel Gesellschaftsspiele vor sich her. Willem fragte sich, weshalb sein Vater jedes Jahr alle Spiele aus den Tiefen des Kellers hervorkramte, wenn sie ohnehin ausschließlich Trivial Pursuit spielten – und zwar Stunden über Stunden. Dass eine einzige Spielrunde manchmal den ganzen Abend dauerte, lag an George selbst. Ewig brütete er über den Fragen, die man ihm stellte, um dann irgendwelche Anekdoten aus seinem nicht-wilden Leben zu erzählen, bevor er die Antwort gab.

In welchem Jahr zündete Großbritannien seinen ersten Kernwaffentest und wurde damit zur Atommacht? 1946? 1949? 1952? Oder 1958?

George: Hm. Lasst mich mal überlegen. Er wusste schon beim Stellen der Frage, in welchem Jahr der Test stattgefunden hatte. 1946 war ich vier. Nein. Das muss später gewesen sein. Auch nicht 1949, denn daran hätte ich mich erinnert. Zu diesem Zeitpunkt sind meine Eltern und ich von Leeds hierher nach Canterbury gezogen. Habe ich euch schon einmal von unserer ersten Wohnung in der Dover Street erzählt? Das war vielleicht ein Mäusenest – im wahrsten Sinne des Wortes.

Und nach sämtlichen Erzählungen über die Schuhkartongröße der bescheidenen Behausung, der nicht funktionierenden Heizung sowie wiederholenden Belehrungen, wie gut Willem und Fallon es doch hatten, in einem solch schönen Haus aufgewachsen zu sein, antwortete er: 1952.

Irgendwie stimmten diese Spieleabende Willem immer sehr nachdenklich. Niemals wollte er, dass seine Anekdoten eines Tages ausschließlich in einer Trivial-Pursuit-Runde auf interessierte Ohren stieß.

Er befürchtete, Sophie würde vor Langeweile sterben. Allerdings hatte er den Eindruck, dass sie George mochte und er sie.

»Wir sind zu viele«, sagte Tante Lou. »Wir müssen Gruppen bilden.«

Er stieß Sophie leicht von der Seite an. »Bereit, die alle hier zu schlagen?«

Ein hilfloser Blick traf ihn. Sie beugte sich zu ihm herüber und flüsterte: »Ich habe das noch nie gespielt. Worum geht es?«

»Du hast noch nie Trivial Pursuit gespielt? So etwas ist doch gar nicht möglich, außer ... außer man kommt vom Mars.« Er erkannte ihre Verlegenheit. »Du kommst doch nicht vom Mars, oder?«, fragte er augenzwinkernd und sie lachte wieder.

»Nein. In meiner Familie wurde nie gespielt. Das ist alles.«

Diese Aussage machte ihn sehr stutzig. In den vielen Telefonaten, mit denen sie anfangs ihre Nächte totgeschlagen hatten, hatte er ständig versucht, das Thema auf ihre Herkunft zu lenken. Doch sobald es um ihre Kindheit oder ihre Eltern ging, war sie ihm – mal mehr, mal weniger gekonnt – ausgewichen. Zu gern würde er ihre Gedanken lesen, einen Blick in ihre Erinnerungen werfen, aber dann überlegte er, ob er das überhaupt wollte. Vielleicht stammte sie von Nachfahren der Manson-Familie ab.

Alles war denkbar.

»Es ist nur so ein Frage-Antwort-Ding. Mehr nicht. Mach dir keine Sorgen.«

Angespannt rutschte sie auf ihrem Stuhl hin und her. »Memory wäre mir lieber.«

»Ach was, wir zwei schaffen das. Du bist doch unheimlich klug.«

Willem war nun auch etwas unbehaglich zumute. Nicht weil er ahnte, dass sie gegen die anderen gnadenlos verlieren würden, sondern weil er nicht wollte, dass Sophie sich dumm vorkam.

Gegen Fallon, George und Tante Lou konnte man im Grunde nur verlieren. Dolores, Frank und Gavin waren schlagbar.

Eine Befürchtung, die er schnell revidierte, denn Sophie war nicht ungebildet und überraschte jeden am Tisch mit korrekten Antworten, wenn Literatur oder Unterhaltung abgefragt wurde. Woher wusste sie, welche Schauspielerin den allerersten Oscar erhalten hatte? Wissen, dass man wohl eher ihm zugeschrieben hätte, aber als Tante Lou die Karte vorlas, hatte er nicht den blassesten Schimmer. In technischen sowie naturwissenschaftlichen Fragen versagte Sophie kläglich – genau wie er selbst.

Sobald Anekdoten-George an der Reihe war, glitt Tante Lou von ihrem Stuhl, um Weinnachschub zu holen, während Fallon gelangweilt das Kinn in den Händen vergrub. Dolores nickte immer wieder ein, während sein Vater über ein ewig langes Ausschlussverfahren den Maler des Gemäldes »Das letzte Abendmahl« mit Tintoretto richtig beantwortete und von seiner Italienreise Mitte der Sechzigerjahre schwärmte.

Sophie hingegen hörte George mit wachem und interessiertem Blick zu.

»Ich würde auch so gern einmal in die Toskana. Die Landschaft mit ihren sanften Hügeln und den vielen Zypressen, Pinien und Olivenhainen soll traumhaft sein.«

»Und das Essen, liebe Sophie. Sie würden sich wie in einem Schlaraffenland vorkommen.« George sah sie mit grüblerischer Miene an, und Willem befürchtete zu wissen, was nun kommen würde. »Mein Sohn erzählte mir, Sie würden zurzeit in Aunt Belles Pub arbeiten?«

»Ja, das stimmt.«

»Ist daran etwas verwerflich?«, fragte Gavin lallend.

Ein Augenblick verstrich, bis George antwortete: »Ganz und gar nicht. Aber das Kellnern ist doch sicherlich nicht Ihr Berufswunsch, oder? Ich meine, für – was weiß ich – zwei Pfund achtzig die Stunde können Sie doch nicht für immer Ihren Lebensunterhalt bestreiten wollen. Verstehen Sie mich nicht falsch, jedoch ...«

»Dad!«, unterbrach Willem ihn barsch. »Komm schon, das muss nicht sein, oder?« Unverstanden blickte George zu ihm, und Willem bemerkte, wie Sophie immer mehr in ihrem Stuhl zusammenschrumpfte.

Er warf ihr einen eindringlichen, entschuldigenden Blick zu. »Mein Vater glaubt, der einzige Sinn im Leben besteht aus unermüdlichem Ehrgeiz und einer Hundert-Stunden-Woche. Und wer kein Elite-College besucht hat, ist ein chancenloser Dödel.«

»Wie kannst du so etwas von mir behaupten?«, fragte George entrüstet, und Willem erkannte Gavins blödes Grinsen, der jetzt auf ein Vater-Sohn-Zerwürfnis wartete und sich relaxt in seinem Stuhl zurücklehnte. Es sollte ein Scherz sein – mehr nicht.

»Ich würde nie so überheblich denken und das weißt du. Gott weiß, wir sind nicht überaus wohlhabend, aber ich habe all unser Erspartes in Fallons und deine Schulausbildung gesteckt. Nicht, damit ihr *eine* Chance habt, sondern die freie Wahl. Das Eton ist ein Türöffner. Nicht nur für Cambridge. Ich bin mir sicher, dass auch die Royal Academy eher einen Eton-Absolventen aufnimmt als jemanden mit einem stinknormalen Community-Abschluss.«

»Vielleicht wurde ich angenommen, weil ich Talent habe. Hast du darüber schon einmal nachgedacht?«, fragte Willem stinkig.

»Ich will dir eine gewisse Begabung sicherlich nicht abstreiten, aber ...«

»Aber, was?«

»Ich ...« Sein Vater geriet in Erklärungsnot. »Ich erkenne bei deinen Ambitionen kein Ziel. Erst Literatur, jetzt dieses Schauspiel-Ding. Du weißt, ich habe euch beiden immer gesagt, ihr könnt werden, was ihr wollt, wenn ihr nur hart genug arbeitet.«

»*Dieses Schauspiel-Ding?* Es ist doch immer wieder schön, wie ermutigend du sein kannst. Jaja, wir hätten alles werden können – alles, was dir in den Kram passt.«

Fallon brummte laut. »Können wir das bitte lassen? Jedes Mal dasselbe.«

»Was denn, Fallon?«, rief er erregt. »Stimmt doch! Du wolltest Modedesign studieren, aber das war für unseren Vater die alberne Ambition einer Traumtänzerin. Stattdessen hat er dir über Monate suggeriert, du wärst für den Journalismus geboren.«

»Ich liebe meinen Job«, verteidigte sie sich.

»Du willst mir doch nicht erzählen, dass es dein Traum ist, mit einem Mikro vor einer Kamera in einem zerbombten jugoslawischen Dorf zu stehen?«

»Das ist eine sehr wichtige Arbeit«, kam es sowohl von Fallon als auch von George.

Resigniert hob Willem beide Hände. »Alles klar.«

»Willem«, sagte sein Vater ganz ruhig. »Ich finde nur, dass man das Leben ab einem gewissen Punkt ernster nehmen sollte. An der Schauspielerei ist per se nichts Schlechtes, aber was unterscheidet dich von all den anderen, die genau wie du glauben, talentiert zu sein, außer, dass du ein gut aussehender Mann bist?«

»Sicherlich hilft es mir in diesem Job nicht, dass du mich gegen meinen Willen nach Eton geschickt hast.«

Tante Lou war zurück, stellte zwei Weinflaschen auf den Tisch und seufzte. »Muss das sein? Haben wir dieses Thema nicht schon Dutzende Male lang und breit durchgekaut? George, dein Sohn kann tun und lassen, was er will. Wenn er Schauspieler werden will, dann sollten wir ihn unterstützen und ihm nicht permanent vorhalten, wie schwer diese Berufswahl ist. Und davon mal abgesehen schafft es nicht jeder, von der Royal Academy angenommen zu werden. Du solltest mal ein bisschen Stolz zeigen, du konservativer Pedant.«

»Danke, Tante Lou«, sagte Willem heiser.

»Schon gut. Ich will einfach nur das Beste für dich«, ruderte George zurück, und Willem tat es beinahe leid, ihn so barsch angegangen zu sein. »Miss Parker, bitte verzeihen Sie, dass Sie diese Diskussion miterleben mussten.«

Sophie hatte sich während des ganzen Streitgesprächs nicht gerührt und auf ihre Hände gestarrt, die auf ihren Oberschenkeln ruhten.

»Sie müssen sich nicht entschuldigen«, sagte sie. »Ich würde gern auf Ihre Frage antworten. Also was ich mit meinem Leben anstellen möchte.«

Willem und George sahen sich erstaunt an und dachten vermutlich in diesem Moment dasselbe: *Ach ja, das war der Ausgangspunkt ihres üblichen Disputs gewesen.*

»Oh. Sicher, Miss Parker.«

»Natürlich ist es nicht mein Ziel, immer als Kellnerin zu arbeiten. Zurzeit habe ich aber keine andere Wahl. Ich habe keine Familie und bin auf mich allein gestellt. Aunt Belle war so nett, mir diesen Job zu geben, und ich werde so lange in dem Pub aushelfen, bis ich genügend Geld angespart habe, um irgendwann eine Kochausbildung zu machen.« Sie schwieg einen Moment. »Ich weiß, damit wird man keine Reichtümer erlangen, aber das Kochen und Backen ist etwas, das ich kann und das ich liebe, also …« Ihre Worte hingen in der Luft.

»Ich genoss nie das Privileg einer guten Schulausbildung. Um ehrlich zu sein, habe ich die Schule vorzeitig verlassen.«

Willem spürte, dass es Sophie nicht leichtfiel, dies zu offenbaren, aber er war froh, dass sie wenigstens ein bisschen über sich preisgab.

»Miss Parker«, sagte George mit einem milden Gesichtsausdruck. »Sie haben heute bewiesen, welch eine hervorragende Köchin Sie sind. Das ist mein Ernst. Und bitte denken Sie nicht, Sie säßen hier mit einer versnobten Horde an einem Tisch, die glaubt, eine solch solide Arbeit sei unwürdig.«

»Nein, das denke ich nicht«, erwiderte sie mit einem Lächeln.

Daraufhin zog Fallon eine Trivial-Pursuit-Karte, um dieses leidige Thema endlich zu beenden, und Willem blickte zu Sophie, beugte sich zu ihr hinüber und sagte: »Ich sehe dich schon mit einem eigenen Restaurant im Londoner Soho, in dem du deine Gäste mit dem *Fraser-Mush* begeistern wirst. Du hast es wirklich drauf, und ich freue mich sehr, dich bei diesem Weg zu begleiten. Ich werde dein größter Stammgast sein. Versprochen.«

Sophie lachte kurz auf. »Ich sehe schon, du wirst all deine furchtbar aufgetakelten Filmpartnerinnen in mein Restaurant ausführen, die an allem etwas zu mäkeln haben, während du mir ein gönnerhaftes Trinkgeld zusteckst. Jeden Samstag präsentierst du mir eine andere *Freundin*, die dann doch nichts bestellt, weil sie nicht fett werden will, und weil du nicht willst, dass sie fett wird.«

Er schauderte bei dieser Aussage, als hätte sie ihm gerade den Finger in eine offene Wunde gesteckt. Er nahm einen Schluck von seinem Rotwein. Aus irgendeinem Grund gefiel ihm nicht, dass sie so von ihm dachte, auch wenn es bestimmt nur als Scherz gemeint war.

Sie musste seinen grübelnden Blick bemerkt haben, denn sie runzelte prompt die Stirn. »Habe ich etwas Falsches gesagt?«

»Hältst du mich für einen oberflächlichen, sexbesessenen Playboy?«

»Was? Nein!«

»Das ist gut. So jemand bin ich nicht.«

Sie lächelte – irgendwie verführerisch. Zumindest bildete er sich das ein – und entgegen dem, was er gerade gesagt hatte, fragte er sich, wie es wohl wäre, mit ihr zu schlafen. Die Erregung, die ihn schon den ganzen Tag verfolgte und die er sich ständig selbst befahl, augenblicklich zu unterdrücken, meldete sich wieder. Derlei erotische Tagträume gehörten allerdings zu seinem Leben, seit er wusste, wofür das Teil zwischen seinen Beinen gut war, und er versuchte, dem nicht allzu viel Aufmerksamkeit zu schenken. Er fragte sich jedoch, ob Sophie mit ihrem Zukunftsbild nicht doch recht behalten würde. Und ein verschämter Blick in seine Vergangenheit sprach ebenfalls nicht für ein abstinentes Mönchsleben.

Ob Sophie unter dem roten Rock auch rote Spitzendessous trug?

Hör auf damit! Hör auf!

Mühsam lenkte er seine Gedanken weg vom Thema Sex, doch der Verstand war so beweglich wie ein Ritter in seiner Eisenrüstung.

Sie nippte an ihrem Rotwein, und vor seinem geistigen Auge sah er, wie ihre Lippen seine berührten anstelle des Glasrands.

Verdammt, er war genau so einer! Ein oberflächlicher, sexbesessener Playboy.

Go Your Own Way

Canterbury, kurz vor Mitternacht

Zur späteren Stunde verwandelte sich das besinnliche Weihnachtsfest in eine ausgelassene Party, als Robbie und zwei von Fallons Freundinnen auftauchten, man vom Esszimmer ins Wohnzimmer umzog und Tante Lou ein rockiges Christmas-Album auflegte.

»Das ist normal«, sagte Willem zu Sophie. Das Fraser-Haus sei schon immer ein offenes Domizil für einsame Herzen gewesen, erzählte er ihr mit einem Schmunzeln. Frank und Dolores verließen beinahe fluchtartig das Haus und vergaßen ihren Sohn Gavin, den Sophie aus einem ganz bestimmten Grund nicht leiden konnte. Er hatte etwas von Brendan Scarborough, grinste sie permanent mit dieser ähnlichen Verschlagenheit an, die ein unangenehmes Kribbeln in ihr auslöste.

Sie kannte diese Art von Grienen. Brendan hatte es stets aufgelegt, bevor er seine Perversionen an ihr auslebte.

Sie versuchte, Gavin aus dem Weg zu gehen, und setzte sich auf das Sofa. Neben ihr war Marah, die mit wachen Augen das Treiben um sie herum beäugelte.

»Hey Marah«, flüsterte sie und das Mädchen sah sie stumm an. Sabber kroch an ihrem Mundwinkel hinunter und Sophie wischte ihn mit einem Taschentuch fort, das Fallon ihrer kleinen Schwester vorsichtshalber auf den Schoß gelegt hatte. Gern hätte sie ihr irgend etwas erzählt, aber sie wusste nicht was und sie ärgerte sich über ihr Unvermögen im Umgang mit Marah.

Robbie kam auf die beiden zu, hielt eine Bierflasche in der Hand, die er Sophie reichte.

»Kannst du mal kurz halten?«, fragte er sie. »Ich will Marah für einen Tanz entführen.«

Mit gekrauster Stirn nahm sie das Bier und er schob den Rollstuhl in die Mitte des Wohnzimmers und drehte diesen ausgelassen zu *Rockin' Around The Christmas Tree* im Kreis, was Sophie zu einem Lächeln bewegte. Auch Tante Lou und Willem schlossen sich heiter dem Tanz an. Marahs lautes Lachen war herzerwärmend.

Sophie mochte die Vorstellung, dass man das Mädchen ins reale Leben integrierte und alle in vollkommener Natürlichkeit mit ihr umgingen. Sie überkam der sehnliche Wunsch, nicht nur ein spontaner Gast, sondern ein echter Teil dieser Familie zu sein.

Und plötzlich sah sie Alfie, der gerade das Wohnzimmer betrat. George, der hinter ihm herschlich, musste die Türklingel trotz der lauten Musik gehört und ihm aufgemacht haben.

Willem hörte auf zu tanzen, ging auf seinen ehemaligen Freund zu, und sie sah, wie er erleichtert ausatmete, um Alfie in seine Arme zu schließen. Es freute sie, dass er offenbar auf ihren Rat gehört hatte, wieder den Kontakt zu ihm zu suchen. Gab es eine bessere Gelegenheit der Aussöhnung als an Weihnachten?

Doch als Alfie auch sie entdeckte, schien er irritiert zu sein. Er flüsterte Willem etwas ins Ohr und dieser reagierte mit einem deutlichen Achselzucken sowie einem gleichgültig wirkenden Abwinken, von dem er sicherlich nicht dachte, dass sie es sehen würde. Von jetzt auf gleich fühlte sie sich fehl am Platz. Zudem führte Willem sich seit ihrem Spruch über sein zukünftiges Ladykiller-Dasein seltsam auf. Sie hatte nur cool sein wollen. Mehr nicht. Hätte sie besser die Klappe gehalten.

Gavin ließ sich neben sie auf das Sofa plumpsen und sie rutschte ein Stück, um einen sicheren Abstand beizubehalten. Doch er schien darauf zu pfeifen und rückte ihr auf die Pelle. Er schlug ein Bein über das andere, und sie merkte, wie er seinen Arm hinter ihr auf die Sofalehne platzierte. Wenn sie nicht aufpasste, würde sein verdammter Arm gleich auf ihrer Schulter liegen, also beugte sie sich demonstrativ vor, winkelte den Ellbogen an und stützte das Kinn auf ihre Handfläche.

»Erklär mir doch mal«, lallte er, »was ihr Weiber immer von diesem verfluchten Lackaffen wollt.«

»Keine Ahnung, was du meinst?«, antwortete sie mit gewollt klingender Gleichgültigkeit.

»Ach, mach mir doch nichts vor. Ich habe dich den ganzen Abend beobachtet. Du himmelst Willem an wie der Dackel sein Herrchen.«

»Schwachsinn.« Sie ärgerte sich, dass er sie ertappt hatte.

»Süße, ich erzähl dir mal was über diesen selbstverliebten Schönling.«

»Kein Interesse.«

»Warum bist du denn so zickig?«

»Ich bin nicht zickig.«

»Ich mach's für dich kurz und knapp: Du bist nicht sein Typ. Er wird dich vielleicht ein- oder zweimal vögeln und dich dann wie eine Bananenschale entsorgen. Du solltest deine Zeit nicht mit ihm verschwenden.«

»Danke für diesen wohlgemeinten Ratschlag. Ich bin keine zwölf und kann ganz gut selbst auf mich aufpassen.«

Er stupste sie mit dem Fuß an. »Er wird dich abservieren. Und sag nicht, ich hätte dich nicht gewarnt.«

»Ich bedanke mich im Voraus.«

Sie spürte seine Hand auf ihrer Schulter, genau wie sie es hatte kommen sehen.

»Ich gebe zu, ich finde dich echt scharf, Sophie Parker.«

Ihre Gedanken fuhren Karussell und es wirkte, als würde ihre Haut unter dieser Berührung brennen. Fetzen böser Erinnerungen schwärzten ihre Seele und katapultieren sie in eine noch finsterere Vergangenheit zurück.

***

Liverpool, Februar 1997

Oft fragte sich Sophie, wie die Fürsorge Kinder in die Obhut von Raquel Scarborough geben konnte. Erst kurz vor Weihnachten war die achtjährige Jenny in das Reiheneckhaus an der Enid Street eingezogen, einem typischen, vom Ruß der Hafenschiffe grau verfärbten Backsteinhaus. Der Stadtteil Toxteth gehörte zu einem der ärmsten Viertel Liverpools, war von hoher Kriminalität, Arbeitslosigkeit und einer erheblichen Selbstmordrate geprägt.

Sophie lebte inzwischen seit fast zwei Jahren in diesem Albtraum, nachdem sie eine lange Zeit im Kinderheim verbracht hatte und ihren vorherigen Pflegeeltern mit großem Herzschmerz nachtrauerte.

Lee und May Edwards, ein herzensgutes älteres Ehepaar, hatten ihr ein Zuhause gegeben, in dem sie sich zum ersten Mal seit der Geschichte mit ihrer Mummy geborgen gefühlt hatte. Lee war Literaturprofessor an der Universität in Liverpool und er brachte sie dazu, sich für englische Literatur zu begeistern.

»Sophie«, sagte er oft, »für dein weiteres Leben benötigst du nur drei Schlüssel, die dir jede Tür öffnen werden: Bildung, Sprache und Empathie. Sei wie ein Schwamm, der alle Informationen aufsaugt. Artikuliere dich kultiviert, egal ob du mit einem Hafenarbeiter oder einem Lord sprichst. Zeige Mitgefühl für die Menschen, die dich umgeben, und sei eine Wand, wenn sie dir nicht guttun.«

May war eine Hausfrau wie aus dem Bilderbuch, die um fünf Uhr morgens aufstand, das Frühstück für Lee und Sophie vorbereitete, bis zum Vormittag sämtliche Besorgungen erledigte, um sich dann ihrer Koch- und Backleidenschaft zu widmen. Sobald Sophie aus der Schule zurückgekehrt war und die Hausaufgaben zu Lees Zufriedenheit beendet hatte, half sie May in der Küche oder bei Näharbeiten.

»Glaube nicht, dass ich dir das alles beibringe«, sagte May einmal, »damit du später deinen Mann von vorn bis hinten bedienst, sondern weil es niemals schaden kann, für sich selbst sorgen zu können. Außerdem schleichst du dich in das Herz aller, wenn du ihnen die Nussecken nach meiner Rezeptur mitbringst.«

Das Leben hätte für sie nicht schöner und behüteter sein können.

Bis May eines Tages über anhaltende Kopfschmerzen klagte und bei ihr ein bösartiger Hirntumor festgestellt wurde, an dem sie nur drei Monate nach der Diagnose verstarb. Lee, der mit ihr über dreißig Jahre verheiratet gewesen war, verlor nicht nur seine Seelenverwandte, sondern auch seinen Lebensmut. Er kündigte seine Professur, verbarrikadierte sich von früh bis spät in seinem Arbeitszimmer und irgendwann lebte er in einer Parallelwelt, in der May noch bei ihm war, aber Sophie keine Rolle spielte.

Das Jugendamt entzog Lee die Fürsorge.

Sophie schrie und flehte und wehrte sich mit Händen und Füßen, als die Sozialarbeiter sie abholten, aber Lee schien ihren Fortgang überhaupt nicht wahrzunehmen.

Noch heute fragte sie sich, ob er sich an sie erinnerte.

Viele Nächte hatte sie am Fenster ihres neuen Zuhauses bei Mrs Scarborough verbracht, sehnsüchtig auf ihn wartend, damit er sie abholte.

Aber er war nie gekommen.

Es war Februar und draußen peitschte ein Wintersturm, der das einfach verglaste Fenster zum Vibrieren brachte. Es war immer kalt, denn Mrs Scarborough verbot ihr, die Heizung in ihrem Zimmer anzustellen, das sie sich mit der sechsjährigen Lisa, die nie sprach, und dem Neuankömmling Jenny teilte. Im Nachbarzimmer hausten die Jungs, Collin, Drew und Noah, allesamt ebenfalls jünger als sie selbst. Nur Mrs Scarboroughs leiblicher Sohn Brendan hatte sein eigenes Zimmer unter dem Dach, das widerwärtig nach Schweißfüßen und müffelnder Bettwäsche roch. Manchmal wehte der Gestank durch das ganze Haus.

Raquel Scarborough war einst eine attraktive Frau gewesen, zumindest zeigten dies die wenigen Fotografien an der Wand des Wohnzimmers. Und selbst heute, wenn sie das Haus verließ, war sie stets adrett gekleidet, das hochgesteckte Haar krönte ein feiner Damenhut, der noch aus den Sechzigerjahren stammte, ihr Lächeln war zuckersüß. Eine Kostümierung, die sie ablegte, sobald sie die Haustür hinter sich schloss und sie ihr wahres, widerliches Ich offenbarte. Sie war von ihrem Ehemann betrogen worden, und weil der Typ nach der Scheidung keinen Unterhalt zahlte, musste sie sich seitdem mit ihrem Sohn Brendan, einer bulligen Keule mit kurz geschorenen Haaren und einer Vorliebe für abartige Pornofilme, allein durch das Leben kämpfen.

Eines Tages hatte Mrs Scarborough die große Kohle gewittert, als sie beim Amt von der Möglichkeit erfuhr, schwer vermittelbare Heimkinder in Pflege zu nehmen. Teenager, die aufgrund ihres Alters kein geeignetes Elternhaus fanden. Die meisten Paare mit unerfülltem Kinderwunsch, die sich für eine Adoption entschieden, bevorzugten Babys oder Kleinkinder, die sie nach ihren eigenen Wertvorstellungen formen konnten. In Sophies Kinderheim gab es einmal im Monat, samstags, den *Besuch im Zoo.* So nannten es die älteren Kinder zynisch, weil sie sich von Dutzenden Ehepaaren zur Schau gestellt fühlten wie Affen im Gehege, um dann doch niemals auserwählt zu werden. Damals hatte sie den Worten der anderen Kinder keinen

Glauben geschenkt, betrachtete diese Besuchertage als Chance. Sie war absolut davon überzeugt, ein liebes Pärchen zu finden, dass sie adoptieren würde. Sie musste nur ordentlich gekleidet sein, lächeln, und sobald sie sich mit ihnen unterhielt, das beherzigen, was Lee ihr damals auf den Weg mitgegeben hatte: *sei redegewandt und empathisch.*

Sie hatte mit vielen Paaren geplaudert, die in ihr stets Hoffnung geschürt hatten, ein wohlbehütetes Heim gefunden zu haben. Doch niemals hatte sie zu den Auserwählten gehört, ganz gleich, als wie niedlich und höflich man sie beurteilte. Es waren immer die Kleinen, die das Waisenhaus an den Händen ihrer neuen Eltern verließen.

Und dann kam Raquel Scarborough, die dem Ruf des Geldes gefolgt war.

Jeden Monat erhielt sie einen fetten Unterhaltsscheck, der eigentlich als Aufwandsentschädigung für die entstehenden Kosten dienen sollte, jedoch keinem Kind zugutekam. Stattdessen verjubelte sie die Kohle, um davon Zigaretten (sie rauchte zwei Päckchen am Tag) und flaschenweise Wodka zu kaufen oder irgendwelchen Klimbim aus dem Shoppingkanal zu bestellen.

Stundenlang hockte sie vor dem Fernseher, qualmte, soff und schimpfte über das Ableben irgendeiner ihrer Lieblingscharaktere der in Dauerschleife laufenden Daily Soaps. Weder reinigte sie das Haus noch bereitete sie Mahlzeiten für ihre Schützlinge zu. Die reich bestückte Speisekammer war mit einem Vorhängeschloss versehen, auf dessen Schlüssel sie mit ihrem Hintern in dem durchgesessenen Sessel wie eine Ente brütete. Genüsslich verdrückte sie jeden Abend eine Schachtel Pralinen, während ihr die Kinder, die sich ausschließlich von Dosenravioli oder Tütensuppen ernährten, neidisch dabei zusahen.

Mrs Scarborough schickte ihre Pflegekinder zum Einkaufen und verlangte stets eine Quittung – und wehe, sie fand auf dem Beleg et was, das sie nicht befohlen hatte, einzukaufen. Dann gab es Schläge von Brendan. Sie war zu faul, um sich von ihrem Fernsehsessel zu erheben.

Es begann mit Ohrfeigen auf Anweisungen.

Irgendwann wurden diese jedoch immer willkürlicher. Man musste nur in Brendans Umlaufbahn geraten, um sich eine gehörige Klatsche einzufangen. Anfangs maßregelte Mrs Scarborough ihren Sohn noch, wenn er sich zu hart an den Kindern und vor allem an Sophie vergriff, doch dann schien es so, als habe sie sich dazu entschieden, die Welt um sich herum auszuschalten.

»Mach, was du nicht lassen kannst«, wies sie ihren Sohn an. »Aber keine Schläge ins Gesicht. Kapiert? Ich habe keine Lust auf Anrufe irgendwelcher übermäßig besorgter Lehrer. Wenn das Jugendamt deinetwegen auf der Matte steht, schmeiß ich dich raus.«

Diese Anweisung war Brendans Freifahrtschein für all das Schreckliche, was folgen sollte und was er Sophie im Rausch seines Sadismus antat. Warum er gerade sie ins Visier genommen hatte, blieb ihr schleierhaft, denn sie bemühte sich, weitestgehend unsichtbar durch das Haus zu wandern.

Beleidigungen wie hässliche Fotze, arrogantes Stück Scheiße oder elende Missgeburt standen auf der Tagesordnung. Herabwürdigungen, mit denen Sophie gelernt hatte, umzugehen, was sich als Fehler herausstellte, denn durch ihre Passivität schürte sie nur noch mehr Brendans Hass.

Die Schläge wurden immer erbarmungsloser und unvorhersehbarer, manchmal reichte lediglich ein versehentlicher Blick in seine Richtung. Zwar beschränkte er sich auf die Stellen ihres Körpers, die von Kleidung verdeckt wurden, doch allmählich waren die blau-violetten Blutergüsse so schmerzhaft, dass sie dem Schulsport fernblieb. Daran, am Schwimmunterricht teilzunehmen, war gar nicht zu denken, was mehrere Tadel nach sich zog.

Sie war ständig müde, fand im Unterricht keine Konzentration und spürte, wie sich im Laufe des Tages etwas Schweres auf sie senkte. Als sie bei Lee und May gelebt hatte, war sie eine gute Schülerin gewesen, doch nun hagelte es miese Noten, was zu weiteren Prügeln führte.

Sophies Leben wurde noch unerträglicher, als Brendan Anfang des Jahres nicht nur seinen Hafenjob verlor und jetzt ständig im Haus herumlungerte, sondern auch seine Freundin Schluss machte.

Niemals würde Sophie den Nachmittag vergessen, an dem Brendan beschlossen hatte, ihr die allerletzte Würde zu nehmen. Sie war gerade aus der Schule heimgekehrt, die anderen Mädchen spielten vor dem Haus, und sie wollte die Gelegenheit nutzen, in Ruhe ihre Hausaufgaben zu erledigen, als er in ihr Zimmer platzte. Schon von Weitem witterte sie seine Bierfahne. Sie lugte nur kurz zu ihm auf, widmete sich daraufhin jedoch wieder ihrem Arbeitsheft. Mit langsamen Schritten kam er auf den Schreibtisch zu, sie spürte, wie er sie von oben herab beobachtete, dann strich er ihr über das Haar. Sofort hörte sie auf, den Stift zu bewegen, starrte nur auf die Holzmaserung des Tisches. Seine Hand wanderte über ihren Nacken, über ihr Schlüsselbein bis zu ihrer Brust. Mit den Fingerspitzen umkreiste er ihren Nippel, die unter der kalten Berührung hart wurden.

»Ich wusste doch, dass dir so etwas gefällt, du kleine Hure.« Sie antwortete nicht, sodass er ihr den Stift aus der Hand schlug. »Nutte!«

Tränen drangen in ihre Augen, der Blick verschwamm und sie vernahm, wie er den Gürtel öffnete und den Reißverschluss seiner Jeans aufzog. Ein Geräusch, das sich vermutlich für immer in ihr Gedächtnis einbrennen würde.

»Fass ihn an.«

Sophie wagte es nicht, Brendan anzusehen, und schüttelte den Kopf.

»Nein, ich will nicht«, flüsterte sie mit bebenden Lippen. Da war dieser Funken Hoffnung, er würde sich ihrem Wunsch fügen, doch stattdessen schlug er ihr so unvermittelt gegen den Hinterkopf, dass ihr kurz schwarz vor Augen wurde.

»Ist mir scheißegal, was du willst. Nimm ihn in die Hand und hol mir einen runter, sonst prügle ich dich durch das ganze Haus.« Er packte ihre Hand und positionierte sie auf seinem erigierten Penis, dessen Haut sich seltsam weich anfühlte.

»Vor und zurück. Jetzt mach schon, du hässliche Schlampe.«

Sophie schloss die Lider. Ihre Seele verabschiedete sich von ihrem Körper, wanderte zurück in das geliebte Leben, das sie im Haus von Lee und May geführt hatte. Es duftete nach den frisch gebackenen Nussecken, die sie so sehr liebte und die keine so gut backte wie May. Sie hörte Lees Stimme, wenn er ihr vor dem wärmenden Kamin aus *Moby Dick* vorlas. Sie erinnerte sich an das frisch gewaschene Bettzeug, an die warme Daunendecke, die sie nie hatte nachts frieren lassen.

Brendan stöhnte, und in Sophies Ohren hörte es sich unmenschlich an, als stünde ein Stier neben ihr. Dann spürte sie, wie etwas Dickflüssiges an ihren Fingern hinunterfloss.

Es war vorbei.

Brendan zog den Reißverschluss wieder hoch und verschloss den Gürtel. Ohne ein weiteres Wort zu verlieren, verließ er das Zimmer.

Ewig lang bewegte Sophie sich nicht, wagte nicht, auf ihre Hand zu schauen, bis sie den Weg aus ihrem Delirium fand und sich im Bad wusch.

Seit diesem Nachmittag war er immer wieder zu ihr gekommen, hatte sich heimlich nachts in ihr Bett gelegt, ohne dass Jenny oder Lisa es mitbekommen hatten.

Heute Morgen, an diesem stürmischen Februartag, genügte Brendan die Befriedigung durch ihre Hand nicht mehr und er befahl ihr, seinen Penis in den Mund zu nehmen. Obwohl sie gelernt hatte, ihre Gedanken aus der Realität zu befreien, um sich in andere Zeiten zurückzukatapultieren, gelang ihr dies bei diesem unaussprechlichen Akt nicht mehr. Es schmerzte unglaublich, und je mehr sie würgte und weinte, desto unnachgiebiger wurde Brendan.

Bis auch diese Widerlichkeit ein Ende fand.

Es fand immer ein Ende, aber der Weg dorthin war entsetzlich und mit so unendlich viel Scham behaftet, dass Sophie sich dreckig, abartig vorkam. Als sie sein Sperma schmeckte, zog sich ihr Mund zusammen und sie übergab sich auf ihre Bettdecke.

»Du bist so ekelhaft«, höhnte er und sie kassierte einen Tritt in die Magengrube.

Währenddessen brachen bittere, wütende Tränen gewaltsam aus ihr heraus, und nachdem er wieder verschwunden war, rollte sie sich wie ein Embryo zusammen. Nie hatte sie sich so entblößt und erniedrigt gefühlt.

An diesem Morgen beschloss sie, aus Mrs Scarboroughs Haus zu fliehen.

Sie wusste, dass Brendan ihr noch mehr Unaussprechliches antun würde, wenn sie blieb.

Der Rucksack war gepackt. Es war nicht viel. Nur ein wenig Kleidung und eine Zahnbürste. An diesem Tag ging sie in die Schule, war unaufmerksam, abwesend, doch wurde der Unterricht aufgrund des aufkommenden Sturms frühzeitig beendet.

Jetzt saß sie auf ihrer Bettkante, den Blick fest auf den Kleiderschrank gerichtet, in dem sie ihren gepackten Rucksack versteckt hatte.

Sie wusste, dass Brendan das Haus gegen sechzehn Uhr verlassen würde, um in den nächsten Pub einzufallen, wo er sich täglich bis zur Besinnungslosigkeit betrank. Sie hoffte, der Sturm würde ihn heute nicht daran hindern. Mrs Scarborough hielt meist zwischen vierzehn und siebzehn Uhr einen Nachmittagsschlaf in ihrem Fernsehsessel, schnarchte das ganze Haus zusammen, während die Kleinen die Gelegenheit nutzten, das Fernsehprogramm zu bestimmen. Im Gegensatz zu Sophie waren die anderen Kinder meist gegen Mittag zu Hause.

In ihrem Zimmer starrte Sophie zu der Donald-Duck-Tapete, die sich an manchen Stellen schon von der Wand ablöste. Entlang der Fußleiste lag eine Spur Mäusekot. Jede Nacht lauschte sie dem Nagen in dem Mauerwerk, zog die Bettdecke über den Kopf, weil sie Angst hatte, die Mäuse könnten über ihren schlafenden Körper huschen.

Brendan, der vermutlich den ganzen Tag verschlafen hatte, durfte nicht wissen, dass sie bereits von der Schule zurück war. Gegen halb vier hörte sie seine Schritte, wie er stampfend die Treppe vom Dachboden herabstieg. Sophie war starr vor Angst und betete inständig, dass er nicht doch einen Blick in ihr Zimmer warf.

Geh weiter! Geh weiter! Bitte!

Plötzlich war es totenstill. Sie schluckte hart.

Er stand vor ihrer Zimmertür.

Sie wusste es. Sie spürte ihren schnellen Herzschlag bis zum Hals.

Aber dann vernahm sie wieder seine Schritte in den klobigen Springerstiefeln, die sich nach und nach weiter von dem Kinderzimmer entfernten. Die Haustür fiel laut ins Schloss.

Brendan war fort. Nie wieder würde sie in das Gesicht dieses Teufels sehen müssen. Auf Zehenspitzen verließ sie das Zimmer, der Rucksack über ihrer Schulter, und betrat Mrs Scarboroughs Schlafzimmer, das nach abgestandener Luft roch und sich mit dem Gestank von Nagetieren vermischte. Ein Geruch wie in einem Tiergehege.

Sophie hoffte, Geld zu finden. Irgendwo musste die Alte das Unterhaltsgeld horten, das sie sich am Anfang jeden Monats bei der Bank in bar auszahlen ließ.

Vorsichtig sah sie sich in dem von dicken Kordvorhängen verdunkelten Raum um. Zuerst durchsuchte sie die Schublade des Nachtschranks, fand aber nur eine Vielzahl an Medikamentendosen und einen Vibrator.

Ihr Blick huschte zu dem Frisiertisch, der ewig nicht mehr als solcher benutzt worden war, sondern nur noch als Ablage ungeöffneter Rechnungen, Unterhosen und leerer, uralter Parfümflaschen diente.

In der Schublade unterhalb des Spiegels fand sie endlich, wonach sie gesucht hatte. Dutzende Geldscheine stapelten sich darin, und sie beschloss, alles in ihren Rucksack zu stopfen. Sie zählte das Geld nicht, aber es mussten mehr als dreihundert Pfund sein, und sie kam nicht umher, genugtuend zu grinsen.

Sie durfte keine Zeit verlieren, aber als sie sich gerade umdrehen wollte, fiel ihr noch etwas anderes auf.

Auf der Ablage des Frisiertischs fand ihr Blick einen Stapel dünner Mappen. Auf der ersten stand mit krakeliger Handschrift *Jennifer Walther* geschrieben. Auf der darunterliegenden *Lisa Hamilton* und dann las Sophie ihren Namen.

Hektisch öffnete sie die Akte und fand dort eine Vereinbarungserklärung zur Pflegschaft, die von der Sozialarbeiterin Miss Lewis und Mrs Scarborough unterzeichnet worden war. Ebenso lag eine Abschrift des psychologischen Gutachtens sowie eine Kopie ihrer Geburtsurkunde bei. Wehmütig strich sie mit den Fingerspitzen über den mit Schreibmaschine getippten Namen ihrer Mummy.

Luisa Parker – geboren am 10. April 1966 in Liverpool

Nachtrag: verstorben am 21./22. November 1987 ebenda

Vater: unbekannt.

Sophie atmete beengt.

Sie steckte ihre Akte, der einzige Beweis ihrer Existenz, ebenfalls in den Rucksack, verließ dann das Schlafzimmer und schlich die

Treppe ins Erdgeschoss hinunter. Sie hörte die wirren und lauten Klänge eines Cartoons und blickte durch den Türspalt ins Wohnzimmer.

Mrs Scarborough lag schlafend und mit weit geöffnetem Mund in ihrem Sessel. Die Kinder saßen auf dem versifften Teppichboden und verfolgten mit großen Augen die Verfolgungsjagd zwischen Tom und Jerry.

Sie alle waren noch so klein.

Ein Anflug von Mütterlichkeit ließ Sophie ihre Entscheidung überdenken. Konnte sie die Kleinen einfach hier zurücklassen?

Sie ahnte, dass Lisa und Jenny bald dasselbe Schicksal ereilen würde wie sie. Auch an ihnen würde Brendan sich vergehen, wenn er es nicht bereits schon getan hatte. Und die Jungs waren in den vergangenen Monaten immer frecher und gemeiner geworden, weil Brendan für sie eine unfreiwillige Vorbildfunktion eingenommen hatte.

Nein, beschloss sie. *Hau ab! Sofort!*

Sophie rannte die Enid Street hinunter, als ginge es um Leben und Tod, immer mit der Angst im Nacken, doch noch von Mrs Scarborough oder Brendan eingeholt zu werden. Sobald sie begriffen hätten, dass sie abgehauen war und das Geld gestohlen hatte, würden sie die Fürsorge und die Polizei einschalten. Sie musste also sobald wie möglich die Stadt verlassen.

Der Wind peitschte ihr erbarmungslos ins Gesicht.

So schnell wie sie nur konnte, sprintete sie entlang der viel befahrenen Windsor Street zur nächsten Busstation, wartete dort ungeduldig auf die Linie 27, die drei Minuten später vor ihr hielt und in die sie atemlos einstieg.

Als sie sich auf einen der hinteren Sitzreihen niederließ, blickte sie nervös aus dem Fenster.

Konnte sie irgendwo eine aufgebrachte Mrs Scarborough entdecken?

Nein.

Sie richtete den Blick nach vorn, wollte sich nicht mehr umschauen, wollte nie wieder das Viertel sehen, in dem man ihr so viel Leid angetan hatte. Niemals würde sie an diesen Ort zurückkehren, eher würde sie sich das Leben nehmen.

Um sich selbst zu beruhigen, summte sie *Go Your Own Way* von Fleetwood Mac vor sich hin.

Immer und immer wieder.

Der Bus brachte sie bis zum Bahnhof in der Lime Street. Sie löste ein Ticket in Richtung Manchester.

Noch lange während der Fahrt zitterte sie am ganzen Leib.

Eine Stunde später erreichte sie Manchester. Endstation. Sie stieg aus.

Ziellos wanderte sie in der Bahnhofshalle umher, quetschte sich durch die geschäftigen Menschenmassen. Es war Rush Hour. Niemand beachtete sie, aber dennoch fühlte sie sich verfolgt, was vollkommen unwahrscheinlich war. Aber sie war felsenfest davon überzeugt, dass Mrs Scarborough längst über Sophies Verschwinden im Bilde war.

Manchester lag noch zu nah an Liverpool.

Auf der Anzeigentafel suchte sie nach einem Ziel.

Wo wäre sie sicher?

Wäre sie überhaupt irgendwo auf der Welt in Sicherheit?

Ihre Wahl fiel auf Birmingham, auch wenn sie nicht wusste, wie weit diese Stadt von ihrem Fluchtort entfernt lag, doch noch in dieser Sekunde entschied sie, sich bis nach London durchzuschlagen. Eine Metropole, in der sie für eine lange Zeit untertauchen konnte.

Auf dem Weg zum Bahngleis erblickte sie eine Telefonzelle, an der sie erst vorbeiging, dann aber wie angewurzelt stehen blieb.

Sie hatte Jenny, Lisa und die Jungs zurückgelassen.

Sie hatte sie einfach zurückgelassen.

Wenn sie jetzt nichts unternahm, würde sie sich das niemals verzeihen können. An einem Kiosk kaufte sie eine Flasche Wasser, damit sie Kleingeld für ein Telefonat hatte.

Aus dem Rucksack zog sie die Akte der Fürsorge. An der Vereinbarungserklärung haftete die Visitenkarte der Sozialarbeiterin Miss Lewis, die Sophie noch aus ihrer Zeit im Heim kannte und die immer sehr bemüht schien. Sie wählte die Nummer und wartete unruhig auf ein Freizeichen. Sie hatte nur wenige Minuten, dann musste sie in dem Zug Richtung Birmingham sitzen.

Es dauerte eine Ewigkeit, bis die Frau abhob.

»Miss Lewis«, rief sie hektisch in den Hörer. »Ich bin es. Sophie. Sophie Parker. Erinnern Sie sich noch an mich?«

Stille.

»Sophie? Aber natürlich erinnere ich mich an dich.« Eine kurze Pause trat ein. »Ist etwas geschehen? Geht es dir gut?«

Bei diesen Worten flossen die Tränen unaufhaltsam über ihre Wangen und sie wimmerte. »Nein. Ich meine ja, aber …«

»Warum weinst du? Bitte sag mir, was los ist.«

Sophie schloss kurz die Augen, versuchte, sich zu fangen. »Miss Lewis, ich bin abgehauen.«

»Du bist *was*?«

»Ich kann nicht mehr zu Mrs Scarborough zurück. Nie wieder. Sie ist ein Monster und ihr Sohn ist noch viel schlimmer. Sie müssen die anderen Kinder da rausholen, Miss Lewis. Noch heute. Bitte. Bitte. Bitte.«

»Ja, aber …«

Sophie legte den Hörer auf.

Daraufhin bewegte sie sich mit verheulten Augen zu ihrem Bahngleis.

You can go your own way. You can call it another lonely day.

Immer und immer wieder.

Und dennoch hatte sich Brendans Gesicht für immer in ihre Gedanken gebrannt.

***

Wieder zurück in Canterbury

Was ist passiert?, fragte sich Sophie, als um sie herum ein fürchterlicher Tumult herrschte.

Sie sah Willem, der Gavin am Kragen packte, ihn mit Zornesröte und pochender Halsschlagader anstierte, um ihn dann unbarmherzig zu Boden zu schubsen. Fallons Freundinnen schrien auf.

Sowohl George, Robbie als auch Alfie eilten herbei, um den vollkommen wild gewordenen Willem festzuhalten und ihn daran zu hindern, auf Gavin einzuprügeln.

»Ich habe dich gewarnt!«, brüllte er außer sich. »Du sollst die Finger von ihr lassen!«

»Sag mal, hast du den Verstand verloren, Fraser?«, blökte Gavin und rappelte sich auf. »Ich habe nur meine Hand auf ihre Schulter gelegt und dann hat sie wie eine Furie um sich geschlagen.«

»Ist mir scheißegal«, wütete Willem weiter und geriet noch mehr in Rage, versuchte, sich aus dem Griff seines Vaters und seiner Freunde zu befreien.

Sophie drückte sich fassungslos in die Rückenlehne des Sofas, ihr gesamter Körper war wie erstarrt.

»Schluss jetzt!«, schrie George. »Willem, du wirst dich auf der Stelle beruhigen. Was ist denn in dich gefahren?«

Sophies und Willems Blicke trafen sich, und nachdem er mehrmals deutlich ein- und ausatmete, erschlaffte seine brettsteife Haltung.

»Schon gut«, raunte er außer Atem. »Ich will, dass Gavin dieses Haus verlässt. Auf der Stelle, sonst garantiere ich für nichts.«

Tante Lou stellte sich zwischen die Streithähne und sah den Nachbarssohn mit böse funkelnden Augen an.

»Du solltest jetzt besser verschwinden, Gavin.«

»Nichts lieber als das!«, zürnte er und sein finsterer Blick wanderte von Willem zu Sophie. »Du bist doch geisteskrank, du wahnsinnige Hex…«

»Raus jetzt!«, donnerte George, bevor Gavin auch nur ein weiteres Wort verlieren konnte. »So ein Verhalten dulde ich in meinem Haus nicht.«

»Es ist also in Ordnung, dass Willem vollkommen grundlos auf mich losgeht?«

»Grundlos? Bestimmt nicht«, mischte sich jetzt auch noch Alfie ein.

»Halt die Fresse, du Affe«, beleidigte Gavin ihn, was nun Grund genug für George war, um ihn am Stoff seines Hemdes in Richtung Tür zu schleppen.

Sophie hatte bislang keinen Mucks von sich gegeben. Nicht nur, dass ihr Herz bis zum Anschlag raste, sie sich weiterhin aus ihrem Flashback in die Realität zurückkämpfte, jetzt überkam sie auch große Scham. Als sie Gavins Hand auf ihrer Schulter verspürt hatte und er dann auch noch mit der anderen am Saum ihres Rocks herumgespielt hatte, hatte sie die Nerven verloren. Ihr war durchaus bewusst, wie überempfindlich sie auf ihn reagiert hatte.

Als die Haustür zuschlug, waren alle Augen auf sie gerichtet und sie hätte sich am liebsten in Luft aufgelöst. Willem ließ den Kopf hängen und Robbie klopfte ihm brüderlich auf die Schulter.

»Mach dir keine Gedanken, Will. Der Typ war schon immer ein Riesenarschloch.«

Willem nickte und seufzte. »Kannst du dir vorstellen, was morgen hier los sein wird, wenn Frank und Dolores davon erfahren?«

»Dann werden wir ihnen sagen, was vorgefallen ist«, sagte Tante Lou, die über Marahs Haar streichelte. Das Mädchen schien ebenfalls aufgelöst zu sein, wand sich in ihrem Rollstuhl und gab etwas von sich, das wie ein Weinen klang. »Schon in Ordnung, Süße. Es ist nichts passiert.«

Alfie stand vor Sophie, die versuchte, ihre Tränen des Schams zu unterdrücken.

»Was ist denn genau vorgefallen? Du hast vollkommen hysterisch um dich geschlagen. Und wer zur Hölle ist Brendan?«

O Gott, hatte sie etwa seinen Namen gebrüllt?

Sie blieb ihm eine Antwort schuldig, sodass er ihr nach einem Moment des Wartens den Rücken zudrehte, und als sie aufschaute, sah sie, dass Willem sie anstarrte. In seinen Augen tanzten hunderttausend Fragezeichen. Kleinmütig schaute sie auf ihre Finger, die verkrampft ineinander verheddert schienen, verschwitzt, aber eiskalt waren.

Tante Lou drehte die Musik wieder auf. Auch der Rest der Weihnachtsgesellschaft versuchte, an den Punkt zurückzukehren, an dem sie unterbrochen worden waren, als Sophie wie eine *vollkommen Durchgedrehte* die Party gesprengt hatte. Es war genau das eingetroffen, wovor sie sich gefürchtet hatte, bevor sie das Haus der Fraser betreten hatte. Sie hatte sich bis auf die Knochen blamiert.

Peinlich, peinlich, peinlich!

Es gab nur einen Ausweg aus dieser Lage: um Verzeihung bitten, aufstehen, abhauen.

Doch dazu kam sie nicht, denn Willem setzte sich neben sie auf das Sofa.

»Bevor du dich jetzt für etwas entschuldigst, wofür es nichts zu entschuldigen gibt, möchte ich, dass du weißt, dass hier niemand wütend auf dich ist. Verstanden? Und, NEIN, du wirst dich deshalb nicht verabschieden. Der Tag war viel zu schön, um so zu enden. Vergessen wir das einfach.«

Sophie hätte sich nur zu gern seinem Wunsch widersetzt, aber … aber wenn sie jetzt dieses Haus verlassen würde, gäbe es keinen Weg mehr zurück. Nie wieder würden die Frasers sie hierher einladen und die Freundschaft zu Willem würde für alle Zeiten der Vergangenheit angehören. Sie wusste jedoch auch, dass sie ihm eine Erklärung schuldete. Wie sollte sie ihm darlegen, dass sie ihn schon in einem solch grundlegenden Punkt wie ihrem Alter belogen hatte? Das war schlimm genug, doch wie sollte sie ihm von ihrem Leben in dem Haus der Scarboroughs erzählen, wenn sie dafür selbst keine Worte fand?

Die Hölle ließ sich nicht in schöne Worte verpacken.

»Willem, kann ich dich mal unter vier Augen sprechen?«, fragte sein Vater und er drehte den Kopf zu ihm, nickte dann gehorsam, sah sie anschließend wieder ernsten Blickes an.

»Bitte sei noch hier, wenn ich zurückkehre.« Sie schwieg, deshalb fügte er hinzu: »Versprochen?«

Sie nickte. »Versprochen.«

No More Broken Hearts

Canterbury, später

George war mit ihm in die Küche verschwunden. »Sollen wir den Abwasch erledigen?«

»Klar«, erwiderte Willem, auch wenn er keinerlei Lust dazu hatte, sich dem Geschirrberg zu widmen, und noch weniger auf das damit einhergehende Krisengespräch. »Ich ahne, was du sagen willst. Dass ich Gavin angegangen bin, tut mir *nicht* leid, damit die Fronten schon einmal geklärt sind.«

»Mir tut es auch nicht leid«, sagte sein Vater überraschenderweise. »Dennoch können wir nicht ignorieren, was zu dieser unleidlichen Situation geführt hat.«

»Nein, das können wir nicht«, gab Willem trübsinnig zu, ließ heißes Wasser in die Spüle ein, begann daraufhin, eine Pfanne mit einem Schwamm vom Bratenfett zu befreien, während George die Spülmaschine mit dreckigen Tellern und Besteck belud.

»Ich werde mit Sophie über den Vorfall sprechen. Ich war gerade dabei, als du mich um dieses Gespräch gebeten hast.«

»Wir sind uns aber doch einig, dass irgendetwas mit diesem Mädchen nicht stimmt, oder?«

Ja, darin waren sie sich wohl einig.

»Sie hat sich eben gegen Gavin gewehrt. Daran finde ich nichts fragwürdig.«

»Nein. Daran ist nichts fragwürdig, jedoch das *wie*. Im Gegensatz zu dir habe ich das Geschehene beobachtet, und du weißt, ich bin gegen jede Art von Gewalt und sexueller Belästigung, aber Gavin hat wirklich nur seine Hand auf ihre Schulter gelegt. Für manche ist das bestimmt grenzwertig, rechtfertigt allerdings nicht diesen hysterischen Anfall. Gib mir mal aus dem Unterschrank ein Spültab.« Willem ging in die Hocke, kramte nach dem Tab und reichte ihn seinem Vater. »Verstehe mich nicht falsch, ich mag das Mädchen, aber …«

»Aber, was?«

George schloss die Tür der Spülmaschine, stellte sie an, rieb sich dann die Schläfe, als hätte er Kopfschmerzen. Ein Augenblick verstrich.

»Ich denke, Sophie braucht Hilfe. Nur sie selbst weiß, was sie bislang durchgemacht hat, und ich bin mir nicht sicher, ob du dem gewachsen bist.«

»Was soll das heißen?«, fragte er pikiert.

»Ich will mich nicht streiten.«

»Wir streiten nicht«, sagte er, in dem Wissen, dass sie immer stritten.

»Jemand wie Sophie braucht einen Menschen an ihrer Seite, der bereit ist, mit ihr die Vergangenheit aufzuarbeiten. Einen, der nicht nebenbei mit anderen Frauen zusammen ist oder in der nächsten Woche mit einer Neuen um die Ecke rauscht.«

»Sag mal, hältst du mich für einen oberflächlichen Schwerenöter?«, fragte Willem mit stinkigem Unterton.

»Um ehrlich zu sein, ja. Junge, in den meisten Lebenslagen bist du ein verantwortungsvoller, mitfühlender Mann, der sich aufopferungsvoll um seine kleine Schwester kümmert und der genau weiß, was er beruflich erreichen will. Doch wenn es um Frauen geht, rennst du kopflos durch die Weltgeschichte. Priya ist nur eine kurze Episode. Du weißt das, ich weiß das. Du hast sie nach einer Ewigkeit erobert und allmählich langweilst du dich mit ihr. Ist doch so, oder nicht?«

»Ist nicht so!«, antwortete er mit einem Maulen, auch wenn sein Vater ins Schwarze getroffen hatte.

»Gut«, sagte George, was so viel bedeutete wie: *Mach dir nur weiter was vor.* »Ich will auf etwas hinaus.«

»Dachte ich mir.«

»Werde dir mal klar, was du eigentlich willst. Du wiederholst gebetsmühlenartig, dass Sophie nur eine Freundin ist. Wenn dem so ist, dann sei ihr ein guter Freund, aber spiel nicht mit einem labilen Menschen. Das ist gefährlich. Sie ist sehr in dich verliebt, und wenn dir das nicht aufgefallen ist, bist du ein riesengroßer Blödmann. Du sprichst die ganze Zeit davon, in die große Welt hinausgehen zu wollen, um ein berühmter Schauspieler zu werden. Jemand wie sie braucht eine gewisse Stabilität, die du ihr niemals geben könntest. Wir beide wissen nur zu gut, dass du dem Mädchen das Herz brechen wirst. Nicht mit Absicht, doch du wirst es tun.«

»Ich danke dir für dein grenzenloses Vertrauen in mich. Du tust so, als würde ich sie morgen vor den Traualtar schleppen.«

»Jetzt komm schon, Willem! Ich möchte dir nur erklären, dass ein solches Verhalten nun einmal Konsequenzen nach sich zieht, solltest du deine Finger nicht von ihr lassen können. Du bist keine vierzehn mehr. Du weißt absolut nichts über Sophie. Was gerade vorgefallen ist, besorgt mich. Ich finde …« Er hob den Kopf und sah seinen Sohn mit eindringlichen Augen an. »Ich finde, du solltest diese Freundschaft, oder was auch immer das ist, so schnell wie möglich beenden. Aber wenn du doch mehr für sie empfindest, dann …«

Der Satz blieb unvollendet. Willem sah ihn missbilligend mit heißem Gesicht an.

»Danke für deine weisen Ratschläge. Darf ich fragen, weshalb du dir plötzlich solche Gedanken um mein Liebesleben machst?«

»Ich mache mir immer Gedanken um dich.«

Willem lachte höhnisch, verdrehte die Augen. »Das ist ja ganz was Neues, Dad.«

»Denk über mich, was du willst«, fauchte George. »Suhl dich weiter in deiner trügerischen Gewissheit, ich würde dich nicht lieben und ich würde mir um dich keine Sorgen machen. Das passt natürlich besser zu einem großen Schauspieler, der eines Tages in jedem Interview mit weinerlicher Stimme von seiner traurigen Kindheit erzählen kann.«

Eingeschnappt grunzte Willem. »Du hast sie doch nicht mehr alle.«

»Wag es ja nicht, in diesem Ton mit mir zu sprechen«, drohte George. »Solange du in diesem Haus lebst, überlegst du dir genau, wen du hier in Zukunft anschleppst. Du bist kein Kind mehr, also verhalte dich mal wie ein Erwachsener. Mach, was du willst, vögle, wen du willst, verarsche, wen du willst, aber bring mir diesen Scheiß nicht in das Zuhause deiner Mutter. Verstanden?« Der Zorn verflog genauso schnell, wie er gekommen ist. »Morgen früh wirst du dich bei Gavin entschuldigen – allein schon, um das Verhältnis zu Dolores und Frank nicht zu trüben.«

»Auf gar kein…«

»Willem! Ich diskutiere nicht!«

Er sah seinem Vater nach, als er die Küche verließ und ihn wie einen Idioten stehen ließ.

Marah war zwischen der tanzenden Meute eingeschlafen, und Willem bat Sophie, ihn nach oben zu begleiten, damit er seine Schwester ins Bett legen konnte. Sie verließen das Wohnzimmer und er sah, wie George ihnen mit Argusaugen nachblickte.

Er trug das Mädchen die Treppe hinauf, Sophie dicht hinter ihm, und er fragte sich, ob die Stufen von Monat zu Monat immer mehr wurden. Marah hatte sich nach ihrem Krankenhausaufenthalt im vergangenen Herbst zumindest ein bisschen erholt und allmählich wieder an Gewicht zugenommen, was ein gutes Zeichen war, aber den Transport erschwerte. Ihr Kopf ruhte an seiner Schulter. Sie war so von diesem Tag erschöpft, dass sie nicht einmal die Augen öffnete.

»Soll ich das Licht einschalten«, fragte Sophie leise.

»Nein, nein.« Mit dem Fuß stieß er die Tür zu dem dunklen Kinderzimmer auf und legte Marah in ihr Bett.

Mit dem Handrücken strich er ihr über die Wange, die etwas erhitzt war. Auf dem Regal tastete er nach dem Fieberthermometer und schob es ihr vorsichtig in den Mund, wartete und hielt es gegen den Lichtschein, der aus dem Flur in den Raum hineinschien.

»Leichtes Fieber.«

»Ist das besorgniserregend?«

»Noch nicht. Das kann morgen anders aussehen.«

»Das tut mir sehr leid. Muss schwer für euch sein, immer in dieser Angst zu leben.«

Er schluckte hart. »Ja, das ist es. Manchmal verlasse ich dieses Zimmer, drehe mich zu ihr um und dann kommt dieser furchtbare Gedanke, dass es vielleicht das letzte Mal sein könnte, sie lebend zu sehen. Gewaltsam versuche ich dann immer, diese Sorge im Keim zu ersticken, aber inzwischen holt sie mich auch nachts ein. Ich wache schweißgebadet auf und warte darauf, dass jeden Moment das Telefon klingelt und mein Dad dran ist, um mir zu sagen, dass ... nun ja, du weißt schon.«

»Das kann ich gut verstehen, diese innere Angst.«

Sophie stand dicht neben ihm und der Lichtstrahl tauchte ihr Haar in ein mattes Gold. Trotz der Dunkelheit sah er ein Aufleuchten in ihren Augen und ihm fiel auf, dass er noch niemandem von dieser Angst und von diesen Albträumen erzählt hatte. Das Gespräch mit George kam ihm in den Sinn.

Möglicherweise hatte er doch recht, die Sache zu beenden, bevor es zu kompliziert werden würde. Auf keinen Fall wollte er Sophie wehtun.

Andererseits fühlte er sich in ihrer Gegenwart wohl. Willem konnte er selbst sein. Vielleicht mochte es egoistisch klingen, doch er wollte nicht, dass sie wieder aus seinem Leben verschwand.

Und ja, wie sie so dastand, dicht an ihm, wünschte er sich in diesem Moment nichts sehnlicher, als sie zu küssen.

Aber wenn er es wagte, würde sie ihn möglicherweise windelweich prügeln.

Ja, er wusste kaum etwas über Sophie.

Es wurde Zeit, das zu ändern.

Und es wurde Zeit, seinem Vater zu beweisen, dass er sich in ihm irrte, weil er eben nicht dieser kopflose Schürzenjäger war, sondern durchaus in der Lage war, ein verantwortliches und umsichtiges Leben zu führen.

»Sophie?«

»Ja.«

»Vollkommen egal, wie der heutige Tag ausgegangen ist, ich habe es sehr genossen, dass du heute hier warst. Ganz im Ernst.«

Er roch ihren zarten Duft, den er versuchte, einer Farbe zuzuordnen. Vielleicht war es eine undefinierbare Tönung aus mehreren Komponenten, so wie Sophie eben auch war. Allerdings wirkte sie immer so zerbrechlich und irgendwie unschuldig, sodass er sich für Weiß entschied – puderweiß.

»Ich habe den Tag auch genossen.« Sie senkte den Blick und schien jetzt sehr traurig. »Um ehrlich zu sein, Willem, hätte ich noch gestern nicht damit gerechnet. Kurz bevor du am Pub aufgekreuzt bist, stand ich heulend vor dem Spülbecken, weil ich mich so einsam gefühlt habe.«

Behutsam tastete er nach ihrer Hand, fand sie und streichelte sie.

»So etwas will ich nie wieder hören, Sophie. Ich will nicht, dass du dich auch nur einen Tag alleingelassen fühlst. Du hast jetzt mich.« Er grinste. »Wir haben jetzt uns. Hör zu, wenn es dir nicht gutgeht, dann ruf mich an, ich werde da sein.«

»Auch wenn du in Hollywood bist und einen Steven-Spielberg-Film drehst?«, fragte sie mit einem Kichern.

»Selbst wenn ich in der vordersten Reihe bei der Oscar-Verleihung sitze und gerade mein Name verkündet wird.«

»Ich nehme dich beim Wort. Und ich werde sofort jedes Biertablett fallen lassen, wenn du mich brauchst.«

Sie wussten, dass es vermutlich nicht immer möglich sein würde, dieses Versprechen einzuhalten, aber er meinte es ehrlich. Sie blickten jetzt beide auf die schlafende Marah und er seufzte leise.

Ihre Hand lag weiterhin in seiner und er drückte sie leicht.

»Lass uns das immer so machen.«

»Was?«, fragte sie.

»Wir werden jedes Weihnachtsfest zusammen verbringen, bis wir gemeinsam in irgendeinem Altenheim vor uns her vegetieren.«

Willem vernahm ein leises Lachen.

»Okay.«

»Also abgemacht?«

»Abgemacht.« Sie schwieg einen Moment. »Ich bin mal gespannt, was all deine Ehefrauen dazu sagen werden, wenn ich am Weihnachtstag eure todschicken Häuser betrete, das Weihnachtsessen vorbereite und mit euch an einem Tisch sitze, während eure verzogenen Kinder wie Häckselmaschinen ein Geschenk nach dem anderen aufreißen.«

»Hey!«, protestierte er. »*Ehefrauen*?«

»Ja, Ehefrauen. Jedes Jahr eine andere, der wir unsere seltsame Beziehung erklären müssen.«

»Was ist daran seltsam?«

»Niemand wird uns abkaufen, dass wir wirklich nur Freunde sind.«

Er presste die Lippen zusammen. »Werden wir das denn sein? Nur Freunde?«

Sie stieß ihm leicht in die Rippen, und dann sagte sie etwas, dass sie offenbar todernst meinte: »Ja, nur das.« Jetzt sah sie zu ihm auf, und er glaubte, einen Tränenschimmer in ihren Augen zu erkennen. »Willem, ich kann dir nicht mehr geben als das.«

Er stockte, holte tief Luft und sagte: »Ich würde auch nie etwas von dir verlangen, das du nicht willst.«

Sophie nickte. »Ich weiß.«

Sie schmiegte ihren Kopf an seine Schulter und es fühlte sich wundervoll vertraut an. Auch wenn das, was sie gerade gesagt hatte, auf vieles hindeutete, was vermutlich mit ihrer Vergangenheit zusammenhing (*o Hilfe, bitte lass es kein Kindesmissbrauch sein*), verspürte er Optimismus.

Vielleicht hatte er ganz zufällig und unerwartet einen Menschen gefunden, der bis an sein Lebensende an seiner Seite sein würde. Eine schöne, wenn auch bittersüße Vorstellung.

Hatte es das jemals schon einmal gegeben? Ein Mann und eine Frau, bis zum Schluss in tiefster Freundschaft verbunden?

Warum nicht?

»Sophie?«

»Ja, Willem?«

»Vielleicht nicht heute, vielleicht nicht morgen, vielleicht nicht in fünf Jahren, aber möglicherweise findest du irgendwann einmal das Vertrauen, mir zu erzählen, was dir zugestoßen ist.«

Nach einer ewigen Stille antwortete sie ihm mit sehr leiser Stimme.

»Ja.«

***

Fünf Tage später.

Mit einem Ruck wachte Sophie auf, warf erst einen, dann einen zweiten Blick auf ihren Radiowecker, während das Telefon lautstark durch den sonst so stillen Raum schellte.

23:58 Uhr. Wer in Gottes Namen rief sie um diese Uhrzeit an? Sie stieg aus ihrem warmen Bett, huschte mit nackten Füßen über den kalten Fußboden und nahm den Hörer ab.

»Hallo?« Sie vernahm Musik und lautes Gelächter.

»Sophie? Hallo? Hab ich dich etwa geweckt?«

»Hallo, Willem. Nein, nein. Ich dachte, du bist bei Priya in der Schweiz?«

»Bin ich auch, aber ... Warte, ich versuche, mit dem Telefon etwas von dem Trubel wegzugehen, wenn das Kabel reicht. Wir feiern hier im Hotel eine kleine Privatparty. Verstehst du mich jetzt besser?«

»Ja. Viel besser. Ist alles okay, Willem?«

»Ja, mir geht es gut. Ich dachte nur ... Warte ... warte noch einen Moment ... Fünf, vier, drei, zwei, eins ... Frohes neues Jahr, Sophie.«

Mit einem Lächeln schloss sie die Augen und durch die Leitung hörte sie den Gesang zu *Auld Lang Syne*.

»Frohes neues Jahr, Willem. Warum rufst du mich an?«, fragte sie so gerührt, dass sie beinahe angefangen hätte zu heulen. »Du solltest bei den anderen sein und mit ihnen anstoßen.«

»Ja, das sollte ich vielleicht. Aber ich musste an dich denken.«

Durch das Fenster ihres Pensionszimmers leuchteten die bunten Lichter der Silvesterfeuerwerke. »Das ist wirklich süß von dir. Ich hoffe, du und Priya habt viel Spaß in den Bergen.«

Stille.

»Ja.« Wieder Schweigen. »Wäre schön gewesen, wenn du auch hier wärst. Du würdest es hier bestimmt lieben.«

»Irgendwann einmal.«

»Irgendwann einmal«, wiederholte er.

»Lieb, dass du angerufen hast. Das bedeutet mir sehr viel«, flüsterte sie. »So, und jetzt geh zurück zu deiner Party und grüße Priya von mir.«

»Das mache ich. Sophie?«

»Ja?«

»1997 warst du das Beste.«

Part Four

The Path Of Dreams

Canterbury
-Autumn-

1998

You're So Vain

Canterbury, Ende August 1998

»Dieser blöde Arsch!«, polterte Priya. »Noch so'n Duo, bitte.«

Sophie zapfte für sie das inzwischen dritte Bier und schenkte den vierten Gin ein – innerhalb kürzester Zeit.

»Schon die fünfte Schickse nach mir. Dieser Penner. Alle haben mich gewarnt: Lass bloß die Finger von Willem Fraser. Er ist ein Weiberheld. Er ist ein notorischer Fremdgeher. Er wird dich zwei oder dreimal vögeln und dann verliert er das Interesse, weil ihn alle Frauen nach ein paar Wochen langweilen. Warum habe ich mich nur auf diesen Typen eingelassen? Ich bin gut aussehend, oder nicht? Ich bin Medizinstudentin. Ich bin alles andere als langweilig. Und gerade sehe ich ihn zufällig mit irgendeiner nichtssagenden Tussi auf seinem Beifahrersitz. Vermutlich wieder eine beschissene RADA-Kommilitonin.« Sie äffte ihn nach. »*Oh, schaut her, ich bin an der Royal Academy. Ich bin der allergrößte Schauspieler mit dem allergrößten Schwanz in der Hose.* Jetzt kann er den lieben langen Tag durch das verdammte West End scharwenzeln und hirnamputierten Weibern mit seinen blöden Shakespeare-Zitaten den Kopf verdrehen – sofern sie einen haben. *Die ganze Welt ist eine Bühne und alle Frauen und Männer bloß Spieler.* Oh, ich könnt mich übergeben.«

Sophie schmunzelte und stellte ihr das Bier und den Gin vor die Nase.

Sie selbst konnte es noch gar nicht richtig glauben, aber sie hatte sich in den vergangenen Monaten tatsächlich mit der bereits lallenden Priya angefreundete.

Es war einfach so passiert, obwohl sie wusste, dass Willems Exfreundin primär jemanden gesucht hatte, bei dem sie sich ausheulen konnte.

An diesem frühen Abend war wenig Betrieb im Pub und Aunt Belle lag mit einer Migräne im Bett, sodass sie den Laden allein schmiss. Das kam in letzter Zeit häufiger vor und sie sorgte sich um die Frau, die mehr und mehr an Energie verlor.

Hoffentlich war Aunt Belle nicht ernsthaft krank.

Sophie mochte sich gar nicht vorstellen, sie zu verlieren. Vollkommen egal, wie kauzig und schlecht gelaunt sie oftmals war, war Belle für sie inzwischen wie eine Großmutter, die sie umsorgte und anders herum.

»Er ist dir nicht fremdgegangen«, insistierte sie, auch wenn sie dafür nicht ihre Hand ins Feuer legen würde.

»Klar, dass du ihn wieder verteidigst. Wie immer. Woher willst du das wissen?«

Sophie verschränkte die Arme vor der Brust. Dieses Thema hatten sie schon Dutzende Male durchgekaut.

»Er hat es mir versichert. Glaube mir, ihm ist es nicht leichtgefallen, mit dir Schluss zu machen.«

»Pah! Dass ich nicht lache. Am Ende erfahre ich, dass auch du mit ihm in der Kiste warst, während er dir sein unsagbares Leid kundgetan hat.«

»Du weißt, das ist Unsinn.«

Priya hob das Glas an die Lippen und sah Sophie verstohlen an. »Ja, ich weiß. Sorry, Süße.« Sie trank einen Schluck und ließ das Bier wieder auf die Theke knallen. »Obwohl ich manchmal ganz schön eifersüchtig auf dich war.«

»Dafür gibt es keinen Grund. Willem hat keinerlei Interesse an mir.« Sie machte eine lange Pause. »Und ich nicht an ihm.«

»Trotzdem hat er während unserer – wie soll ich es nennen – unserer beschissenen Episode ständig von dir gesprochen oder telefonierte stundenlang mit dir. Sogar an Silvester hing er an der Strippe, um *dir* ein frohes Neues zu wünschen, anstatt in *meinen* Armen zu liegen.«

»Priya, wir sind nun einmal gute Freunde.«

Und das waren Willem und sie wirklich. Kaum zu glauben, dass inzwischen ein Jahr vergangen war, seit Sophie hier in dieser Stadt gestrandet war. Ihr ganzes Leben unterschied sich mittlerweile maßgeblich von dem, das sie vorher geführt hatte. Sie hatte einen Job, sie war umgeben von Freunden und ab September würde sie an der Canterbury School ihren Abschluss nachholen, um sich dann auf das College vorzubereiten. Sogar Alfie konnte sich inzwischen für sie erwärmen, paukte mit ihr in Willems Zimmer Mathematik und Chemie für den Einschreibungstest, während Willem die Fächer Englisch und Geschichte übernahm.

»Es tut mir leid, dass du das Gefühl hattest, Willem würde mehr Zeit mit mir verbringen wollen. Das war nicht unsere Absicht.«

Niedergeschlagen schloss Priya die Lider und Sophie war von diesen elendslangen Wimpern fasziniert. Wie konnte Willem einer solchen Traumfrau den Laufpass geben? Den wirklichen Grund hatte er ihr in all den vielen Gesprächen nie offenbart. Vermutlich wusste er es selbst nicht.

»Ich weiß, Sophie. Ist auch nicht deine Schuld gewesen. Irgendwie hatte ich schon während unseres Skiurlaubs den Eindruck, dass seine Gefühle zu mir komplett erloschen waren. Wir haben nur ein einziges Mal miteinander geschlafen. Kannst du dir das vorstellen?«

Sobald jemand von Sex sprach, fühlte sich Sophie unangenehm berührt. Erst recht, wenn es um Willem ging. *Lalalalala.*

»Wir waren an dem wohl romantischsten Ort der Welt. Verschneite Berge, Kaminfeuer, Unmengen Champagner – nichts davon hat ihn aus seinem Schneckenhaus gelockt. Und jetzt bumst er einfach alles, was einen Puls hat. Oh, dieser Mistkerl!« Auf einmal wich die Wut in ihrem Gesicht und machte einem sardonisches Grinsen Platz. »Manchmal wünsche ich mir, er würde versehentlich eine seiner Bettgespielinnen schwängern.«

»Priya!«

Was für ein furchtbarer Spruch, doch Sophie wusste, dass der Alkohol aus ihr sprach.

Sie stellte sich einen Anruf von ihm vor: *Hey Sophie, ich werde Vater.* Sie wäre am Boden zerstört.

Priyas Lächeln gefror.

Wie in Trance setzte sie das Bierglas ab.

»Das kann nicht sein verdammter Ernst sein?«

Sophie drehte sich um. Willem war gerade in den Pub gekommen, und sie strahlte, als sich ihre Blicke begegneten, bis auch sie sah, wen er im Schlepptau hatte. Neben ihm stolzierte eine dunkelhaarige Schönheit mit einem giraffenartig-langen Hals und einem breiten scharlachroten Mund, der sich kritisch verzog, als sie den Pub inspizieren. Ihre schweren Augenlider flatterten eigenartig, als wäre sie zugedröhnt – was sie wahrscheinlich auch war. An ihren Ohren baumelten rote Smaragdohrringe, die vermutlich nicht echt waren. Ihr üppiger Busen war in ein enges weißes Shirt gepresst und die Jeanshose endete unterhalb ihres Hüftknochens, damit auch niemandem ihr durchtrainierter Bauch entging. Prompt rollte Sophie mit den Augen.

Willem parkte seine neue Freundin an einem der Nischentische, küsste sie lange und ausgiebig und schlenderte daraufhin wie ein leichtfüßiger Hugh Grant auf die Theke zu.

Sein breites Grinsen verebbte, als er seine Exfreundin entdeckte.

»O«, sagte er wie vom Donner gerührt. »Hey, Priya.«

Sie schenkte ihm einen alles vernichtenden Blick, verzog den Mund, hob das Bierglas und grummelte. »Fraser? Wohl nichts los in West-End-Popp-City, was?«

»Lass gut sein«, flüsterte Sophie ihr zu. »Bringt doch nichts.«

Priya schüttelte angesäuert den Kopf und kramte in ihrer Handtasche, zückte ihr Portemonnaie und beglich die Rechnung.

Willem verharrte an Ort und Stelle wie ein schuldbewusster Dackel, vergrub die Hände in der Hosentasche und starrte auf den Boden, während Sophie abkassierte. Priya glitt von dem Hocker, sah von ihm zu seiner Neuen, die in dieser Kneipe wirklich fehl am Platz wirkte, dann wieder zu ihm. Lautstark und voller Provokation stimmte sie *You're So Vain* von Carly Simon an.

Sophie konnte nicht verhindern, dass sich ihre neuerdings beste Freundin vollkommen lächerlich machte. Ein Herrenklub, skatspielende Stammgäste, horchte auf und allesamt zogen die Männer irritiert die Augenbrauen hoch. Das war ein absoluter Fremdschäm-Moment. Für alle.

Sophie eilte um die Theke, kam nicht umher, Willem einen vorwurfsvollen Blick zuzuwerfen, und nahm Priyas Hand.

»Komm jetzt!«

»*Warum?* Lass mich!« Sie riss sich von ihr los und brüllte nun den Songtext noch energischer, um Willem den Spiegel seiner Eitelkeit vorzusetzen.

»Hör jetzt auf!«, befahl Sophie eisern und sah sie streng an. »Das ist vollkommen unter deiner Würde.«

Sie erkannte, wie Priya nach diesem Spruch förmlich einknickte und ihr gehorchte. Ihre Lippen verzogen sich zu einer bitteren Grimasse.

»Da hast du absolut recht.« Sie schrie über Sophies Schulter hinweg in Willems Richtung: »Du bist meiner nicht würdig, du elendiger Mistkerl.«

Sie hob die Hand und zeigte ihm den Mittelfinger.

Sophie zerrte sie zur Tür. Priya blieb vor seiner neuen Flamme stehen und grinste sie hämisch an. »Ja, Bitch, mach du nur die Beine breit. Morgen wirst auch du Schnee von gestern sein.«

Die aufgetakelte Frau sah Priya mit angewidertem Gesichtsausdruck an. »Was hast du für ein Problem?«

»*Du* bist mein Problem«, erwiderte sie fauchend.

»So! Abmarsch«, rief Sophie und bugsierte Priya durch die Tür, schloss diese hinter sich, als sie draußen standen. »Sag mal, bist du nicht mehr ganz dicht?«

Aufgelöst drehte Priya sich um die eigene Achse, schwankte dabei leicht und plötzlich fing sie lautstark an, zu lachen. Sie hörte überhaupt nicht mehr auf, doch der Hohngesang endete in einem kläglichen Wimmern.

»O Gott, was habe ich da getan? Scheiße, Sophie!«

»Schon gut«, versuchte sie die Verschmähte zu trösten und umarmte sie.

»Ich hab mich gerade zum Gespött der ganzen Welt gemacht. Was hat mich da geritten?«

»Drei Porter-Bier und vier London Drys.«

Priya lächelte gequält, kniff beschämt die Augen zu und murmelte dann: »Ich hasse London.«

Ein mildes Lächeln glitt über Sophies Lippen. »Geh jetzt nach Hause.«

»Ja. Ich werde mich in mein Bett legen und hoffen, nie wieder aufzuwachen. Ich bin so bescheuert. Mist!«

»Morgen sieht die Welt wieder anders aus.«

»Treffen wir uns morgen zum Lunch? Bitte, Sophie, bitte.«

»Natürlich.«

Als sie den Pub wieder betrat, atmete sie tief ein. Sie konnte Priyas Wut nachvollziehen, auch sie mochte den RADA-Willem nicht unbedingt, der jeden Abend in London die Nacht zum Tag machte, rauchte, trank und sich vermutlich das ein oder andere Näschen Koks gönnte. Er erzählte ihr oft von solchen Eskapaden, und sie war heilfroh, wenn die ersten fünf Minuten des oberflächlichen Geplänkels abgehandelt waren und wieder der nette Cambridge-Willem zum Vorschein kam. Im Gegensatz zu Priya konnte Sophie ihn nicht für sein derzeitiges Verhalten verachten. Marah ging es seit einigen Wochen ziemlich schlecht. Ein Krampfanfall folgte dem nächsten.

Einen solchen, einen wohl sehr schweren, hatte Sophie mitbekommen, und diese furchtbare Situation hing ihr noch heute in den Knochen.

Es war ein ganz normaler Sonntagnachmittag gewesen. Robbie, Willem und Sophie spielten im Wohnzimmer der Frasers eine Runde Scrabble, als Marah, die neben ihnen in ihrem Rollstuhl saß, sich aus heiterem Himmel versteifte und ihr zarter Körper eigenartig bebte.

Willem und Robbie sprangen gleichzeitig auf, befreiten das Mädchen vorsichtig aus seinem Rollstuhl, legten es zu Boden und Willem streichelte sanft über die Hand seiner Schwester, um sie zu beruhigen. Robbie hing mit seinem Ohr über Marahs Mund, die Hand lag auf ihrem Brustkorb, um ihre Atmung zu bewachen.

Sophie drückte sich panisch in das Sofakissen, atmete beengt, wagte es nicht, auch nur einen Ton von sich zu geben. Es war schlimm, das mit anzusehen, und es wirkte wie Stunden, doch nach wenigen Minuten ließen die Krämpfe nach. Robbie hob den Daumen hoch, um Willem zu signalisieren, dass es vorüber war. Sophie schloss dankbar die Augen und befahl ihrem Herzen, sich zu entspannen.

Sie setzten Marah wieder behutsam in den Rollstuhl, doch Willems Hand blieb weiterhin auf der seiner Schwester.

»Wer war dran?«, fragte er leise, und Sophie konnte nicht fassen, dass sie jetzt weiterspielten. Allerdings brauchte er wohl diese sofortige Rückkehr zum Normalzustand. Sie erkannte jedoch, wie ange schlagen Willem erschien, seine Haltung war angespannt und seine Finger zitterten noch lange.

Dann hatte sie etwas getan, was sie zuvor noch nie gewagt hatte: Sie hatte ihre Hand auf seinen Oberschenkel gelegt und dort liegen gelassen. Nur kurz hatte er sie angesehen und in seinen Augen hatte Furcht gelegen, jedoch hatte er diese Geste anscheinend als jene verstanden, die sie war: *Ich bin bei dir.*

Dass er sich jetzt in London austobte, konnte sie also bedingt nachvollziehen.

Als sie wieder am Tresen angelangt war, schlug sie Willem mit einem Geschirrtuch gegen den Oberarm.

»Weshalb zur Hölle tauchst du hier mit deiner Neuen auf? Du weißt doch, dass Priya ständig an der Theke sitzt und mir deinetwegen die Ohren volljammert.«

»Darf ich jetzt nicht mehr in den Pub kommen, nur weil sie unsere Trennung nicht verarbeiten kann?«

»Doch, aber nicht jedes Wochenende mit einer anderen.«

»Ich wollte, dass du Fermina kennenlernst. Sie ist wirklich großartig, supersexy, und ich bin mir sicher, ihr zwei würdet euch gut verstehen.«

Sophie warf einen Blick auf sie, die mürrisch zu ihnen herüberschaute, dabei aber kaum die Augen aufhalten konnte.

»Was ist das überhaupt für ein Name? *Fermina?*«

»Sie ist Spanierin«, sagte er mit einem stolzen Grinsen, als wäre er selbst für ihre Herkunft verantwortlich. »Ein schöner Name. Fermina bedeutet: die Starke.«

»Hört sich eher an wie 'ne Tamponmarke.«

»Seit wann bist du so zynisch?«

»Ich bin nicht zynisch!«

»Zynisch und gemein.«

»Will, wenn ich mich mit all deinen Freundinnen inklusive ihrer bedeutungsschwangeren Namen anfreunden würde, könnte ich mich irgendwann nicht mehr vor Verflossenen retten, die dir die Pest an den Hals wünschen. Ich müsste eine Selbsthilfegruppe eröffnen: den Fraser-Hate-Club.«

»Ach komm schon, Sophie. Du übertreibst.«

»Nein, das tue ich nicht und du weißt das ganz genau. Ach, und im Übrigen: Sophie bedeutet: die Weise.«

Er zwinkerte und lächelte. »Das weiß ich.«

Verdammt!, schimpfte sie innerlich. Warum war sie nach wie vor in ihn verknallt? Sie hatte so sehr gehofft, dass ihre Gefühle für ihn irgendwann genau so wieder verschwinden würden, wie sie gekommen waren, aber dieser Tag wollte und wollte nicht eintreten.

»Ich muss jetzt arbeiten. Kannst du nicht mit deiner feurigen Chorizo irgendwo anders hingehen?«

Er zog die Augenbrauen hoch und lachte. »Hast du meine Freundin gerade als Wurst beschimpft?«

Sie beugte sich über die Theke zu ihm hinüber. »Du meinst die bekiffte Esmeralda dort drüben, deren Titten fast bis zum Kinn hochgeschnürt sind?«

Willem verengte kritisch die Augen. »Bist du etwa eifersüchtig?«

»Blödsinn!«, protestierte sie – vielleicht ein bisschen zu gewollt. »Mir leuchtet nur nicht ein, wie du jemandem wie Priya den Laufpass geben konntest, um dich mit … mit so etwas zu vergnügen.«

»Ich sag doch, du bist zynisch und gemein geworden.« Seufzend stützte Willem das Kinn auf die Faust. »Ich würde euch gern bekanntmachen.«

»Wozu, Will? Wir beide wissen, dass sie bald Schall und Rauch sein wird. Also *wooozuuu* die Mühe? Bis du mir die nächste Tusse anschleppst, mit noch größeren Brüsten und noch weniger Hirnmasse?«

Willem schwieg, und jetzt hatte Sophie das Gefühl, sich entschuldigen zu müssen.

»Verzeih, ich …« Einer der Stammgäste rief nach ihr und bestellte noch eine Runde. »Ich muss jetzt wirklich arbeiten.«

Enttäuscht nickte er, klopfte zweimal auf das Holz des Tresens, was wie ein Abschied anmutete.

»Sehen wir uns morgen?«, fragte er bedrückt, und in seinem Ausdruck erkannte sie sein wahres Ich – das des netten Cambridge-Willems, das, in das sie sich verliebt hatte. »Vor deiner Schicht? Ich bin nur bis morgen Abend hier.«

»Geht nicht. Ich bin mit Priya zum Lunch verabredet.« Sie ärgerte sich maßlos über dieses Treffen, würde sie doch am liebsten jede freie Minute mit ihm verbringen, wenn er in der Stadt war.

»Gefällt mir irgendwie nicht, dass du dich mit meiner Ex verstehst.«

»Warum nicht? Hast du etwa Angst, wir könnten uns über deine Liebhaberqualitäten das Maul zerreißen?«, fragte sie keck.

»Na, das wäre wohl ein ziemlich einseitiges Gespräch, meinst du nicht?«, konterte er und in seinem Unterton lag etwas Stinkiges. »Was hast du eigentlich mit deinen Haaren gemacht?«

»Ich hab sie ein bisschen aufgehellt«, antwortete sie und strich sich unsicher durch die langen Strähnen. »Warum?«

»Noch blonder und du siehst aus wie Pamela Anderson – nur ohne Brüste.«

Während sie ein Bier zapfte, schüttelte sie den Kopf. »Wenn du und deine zugedröhnte Knalltüte nichts konsumieren wollt, dann geht jetzt.«

»Bist du sauer auf mich?«

Sie seufzte. »Hin und wieder.«

Er räusperte sich. »Ich mag das Blond. Obwohl ich nicht auf Blondinen stehe.«

»Du schwimmst eben nie mit der Masse«, flötete sie.

»Und ich steh nicht auf Monster-Brüste.«

Sie verzog den Mund, neigte den Kopf zur Seite und ihr Blick huschte zu der Spanierin. »Ach?«

»Jaja, schon gut. Sie hat noch andere Qualitäten.«

»Da wette ich drauf.«

Willem beugte sich zu ihr herüber und gab ihr einen betont kameradschaftlich anmutenden Schmatzer auf die Wange. Das machte er immer, wenn er in Begleitung war, um Eifersuchtsfragen zu vermeiden. Sobald Sophie und er allein waren, küsste er sie zur Begrüßung und zum Abschied auf den Mund.

»Ich bin erst übernächstes Wochenende wieder in Canterbury, und falls du dann keine Zeit für mich hast, kündige ich dir unwiderruflich die Freundschaft«, sagte er mit einem Augenzwinkern. »Du fehlst mir. Wirklich.«

»Natürlich sehen wir uns dann«, antwortete sie sanft. »Wir könnten bei gutem Wetter im Greyfriars Gardens picknicken?«

»Wie romantisch«, witzelte er und lächelte wie ein Schabernack treibender Schuljunge. »Also schön, dann bis übernächste Woche. Ich hol dich um eins ab.«

Und wieder ein Kuss.

Auf den Mund.

Versehentlich.

Finally Awake

London, September 1998

Willem hastete den Flur entlang, wäre auf seinem Weg zum Theatergeschichtskurs beinahe auf dem glatten Parkettboden ausgerutscht.

Er war viel zu spät dran.

Bereits das zweite Mal in dieser Woche.

Er schwitzte immer noch Unmengen Wodka-O's aus, obwohl er das Gift schon nach dem Aufstehen direkt in die Kloschüssel gewürgt hatte.

Peinlich war das gewesen, denn in seinem Bett lag noch Debbie oder Carrie – oder hieß sie Sherrie? Ein schräges Mädel, mit kurzem Zwanzigerjahre-Bob und Laufsteggröße, das ihn als Hünen fast überragte. Gestern Nacht hatte er das Model in einem ziemlich skurrilen, knallbunten Technoschuppen auf der Frith Street aufgegabelt, dabei hasste er dieses affige Herumgehüpfe zu diesem nervtötenden Eurodance-Dr-Alban-Mist. Er hatte Debbie (oder Carrie oder Sherrie) ein paar billig gepanschte Drinks spendiert und nicht lange gefackelt, hatte ihr vorgegaukelt, dass sie die schönste Frau wäre, der er jemals begegnet war, und nachdem sie auf der Tanzfläche ihren Hintern an seinen Schenkeln gerieben hatte, war die Sache geritzt gewesen.

Hier in London lief alles wie geschmiert, und er fragte sich, warum es in Canterbury oder auch in Cambridge oft so schwer gewesen war, ein Mädchen kennenzulernen. Gewiss durfte er sich nicht be schweren, doch der Weg von einem ersten Date bis zur Intimität war gepflastert gewesen von endlosen Unterhaltungen, händchenhaltenden Spaziergängen, Pub-Besuchen, Restaurantbesuchen (teuer) und quälend keuschen Mr-Bean-Filmabenden. In den Clubs in Soho waren viele Frauen nicht auf eine Langzeitbeziehung aus. Sie waren Models, Starlets, Glücksrad-Moderatorinnen oder aufstrebende Kunstgaleristinnen, die schlicht und ergreifend eins wollten: Spaß.

Und sie wollten Willem.

Der Übergang von einem »Hey, wie geht's dir?« oder auch »Kenne ich dich nicht von irgendwo aus dem Fernsehen?« zu »Sollen wir zu dir oder zu mir?« war praktisch nahtlos.

Warum er eine solch magnetische Wirkung auf das weibliche Geschlecht ausübte, konnte er sich nicht erklären. Gut, sobald er ihnen erzählte, an der Royal Academy zu studieren, er seinen elitären Eton-Cambridge-Akzent aus dem Hut zauberte und ihnen bedeutungslose Phrasen um die Ohren warf, ging alles leicht von der Hand. Er selbst hielt sich nicht für einen selbstverliebten Schönling à la Warren Beatty, von dem man behauptete, die Sängerin Carly Simon hätte ihm ihren Schmähsong *You're So Vain* gewidmet.

Immer noch ärgerte Willem Priyas unschöne Soloeinlage, mit der sie *ihm* dieses Lied gewidmet hatte.

Was hätte er denn tun sollen?

Auf ewig bei ihr bleiben, ihr bis zum letzten Atemzug etwas vorgaukeln?

Er liebte sie nicht – nicht mehr.

Mit ihr Schluss zu machen war auch ihm nicht leichtgefallen, und bis heute fragte er sich, was mit ihm nicht stimmte, einem solchen Mädchen den Laufpass zu erteilen. Vielleicht hatte er eine unüberwindbare Bindungsangst oder er war sexsüchtig. Oder beides. Selbst seinem Vater war das ständige Bäumchen-wechsel-dich inzwischen übel aufgestoßen und sogar Sophie sah ihn oftmals mit diesen ver ständnislosen Augen an. Er hasste es, wenn sie ihn auf diese Weise ansah.

Hier in London lebte er in einer Welt, in der er nur von einem Sonnenuntergang bis zum nächsten Sonnenaufgang wirklich wach war – nicht nüchtern, aber wach. Der Tag diente der Katerpflege.

Du verkorkst es!, maulte er über sich selbst, holte tief Luft, betrat dann den Hörsaal.

Alle Augen waren auf ihn gerichtet. Ein hochbegabter, disziplinierter und ehrgeiziger Haufen angehender Schauspielstars. Eine Talentschmiede, in der jeder seine Chance beim Schopfe packte und für jeden RADA-Tag vor Dankbarkeit zu platzen drohte. Sobald die Studenten das Gebäude betraten, gingen sie vor Ehrfurcht fast in die Knie, um den Marmorboden zu küssen, auf dem sie standen.

Willem war gewiss nicht weniger ehrfürchtig, nicht weniger dankbar, doch es gab auch ein Leben außerhalb dieser alten Gemäuer. Reichte es nicht, mit den Kommilitonen jeden Tag nach Unischluss noch viele Stunden im Gemeinschaftsraum des Wohnheims massig Textstellen auswendig zu lernen, die Stimmbänder mit Bach-Arien zu trainieren oder wie John Travolta die Hüften schwingen zu lassen?

Er war zu aufgekratzt, um danach allein in sein Zimmer zu verschwinden und den Tag mit einem frühen Schläfchen zu besiegeln. Er brauchte Ablenkung von seinen Gedanken an Marah, wollte Spaß – nun ja, eben ein ausgelassenes Halligalli nach einem anstrengenden Unitag.

Dass er dieses Halligalli in den letzten Wochen etwas zu exzessiv ausgelebt hatte, war ihm bewusst, und jeden Abend, wenn er eigentlich hundemüde sein Wohnheimzimmer betrat, schwor er sich: *Heute bleibst du mit deinem verdammten Hintern hier.*

Dr Harry Britton, sein Professor, uralt und ein ehemaliger Theaterdramaturg, der seinen Studenten gern und immerfort erzählte, einst mit Arthur Miller befreundet gewesen zu sein, lehnte sich mit dem Hintern gegen das Pult und verschränkte missbilligend die Arme. Willem nickte ihm flüchtig zu, während er sich durch die dritte Sitzreihe zum einzig freien Platz durchwurschtelte.

»Mr Fraser, wir freuen uns, dass Sie die Zeit gefunden haben, uns mit Ihrer Anwesenheit zu beglücken.«

»Bitte entschuldigen Sie, Sir«, rief er, wischte sich den Alk-Schweiß von der Stirn und kramte Stift und Papier aus seinem Rucksack.

»Kommen Sie nach der Vorlesung bitte zu mir«, wies der Professor an und Willem schluckte die aufsteigende Magensäure wieder hinunter. Eine Standpauke hatte ihm gerade noch gefehlt.

Nach einer wirklich ermüdenden Analytik zu *Die Tragödie der Menschen* von Imre Madách verabschiedete Dr Britton seine Studenten.

Willem, inzwischen halbnüchtern, quälte sich von seinem Sitz und schlürfte nach vorn.

»Tja«, schnaufte der Professor durch seinen grauen Nikolausbart. »Sie hatten wohl eine harte Nacht, was?«

»Nun ja, also ich …«

Dr Britton setzte sich an sein Pult, entnahm der Schublade eine Pfeife, steckte sie sich zwischen die Lippen, wollte wahrscheinlich damit weise Überlegenheit demonstrieren.

»Lassen wir das, Willem. Ich darf Sie doch Willem nennen, oder?«

»Natürlich, Sir.« Gern hätte er seine Hände in den Hosentaschen vergraben, so wie er es immer tat, wenn ihm etwas nicht behagte oder er nervös war. Allerdings könnte diese Gestik respektlos wirken, also ließ er die Arme wie leblos an sich hinunterbaumeln.

Dr Britton lächelte schief und musterte seinen halb betrunkenen Studenten über das dünne Metallgestell seiner Brille eindringlich.

»Erzählen Sie doch mal, Willem, was begeistert Sie an der Schauspielerei? Beschreiben Sie es mit nur einem Wort.«

Willem ahnte, worauf dieses Gespräch hinausführte: *Sie sind nicht diszipliniert genug. Sie nehmen die Sache nicht ernst. Es gibt Tausende da draußen, die sich ein Bein ausreißen würden, um an der RADA studieren zu dürfen.*

Er grübelte über diese Frage, brütete angestrengt, und wenn ihn seine hämmernden Kopfschmerzen nicht derart malträtieren würden, wäre ihm eine flottere Antwort eingefallen.

»In nur einem Wort?«, versuchte er, Zeit zu schinden.

»Genau.«

»Schwierig.«

»Ganz und gar nicht.«

Das Einzige, was ihm auf die Schnelle einfiel, war eine Darlegung, die nicht geistloser und oberflächlicher hätte sein können, ihm aber so unkontrolliert aus dem Mund purzelte, dass er sich auf der Stelle in Grund und Boden schämte.

»Applaus?«

»War das eine Frage?« Der Professor nahm die Pfeife aus dem Mund und sah Willem scharf an. »Es gibt keine richtige oder falsche Antwort auf meine Frage, aber mich wundert es nicht, dass Sie genau das geantwortet haben.«

Willem drückte seine Faust gegen den Magen, war kurz davor, sich zu übergeben. Der Tag hatte peinlich begonnen, aber dieses Gespräch übertrumpfte alles. Wo blieb eigentlich der Feueralarm, wenn man ihn brauchte?

»Darf ich fragen, wie Sie das meinen, Sir?«

»Kommen Sie aus einem eher bodenständigen Elternhaus?«

Willem schnaufte. »Bodenständig wäre untertrieben.«

»Mediziner?«

»Schlimmer. Mein Vater ist Jurist.«

Dr Britton lachte. »Nun ja, später könnte er Ihre Verträge prüfen. Das kann von Vorteil sein. Ich kenne zu viele Künstler, die sich über den Tisch ziehen lassen, weil sie von Beschäftigungsverträgen keinen blassen Schimmer haben.« Er zog inbrünstig an seiner Pfeife, und es schien, als wollte er bis zum Grund von Willems Seele hinabtauchen. »Ich weiß nicht, ob Sie sich erinnern, aber ich gehörte zur Auswahlkommission während Ihrer Audition. Ich glaube, Sie waren einer der letzten Bewerber auf einen der – wie Sie wissen – heiß begehrten Studienplätze hier an der Royal Academy. Ich weiß es noch, als wäre es gestern gewesen. Auf die Bühne eilte ein hochgewachsener, gut aussehender junger Mann, den ich, wäre ich Filmproduzent, sofort mit der Rolle des Herzensbrechers besetzen würde. Ich wusste, dass die Kommission sehr von Ihrem Lebenslauf entzückt war. Eton, Cambridge – und dieser ganze aufgeblasene Scheiß –, nur ermöglicht durch Daddys fettes Portemonnaie. Ich kann diese aalglatten, blasierten Sprösslinge irgendwelcher Lords-von-schieß-mich-tot nicht mehr ertragen. Verwöhnte, feine Pinkel, die denken, ihnen würde die Welt gehören, die sich durch Vetternwirtschaft und Reichtum an Eliteunis einkaufen.«

Willem sah ihn mit großen Augen an, wollte aber diese Diffamierung nicht so stehen lassen.

»Sir, meine Familie ist nicht elitär. Mein Vater dachte, eine solche Ausbildung könnte mir eines Tages Türen öffnen.«

Dr Britton kaute auf seiner Pfeife und grinste sarkastisch. »Und dann wollten Sie Schauspieler werden.«

»Stieß nicht auf Begeisterung.«

»Deshalb lautete Ihre Antwort *Applaus*. Sie sind auf der Suche nach der Anerkennung Ihres Vaters, und ich würde sogar behaupten, dass Sie ihm gegenüber Schuldgefühle hegen, weil er ein Vermögen in Ihre Ausbildung gesteckt hat. Und nun das.«

Zuerst wollte Willem vehement widersprechen, doch dann dachte er über Dr Brittons Worte nach.

Verdammte Scheiße! Der Mann hatte recht.

»Das kann sein, Sir. Bitte denken Sie nicht, dass das der einzige Grund ist, weshalb ich Schauspieler werden will. Ich liebe das Thea…«

»Aber das sind Sie doch schon!«

»Bitte was?«

»Sie sind doch bereits ein Schauspieler. Sie besuchen diese Academy, um Ihr Handwerk von der Pike auf zu erlernen. Das ist lediglich ein Bonus. Verstehen Sie? Nur die schlechten Schauspieler entscheiden sich für die Schauspielerei. Die wirklich Guten, die Begnadeten sind es von Geburt an. Wie ich Ihnen gerade mitteilte, beeindrucken mich Eliteuniversitäten nicht im Geringsten, und ehrlich gesagt hätte ich Ihnen am liebsten eine Absage erteilt, noch bevor Sie das erste Wort Ihres Monologs vorgetragen hatten. Sie stellten sich uns vor. Das übliche Blablabla. Wir fragten Sie, was Sie uns darbieten wollen, und Sie sagten: Othello.« Er schlug die Hände über dem Kopf zusammen. »*Othello! Othello! Othello!* Meine Kollegen und ich sahen uns ungläubig an und wir alle dachten: Dieser Bursche ist ein überheblicher Vollidiot. Insgeheim freute ich mich auf Ihr Scheitern. Doch dann legten Sie los und … und ich kann Ihnen sagen: seit Laurence Olivier habe ich keine genialere, passioniertere Othello-Darstellung gesehen.«

Willem zog überrascht die Augenbrauen hoch. In seiner Erinnerung hatte er nach seiner Darbietung endlos lang auf eine Resonanz der Kommission gewartet, aber mehr als ein »Vielen Dank, wir melden uns bei Ihnen, Mr Fraser«, war ihnen nicht zu entlocken gewesen.

»Sie sind einer der talentiertesten Schauspieler, die ich je unterrichten durfte. Aber das Problem ist …«, sprach Britton weiter, hatte plötzlich ein blutrotes Gesicht und schlug mit der flachen Hand auf das Pult. »*Sie wissen das!* Sie verdammter Eton-Cambridge-Schnösel wissen das! Und deshalb sitzen Sie hier Ihre Zeit ab, alles auf Sparflamme. Wo ist Ihre Disziplin geblieben, die man Ihnen jahrelang in

Berkshire eingeprügelt hat? Ist das jetzt eine *Ich-muss-mal-ausbrechen-Phase*?«

»Nein, Sir«, erwiderte er kleinlaut. »Es ist nur so, dass mir zurzeit vieles durch den Kopf geht. Meine Schwester ist schwerkrank, und ich weiß nicht, ob sie noch lang …«

»*Hören Sie auf!*«, unterbrach der Professor ihn schroff. »Willem, niemand in der Theaterbranche wartet auf Sie. *Niemand!* Wenn Sie dem hier nicht gewachsen sind und Sie lieber Ihrer Schwester beistehen wollen, dann packen Sie Ihre Sachen und räumen Ihren Studienplatz für jemanden, der seine einzigartige Chance nutzen wird.«

»Ja, Sir«, antwortete er mit einer weinerlichen, nasalen Stimme, die ihn genauso beschämte wie Brittons Abreibung. »Sie haben recht, ich habe mich zu sehr von anderen Dingen ablenken lassen. Ich verspreche Ihnen …«

»Versprechen Sie mir gar nichts, Fraser. Versprechen Sie es sich selbst.«

Willem schluckte hart, nickte wie ein Klosterschüler. »Ja.«

»Sie können jetzt gehen. Nächste Woche erwarte ich Sie hier in diesem Hörsaal, und zwar pünktlich und wenn es sich einrichten lässt: nüchtern.«

Mit gesenktem Haupt schlich Willem zum Ausgang.

»Das mit Ihrer Schwester tut mir sehr leid«, rief Britton ihm milder hinterher.

»Danke, Sir.«

Er zog die Hörsaaltür hinter sich zu, stampfte mehrmals zornig auf den Boden.

Zornig über sich selbst.

Um Punkt eins wartete er vor dem Pub auf Sophie. Das Wetter war semioptimal für ein Picknick. Noch bis vorhin hatte es genieselt und er hätte sich Besseres vorstellen können, als sich mit ihr in Greyfriars

Gardens auf nassem Gras niederzulassen. Schon jetzt spürte er seinen feuchten Hintern.

Sophie öffnete die Tür.

Tatsächlich hatte sie einen Korb dabei und über ihrem Arm lag eine Wolldecke. Sie begrüßten sich mit einem Wangenkuss. Ein Lippenkuss würde ihm so schnell nicht wieder passieren, hatte dieser doch zum jähen Ende seiner Beziehung mit Fermina beigetragen.

»Komm, ich nehm dir den Korb ab«, sagte er. »Sophie, sag mal, hast du deinen ganzen Hausstand darin? Der wiegt ja 'ne Tonne.«

»Wir wollen doch picknicken, oder nicht? Ich habe Sandwiches gemacht und eine alkoholfreie Limonade.«

Wie sie das betonte: *alkoholfrei*.

»Wie viele Sandwiches sind es? Fünfzig? Im Park kannst du einen Imbissstand aufmachen und sie an die Touristen verkaufen.«

Sophie rümpfte die Nase. »Was bist du denn so schlecht gelaunt?«

»Bin nicht schlecht gelaunt.«

»Und ob.«

Er räusperte sich und das nassklamme Wetter ließ ihn frösteln. »'tschuldige. Hatte eine miese Woche.«

Sie machten sich auf den Weg zum Park, und Willem dankte der Sonne, die sich durch die Wolken kämpfte. Verstohlen und mürrisch blickte er zu Sophie, die vergnügt neben ihm, dem Miesepeter, flanierte. Sie trug ein dezentes Make-up und einen Hauch von Lippenstift. Das inzwischen puppenblonde Haar war zu einem langen Zopf geflochten und unter der altrosa Strickjacke blitzte ein Kleid mit Blumenmuster hervor, das ihn zu einem unbeabsichtigten Augenrollen verführte, das sie zum Glück nicht bemerkte. Heute sah sie aus – und er ärgerte sich über diese Assoziation – wie eine Kindergärtnerin. Oder wie eine zum Leben erweckte Kinderpuppe. Passend zum blondierten Haar. Oder – noch schlimmer – wie eine passable

Schwiegertochter, die mit den Eltern ihres Verlobten zum Tee verabredet war.

Warum war er gerade so unfassbar wütend auf sie?

Irgendwie hatte sie sich in den vergangenen Monaten verändert, war selbstbewusster, unbekümmerter geworden, schien ihre Unabhängigkeit in vollen Zügen zu genießen. Letztens hatte Willem sie und Oli doch tatsächlich beim Flirten ertappt. Zumindest hatte er das geglaubt. Im Nachhinein hatte es sich jedoch als Fehlinterpretation herausgestellt, was zu einem von *ihm* dirigierten, kindischen Streit mit viel Schmollen geführt hatte.

Er war derjenige gewesen, der geschmollt hatte.

Sophie war zu Oli nur nett gewesen, weil sie immer nett war. Und das kotzte ihn richtig an.

Du bist unfair, Willem. Verprell dir nicht den einzigen Menschen, der dir außerhalb deiner Familie wirklich etwas bedeutet.

Begeistert erzählte Sophie von ihrer ersten Schulwoche und wie sehr es ihr dort gefiel. Sie zwitscherte wie ein Vögelchen. Er versuchte, ihr aufmerksam zuzuhören, aber während sie von ihren Lieblingsfächern schwärmte, die ersten harmlosen Lästereien über ihre Lehrer und Mitschüler von sich gab, geisterte ihm nur eine Frage durch den Kopf: *Du bist neunzehn! Warum hast du keinen Schulabschluss? Warum erzählst du mir nie von dir? Wo warst du wirklich, bevor du dich in mein Herz geschlichen hast? Du nervst mich, Sophie Parker.*

Gut, das waren mehr als eine Frage. Doch es war egal – und wenn er Tausende stellen würde, er bekäme nicht eine einzige verdammte Antwort.

»Nerv ich dich?«, fragte sie ihn unbedarft und riss ihn aus seiner inneren Wutpredigt.

»Nein.«

»Also du bist heute wirklich komisch. Misanthrop!«

»Barbie!«

Sie blieb stehen, schlug ihm gegen den Oberarm. Ziemlich fest sogar, sodass er sie pikiert ansah.

»Kannst du bitte aufhören, dich über meine Haarfarbe lustig zu machen?«

Maulig ging er weiter, verfluchte den schweren Picknickkorb, den er schleppte. »Hoffentlich lungern nicht wieder hunderttausend Touris im Park herum.«

»Keine Sorge, sobald sie dein sauertöpfisches Gesicht sehen, fliehen sie wie die Bewohner eines brennenden Dorfs.«

Unglücklicherweise tummelten sich tatsächlich große Menschenmengen im Park, die offensichtlich eine ähnliche Vorliebe für Picknicks hegten, trotz dieses *Traumwetters*. Typisch englisch. Irgendwann würde er Great Britain den Rücken kehren, frischen Wind einatmen und an irgendeinem Strand in der Sonne vegetieren, cocktailschlürfend, neben ihm eine sexgeile Blondine ... ähm, eine Brünette ... eine Brünette.

Sophie fand ein freies Plätzchen unter einer riesigen Eiche mit ausladenden Ästen. Damit ihn auch bloß kein Sonnenstrahl aufwärmte. Wortlos breitete er die mitgebrachte Wolldecke aus, ärgerte sich jetzt schon über die tobenden und plärrenden Kinder in seiner unmittelbaren Nähe. Viel schlimmer waren die Mütter, die ihre Abkömmlinge in monotoner Stimmlage wie in einer niemals enden wollenden Dauerschleife zurückpfiffen. Wer nannte seinen Sohn denn bitte Gumpy? Und die kleine Felicity hatte Willem schon nach zehn Sekunden gefressen. Er hatte genau gesehen, dass *sie* Gumpy in den Oberarm gekniffen hatte und er deshalb jetzt aus voller Kehle flennte.

»Ganz schön laut hier«, sagte er, in der Hoffnung, sie würden nach einem anderen Platz Ausschau halten.

Sophie zuckte die Achseln.

»Sind doch nur Kinder.«

»Ziemlich nervtötende Kinder.«

Unbeirrt setzte sie sich auf die Decke und er ließ sich neben ihr nieder. Nach und nach fischte sie ihre mitgebrachten Snacks aus dem Korb.

Von wegen, nur Sandwiches. Käse, Mini-Quiches, Salat in Weckgläsern, Muffins sowie die betont *alkfreie* Limo, als würde sie einen trockenen Alkoholiker beköstigen. Das Auspacken nahm kein Ende, und sie wirkte wie Mary Poppins, die immer Abstruseres aus ihrem Handtäschchen hervorzauberte.

Zum ersten Mal an diesem Tag, vielleicht auch in dieser Woche, lächelte er. »Erwartest du noch jemanden?«

Kritisch betrachtete sie die vollgestellte Decke. »Ich habe in einer Kochzeitschrift gelesen, was zu einem echten Picknick gehört.«

»Willst du mir jetzt etwa erzählen, dass du noch nie bei einem Picknick warst?«

»Wieso? Fehlt etwas?«

»*Sophie!* Beantworte meine Frage!«

Und da war wieder das Mäuschen, das sich zum Schutz vor der lauernden Hauskatze rückwärts in ihr Mäuseloch zurückzog. »Natürlich war ich schon einmal bei einem Picknick. Ständig.«

Lüge!

»Was soll's. Ich geb auf«, murmelte er und ließ sich zurückfallen, stützte sich mit den Unterarmen ab, spürte die Feuchtigkeit, die sich allmählich durch seine Klamotten zog. Er sah Sophie an. Sie hatte die Arme um die Beine geschlungen und das Kinn auf die Knie gelegt. Niedergeschlagen starrte sie auf die Schokomuffins.

Seit er sie am Pub abgeholt hatte, war er ein unausstehliches Ekelpaket gewesen. Er setzte sich wieder auf und legte seine Hand auf ihre Schulter, wollte sich gerade bei ihr entschuldigen, aber sie wich ihm gnadenlos aus.

»Okay, wenn du es wirklich wissen willst: Nein, ich war noch nie bei einem Picknick. Zuletzt lebte ich bei einer Pflegefamilie, die auf dem Fußboden Kidneybohnen aus einer Konserve gefressen hat und das für eine gute Mahlzeit hielt. Ich bin nicht so aufgewachsen wie du oder Priya oder Alfie – wohlbehütet, mit Geburtstagspartys, auf denen etwas aufgeführt wurde, oder Weihnachtsfesten mit einem Tannenbaum.« Sie holte tief Luft, um sich zu sammeln. Er auch, so erstaunt war er. »Ich weiß, ich bin nun einmal nicht die rehäugige, dunkelhaarige Schönheit mit Collegeabschluss, die aus einem passablen Elternhaus stammt …«

»Sophie …«

»Lass mich ausreden, ja? Mir ist bewusst, dass ich niemals deinen Ansprüchen gerecht werden kann. Und das ist vollkommen in Ordnung, weil ich dich wirklich gern hab, wir Freunde sind, und ich fühle mich bei dir sehr wohl, aber hör bitte auf, mich permanent wie einen Schwamm auszuquetschen. Ich bin nicht dein geheimnisvoller Rätselfall. Ich vertraue dir Geschehnisse aus meiner Vergangenheit an, wenn ich dazu bereit bin. Kannst du das bitte akzeptieren?«

»Ja«, erwiderte er überrumpelt.

Gereizt rümpfte sie die Nase, nahm einen der Muffins und bewarf ihn damit. »Und es ist meine Sache, ob ich mir die Haare wie Pamela Anderson färbe oder feuerrot wie Queen Elizabeth I. Pamela Anderson hat übrigens wasserstoffblondes Haar, meins ist honigblond, du Penner.«

Er schirmte sein Gesicht vor dem nächsten anfliegenden Muffin ab und konnte nicht anders, als zu lachen.

»Schon gut, schon gut. Ich werde nie wieder etwas zu deiner Haarfarbe äußern. Versprochen!«

»Gut, dann ist das ein für alle Mal vom Tisch.«

Willem war weiterhin über ihre Schimpftirade erstaunt, denn es war das erste Mal, dass sie ihm einen kleinen Blick hinter den eisernen Vorhang gewährt hatte. Obwohl er sie gern mit Hunderten Fragen gelöchert hätte, akzeptierte er ihre Bitte, nicht mehr nachzubohren. Manchmal fragte er sich, ob er überhaupt wirklich wissen wollte, was sie durchgemacht hatte. Innerlich machte er sich für einen Rachefeldzug bereit, um gegen all die Menschen in den Krieg zu ziehen, die ihr wehgetan haben mussten. Er würde sie bei lebendigem Leib häuten und ihnen dann die Eingeweide herausreißen.

Schweigsames Unbehagen schlich sich ein.

»Das sieht alles wirklich köstlich aus. Wie immer. Du bist eine Künstlerin.« Er biss in den Muffin, der ihm gerade noch an die Stirn geworfen worden war. »Was ist das für eine Füllung?«

»Karamell«, sagte sie mit einem Brummen, blies sich eine Strähne aus dem Gesicht.

Er hatte es vermasselt. »Tut mir leid, Sophie. Ich habe mich die letzten dreißig Minuten wie ein Arsch verhalten.«

»Hast du.«

Mit der Innenfläche nach oben hielt er ihr die Hand hin. »Entschuldigung angenommen?«

Sie seufzte und nahm resigniert seine Hand. »Klar.«

Der Kinderkampf zwischen Gumpy und Felicity ging in die nächste Runde. Endlich wehrte sich der Kleine gegen die Schikanen seiner orangehaarigen Widersacherin, deren Kopf er jetzt in seinen Schwitzkasten klemmte. Innerlich feuerte Willem den Jungen in Latzhose an.

Ja, genau, wehr dich! Lass dir von dem Biest nichts gefallen! Uuhh, der hat gesessen. Nicht aufgeben! Scheiß drauf, dass sie einen Kopf größer ist als du.

Aber leider bereitete die vernünftige Sophie dem Spektakel ein jähes Ende.

»Hey, ihr zwei. Hört auf damit!«

»Lass sie doch.«

»Bist du verrückt? Er bringt sie ja noch um.«

»Sie hat *ihn* gekniffen!«

»Na und? Vielleicht hat *er* sie vorher geärgert.«

Die Kinder sahen sie mit großen Augen an und Sophie winkte sie herbei.

»Was tust du denn da?«, fragte Willem entsetzt.

Verheulte Rotznasen schnieften vor ihrer Picknickdecke.

»Warum prügelt ihr euch?«

»Sie hat mich gekniffen«, lispelte Gumpy und zeigte mit dem Babyspeckfinger auf den kleinen roten Drachen.

»Das stimmt«, bezeugte Willem. »Ich hab's mit meinen eigenen Augen gesehen.«

Sophie sah ihn wie eine rechtschaffene Oberlehrerin an.

»Aber er hat mich vorher getreten und mit Blättern beworfen«, opponierte Felicity, verschränkte mit beleidigtem Gesicht die Arme vor der Brust und ihre Augen füllten sich mit Tränen des verletzten Stolzes.

Ha!, dachte Willem. Vor ihm stand die kleine Fallon, die auch ständig Streitereien provoziert hatte und damit immer durchgekommen war.

Möglicherweise lag genau darin seine Abneigung, Greyfriars Gardens zu besuchen.

Er war hier oft mit seiner Mum gewesen und die Erinnerung an jene unbeschwerten Tage machten sein Herz schwer wie Blei.

Willem war Gumpy und Fallon war Felicity. Und neben ihm saß Sophie, die diesen Streit nun schlichtete – wie einst seine Mum.

»Stimmt gar nicht«, maulte Gumpy mit dicken Tränen in den Augen.

»Doch! Das stimmt«, zickte Felicity zurück.

»Schluss jetzt! Sofort! Seid ihr Geschwister?«, fragte Sophie und beide schüttelten den Kopf. »Nun, Freunde seid ihr wohl auch nicht. Ich fürchte, ich muss mit euren Müttern ein ernstes Wort sprechen.«

Willem runzelte die Stirn.

Was hatte sie vor?

»Warum willst du mit unseren Mummys sprechen?«, fragte Felicity in dem irritierten Ton, den auch Willem gewählt hätte.

Sophie seufzte und schnaubte theatralisch. »Ich werde ihnen sagen müssen, dass ihr beide nicht mehr zusammen spielen dürft. Nie wieder. Und ich bin mir sicher, eure Mummys werden mir recht geben.« Gumpy und Felicity sahen sich entsetzt an. »Ich tue es wirklich ungern, aber mir bleibt keine andere Wahl. *Leider, leider.* Sind das eure Mummys dahinten?«

Die Kinder drehten sich um, dann wieder zu Sophie und nickten kleinlaut, schienen zu überlegen, ob sie möglicherweise nur bluffte.

Genau wie Willem.

Er beugt sich zu ihr, um ihr ins Ohr zu flüstern. »Komm schon, du willst dich doch nicht wirklich mit den Muttis auseinandersetzen.«

»Klar. Warum nicht?«

Sie wollte gerade von der Decke aufstehen, aber die Kinder hinderten sie daran.

»Nein, nein, bitte nicht«, jammerte Felicity, und Gumpy sah aus, als stünde er kurz vorm Nervenzusammenbruch. »Wir prügeln uns nicht mehr. Wir versprechen es. Hoch und heilig. Oder, Gumpy?«

»Jaa. Versprochen.«

Sophie ließ sich wieder auf die Decke zurückfallen und grübelte demonstrativ. »Na schön.«

Gott, dachte Willem, war sie gut! Sie hatte die Kids gekonnt ausgetrickst und ihn beinahe ebenfalls. Ihr Verhalten schloss auf eine gewisse Erfahrung.

»Dürfen wir einen?«, fragte Felicity und zeigte auf die Muffins.

Sophie lächelte überglücklich.

»Natürlich, nehmt euch doch bitte welche. Vielleicht auch noch Sandwiches?«

Die Kinder quetschten sich auf die Picknickdecke, sodass Willem mit dem halben Körper auf den Rasen verbannt wurde, und er hatte nicht den Hauch einer Chance, gegen diese Gesellschaft Protest einzulegen.

»Siehst du?«, flüsterte Sophie. »Ein Glück, dass ich so viel Proviant eingepackt habe.«

»Was ein Glück«, maulte er.

Sophie sah ihn kritisch an. »Magst du keine Kinder?«

In ihrer Frage lag so viel Argwohn, als würde ihr weiteres Leben von seiner Antwort abhängen.

»Natürlich mag ich Kinder. Sehr sogar.« Er lächelte mechanisch und sah ihr förmlich an, wie ihr ein Stein vom Herzen fiel. Genau genommen hatte er sich bislang noch nie die Frage gestellt, was er von Kindern hielt. Er kannte nur Marah, und die war nun alles andere als ein quirliges, streitendes, spielendes Mädchen, was er stets bedauerte, wenn er mit ihr zusammen war. Ob er selbst irgendwann einmal ein Vater sein wollte, stand ebenfalls in den Sternen.

Gumpy und Felicity verschlangen Muffins, Sandwiches und die Käsewürfel. Nur um den Salat im Weckglas machten sie einen riesigen Bogen. Sophie betrachtete die beiden mit freudestrahlenden Augen und stellte ihnen Dutzende Fragen, während für Willem die wohl längsten dreißig Minuten anbrachen und er sich eingestehen musste, mit Kindern nichts am Hut zu haben.

»Willst du mal Mutter sein?«, fragte er, als Gumpy und Felicity für einen Augenblick schwiegen, weil sie gerade die letzten Muffins in ihre Münder stopften.

»Auf jeden Fall«, sagte sie mit einer vollkommenen Selbstverständlichkeit. »Ist das nicht irgendwie der Sinn des Lebens? In einem schönen Heim leben? Eine Familie gründen? Ich meine, eine wirklich *glückliche* Familie gründen?«

»Hm, ich denke, auf dieser Welt gibt es nicht eine einzige Familie, die nur glücklich ist.«

»So meine ich das ja auch nicht. Ich weiß, dass es nicht nur gute Zeiten gibt, aber so … so siebzig Prozent Glücksanteil würden doch schon genügen. Denkst du nicht auch?«

Er starrte sie hingerissen an. »Ja, das reicht. Vielleicht ist das sogar mehr, als man vom Leben erwarten darf. Siebzig Prozent sind gut.« Mit einem Zögern legte er seine Hand in ihre. »Versuchen wir's, Sophie. Siebzigprozentiger Glücksanteil.«

»Mindestens«, antwortete sie mit zarter Stimme und streichelte über seinen Daumen.

Nachdem die Mütter endlich Gnade zeigten und Gumpy sowie Felicity aufforderten, das *Pärchen* in Ruhe zu lassen, kehrte angenehme Stille ein. Das Londoner Nachtleben und der berechtigte Anschiss seines Professors steckten Willem in den Knochen. Sophie und er lagen nebeneinander und blickten in das Grün der Eiche, und er beschloss, die Augen für ein Nickerchen zu schließen.

Als er kurz vor dem Einschlafen war, sagte sie: »Wo ist eigentlich Farina?«

»*Fermina!*« Natürlich hatte er gewusst, dass sie sich nach ihr erkundigen würde, trotzdem nervte es ihn, dass sie es wirklich tat. »Nicht mehr relevant.«

Er vernahm ein leises Kichern. »Welch eine Überraschung. Ich werde sie vermissen. Was war dieses Mal der Grund für dein Schlussmachen? Oder besser gesagt, wer?«

»Wenn du es genau wissen willst, hat sie mit *mir* Schluss gemacht«, brummte er, öffnete die Augen und sah zu Sophie, die sich zum ihm drehte, den Arm anwinkelte und ihr Gesicht in die Innenfläche ihrer Hand legte.

»Das ist ja was ganz Neues. Weshalb?«

»Sie hat herausgefunden, dass ich Gefühle für eine andere habe.«

Sophie verzog den Mund zu einem halb amüsierten, halb genervten Lächeln. »Was ist sie dieses Mal? Eine schimpfende Italienerin oder eine betörende Französin mit Barett auf dem Kopf, die mit ihrer Zunge einen Kirschstiel zu einem Knoten formen kann?«

»*Nein!* Wegen einer honigblonden Engländerin in fragwürdigen Hippiekleidern und mit einem grausamen Musikgeschmack.«

Sophies Lächeln gefror zu Eis.

Jetzt war es raus!

Das Herz hämmerte ihm in der Brust und er bemerkte selbst, wie ihm Schamesröte ins Gesicht schlich.

Warum hatte er das gerade gesagt?

Unüberlegter Vollidiot! Möglicherweise war es dem Restalkohol der gesamten letzten Woche zu verdanken, dass er derartigen Unsinn von sich gab.

Unsinn, der keiner war.

Eigentlich war es die Wahrheit. Und nichts als die Wahrheit.

Das ewige Leugnen, Ignorieren und Verschweigen hatte somit ein Ende.

Nein, er würde seine Aussage nicht zurücknehmen.

»Was?«, fragte sie erschüttert, als hätte er ihr gerade den Weltuntergang prophezeit. Beide setzten sich auf.

Willem stöhnte auf, sank irgendwie in sich zusammen. »Was glaubst du, warum es mit Priya nicht funktioniert hat? Was denkst du, weshalb ich dich damals auf Marahs Geburtstagsparty versucht habe, aus meinem Leben zu verbannen?«

Sie blickte unangenehm berührt zur Seite. »Ich ... ich dachte ... ich dachte immer, du ... Ich weiß auch nicht.«

Willem schwieg kurz, sinnierte über die Konsequenzen, die seine Offenbarung nach sich ziehen würde. Ihr seine Gefühle so vor den Latz zu knallen, war nicht seine Absicht gewesen. Eigentlich hatte er sie ihr nie gestehen wollen. Er hatte sich damit abgefunden, sich mit *dieser* und *jener* zu bespaßen, in der Hoffnung, dass irgendwann eine Frau in sein Leben treten würde, die Sophies Platz in seinem Herzen ersetzen könnte.

Sophie und er würden niemals ein Paar sein. Beide verfolgten sie vollkommen unterschiedliche Zukunftspläne. Er träumte von einer Weltkarriere als Theaterschauspieler, der jeden Abend spielte, die Metropolen dieser Erde bereiste, diese im Sturm eroberte. Sophie hingegen malte sich eine Zukunft in einem behaglichen Heim aus, das nach Ikea-Duftkerzen roch und in dem Dutzende Gumpys und Felicitys herumtollten. Außerdem war sie verschlossen, zuckte vor unerwarteten Berührungen zurück, hasste *Pulp Fiction*, *Ben Hur*, *Star Wars* und *Good Fellas*, die weltbesten Filme überhaupt – und er wusste, sexuell würden sie niemals auf einen Nenner kommen.

Deprimiert seufzte er. »Du musst nichts sagen, Sophie. Ist schon okay.«

»Will?«, fragte sie wie ein hilfloses Kind. »Wie kannst du für jemanden wie mich Gefühle haben? Wie kannst du jemanden, der so wunderschön wie Priya ist, *meinetwegen* verlassen?«

Diese Aussage machte ihn stinkwütend.

»Kannst du bitte aufhören, dich permanent kleinzureden? Du stehst Priya in nichts nach. Warum glaubst du, du wärst unattraktiv oder uninteressant? Diese ganze Ich-hab-nichts-zu-bieten-Nummer ödet mich langsam echt an. Manchmal habe ich den Eindruck, du genießt diese Minderwertigkeitsgeschichte, damit niemand irgendwelche großen Erwartungen in dich steckt. Ist ja auch leichter, als andere Menschen von sich zu überzeugen.« Die Worte sprudelten nur so aus ihm heraus, und als er erkannte, wie unverstanden und ungerecht behandelt sie ihn ansah, bremste er sich, um eine neue Richtung einzuschlagen. »Sophie, was ich damit sagen will, ist, dass du in meinen Augen das wohl klügste, witzigste und süßeste Mädchen bist, das mir je über den Weg gelaufen ist. Du bist herzensgut – zu jedem. Du versuchst, dass sich jeder in deiner Umgebung wohlfühlt. Du zahlst verschüttete Biere von deinem eigenen Trinkgeld, du lernst ein ganzes Märchen auswendig für einen Menschen, den du gar nicht kennst. Du schlichtest Kinderstreitereien, liest klassische Literatur und du hörst Fleetwood-Mac-Songs. Verdammt noch mal, welche Frau unter vierzig hört dieses alte Zeug? Sophie, du bist einzigartig. Und glaubst du ernsthaft, ich wäre so oberflächlich und würde mich nicht in dich verlieben, weil du blond bist? Was ein vollkommener Scheiß! Mir würden tausend weitere Dinge einfallen, weshalb ich dich toll finde.« Er senkte die Lider. »Und vermutlich genauso viele Rätsel, die dich umgeben.«

Er legte ihr die Hand auf den bloßen Nacken, zog sie zu sich. Diese Lippen wollte er seit ihrer ersten Begegnung küssen. Sie war ihm zunächst aufgefallen, weil sie ihn an Marahs Meerjungfrau erinnert hatte, aber das war nur die halbe Wahrheit gewesen.

Ihre Münder berührten sich nicht, denn Sophie tat das, was er erwartet hatte, sie neigte das Gesicht von ihm weg und er vernahm ein Wimmern.

»Ich kann das nicht, Will. Ich kann das einfach nicht.«

Warum nicht? Verdammt noch mal, warum nicht?, polterte es in ihm und sie kränkte damit nicht nur sein Ego, sondern unterstrich seine These, dass sie niemals als Liebespaar funktionieren würden. *Beruhige dich, Willem!*

»Schon gut.« Er riss sich zusammen und ließ wieder von ihr ab. »Ich wollte dich nicht mit allem so überfallen. War dumm von mir.«

»Nein. Bitte, entschuldige dich nicht. Ich muss mich entschuldigen.«

»Schwachsinn«, schmollte er.

»Doch, doch. Es ist nur so, dass ich nie im Leben geahnt hätte, dass du solche Gefühle für mich hegst. Ich dachte immer, du siehst in mir nur eine weibliche Ausgabe von Alfie oder Robbie.« Sie senkte den Kopf und zupfte am Gras herum. »Nur weil ich sagte, ich könnte es *jetzt* noch nicht, heißt nicht, ich könnte es niemals.«

Sie sah wieder zu ihm auf, mit großen, erwartungsvollen Augen, als fürchtete sie, seine Antwort würde ihren weiteren gemeinsamen Weg ebnen.

»In Ordnung«, waren seine geistlosen Worte, die er zweiflerischer nicht hätte aussprechen können. Die Sekunden krochen dahin. »Ich habe alles ernst gemeint.«

»So etwas hat noch nie jemand zu mir gesagt.«

»Das sollte man dir jeden Tag sagen«, sagte er weich und schenkte ihr ein Lächeln. »Und auch, dass honigblond vermutlich nur im Reich von Winnie Puuh als Haarfarbton bezeichnet wird.«

Sie lachte, und Willem hoffte sehr, sein manövrierunfähiges Schiff doch noch in einen sicheren Hafen gelenkt zu haben.

Educating Sophie

Canterbury, wenig später

Auf dem Heimweg war Sophie unglaublich nervös, wagte hin und wieder einen heimlichen Blick zu Willem, der schweigend neben ihr herging. Er hatte einen gehörigen Sicherheitsabstand eingenommen, und sie befürchtete, dass dieser Nachmittag vielleicht ihr letzter gemeinsamer gewesen sein könnte.

Wie gern hätte sie seinen Kuss erwidert. Oft hatte sie schlaflos in ihrem Bett gelegen und sich genau diesen herbeigesehnt.

Und was machte sie?

Sie vergeigte es.

Eine Weile gingen sie schweigend weiter und lauschten dem letzten Vogelgezwitscher an diesem Spätsommertag. Sie schlenderten am Marlowe Theatre vorbei, und Sophie suchte nach einem Gesprächsstoff, um diese unbehagliche Stille zu brechen.

»Du hast mir noch gar nicht erzählt, wie die vergangenen Wochen an der RADA waren. Zu Beginn kanntest du kein anderes Thema.«

Er zuckte mit den Achseln. »Das Studium ist härter, als ich gedacht hätte. Irgendwie war ich in der letzten Zeit nicht fokussiert genug. Ich würde einfach gern mehr spielen, als mich mit Analytik auseinanderzusetzen. Das habe ich in Cambridge bis zum Erbrechen getan. Im nächsten Jahr haben wir Studenten die Möglichkeit, in verschiedenen Theaterstücken im West End mitzuspielen. Das sind zwar eher kleinere Nebenrollen, aber Hauptsache, ich kann endlich

Bühnenluft schnuppern. Manchmal habe ich jedoch Angst, ich schaffe es nicht. Die Konkurrenz ist einfach riesig.«

Sie stieß ihn aufbauend von der Seite an. »Willem, das dachtest du schon, als du dich an der Academy beworben hast. Und siehe da, du wurdest aus Hunderten Bewerbern ausgewählt. Ich bin mir sicher, dass du ein großartiger Schauspieler bist. Ist es nicht so, dass die Besten immer die größten Zweifel hegen?«

»Na ja, da ist vielleicht etwas dran«, sagte er mit einem Schmunzeln und blieb plötzlich vor dem Theater stehen. »Als Kind habe ich mir oft vorgestellt, eines Tages auf genau dieser Bühne zu spielen. Ich wollte, dass meine Familie und all meine Freunde in einer der Logen sitzen und mir gespannt zuschauen. Irgendwie ist dieser Wunschtraum verblasst. Mein Professor glaubt, mein einziger Antrieb wäre es, die Anerkennung meines Vaters zu erlangen.«

»Und? Hat er recht?«

»Zum Teil schon«, gab er missmutig zu. »Ziemlich peinlich, oder? Das typische Klischee eines Sohnes, der seinem hochgelehrten Daddy gerecht werden will.«

»Das ist nicht peinlich, Will. Peinlich wäre es, Offensichtliches zu leugnen.«

Er sah sie mit hochgezogenen Augenbrauen an, als habe sie ihn gerade als Weichei mit Vaterkomplex enttarnt.

»*Offensichtlich?*«

Sie biss sich auf die Unterlippe. »So meinte ich das nicht. Ich wollte nur damit sagen, dass es nicht verwerflich ist, den Wunsch in sich zu tragen, seine Eltern stolz zu machen. Ich finde, diesen Anspruch sollte jedes Kind haben, wenn man ihm ein gutes Leben geschenkt hat. Bitte, sei mir nicht böse.«

»Quatsch, bin ich nicht. Du hast ja recht, mein Vater hat Fallon und mir sehr viel ermöglicht. Ich weiß, dass das keine Selbstverständlichkeit ist«, sagte er mit einem Nicken. »Möglicherweise werde ich nie verstehen, weshalb er mich ständig mit diesen überkritischen

Augen ansieht. Als sei ich ein Fehler der Natur. Aber ich kann nicht sein wie er oder wie Fallon. Die Wunderkind-Medaille der Familie Fraser hängt nun einmal um den Hals meiner großen Schwester. Jetzt, da sie eine feste Anstellung bei der BBC hat, die Krisen dieser Erde aufdeckt, sich für die Leidtragenden unserer korrupten Welt einsetzt, wird sie dieses Ehrenabzeichen wohl bis zu ihrem letzten Atemzug tragen, während ich mich vermutlich von einer unbedeutenden Nebenrolle zur nächsten kämpfen muss.«

Sophie traute ihren Ohren nicht. Derart zweiflerisch hatte sie Willem noch nie erlebt. Er war sonst der zuversichtlichste und ambitionierteste Mensch, dem sie je begegnet war.

»Hör auf, so etwas zu sagen. Ich wette, du wirst einmal einer der größten und vielbeschäftigsten Schauspieler Englands sein. Wer weiß, vielleicht gewinnst du irgendwann einen Oscar oder einen Tony-Award.«

Willem lachte auf, doch auch dieses Lachen wirkte kritisch. »Lieb von dir, dass du versuchst, mich aufzubauen, doch jetzt, da ich einen Blick hinter die Kulissen werfen kann, scheint eine solche Auszeichnung unerreichbar.«

Sophie sagte mit einem leichten Rippenhieb: »Aber wenn doch, dann hoffe ich, dass du dich an meine Worte zurückerinnerst. Und wehe, mein Name fällt nicht während deiner Dankesrede, dann bin ich tödlich beleidigt.«

»Versprochen«, flüsterte er ehrfurchtsvoll. »Fakt ist jedoch, dass ich mich wieder mehr auf die Kreativität der Schauspielerei konzentrieren muss. Ich stecke gerade einmal in den Anfangsschuhen und habe bereits jetzt einen Durchhänger.« Mit traurigen Augen sah er sie an. »Ich weiß nur nicht, wie ich das anstellen soll, mich voll und ganz auf mein Studium zu fokussieren. Der Gedanke an meine Schwester ist omnipräsent. Von Tag zu Tag verschlechtert sich ihr Gesundheitszustand, und ich verspüre ständig diese Angst im Na cken, nicht bei ihr sein zu können, sollte es doch bald mit ihr zu Ende gehen.«

Sophie griff nach seinem Handgelenk. »Das darfst du nicht denken, Will.«

»Marah ging es aber noch nie so schlecht wie momentan.«

Das wusste sie.

Die letzten Wochen hatte das Mädchen mehr Tage im Hospital als zu Hause verbracht und seit einiger Zeit wies ihr Blutbild erhebliche Entzündungswerte auf. Zwar schlug die antibiotische Therapie an, sie schwächte jedoch auch ihr Immunsystem.

Er konnte seinen Blick nicht vom Marlowe Theater abwenden, seufzte dann. »Nächstes Wochenende läuft *Educating Rita* ...« Seine Feststellung hing in der Luft, bis er sie wieder ansah. »Hast du Lust, mit mir das Stück anzuschauen? Vielleicht am Sonntag?«

Sophies Atmung setzte für einen Moment aus. Ein Besuch im Theater war eine vollkommen andere Art einer Verabredung mit einem guten Freund. Erst recht nach dem, was er ihr während des Picknicks gebeichtet hatte. Das war kein platonisches Aufeinandertreffen in Aunt Belles Pub oder stundenlange Scrabble-Partien, bei denen meist Alfie, Robbie oder die Zwillinge zugegen waren.

Mit weit aufgerissenen Augen sah sie ihn an und schluckte. »Ist das so etwas wie eine Einladung zu einem Date?«

Willem steckte seine Hände in die Hosentaschen und erschien dadurch wie ein gescholtener Schuljunge, und sie ärgerte sich prompt über diese Frage. Er zuckte mit den Achseln und lächelte, was unbehaglich aussah.

»Ja – denke schon.«

O Gott.

»Wovon handelt das Stück?«, fragte sie rasch, um nicht weiter auf ihre eigene Befangenheit eingehen zu müssen.

Sie wusste, worum es in diesem Theaterstück ging, und sie hasste sich selbst, sich als derart ungebildet auszugeben.

»Es geht um die junge verheiratete Friseurin Susan aus Liverpool, die aus der englischen Arbeiterklasse stammt und sich nach einem anderen Leben sehnt. Sie beschließt, an einer Open-University Kurse zu belegen, um sich weiterzubilden. Dort trifft sie den Professor Frank, der sich ihrer annimmt und dem sie sich als Rita vorstellt. Im Laufe ihrer Ausbildung beginnt Rita, sich für Theaterstücke und Poesie zu begeistern. Während ihres Studiums distanziert sie sich mehr und mehr von ihren proletenhaften Freunden und Verwandten. Schließlich verlässt sie ihren Mann. Mit wachsender Bildung gewinnt sie Selbstbewusstsein. Es ist eine Geschichte über das Erkennen und Zupacken von Chancen. Ich mag es sehr gern.«

O Hilfe, dachte sie. *Educating Sophie*. Wäre das Stück nicht schon zwanzig Jahre alt, hätte man meinen können, der Dramaturg Willy Russell hätte sich sie zum Vorbild genommen.

»Hört sich spannend an.«

»Musst du Sonntag nicht im Pub arbeiten?«

Mist! Stimmt.

»Oh, ich werde Aunt Belle bitten, mir für einen Abend frei zu geben.«

»Ich finde ja, sie lässt dich viel zu viel dort schuften. Vor allem jetzt, da du wieder zur Schule gehst.«

Sie nickte. »Das stimmt, aber sie hat eben nur mich und ich bin ihr wirklich sehr dankbar. Ich darf günstig in der Pension leben und sie kümmert sich wie eine Mutter um mich. Keine Sorge, den einen Abend wird sie mir frei geben. Versprochen.«

»Gut, dann kaufe ich direkt morgen die Karten.«

Als er sie bis zum Eingang des Pubs begleitet hatte, standen sie sich jetzt wie zwei Fremde gegenüber, so als hätte es die vergangenen zwölf Monate ihrer Freundschaft nicht gegeben, so als hätten sie sich gerade erst in Greyfriars Gardens kennengelernt.

Sophie lächelte schüchtern. »Möchtest du noch auf ein Getränk mit reinkommen?« Mit erwartungsvoll hochgezogenen Augenbrauen wartete sie auf seine Antwort, die jedoch ewig nicht kam. Er schien abzuwägen und schüttelte dann den Kopf.

»Ich kann nicht – wird eine harte Uniwoche, und ich habe beschlossen, wieder ein bisschen mehr Gas zu geben. Professor Britton hat mir die Augen geöffnet.« Er legte die Hände auf die Hüften und machte sich groß. »Die Zeiten der exzessiven Partys und des sinnlosen Betrinkens sind hiermit vorerst vorbei.«

»Die anti-alkoholische Limonade hast du trotzdem nicht angerührt«, sagte sie mit einem Grinsen, das er erwiderte, und endlich schien die verloren geglaubte Lockerheit wieder zurückzukehren. Sie verschränkte die Hände hinter dem Rücken.

»Auch wenn du anfänglich ein ziemlich schlecht gelaunter Kotzbrocken warst, fand ich den Nachmittag wirklich sehr schön, Will.«

»Ich war nicht *schlecht gelaunt*!«, krächzte er, holte tief Luft. »Na gut, vielleicht ein bisschen. Das hatte aber nichts mit dir zu tun, Sophie, das schwöre ich.«

»Das weiß ich doch.«

»Ich fand es auch schön. Ganz ehrlich.«

Sie sah, wie Willem den Absatz in die Fuge des Pflasters bohrte, wohl ebenfalls nicht wusste, auf welche Weise sie sich nun voneinander verabschieden sollten. Mit dem obligatorischen freundschaftlichen Kuss auf die Lippen, der immer eher flüchtig war, ohne dass sich ihre Münder in Wirklichkeit berührten? Oder wäre ein freundliches Zunicken angebrachter, weil ihre Beziehung nach einer neuen Definition suchte?

»Ich muss jetzt los«, sagte er und beugte sich zu ihr herunter. Sophie wusste nicht, ob sie ihm die Lippen anbieten sollte, entschied sich tatsächlich dafür. Zu ihrer Überraschung küsste er sie auf die Wange. »Bis nächste Woche Sonntag. Ich hole dich um fünf ab.

Vielleicht können wir vorher noch ein Restaurant besuchen. Ich lass mir was einfallen. Okay?«

Sie nickte.

Dann drehte er sich um, und sie sah ihm nach, wie er durch die Gasse schritt, sich nicht umdrehte und irgendwann um die Ecke bog.

Ein bisschen enttäuschte sie diese Verabschiedung, aber kurz darauf spürte sie das innerliche Glücksfeuerwerk, da sie an seine Worte zurückdachte.

Willem Fraser hatte sich in sie verliebt.

In sie!

Sie, das Aschenputtel, dem man heute den passenden gläsernen Schuh an den Fuß gelegt hatte.

Mit einem Strahlen im Gesicht betrat sie den Pub. Der Laden war erst seit einer halben Stunde geöffnet und bislang hatte sich noch kein Gast eingefunden.

Aunt Belle runzelte die Stirn, als sie ihr breites Grinsen sah.

»Was ist denn mit dir los?«, fragte sie und umklammerte den Gin Tonic in ihrer Hand. Aunt Belle trank in letzter Zeit mehr als sonst. »Hat sich Prince Charming auf die Picknick-Decke gekniet und dir einen Heiratsantrag gemacht?«

»*Jaaa*«, zwitscherte Sophie verträumt, hatte ihr gar nicht richtig zugehört. Der Groschen fiel erst ein paar Sekunden später, als sie Aunt Belles entgeistertes Gesicht bemerkte. »Ähm, nein. Natürlich nicht.« Sie ging zur Theke, konnte weiterhin nicht aufhören, zu lächeln, und sie fürchtete, zu platzen, wenn sie ihrer Chefin nicht erzählte, was gerade in Greyfriars Gardens geschehen war. »Aunt Belle, er hat mir heute gestanden, dass er Gefühle für mich hat.«

Mit theatralischer Geste steckte sich Belle eine Zigarette in den Mund, entzündete das Feuerzeug und schwang es hin und her.

»Der Herr sei gepriesen«, sagte sie mit einem Maulen. »Und wie fühlt es sich an, dort oben auf Wölkchen sieben?«

Sophie ärgerte dieser Sarkasmus und prompt holte sie zu einem Konterschlag aus.

»Wie in einem High-School-Film, in dem sich der beliebte Footballer in das graue Mäuschen verliebt.«

»Und sie lebten glücklich bis an ihr Lebensende«, trällerte Belle zynisch und hob das Glas.

Manchmal konnte diese Frau wirklich ätzend sein. Sie hatte immer Menschen beneidet, die mit ihren Meinungen nie hintern Berg hielten, das aussprachen, was sie dachten, aber jetzt lag ihr das Wort Kratzbürste auf der Zunge. Frustrierte Kratzbürste. Frustrierte, betrunkene Kratzbürste.

Mit gesenktem Kopf wanderte Sophie um die Theke, nahm eine saubere Schürze aus einem der unteren Regale und legte sie schweigend um. Möglicherweise war gerade ein schlechter Zeitpunkt, um nach einem freien Sonntagabend zu bitten.

Mit einem feuchten Lappen wischte sie über den Tresen, an dem noch die Bierreste vom gestrigen Abend klebten, und sie konzentrierte sich darauf, Aunt Belle mit Ignoranz abzustrafen.

Plötzlich legte die Frau den Arm um ihre Schultern, beugte sich zu Sophies Ohr und flüsterte: »Gut gemacht, kleine Jane. Für mich kam das nicht überraschend, das ist alles. Ich habe es dem Fraser-Jungen schon angesehen, als er dir hier zum ersten Mal begegnet ist.«

»Wirklich?«

»Jepp. Glaube mir, ich habe im Laufe der letzten Jahrzehnte viele Männer von dieser Theke aus beobachtet, und ich weiß immer, wann sie sich für eine Frau interessieren. Möglicherweise habe ich ein bisschen Angst, dich zu verlieren.«

»Wie meinst du das?«

»Nun ja, eines Tages wirst du diesen Kellnerjob an den Nagel hängen, da es sich als Freundin eines Willem Fraser nicht schickt, Getränke an besoffene Fußballfans auszuschenken. Du wirst wie eine dieser geschniegelten und gestriegelten Ladys in dem großen Haus in der All Saints' Lane leben und dich mit anderen geschniegelten und gestriegelten Ladys zum Nachmittagstee verabreden, damit ihr euch über Frauen, wie ich eine bin, das Maul zerreißt.«

Empört schüttelte sie den Kopf. »Das ist doch Unsinn.«

»Nein, das ist es nicht. Aber soll ich dir mal was sagen, Kind? Ich würde es dir von ganzem Herzen wünschen. Du bist viel zu klug, um hier bis an dein Lebensende zu arbeiten. Oder willst du so enden wie ich?«

Sophie tätschelte liebevoll Aunt Belles Handgelenk.

»Was wäre so schlimm daran? Du bist eine emanzipierte und starke Frau, die es hier tagtäglich mit testosterongeschwängerten Männern aufnimmt. Ich finde, du bist ein Vorbild.«

Aunt Belle gab ihr einen Schmatzer auf die Wange. »Ich bin eine einsame, verbitterte und alte Schachtel. Werde niemals so wie ich, hast du kapiert?«

»Ach, Aunt Belle«, flüsterte Sophie, schloss die Augen und lehnte ihren Kopf an deren Schulter. »Ich werde dir immer dankbar sein. Du bist ein herzensguter Mensch, auch wenn du alles daransetzt, diese Herzensgüte vor der Außenwelt zu verbergen.«

»Nun ja, das Leben hat mir gezeigt, dass Gutherzigkeit oftmals ausgenutzt wird. Wie geht es denn jetzt mit Willem und dir weiter?«

Sophie löste sich aus der Umarmung und seufzte schwer.

»Ehrlich gesagt habe ich keinen blassen Schimmer. Er wollte mich heute küssen, aber ich bin ihm ausgewichen. Ich fühle mich zu so einer Intimität nicht bereit ... und deshalb bezweifle ich, dass wir tatsächlich zusammenkommen.«

»Und warum bist du ihm ausgewichen?«, fragte Aunt Belle voller Skepsis.

»Ich ... ich weiß nicht.«

Die Frau verschränkte die Arme vor der Brust. »Sag mal, hat man dir wehgetan? Du musst nicht darauf antworten, wenn du nicht willst.«

Sophie fühlte sich unangenehm ertappt und sah Belle verschreckt an. Sie wollte es zunächst verneinen, aber was hätte es gebracht? Sie schluckte; am liebsten hätte sie geweint. Sie wusste nicht, ob sie dazu bereit war, die Tür für all die Geister und Dämonen zu öffnen. Und doch war da dieses Bedürfnis, sich selbst diesen inneren Überdruck nehmen zu wollen.

»Ja, Aunt Belle«, gab sie schließlich zu, so beschämt, dass sie merkte, wie ihr der Schweiß ausbrach.

Aunt Belle nickte, rieb sich die Schläfe und sah sie bewusst nicht an. »Vater? Bruder? Onkel? Klassenkamerad?«

Einen Augenblick lang verschlug es Sophie die Sprache, und als sie wieder sprechen konnte, stammelte sie: »Der Sohn meiner Pflegemutter.«

»Hat er dich vergewaltigt?«, erkundigte sie sich vollkommen emotionslos.

»Nicht wirklich.«

»Was heißt das? Nicht wirklich?«

In die Ecke gedrängt, trat Sophie von einem Fuß auf den anderen. »Na ja, er hat nicht ... Du weißt schon ...«

»Seinen verfluchten Schwanz in dich hineingeprügelt?«

»Nein«, antwortete sie wimmernd. »Das nicht. Ich konnte rechtzeitig fliehen.«

»Aber er hat dich zu anderen sexuellen Handlungen gezwungen. Musstest du ihm einen blasen, ihm einen runterholen? Hat er dir gedroht, solltest du es nicht tun?«

Sophie nickte nur. Das zuzugeben verlangte alles von ihr ab, und sie war so beschämt, dass ihr fröstelte.

Aunt Belle packte unvermittelt ihre Hand. »Kleines, warum hast du diesen Schweinehund nicht angezeigt?«

»Niemand hätte mir geglaubt. Meine Pflegemutter ist die größte Schmierenkomödiantin der Welt und sie hätte mich als geistesgestört dargestellt.«

Ein langes Schweigen dehnte sich aus.

»Ich habe mir das schon gedacht, Sophie. Ich kann nicht fassen, dass du so etwas durchmachen musstest. Zum Glück bist du dort abgehauen. *Das*, mein Kind, spricht für Stärke. Vermutlich wirst du von den Behörden in Liverpool gesucht, nicht wahr?«

Sie verstummte. »Ich denke schon.«

Aunt Belle brummte, rieb sich die Augen. »Das ist echt nicht gut, Sophie. Nicht gut, nicht gut ...«

»Ich weiß«, sagte sie konsterniert.

»Jetzt bist du ja hier. Ich kann mir nicht vorstellen, dass man hier in der Grafschaft Kent nach dir sucht. Bis Liverpool sind es fast dreihundert Meilen. Sicher denken die Behörden, du würdest dich noch irgendwo dort auf den Straßen aufhalten oder in Manchester, Leeds – wo auch immer. Zumindest hoffe ich das.«

»Ja, das hoffe ich auch. Aber solange ich nicht volljährig bin, muss ich in der Angst leben, dass man mich doch noch findet und sie mich wieder in dieses schreckliche Haus zurückbringen.«

»Sophie, hör mir zu«, mahnte Aunt Belle. »Dann musst du den Mund aufmachen. Du *musst* diesen Schweinehund und seine Mutter anzeigen. Lebten denn noch andere Kinder in dem Höllenhaus?«

»Ja«, erwiderte sie bekümmert. »Während meiner Flucht habe ich die Fürsorge benachrichtigt und sie gebeten, die Kinder dort rauszuholen. Ich wünschte, ich hätte mehr getan.«

Sie wischte sich die Tränen aus dem Gesicht.

Aunt Belle lächelte sanft. »Nein, mein Kind, mehr hättest du nicht tun können. Zumindest nicht zu diesem Zeitpunkt. Dennoch solltest du Anzeige erstatten, sobald keine Gefahr mehr besteht, dass man dich diesen Menschen wieder in Obhut gibt. Versprich mir das.«

»Ich weiß nicht, ob ich das kann, Aunt Belle.«

»Verstehe. Dennoch müssen solche Monster bestraft werden, und das geschieht nur, wenn jemand anderes den Mut aufbringt, diese abscheulichen Taten anzuzeigen.« Sie seufzte und kniff die Augen zusammen. »Mein Exmann, Harold, hat mir vorhin einen Besuch abgestattet. Wie ein lauernder Kater scharwenzelte er vor dem Pub hin und her. Dieser paranoide Säufer denkt, ich würde dir eines Tages den Pub und die Pension überlassen und ihn somit um seinen nicht vorhandenen Anspruch auf diese Immobilie bringen. Sophie, der Mann ist nicht dumm und er scheint dir gegenüber misstrauisch zu sein, weil du hier mit nichts in den Taschen aufgekreuzt bist. Wie du weißt, ist Harold ein ehemaliger Polizist und er hat noch heute Freunde im hiesigen Polizeipräsidium. Bitte tu mir den Gefallen und halt dich von ihm fern, solltest du ihm begegnen. Keine Ahnung, was dieser Trunkenbold im Schilde führt.«

Sophie hatte das Gefühl, ihre Blutgefäße würden sich zusammenziehen, und da war sie wieder – diese alte Furcht, die durch Mark und Bein schoss.

»Glaubst du, er lässt mich überprüfen?«, fragte sie panisch.

»Möglich ist alles.« Wie um sie zu beruhigen, legte Aunt Belle ihre knochigen Hände auf Sophie Schultern und drückte fest zu. »Jetzt malen wir nicht den Teufel an die Wand. Du hast schließlich noch mich, nicht wahr? Ich lasse nicht zu, dass man dich wieder nach Liverpool zurückschickt – und wenn es das Letzte ist, das ich tue, ich werde es verhindern.«

Schluchzend fiel Sophie ihr in die Arme, klammerte sich wie ein hilfloses Kind an ihr fest. »Ich will nie wieder von hier fort. Lass das bitte nicht zu.«

»Das werde ich nicht.« Aunt Belle streichelte sanft über Sophies Rücken und atmete tief ein. »Nach dem Tod meiner Clara verfluchte ich den lieben Gott, weil er mir das Wichtigste genommen hatte. Ich habe mir damals geschworen, nie wieder seinen Namen in den Mund zu nehmen. Doch dann bist du in mein Leben getreten. So unverhofft – aus heiterem Himmel. Heute bete ich zu ihm, dass er dich mir nicht wegnimmt. Und das wird er nicht. Nicht noch einmal werde ich einen geliebten Menschen verlieren.«

Aunt Belle reichte Sophie ein sauberes Geschirrtuch, damit sie sich die Tränen trocknen konnte.

»Danke. Ich weiß nicht, wie es mir ohne dich ergangen wäre. Vielleicht wäre ich bereits tot.«

»Mein Kind, du hast dir alles selbst erarbeitet, und das, obwohl du noch so jung bist. Ich wette, deine Eltern wären sehr stolz auf dich, wenn sie noch leben würden. Außerdem hast du es geschafft, dir einen der begehrtesten Burschen in ganz Canterbury zu angeln.« Aunt Belle kicherte wie ein junges Mädchen, bis der alte kratzige Raucherhusten einsetzte.

Mühsam beruhigte sich Sophie und lächelte wieder, während sie sich eine weitere Träne aus dem unteren Wimpernkranz tupfte.

»Ich habe ihn nicht geangelt.«

»Und ob.«

»Willem hat mich ins Theater eingeladen. Nächste Woche Sonntag.«

»Aha.«

»Ich bräuchte einen Abend frei.«

»Sonntags? Hast du einen Sprung in der Schüssel?«

Enttäuscht sah sie Aunt Belle an, die bis gerade noch den fürsorglichen Muttersatz gemimt hatte.

»Es wäre doch nur für diesen einen Abend. O bitte, Aunt Belle.«

Die Frau nahm ihren Gin Tonic zur Hand, nippte daran und grinste. »Das war ein Witz, kleine Jane. Natürlich kannst du den Abend frei machen. Ich möchte keinesfalls dem jungen Glück im Weg stehen.«

»Wirklich?«, fragte Sophie aufgeregt und wieder umarmte sie Aunt Belle überschwänglich, sodass der Gin-Tonic überschwappte. »Oh, danke.«

»Jaja, schon gut.« Mürrisch starrte sie Sophie von oben bis unten an. »Was willst du denn anziehen?«

Sie zuckte mit den Schultern und sah an sich hinunter. »Ich weiß nicht. Eines meiner Kleider.«

»Kommt gar nicht in die Tüte. Du kannst doch nicht wie ein Woodstock-Hippie-Mädchen ins Theater gehen. Dort trägt man Abendgarderobe.«

»Ich besitze kein Abendkleid«, sagte Sophie frustriert.

»Aber ich. Komm mit, ich gebe dir ein Kleid von mir.«

Aunt Belle verschloss vorübergehend die Pubtür und Sophie folgte ihr hinauf. Oft war sie nicht in der Wohnung ihrer Arbeitgeberin gewesen, jedoch mochte sie die Sechzigerjahre-Vintage-Einrichtung mit den flauschigen Flokati-Teppichen, den sonnenblumengelben Tapeten und dem mit orangenfarbenen Rauten versehenen Sofa. Einige Designerlampen aus jenem Jahrzehnt oder auch die zahlreichen Kunstskulpturen, die im Wohnzimmerregal präsentiert waren, sahen recht wertvoll aus. Aber Sophie hatte nicht viel Ahnung von Antiquitäten. Jedoch vermutete sie, dass Aunt Belle nicht aufgrund von Geldnöten den Pub sowie die Pension betrieb. Von Willem hatte sie erfahren, dass Belle aus einer wohlhabenden Canterbury-Familie stammte. Die tägliche Schufterei war schlicht und ergreifend nichts mehr als ein Zeitvertreib, um nicht auf dem Sofa vorm Fernseher einzurosten.

Das bewunderte Sophie an Aunt Belle.

Irgendwie wusste sie nicht, was sie davon halten sollte, ein Abendkleid von der doch recht reifen Frau anzunehmen, das gewiss nach Mottenkugeln und getrocknetem Lavendel roch. Sie war jedoch zu höflich, zu dankbar, um dieses Angebot auszuschlagen. Des Weiteren konnte man Belle einen schlechten Kleidungsgeschmack nicht nachsagen, sah sie doch stets adrett und chic aus. Bitter musste Sophie sogar oft feststellen, dass die Lady modernere Klamotten am Leib trug als sie selbst.

So folgte sie Belle in das Schlafzimmer, in dem zwei Kleiderschränke standen.

»In dem großen sind meine normalen Sachen, da brauchen wir keinen Blick hineinwerfen, aber hier, in diesem, verbergen sich meine alten Schätze.« Sie drehte den Schrankschlüssel und öffnete die beiden mit Blumen bemalten Holztüren. Sophie staunte, als sie unzählige Ballkleider erblickte. Ergriffen betrachtete Belle die Roben und seufzte schwer. Es machte den Eindruck, als huschten gerade Hunderte Erinnerungen durch ihre Gedanken.

»Das alles sind Überbleibsel meiner Miss-Wahlen aus den Fünfzigerjahren. Damals schliff mich meine Mutter zu unendlich vielen Wettbewerben und ich habe fast alle gewonnen. Mir stand eine große Karriere als Mannequin bevor … Bis ich mich Hals über Kopf in den weltgrößten, selbstgefälligsten Loser verliebte. Wie dumm wir Frauen doch sind, nicht wahr? Warum haben wir ständig das Bedürfnis, uns in diese freiwillige Geiselnahme zu begeben?«

Sophie lächelte sanft. »Ich weiß nicht. Vielleicht, weil wir Frauen mehr in die Liebe investieren als Männer? Aber wie sagte einst Emily Dickinson? *Bis ich geliebt habe, habe ich nie gelebt.*«

Belle sah sie bewundernd an. »Manchmal habe ich das Gefühl, du wärst hundert Jahre alt, kleine Jane.« Sie klatschte in die Hände. »Dann wollen wir mal schauen, ob wir etwas Passendes für dich finden. Wie wäre es hiermit?« Sie nahm ein Kleid von der Stange, dessen Oberteil aus schwarzem Samt und der weite Rock aus weißem Chiffon war, hielt es Sophie an, überlegte, rümpfte dann die Nase. »Nee, zu altbacken.« Das nächste war ein ähnlich geschnittenes, jedoch in lindgrün.

»Oh, das ist schön«, sagte Sophie schwärmerisch.

»Ja, schon. Nur habe ich in diesem Kleid meine Unschuld verloren. Er war ein Fotograf aus Notting Hill und ein stürmischer Liebhaber, der die Finger nicht von mir lassen konnte.« Sie brummte und stöhnte: »Leider auch nicht von den anderen Schönheitsköniginnen, die er ablichtete.«

Sophie runzelte die Stirn. »Ok, dann lieber ein anderes.«

»Wo ist denn das Ding, das ich zum Bankett der ... Ah, hier ist es.« Belle griff nach einem schulterfreien Spitzenkleid in einem zarten Altrosa, und Sophies Herz schlug höher, als sie es genauer unter die Lupe nahm. Es hatte einen herzförmigen Ausschnitt und einen weit schwingenden Rock.

»Aunt Belle, das ist einfach wundervoll. Glaubst du, es passt mir?«

Belle zuckte mit einer Schulter. »Na ja, ich hatte schon eine ziemliche Wespentaille, aber es hat mehrere Abnäher, sodass du es weiter machen kannst.«

Sophie verzog grimmig das Gesicht. »Das heißt also, ich bin fett?«

»Fett vielleicht nicht. Ich nenne es Babyspeck.«

»Es wird mir passen!«, erwiderte Sophie mit einem frechen Grinsen. »Danke, Aunt Belle, ich denke, das ist das richtige.«

»Ich gebe dir dazu den passenden Chiffonschal, damit du im Theater deine Schultern bedeckst, und auch Schuhe – hochhackige natürlich, sonst siehst du neben Willem Fraser wie Schlumpfine aus.« Ihre Augen verfinsterten sich. »Wie steht es mit der Antibabypille?«

»Aunt Belle!«, rief sie empört.

»Herrgott, du kleines Mauerblümchen, glaubst du, der Junge führt dich nur aus, um sich mit dir ein doofes Theaterstück anzuschauen? Kerle, die ihre Geldbörse zücken, um ein Mädchen auszuführen, hoffen auf eine ungestüme Nacht voller Sex.«

Sophie schauderte. »Echt?«

»So etwas steht nicht in deinen lieblichen Jane-Austen-Romanen, nicht wahr? Du solltest dir vielleicht mal *Lady Chatterley* oder Nabokovs *Lolita* zu Gemüte führen.« Aunt Belle presste die Lippen zusammen, prustete dann aber los. »Du müsstest jetzt dein Gesicht sehen. Keine Sorge, die meisten Typen warten bis zum dritten Date, bis sie die Entlohnung ihrer Gönnerhaftigkeit einfordern.«

Sophie machte immer noch eine mürrische Miene, überlegte, Willem anzurufen, um ihm abzusagen.

»Menschenskind, Liebes, ich wollte dich nur aufziehen. Willem ist doch ein Gentleman, oder nicht?«

»Schon, aber er könnte jede haben und auch mit jeder ins Bett gehen. Was will er dann mit mir?«

»Auch ein Willem wird irgendwann feststellen, dass die leichten Mädels nicht unbedingt die sind, die es wert sind, zu heiraten. Hoffe ich zumindest. Tja, aber ... wenn ich es mir recht überlege, ist er auch nur ein schwanzgesteuerter Kerl wie alle anderen.«

»Sehr aufbauende Worte, Aunt Belle. Ich danke dir vielmals.«

»Heilige Scheiße, Sophie, jetzt hörst du mir mal zu. Du hast ganz bestimmt Schreckliches in Liverpool erlebt und es wird sicherlich dauern, bis du bereit bist, mit einem Mann intim zu werden. Aus dem Grund denke ich, du solltest mit jemandem darüber sprechen, der sich mit so etwas auskennt. Willst du das dein ganzes Leben mit dir herumschleppen und als eine alte Jungfer enden?«

»Was meinst du damit, ich solle mit jemandem darüber sprechen, der sich mit so etwas auskennt? Etwa einem Psychologen?«

»Genau.«

»Nein. Niemals.«

»Wie willst du jemals darüber hinwegkommen?«, sagte Aunt Belle mit Wut in der Stimme. »Du wirst dir dein ganzes verdammtes Leben verbauen.«

»Sex ist nicht das Wichtigste.«

»Nein, aber jetzt lass dir mal was von einer lebenserfahrenen Lady verklickern: *Es gehört dazu.*« Sie winkte ab. »Ach, mir soll es doch egal sein. Dann ende eben als miesepetrige alte Trockenpflaume.«

Sophie ließ die Schultern hängen und besah sich das schöne Abendkleid in ihren Händen.

»Es ist ja nicht so, als hätte ich nicht den Wunsch danach. Doch immer, wenn Willem mir näher kommt, dann denke ich an Brendan Scarboroughs Gesicht und an das, wozu er mich gezwungen hat. Ich kann es nicht. Ich kann es nicht beschreiben, aber dann braut sich etwas in mir zusammen, das mich lähmt. Panik, und ich fühle mich dann so abstoßend und entwürdigt … Ich schäme mich einfach.«

»Du hast keinen Grund, dich zu schämen, verstehst du das? Du bist alles andere als abstoßend. Du hast nichts falsch gemacht.«

»Aber es kommt mir so vor«, sagte Sophie leise.

Aunt Belle ließ den Kopf nach hinten sinken und gab ein lang gezogenes Seufzen von sich.

»Hier in Canterbury gibt es eine ganz hervorragende Psychologin. Du hast dich aus eigener Kraft aus dieser schlimmen Situation befreit. Auf der Welt gibt es so viele Frauen, die das nie schaffen, du aber schon. Jetzt ist es an der Zeit, dass man *dir* hilft. Wenn du willst, dann begleite ich dich zu Dr Wilson. Ihre Praxis liegt in der Oxford Road. Mein Mädchen, vertrau mir. Sie hat mir damals nach Claras Tod sehr geholfen. Und sie wird auch dir helfen. Das ist der einzig richtige Weg. Es geht doch überhaupt nicht um Willem oder sonst irgendeinen Mann, sondern darum, dass du die Vergangenheit bewältigst, dich ihr stellst, um selbstbewusst und optimistisch in die Zukunft zu gehen. Du hast das verdient. Du hast ein unbeschwertes Leben verdient.«

Sophie sah sie mit Tränen in den Augen an. Vielleicht hatte Aunt Belle recht. Seit sie ein kleines Kind gewesen war, hatte sie viel durchstehen müssen. Die Episode bei den Scarboroughs war furchtbar gewesen, doch was mit ihrer Mutter geschehen war, noch unaussprechlicher. Möglicherweise würde sie nie über diesen Tag sprechen können, als sich ihr Leben von jetzt auf gleich vollkommen verändert hatte. Kein Psychologe auf diesem Planeten würde in der Lage sein, diese Bilder aus ihrem Gedächtnis zu eliminieren. Niemand würde das.

»In Ordnung. Ich werde zu Dr Wilson gehen«, gab Sophie nach.

Aunt Belles Ausdruck wurde weich. »Ich werde dich bei allem unterstützen, und du weißt, dass du immer mit mir reden kannst.«

Sophie nickte. »Danke, Aunt Belle.«

»So, jetzt probiere das Kleid an. Währenddessen erkläre ich dir, wie man Sex macht.«

»Aunt Belle! Ich weiß, wie das geht.«

»Weißt du nicht!«

»Doch!«

»Du hast keinen blassen Schimmer.«

»Ich habe einen Fernseher.«

Beide stierten sich an und lachten los.

»Du kannst das Kleid hier anprobieren.« Sie warf die Schlafzimmertür zu und schrie hindurch, während Sophie sich auszog: »Wenn eine Frau und ein Mann sich sehr liebhaben, dann ...«

Sophie hielt sich die Ohren zu. »*Hör auf!* Das ist richtig peinlich.«

The Bimbam House

London, Donnerstagabend

Willem betrat den neu eröffneten Sushi-Laden am Golden Square mit dem seltsamen Namen *The Bimbam House*. Roher Fisch gehörte nicht unbedingt zu seiner Leibspeise, aber Alfie, der inzwischen ebenfalls in London lebte, hatte ihn um ein Treffen an diesem frühen Abend gebeten. Er hatte ihm von großen Neuigkeiten berichtet, die er Willem erzählen wollte.

Das Restaurant verfügte über nur wenige Sitzplätze, alle an einem langen, kaffeebraunen Tresen mit einem immer drehenden Laufband, auf dem kunstvoll dekorierte schwarze Porzellanteller mit Sashimi-Häppchen vorbeirollten.

Er sah seinen Freund an einem der hinteren Plätze. Alfie hob freudigen Gesichts die Hand und winkte ihm aufgekratzt zu. Bislang waren sie die einzigen Gäste.

Alfie trug einen maßgeschnittenen dunkelblauen Anzug mit hellgrauer Krawatte und einem farblich abgestimmten Einstecktuch. Entweder war er overdressed oder Willem in seiner dunklen Jeans und dem schlammfarbigen Pullover schlichtweg underdressed.

Sie umarmten einander. Obwohl beide derzeit in London lebten, hatten sie sich seit Wochen nicht mehr gesehen.

Willem klopfte ihm auf die Schulter und lachte. »Sind jetzt schon die Zeiten des Herrenausstatters angebrochen?«

»Klappe!«, erwiderte Alfie mit einem Schmunzeln. »Mein Büro verlangt die Kostümierung.«

»Siehst wie ein vierzigjähriger Yuppie aus, der schnell was futtern muss und gleich mit einem seiner Partner zum Squash verabredet ist.« Er zwinkerte. »Ich mach nur Scherze – sieht gut aus. Meinem Vater würde das Herz aufgehen.«

»Tja, und du machst den Eindruck, als wärst du gerade aus dem Bett einer deiner Kommilitoninnen gefallen. Bist spät.«

Willem setzte sich neben Alfie und bestellte beim Kellner ein Bier.

»Sorry, ich weiß. Wir haben bis eben geprobt.«

»Welches Stück?«

»Annie Get Your Gun.«

»Ist das nicht ein Musical?«, fragte Alfie mit runzelnder Stirn. »*There's No Business Like Show Business?*«

»Richtig«, antwortete Willem mürrisch. Musicalnummern waren nicht gerade seine Leidenschaft. »Gehört dazu. Überdeutliches Trällern, anstrengendes Ballett-Jazz-Gehüpfe und theatralisches Jammern.«

»Du liebst das doch«, bemerkte Alfie wie beiläufig und hatte sich inzwischen der Speisekarte gewidmet, in die Willem jetzt auch einen Blick hineinwarf. Er riss die Augen auf, als er die absurden Preise sah. Kein Wunder, dass sie die einzigen Gäste waren.

»Sind das Stückpreise?«, fragte er fassungslos.

»Ja, sind es«, erwiderte Alfie mit einem Achselzucken. »Mach dir keine Gedanken, Willem, bist eingeladen.« Er legte ihm die Hand auf den Oberarm, nahm sie aber sofort wieder weg.

»Ach komm schon, das ist doch Blödsinn. Warum solltest du mich zum Essen einladen?«

»Weil du ein mittelloser Schauspielstudent bist und ich ein erfolgreich aufstrebender Anwalt bin. Deshalb.«

Autsch! Ganz gleich, in welche Ironie er diese Worte verpackte, der Seitenhieb kam an.

»Ich will keine Widerworte hören. Bitte, ich will dir eine Freude bereiten.«

»Okay.«

Alfie zupfte an den Ärmeln seines exquisiten Maßanzugs. »Du weißt doch, wie ich das meine. Eines Tages, wenn du reich und berühmt bist, wirst du mich ins Ritz einladen und dann werde ich die Karte rauf und runter bestellen«, sagte er lachend.

»Abgemacht«, erwiderte Willem. Trotzdem störte es ihn, dass sein Freund ihn als mittellos bezeichnet hatte. Scherz hin oder her. Außerdem wusste er nicht, ob ihm Alfies neu erlangtes, selbstsicheres Advocat-Gehabe gefiel. Mit dem sorgsam gekämmten Blondkopf, den Manschettenknöpfen und diesem furchtbar altbackenen Einstecktuch war er der Inbegriff eines Londoner Großkotz-Rechtsverdrehers, der im Gerichtssaal mit den brillantesten Plädoyers triumphierte, permanent die Toilette aufsuchte, um sich Koks durch die Nase zu jagen. Er fragte sich, ob wirklich der gleiche kränkliche, verschlossene Alfie neben ihm saß, der zu Schulzeiten ständig dieselbe Kordhose getragen und der seiner Großmutter jeden Sonntag die Fußnägel lackiert hatte.

Bitte, Alfie, werde nicht zu einem von denen, betete Willem stumm.

Immer mehr fiel ihm auf, dass sich die Menschen in seiner Umgebung veränderten, erwachsener wurden, und die Sehnsucht nach den guten, alten Tagen drängte sich in ihm auf. Eine Zeit, in der sie sich ausschließlich darüber Gedanken gemacht hatten, wie sie als Minderjährige an Alk kamen, oder sie sich die Nächte mit dummen Computerspielen um die Ohren geschlagen hatten. Willem fühlte sich für das Erwachsensein noch nicht bereit.

Aber hatte er eine andere Wahl?

In nur wenigen Jahren würden sie sich alle auf hundert verschiedenen Hochzeiten begegnen, eine exklusiver als die andere, und sie würden die neuesten Ultraschallbilder herumreichen, um stolz auf eine Wirbelsäule oder ein Füßchen zu deuten.

»Was ist der Unterschied zwischen einem Nigiri und einem Maki?«, fragte Willem mit einem Naserümpfen.

»Beim Maki wird die Füllung in ein Algenblatt gerollt. Traditionelle japanische Makis werden typischerweise mit rohem Lachs, Thunfisch oder Gemüse wie Gurke, Karotten oder sonst auch mit Omelett gefüllt. Es gibt Hunderte Variationen. Bei Nigiris wird eine kleine Menge Sushireis zu einer schmalen Rolle geformt und dann mit Fisch belegt.«

»Aha. Bist wohl öfters in solchen Läden, was?«

»Jeden Donnerstag.«

»Wie gefällt dir denn deine neue Arbeit bei Simon & Luther?« Sein Vater hatte Alfie empfohlen, und ohne es zu beabsichtigen, war Willem extrem neidisch auf seinen zielstrebigen und intellektuellen Freund, der in George Frasers Augen die nur einzig richtige Laufbahn eingeschlagen hatte. »Ich meine, ich habe eine Ewigkeit nichts mehr von dir gehört.«

»Ja, das tut mir auch sehr leid. Du weißt ja, wie das ist, wenn man sich erst einmal neu orientieren und einarbeiten muss, Kollegen kennenlernen, die Kaffeemaschine suchen, sich durch Fallakten kämpfen ...« Wusste Willem nicht. Er hatte noch nie in einem Büro gesessen. »Aber bislang gefällt mir das Referendariat ausgesprochen gut. Ich werde deinem Vater wohl lebenslang die Füße küssen.«

»Ja, George Fraser, der Türenöffner«, sagte Willem mürrischer, als er beabsichtigt hatte.

»Ach komm schon, Will.«

»Entschuldige bitte. Ich freue mich wirklich sehr für dich. Das ist *deine* Chance, Alfie. Ich wette, du hättest diese Anstellung auch ohne die Hilfe meines Vaters erhalten.«

»Willem, in dieser Welt geht nichts ohne Vitamin B. Probier das mal!«, sagte er und zeigte auf einen vorbeifahrenden Teller. »*Uund?* Das ist was?«

Er kam sich selten dämlich vor. »Nigiri?«

»Richtig.«

Unbeholfen tunkte Willem den Reisklumpen mit dem marmorierten Lachs in ein Schälchen Sojasoße, überlegte, die umständlichen Stäbchen beiseitezulegen, um das Sushi-Ding mit der Hand in den Mund zu führen. Alfie beobachtete ihn, der Sushi-Meister beobachtete ihn, und so entschied er sich doch für das Besteck, das in seinen Augen keins war. Die Soße tropfte, kleckerte auf den Tresen, auf seinen schlammfarbenen Pullover, und er stopfte sich das angepriesene Nigiri in den Mund. Mit einer Serviette tupfte er über den Fleck, seufzte innerlich über sein Unvermögen.

»Köstlich«, log er und nickte dem voyeuristischen Küchenchef huldvoll zu, der sich sichtlich zufrieden endlich abwandte und mit einem säbelartigen Messer das Gemüse in Millimeter schmale Streifen zerhäckselte. Willem überlegte, ob er bei seinem Heimweg zum Wohnheim an einem Burgerladen vorbeikam.

Der weitere Abend bestand aus einem langatmigen Monolog. Alfie redete von netten und weniger netten Kollegen, von aufregenden und weniger aufregenden Gerichtsverfahren, von befangenen und nicht befangenen Richtern sowie von kostspieligen und noch kostspieligeren Restaurants. Er war erst seit ein paar Monaten in London, schien die Stadt im Sturm zu erobern, während Willem das Gefühl hatte, von ihr aufgefressen, verdaut und wieder ausgespuckt zu werden.

Er hörte Alfie zu, linste verstohlen auf seine Armbanduhr, unterdrückte hin und wieder ein aufkommendes Gähnen. Mit einem Mal fühlte er sich in diesem Bimbam-Laden unwohl, sodass er bereits um kurz vor neun aus dem Fenster blickte, um nach einem Taxi

Ausschau zu halten. Das lag nicht an dem rohen Fisch oder dem viel zu warmen Tiger-Bier, sondern an Alfie, den er mit seiner neuen Fassade nicht verabscheuen wollte, es aber irgendwie tat.

Er bildete sich ein Magengrummeln ein und sah sich schon jetzt mit dem Kopf über der Kloschüssel hängen, weil sein Körper den rohen Fisch ablehnte.

Ein Schweigen entstand.

»Hörst du mir überhaupt zu?«, fragte Alfie gedämpft.

Willem richtete sich kerzengerade auf. »Na klar.«

»Ich habe dich gerade gefragt, wie es Marah geht.«

Es geht ihr beschissen, Alfie Adams. Sie liegt in einem künstlichen Koma, mit einer verdammten Lungenentzündung. Ihr Gesicht ist aufgedunsen wie ein Fußball, sie droht jede Sekunde zu ersticken, wenn die Ärzte ihr nicht sofort den Schleim aus dem Hals saugen. Marah stirbt! Meine kleine Schwester stirbt! Und du, Alfie, faselst von Michelin-ausgezeichneten Restaurants und irgendwelchen blasierten Anwälten in lächerlicher Robe mit viktorianischer Pferdehaarperücke auf dem Kopf.

»Nicht gut.«

»Ich hörte, sie ist wieder im Hospital.«

Nein, dachte Willem, der Abend war zu fortgeschritten, um erst jetzt von Marahs Gesundheitszustand zu sprechen. Er war zu müde, zu angepisst, zu traurig und zu desillusioniert.

»Alfie«, sagte er, »ich bitte dich, können wir das Thema wechseln? Bitte.«

»Natürlich, Willem«, erwiderte Alfie mit deutlicher Betroffenheit. »Du weißt aber, dass ich immer für dich da bin.« Er legte seine Hand auf Willems Oberschenkel, doch diese Berührung fühlte sich falsch an.

»*Lass das!* Kannst du bitte aufhören, mich permanent zu betatschen?«, donnerte er eindringlich.

Vielleicht war wirklich etwas an den Gerüchten dran, Alfie wäre schwul und in ihn verknallt. Immer wenn man ihm dies zutrug, nahm er ihn in Schutz und dementierte es, da er es selbst nicht wahrhaben wollte.

Alfie riss die Hand weg, als hätte er sich an seinem Oberschenkel verbrannt, und wich eingeschüchtert zurück.

Willem spürte, wie etwas aus dem Raum entwich. Der Sushi-Meister hatte seine Zerhäckselkünste eingestellt und sah irritiert zu den beiden Freunden herüber.

»*Willem*, ich ... ich wollte dir bestimmt nicht zu nahetreten. Bitte verzeih mir.«

Willem kniff beschämt die Augen zu und rieb sich den Nasenrücken. Seine Reaktion war maßlos überzogen gewesen. Das begriff er jetzt.

»Nein, mir tut es leid. Ich bin momentan echt nicht gut drauf.«

Alfie sah betrübt in sein Glas. »Ja, das merkt man. Ich kann es aber verstehen. Ich weiß, wie sehr du Marah liebst.«

Willem nickte und wechselte das Thema. »Du wolltest mir doch eine Neuigkeit erzählen.«

»Ja, das stimmt.«

»Dann schieß mal los!«

Alfie atmete tief ein. »Das New Yorker Büro hat im nächsten Frühjahr eine Referendarsstelle frei. Meine Chefs glauben, dass ich der Richtige dafür sei, und somit habe ich mich auf den Posten beworben und ...«

»*Und was?*«

»Ich habe die Stelle.«

Willem lächelte über das ganze Gesicht. »Ehrlich?«

»Ehrlich.«

Freudig schlug er Alfie auf die Schulter. »Aber das sind ja fantastische Neuigkeiten. *New York.* Das ist unglaublich. Mensch, mein kleiner Alfie an der Wall Street«, sagte er voller Stolz. »Ich sterbe vor Neid. Was meint denn deine Großmutter dazu?«

»Sie weiß es noch gar nicht«, flüsterte Alfie, so als ob die Alte im selben Raum stünde. »Vermutlich wird sie sich an meinem Bein festketten.«

»Sie wird alles daransetzen, dich vom Bleiben zu überzeugen. Versprich mir, dass du dich nicht von ihr überreden lässt. Du musst diese Chance ergreifen, hörst du?«

»Versprochen.« Er presste die Lippen aufeinander. »Willem?«

»Ja?«

»Ich weiß, das hört sich im ersten Moment bestimmt ein wenig komisch an, aber möchtest du mich nicht in die Staaten begleiten? Nach New York? Du könntest dein Studium auch dort fortsetzen. Ich meine, wo auf der Welt könnte ein talentierter Schauspieler, wie du einer bist, eine erfolgreichere Theaterkarriere starten als am Broadway?«

Willem lachte und schüttelte ungläubig den Kopf. »Klar, weil es in New York noch leichter ist als hier im West End.«

»Ich meine das ernst. Wir könnten uns ein Apartment teilen. Zunächst könnte ich die Kosten übernehmen, bis du die ersten Engagements hast. Ich weiß doch, dass du immer vom Broadway geträumt hast.«

»Schon, aber ich kann hier nicht einfach weg, Alfie. Das Angebot klingt wirklich toll, doch Marah braucht mich.« Sie sahen sich an und wussten vermutlich beide, dass es nur eine Frage der Zeit war, bis er sich dieser Verantwortung nicht mehr hingeben musste.

»Vielleicht werde ich irgendwann nachkommen.« Er wuselte durch Alfies volles Haar. »Ich werde meinen besten Freund doch nicht mutterseelenallein durch diese Welt marschieren lassen. Ich weiß gerade nicht, wie es mit meinem Studium weitergehen wird. Irgendwie hab ich mir alles aufregender vorgestellt.«

»Ich sag doch, du solltest es am Broadway versuchen. Ich habe dich in Cambridge schon oft spielen sehen und du warst einfach wundervoll. Immer. Ich bin mir sicher, dass du schnell einen Agenten finden wirst.« Er rieb sich mit dem Zeigefinger die Schläfe. »Also, abgemacht? Du kommst nach?«

Willem zögerte, als Alfie ihm die Hand entgegenstreckte, damit er einschlug. Wollte er wirklich weg von hier? Weg von London? Weg von seiner Heimat Canterbury? Weg von Sophie?

Er konnte selbst nicht fassen, dass sie ihm in den Sinn kam, als er daran dachte, was ihm fehlen würde.

»Mit Vorbehalt«, sagte er schließlich und schlug ein. »Und nur, wenn du mir versprichst, mich im Big Apple nicht in Läden wie diesen zu schleppen.«

Alfie lächelte leutselig und beglich die Rechnung.

Sie marschierten in Richtung Norden los, bogen vom Soho Square in die Oxford Street ab und Willem fröstelte. Inzwischen war es Ende September, die Nächte wurden länger und kälter, sodass er sich den Mantel enger um den Körper schlug.

»Darf ich dich mal etwas fragen?«, fragte er Alfie, als sie gerade die Undergroundstation Tottenham erreichten. Hier endete ihr gemeinsamer Weg, denn Alfie musste mit der U-Bahn nach East End fahren.

»Selbstverständlich.«

»Also gut«, sagt Willem und holte tief Luft. »Du musst mir versprechen, dass du nicht böse wirst.«

In Alfies Augen erkannte er ein ziemlich deutliches *O nein*.

»Was ist es denn?«

»Bitte antworte ehrlich. Ja?«

»Werde ich.«

»Gut. Geradeheraus. Stehst du auf Männer?« Es schien, als würde Alfie in sich zusammenschrumpfen. »Das wäre für mich voll kommen in Ordnung. Am Theater arbeiten viele Schwule und Lesben.«

Sein Freund lächelte verlegen und ungläubig. »Wie in Gottes Namen kommst du da drauf? Hey, nur weil ich dich vorhin am Oberschenkel berührt habe, heißt das nicht, ich …«

»Das meine ich nicht. Komm schon, Alfie, ich habe noch nie mitbekommen, dass du dich für ein Mädchen interessierst. Ich will nur, dass du weißt, dass das für mich keinen Unterschied macht, und möglicherweise brauchst du mal einen Freund, dem du dich anvertrauen magst.«

»Hat Sophie etwa irgendeinen Unsinn über mich erzählt?«, fragte er erregt.

»*Sophie?* Was? Nein. Wieso sollte sie irgendetwas Derartiges sagen? Ich verstehe nicht, weshalb du immer noch so auf sie reagierst. Ich dachte, du magst sie mittlerweile.«

Alfie schüttelte den Kopf. »*Ich bin nicht schwul!* Hast du das verstanden, Willem? Kannst du dir auch nur im Entferntesten vorstellen, was los ist, wenn ein solch beschissenes Gerücht die Runde macht? Ich arbeite in einer stockkonservativen Kanzlei. Sprich nie wieder so einen Unfug.«

»Tut mir leid, Alfie, ich wollte nicht … Ich würde nur manchmal gern wissen, was in dir vorgeht. Mehr nicht. Wenn du sagst, du bist nicht schwul, dann glaube ich dir natürlich.«

»*Danke!*«, sagte er gereizt. »Und ich mag Sophie, weil ich es ja scheinbar muss, denn seit einem Jahr habe ich das Gefühl, dass du ohne sie nicht mehr existierst. Ist dir überhaupt bewusst, dass das heute der erste Abend seit einer Ewigkeit ist, an dem wir beide uns allein getroffen haben?«

Willem zuckte bei dem Vorwurf zusammen. »Entschuldige, das war mir nicht bewusst. Du musst Sophie natürlich nicht mögen, aber ich würde mich freuen, wenn du es tätest.«

»Warum?«

»Ich glaube, ich habe mich in sie verliebt.« Alfies hämisches Lachen machte Willem wütend. »Keine Ahnung, was daran so witzig ist.«

»Du glaubst?«

»Ich bin mir nicht sicher. Das ist alles.«

Alfie rümpfte die Nase. »Nun ja, Sophie ist nicht unbedingt dein Typ.«

Willem atmete tief aus. »Wieso denken immer alle, ich hätte mich auf einen bestimmten Frauentyp festgelegt? Warum haltet ihr mich für derart oberflächlich?«

»Wie sagte Tante Lou? GGG – Groß, gertenschlank und geil? Also, wenn du mich fragst, ist Sophie alles andere als GGG.«

Mürrisch verzog Willem den Mund. »Ich finde sie toll. Sie trägt das Herz am richtigen Fleck. Ich könnte stundenlang ruhig dasitzen, ihr zuhören, sie ansehen. Bei ihr habe ich das Gefühl, ich selbst sein zu können. Ich halte das für wichtiger als GGG. Ich hatte genügend GGGs, meinst du nicht auch? Außerdem ist Sophie sehr hübsch.«

»Fühlst du dich denn körperlich zu ihr hingezogen?«

»Keine Ahnung. Trotzdem will ich es herausfinden. Wir sind am Sonntag verabredet. Wir gehen ins Theater.« Unbehaglich sah er sich auf der Straße um, wurde hin und wieder von Passanten angerempelt, die ihre U-Bahn nicht verpassen wollten.

»Interessierst du dich, was ich darüber denke?«

Willem lachte bitter auf. »Bin mir nicht sicher.«

»Als dein bester Freund ist es aber meine Pflicht, dir die Wahrheit zu sagen. Ich glaube, du fühlst dich momentan ein wenig verloren. Das Studium ist nicht, wie du es dir vorgestellt hast, und dann diese furchtbare Ungewissheit, wie es mit Marah weitergeht. Das ist absolut verständlich, jedoch befürchte ich, du verwechselst gerade Freundschaft mit Liebe. Sophie ist bestimmt ein ganz tolles Mädchen, das dich anhimmelt, aber wir zwei sind uns doch einig, dass ihr beide auf vollkommen anderen Planeten lebt. Will, du wirst ihr das

Herz brechen, und du solltest dir die Frage stellen, ob es das wert ist.« Er stieß ihn an. »Mensch, du hast ein Ziel vor Augen. Seitdem ich dich kenne, träumst du von der Schauspielerei. Ich kapiere einfach nicht, warum du dich von all diesem ganzen Scheiß derart ablenken lässt. Du bist gut aussehend, klug, witzig und talentiert. Verschwende deine Zeit nicht mit unnötigen Liebeleien, die dein Leben noch komplizierter machen, als es ohnehin schon ist.«

Diese Worte hatten ziemlich gesessen.

Innerlich protestierte Willem, schnalzte missbilligend mit der Zunge. Er sollte einfach kehrtmachen und gehen, das sollte er. Doch je mehr er über diese unverblümte Kopfwäsche nachdachte, desto deutlicher erkannter er, dass Alfie nicht unrecht hatte.

Wehmütig ließ er den Kopf hängen. »Ich bin gerade ein extrem anstrengender Freund, nicht wahr?«

Alfie legte seine Hand auf Willems Schulter. »Ja, das bist du. Ich will aber, dass du weißt: Egal wie unausstehlich du bist, ich bin immer an deiner Seite. Unschwul – um das noch einmal zu verdeutlichen.«

Sie sahen sich an und lachten laut.

Auf dem Weg ins Wohnheim fasste Willem einen Entschluss. Sophie musste für ihn die bleiben, die sie war: eine gute Freundin. Nicht mehr, nicht weniger. Natürlich würde er ihr für Sonntag keinesfalls absagen, denn das war nicht seine Art, aber er würde die Gelegenheit nutzen, um seine Liebesbeichte vom Picknick wieder zu revidieren.

Es war das Beste.

Das Beste für ihn – das Beste für sie.

Ganz sicher.

Als er sein Zimmer betrat, klingelte das Telefon.

Noch bevor er den Hörer abhob, wusste er: Es war der Anruf, vor dem er sich schon immer gefürchtet hatte. Es war sein Vater. Seine Stimme gebrochen. »Willem, komm schnell nach Hause.«

Thunder Only Happens When It's Raining

Canterbury, Sonntag

Sophie schaute zu der Uhr über dem Antiquitätenladen, der gegenüber dem Pub lag. Es war bereits Viertel nach fünf. Unter der Markise des benachbarten Blumenladens schützte sie sich vor dem einsetzenden Nieselregen. In dem Abendkleid und mit lediglich dem Chiffonschal, der auf ihren Schultern lag, war ihr bitterkalt. Passanten schlenderten an ihr vorbei, und sie hatte den Eindruck, sie würden sie alle aufgrund ihrer aufgetakelten Erscheinung schief von der Seite anpeilen, sodass sie sich von Minute zu Minute unwohler fühlte. Sie überlegte, in den Pub zurückzugehen, um dort auf Willem zu warten, aber sie hatte keine Lust auf Aunt Belles zynische Kommentare.

Hatte er sie wirklich versetzt?

Was, wenn er diese Verabredung bereute? Seit Tagen hatte sie nichts mehr von ihm gehört, und erst vorhin hatte sie versucht, ihn anzurufen, aber er war nicht drangegangen. Die letzte Nacht hatte sie vor Aufregung kein Auge zugemacht, hatte sich diesen Abend ausgemalt, wie sie beide bei Kerzenschein im Restaurant sitzen würden, er nach ihrer Hand griff, um ihr erneut seine Liebe zu gestehen. Und sie würde es ihm gleichtun. Sie hatte sich einen ersten Kuss nach der Theatervorstellung unter sternenbehangenen Himmel vorgestellt.

Doch das Warten wurde zu einer Qual und plötzlich kam sie sich ziemlich dumm vor.

Andererseits konnte sie sich nicht vorstellen, dass Willem sie auf diese Art und Weise sitzen ließ.

Oder vielleicht doch?

Der Wind frischte auf, wurde immer kälter. Sie zog die Schultern hoch, fröstelte, und nachdem die Domglocke zur halben Stunde wie Hohn durch die Gasse schlug, beschloss sie, in den Pub zurückzukehren.

»Was machst du denn noch hier?«, fragte Aunt Belle, die gerade schaumlose Bierhumpen an eine Horde Männer ausgab, die allesamt das gleiche Shirt mit dem Aufdruck *Schluss mit lustig* trugen. Einer diese unliebsamen Junggesellenabschiede, die Sophie wirklich verabscheute. Das waren die unangenehmsten Gäste, weil sie stets glaubten, an diesen Abenden einen Freifahrtschein für ständiges Anbaggern und Betatschen zu besitzen, um am nächsten Morgen reumütig neben ihren Freundinnen oder Zukünftigen aufzuwachen.

Als sie die Aufmerksamkeit auf sich zog, entstand ein blödes Pfeifkonzert, begleitet von den üblichen Machosprüchen englischer Chauvis, die glaubten, ihnen läge die ganze Welt zu Füßen. Letztlich war das nur ein Haufen Kotzbrocken, die Humor mit Beleidigungen verwechselten, Designerdrogen schluckten und mit ihrem erhöhten Testosteronspiegel nur dem Ziel folgten, den Abend mit einem Fick auf der Toilette zu krönen. Wenn man wie Sophie in einem Pub arbeitete, bekam man so einiges mit, das einen irgendwann vollkommen abstumpfen ließ.

Ein Spruch traf sie allerdings wie ein Faustschlag in die Magengrube. Er kam von ihrem ganz persönlichen Kotzbrocken: Gavin.

»Och, sieh mal an, das kleine frigide Aschenputtel im altmodischen Cinderella-Kleidchen. Ist in der Stadt irgendwo ein Kostümball, von dem wir nichts wissen?«

Aunt Belle riss ihm wieder das frisch gezapfte Bier aus der Hand. »Verpiss dich aus meinem Laden!«

»Bitte was?«, fragte er ungläubig.

»Du hast schon richtig verstanden. Zieh Leine und komm nie wieder.«

Einer der anderen Männer, vermutlich der Bräutigam, denn er war der Einzige mit einem zerknitterten Bilddruck seiner vermeintlichen Verlobten auf dem Shirt, versuchte zu beschwichtigen: »Hey, mein Freund macht nur Spaß. Und er wird sich jetzt bei dem Mädchen entschuldigen.« Er peilte Gavin mahnenden Blickes an. »Nicht wahr?«

»Schon in Ordnung, Aunt Belle«, rief Sophie mit heißen Wangen. »Es ist vergebene Liebesmüh, den kann man nicht mehr zu einem Gentleman erziehen. Er ist und bleibt ein Proletenarsch mit einem winzigen Wurm in der Hose, der keine abkriegt und glaubt, er könnte mit dummen Sprüchen den großen Pascha markieren.«

Ein tosendes Gelächter entstand und Gavin verzog wutschnaubend den Mund. Wie eine von Stolz erfüllte Mutter nickte Aunt Belle ihr zu.

»Gut, wie du meinst«, sagte Belle und pendelte mit ausgestrecktem Zeigefinger vor Gavins Nase hin und her. »Noch so ein blöder Spruch und ich reiß dir die Eier ab.«

»Jaja, schon gut«, antwortete er eingeschnappt.

Sophie schlich indes zum Tresen und Aunt Belle folgte ihr.

»Wo ist Willem?«

»Er ist nicht gekommen«, sagte sie niedergeschlagen und eigentlich wollte sie sich nicht mit ihr darüber unterhalten. Innerlich loderte ein Funken der Hoffnung und ständig schaute sie zur Tür, in der Zuversicht, er würde doch noch auftauchen.

Aunt Belle prustete verächtlich. »Der Mistkerl hat dich versetzt? Der Teufel soll mich holen, das hätte ich nicht gedacht. Weißt du was, kleine Jane? Du hast es nicht nötig, dich so behandeln zu lassen. Scheiß auf Willem. Andere Mütter haben auch schöne Söhne.«

Genau *das* wollte Sophie nicht hören.

Wie konnten Menschen glauben, anderen mit dieser bescheuerten Floskel Trost zu spenden? Sie spürte heiße Tränen der Demütigung in sich aufsteigen, schnappte hörbar nach Luft und strauchelte wortlos aus dem Gastraum, stöckelte die Treppe hinauf und verschwand in ihrem Zimmer.

Sie unterdrückte ein Schluchzen und legte sich die Hand auf den bebenden Brustkorb.

Beruhige dich!, befahl sie sich und blickte zum Spiegel ihres Kleiderschranks, sah ihre schwarz verschmierten Augen und schniefte dann doch.

Plötzlich kam ihr der grausame Gedanke, dass ihm auf dem Weg zum Pub vielleicht etwas zugestoßen war. Sie fuhr herum und eilte zum Telefon, wischte sich mit dem Handrücken die Tränen von der Wange und wählte Willems Nummer. Anfangs nahm niemand ab, und als sie gerade auflegen wollte, erklang eine Frauenstimme, sodass Sophie vor Überraschung zusammenzuckte.

»Hallo?«, fragte die Unbekannte.

Sie war zu perplex, um zu antworten, und erst nach einigen Sekunden erkundigte sie sich mit bebender Stimme: »Wer ist da? Ich wollte Willem sprechen.«

»Lucy Findley! Willem ist gerade unter der Dusche. Wer ist denn ...«

Schnell legte Sophie den Hörer auf.

Lucy?

Eine flüchtige, aber glasklare Erinnerung an einen Sommertag im Haus der Frasers stieg in ihr hoch. Es war ein ziemlich heißer Julitag gewesen. Die Zwillinge Oli und Matt sowie Willem und sie sonnten sich am Ufer des Stour Rivers, als eine große Frau mit energischen Schritten den Gartenweg zu ihnen heruntergestampft kam und sich ihnen als Marahs neue Physiotherapeutin vorstellte.

Sie mochte Ende zwanzig sein, möglicherweise sogar älter, aber sie war atemberaubend schön, athletisch und knapp bekleidet, mit

Atombrüsten, deren Nippel sich unter dem hautengen Sportshirt abzeichneten. Sophie sah, wie die Jungs um sie herum ihre Blicke nicht davon lassen konnten. Ihrer noch engeren Shorts verdankte sie Olis Spitznamen *Pussy-frisst-Hose-Lucy.* Feierlich gratulierten die Zwillinge Willem für die neue Beschäftigte im Hause Fraser, die gewiss auch mit anderen Diensten aufzutrumpfen pflegte.

Da Sophie mit Eifersüchteleien nicht hinterm Berg gehalten hatte, hatte Willem ihr hoch und heilig versichert, Lucy nicht attraktiv zu finden.

Und jetzt das.

Sie blinzelte, schüttelte ungläubig den Kopf und atmete beengt. Nein, das durfte nicht wahr sein.

»*Dieses Arschloch!*«, brüllte sie durch das Zimmer.

Sophie fühlte sich wieder wie eine Närrin.

Sie überlegte, ob sie zur All Saints' Lane marschieren sollte, um ihn zur Rede zu stellen, ihn mit Vorwürfen zu bombardieren, ihm entgegenzudonnern, wie sehr er sie heute verletzt hatte.

Sie schwor sich, ihm diese Kränkung niemals zu verzeihen, ließ sich auf ihr Bett fallen und tupfte sich unentwegt mit einem Taschentuch die verquollenen Augen ab, als es an ihrer Zimmertür klopfte.

Sie reagierte nicht, hatte keine Lust, sich weitere kluge Ratschläge von Aunt Belle anhören zu müssen.

Das Klopfen wurde energischer.

»Lass mich bitte allein, Aunt Belle«, rief sie wimmernd.

»Hey Sophie«, ertönte eine weibliche Stimme, die ganz gewiss nicht Belles kratziger Raucherkehle zuzuschreiben war. »Ich bin's, Priya. Lässt du mich rein?«

Sophie runzelte die Stirn, rutschte aus ihrem Bett und blickte mit Herzklopfen wieder in den Schrankspiegel.

Egal was Priya von ihr wollte, sie würde fragen, weshalb sie ein rosa Abendkleid trug, und sie müsste zugeben, eigentlich ein Date mit Willem gehabt zu haben.

Nun ja, jetzt war es auch irrelevant.

Trotzdem war sie verwundert über ihren unerwarteten Gast. Priya war nie einfach so vorbeigekommen. Wenn sie sich sahen, dann am Tresen.

Für eine Sekunde setzte ihr Herzschlag wohl komplett aus. Zumindest fühlte es sich so an und für einen Moment sah sie schwarz vor Augen. Vielleicht war doch etwas Schlimmes passiert.

Sie riss die Tür auf.

»Hey«, sagte sie aufgeregt.

Priya zuckte zurück, als sie Sophie sah. »Hey, darf ich reinkommen?«

»Ja, natürlich.«

»Hast du geweint?«

»Ähm ... nein. Ich habe gerade mit einer Allergie zu kämpfen. Das ist alles.«

Priya, die Medizinstudentin, nickte, und Sophie wusste, dass sie ihr kein Wort abkaufte. Ihre Freundin lächelte lieblich. »Du siehst sehr hübsch aus.« Am liebsten hätte Sophie laut losgeheult, als Priya das sagte. »Willst du etwa ausgehen? Ich kann später wiederkommen. Ich will dir den Abend nicht versauen.«

Wie sollte sie es ihr nur sagen, ohne ihr wehzutun? Die Wahrheit war stets die beste Wahl.

»Um ehrlich zu sein, Priya, war ich heute Abend mit Willem verabredet. Ich meine, so *richtig* verabredet – ein Rendezvous.« Sie ging einen Schritt auf sie zu und erkannte sofort die Kränkung in ihrem Gesicht. »Bitte verzeih, ich hätte es dir sagen sollen, aber ich wusste nicht wie.«

Sie schwiegen, und Sophie sah ganz deutlich, wie Priya hart schluckte.

»Ok«, erwiderte sie wie in Schockstarre. »Läuft das schon lange zwischen Willem und dir?«

Hektisch schüttelt Sophie den Kopf.

»Nein, nein! Priya, es läuft bislang überhaupt nichts. Das schwöre ich dir.« Sie hielt Zeigefinger und Mittelfinger in die Höhe, seufzte dann. »Es ist eh egal. Willem hat mich heute Abend versetzt. Ich habe gerade versucht, ihn zu erreichen, und …« Sie konnte es immer noch nicht fassen, sodass sie kurz innehielt und ins Nichts starrte. »Und aus der Leitung ertönt plötzlich Lucy Findleys Stimme. Einfach so.«

Sophie hatte eigentlich mit einer sarkastischen Reaktion gerechnet und Sprüchen wie: *Das ist eben Willem Fraser – der Weiberheld. Warum sollte es dir anderes ergehen als mir? Ausgerechnet dir (fettes Ausrufezeichen).*

Priya blieb jedoch stumm und regungslos. Sophie dachte über das nach, was ihre Freundin gerade gesagt hatte, und bekam es mit der Angst zu tun.

»Was meintest du damit, dass du mir den Abend nicht versauen willst?«

»Ich habe es auch gerade erst zufällig von Robbie erfahren, als ich ihm auf der Straße vor meinem Elternhaus begegnet bin.«

Sophie wurde ungeduldig. »Was, Priya?«

Ihre Freundin druckste.

»Jetzt sag schon!«

»Liebes, Willem hat dich nicht versetzt, weil er mit Lucy Findley eine private Physiostunde hat, sondern weil Marah im Sterben liegt.«

»Was?«, fragte Sophie leise, benommen.

»Sie ist nicht aus dem künstlichen Koma erwacht und nur noch die Beatmungsmaschine hält sie am Leben.« Priya stockte. »Genau genommen ist Marah bereits gestorben.«

In Sophie wallten Gefühle der Trauer und der Scham auf. Aufgebracht wanderte sie in ihrem Zimmer auf und ab, blieb dann am Fenster stehen und kniff peinlich berührt die Augen zusammen.

»O Gott, vorhin habe ich Willem noch die Pest an den Hals gewünscht.«

»Du konntest es ja nicht wissen«, sagte Priya milde.

»Vielleicht sollte ich noch einmal versuchen, ihn anzurufen?«

»Ja, das ist eine gute Idee.«

Sophie hob wieder den Hörer ab und wählte Willems Nummer. Während sie wartete, rann ihr eine Träne über die Wange. Er hatte Marah so sehr geliebt. Sie wollte sich gar nicht ausmalen, wie es ihm jetzt ging.

»Niemand hebt ab«, sagte sie ernüchtert. »Ob er möglicherweise wieder bei seiner Schwester im Krankenhaus ist?«

»Schon möglich.«

Sophie überlegte, ob es nicht vielleicht aufdringlich wäre, wenn sie ihn dort aufsuchen würde. Andererseits waren Freunde in genau solchen Augenblicken das Wichtigste.

»Ich gehe dorthin.«

***

Lucy hielt mit ihrem alten Ford vor dem Haupteingang des Kent and Canterbury Hospitals, damit Willem aussteigen konnte. Er sah sie nicht an, weil ihm selbst das Wenden seines Kopfes zu anstrengend war. Seine Sinne waren wie bei einem Rausch betäubt.

»Danke, dass du mich nach Hause gefahren und wieder hierhergebracht hast.«

»Gern geschehen, Willem. Seit Donnerstagabend bist du deiner Schwester nicht von der Seite gewichen, hast seitdem nicht geduscht und auch die ganze Zeit diesen Pulli mit dem Sojasoßenfleck getragen. Das konnte ich nicht mehr mit ansehen.«

Er hörte ihre Worte, aber er verstand sie nicht. Als hätte sich sein Gehirn in eine Art Stand-by-Modus geschaltet, um die Niederträchtigkeit dieser furchtbar ungerechten Welt ertragbar zu machen. Irgendwo hatte er einmal gelesen, dass das Hirn während eines Traumas überhitzt und die Struktur, die Funktion auf zahlreiche Arten verändert. Sein Hirn fühlte sich wie ein großer Wattebausch an, der sich bis zu seinen Augen und Ohren ausdehnte. Er sah die Krankenschwester, die Ärzte nur verschwommen. Er hörte die Worte seines Vaters und die von Tante Dolores und Onkel Frank nur gedämpft. Seit seinem Abendessen mit Alfie hatte er nicht geschlafen, kaum etwas gegessen, und wenn er es doch gewagt hatte, in ein Sandwich zu beißen, hatte es nicht lange gedauert, bis sein Magen sich wieder davon entledigte.

»Willem, hörst du mich? Was ist los mit dir? Hörst du mich, Willem?«

Alfie sah ihn mit verstörten Augen an. Wie von weit entfernt drangen die besorgten Worte seines Freundes zu ihm durch, so auch das inzwischen gewohnte, beruhigende Piepsen der Geräte, die Marahs Körper noch im Diesseits hielten.

Er wusste, dass ihre Seele längst nicht mehr hier war.

Wie war Willem von Lucys Auto bis in Marahs Krankenzimmer gelangt?

Er erinnerte sich nicht mehr.

»Alles gut, Alfie. Ich war nur in Gedanken. Mehr nicht.«

Auf der anderen Seite des Bettes stand sein Vater George. Sein Gesicht war schlaff, eingefallen, und er sah in dem zerknitterten Hemd, mit dem fettigen Haar ähnlich heruntergekommen aus wie Willem, bevor Lucy ihm angeboten hatte, ihn nach Hause zu fahren, damit er unter die Dusche springen konnte.

Mehrmals verschwand sein Vater aus dem Zimmer, um zu versuchen, Fallon telefonisch über die BBC zu erreichen, aber bislang ohne Erfolg. Sie war wohl mit ihrem Team irgendwo im umkämpften Teil der serbischen Provinz Kosovo, in der es gerade zu ziemlich radikalen Unabhängigkeitsbestrebungen von Kosovo-Albanern gekommen war.

Seltsam, dass sich Willem nichts sehnlicher wünschte, als dass sie hier an seiner Seite wäre. Vielleicht war genau das der Sinn einer Familie. Die meiste Zeit verschwendete man mit sinnlosen Zankereien, aber wenn es ernst wurde, stand man zusammen.

»Mr Fraser«, sagte Robbie, der Pfleger in diesem Hospital war und ebenfalls an Marahs Bett weilte. »Sie sollten jetzt auch nach Hause fahren, um sich zu erfrischen. Ich sage den Ärzten Bescheid. Sobald Sie wieder hier sind und Sie bereit sind, können wir ... Nun ja, Sie wissen schon.«

Willem blickte zu dem Nachttisch an Marahs Bett. Darauf lag ihre Lieblingsgeschichte. Die kleine Meerjungfrau. Zu den Hunderten Malen, die er ihr dieses Märchen vorgelesen hatte, waren in den vergangenen drei Tagen Dutzende dazugekommen. Er las wie in Trance, beschwörend, stets von der eisernen Hoffnung erfüllt, er könnte dieses wunderbare Mädchen allein durch seine Stimme ins Leben zurückführen.

Doch mit jedem *Ende*, das er mit stockendem Atem vorlas, starb diese Hoffnung.

Immer ein Stückchen mehr.

Ihr dünner Körper war fest in das weiße Bettlaken eingewickelt, weil sie das Gefühl der Wärme und Geborgenheit immer so geliebt hatte. Niemals durfte auch nur ein Lüftchen durch ein Loch zu ihr dringen.

Ihre Wangen waren durch das Cortison schrecklich aufgedunsen. Die Haut war durchsichtig wie Milchglas und er konnte jedes Äderchen ausmachen.

»Will«, flüsterte sein Vater, »kann ich dich draußen unter vier Augen sprechen?«

Er nickte und folgte George aus dem Zimmer.

Im Krankenhausflur standen sie sich gegenüber und Willem hatte Mühe, die Augen aufzuhalten. Sein Vater sah aus wie ein Geist, bewegte sich mechanisch, und unterhalb seiner Nasenflügel hatten sich tiefe Gräben gebildet, die sich bis zu seinen Mundwinkeln hinunterzogen. Er schien etwas äußern zu wollen, bewegte die zitternden Lippen, als würde er lautlos sprechen. Eine Krankenschwester ging an ihnen vorbei, nickte den Frasers zu. Inzwischen kannte man sich.

Willem hielt die stumme Unterhaltung nicht aus.

»Was ist, Dad?«

»Tante Lou wird es nicht rechtzeitig schaffen.«

»Ich weiß.«

George erzählte ihm das bereits zum dritten oder vierten Mal.

»Deine Schwester auch nicht.«

»Ja, ich weiß.«

Jetzt sah sein Vater ihn mit einer Verzweiflung an, die ihm durch Mark und Bein ging.

»Ich schaffe das auch nicht.«

Willem blinzelte, glaubte, sich verhört zu haben.

»Was meinst du damit?«

George schwankte, stützte sich mit der Hand an der Wand ab, um nicht das Gleichgewicht zu verlieren, litt sichtlich Höllenqualen. Er starrte auf den Boden, sah seinen Sohn dann mit gläsernen Augen an. »Ich kann nicht. Ich habe das schon mit deiner Mutter durchmachen müssen. Ich schaffe das nicht noch einmal.«

Es war wie ein Stromschlag, der durch Willems Körper jagte und ihn für einen Moment aufzucken ließ.

»Was?«, fragte er benommen.

»Ich ... ich werde jetzt nach Hause fahren.« Er sprach mit leiser, wehklagender Stimme weiter. »Will, ich kann nicht dabei sein, wenn sie die Maschinen abschalten. Ich wünschte, ich hätte die Kraft dazu, aber ... ich schaffe das ...«

Der Satz blieb unvollendet.

»Dad, das ist doch ein Scherz?«, fragte er ungläubig.

»Es tut mir leid, mein Junge. Ich ... ich muss hier raus.«

Willems verzog wütend das Gesicht und seine Stimme überschlug sich. »Willst du mich etwa verarschen? Du kannst doch jetzt nicht einfach verschwinden und mir diese furchtbare Bürde allein überlassen.« Er zeigte in Richtung der verschlossenen Tür zu Marahs Krankenzimmer. »*Das ist deine Tochter!*«, brüllte er. »Wie kannst du sie jetzt im Stich lassen? Wie kannst du *mich* im Stich lassen?«

George wimmerte, wagte es nicht mehr, seinen Sohn anzuschauen. »Bitte, verzeih mir, aber ich muss sofort gehen, sonst ...«

Wutentbrannt packte Willem George an seinen hängenden Schultern, stieß ihn mit voller Wucht gegen die Wand. Die Unterlippe seines Vaters zitterte, und es war, als wäre er für einen kurzen Moment aus seiner Lethargie erwacht.

»Wenn du jetzt abhaust, werde ich dir das niemals vergeben. Hast du verstanden? Ich schwöre dir, dann sind wir beide fertig miteinander.« Er schlug mehrmals mit der Faust gegen die Wand, direkt neben den Kopf seines weinenden Vaters, in der Hoffnung, ihn damit zur Vernunft zu bringen. »Du wirst nirgendwo hingehen!«

»Hey, hör sofort auf!«, rief eine hysterische Stimme, und Willem spürte, wie sich jemand zwischen sie quetschte, um sie auseinanderzubringen. Es war Sophie.

»Willem, bitte lass das!«

Sie drückte ihn mit aller Kraft von seinem Vater weg. Er sah sie gar nicht an, stierte nur voller Zorn zu George, der wie entseelt in sich zusammensackte.

Willem wollte auf ihn losgehen, stockte jedoch, holte Luft und brüllte: »Dann hau ab, du Feigling! Los, verschwinde. Geh! Geh! Geh!«

George raffte sich langsam auf, sah seinen Sohn nicht an, ließ die Beschimpfungen über sich ergehen. Er kehrte Willem und Sophie den Rücken, schlürfte schwerfällig, immer wieder schwankend, den Krankenhausflur entlang, bis er um die Ecke bog und fort war.

»Verschwinde, du Mistkerl«, schrie Willem außer sich.

Ein Pfleger stürmte auf ihn zu. »Bitte hören Sie auf, hier rumzubrüllen! Das ist ein Krankenhaus und kein Fußballstadion.«

Willem war immer noch nicht Herr seiner Sinne. »Halt die Fresse!«, fuhr er ihn an.

»Schluss jetzt!«, rief Sophie und wandte sich dem Pfleger zu. »Er meint es nicht so.«

Sie flüsterte dem Pfleger irgendetwas zu, um ihn zu besänftigen. Willem drehte sich um, presste seine Stirn gegen Marahs Krankenzimmertür.

Er bat Gott, ihn aus diesem Albtraum zu befreien.

***

Willem hatte den Blick starr geradeaus gerichtet. Er sah verloren aus. Wie gern hätte Sophie sich jetzt an ihn angeschmiegt und seine Hand gehalten, damit er nicht das Gefühl haben musste, allein zu sein.

Marahs Pflegerin Brenda war gerade gekommen, weinte bitter, als sie das sterbende Mädchen sah, um das sie sich so aufopferungsvoll gekümmert hatte.

Sophie schluchzte leise.

Niemand wagte es, etwas zu äußern. Weder Alfie, Brenda, Robbie noch sie. Und Willem saß einfach nur auf dem Stuhl neben Marahs Bett und hielt ihre Hand.

Eine junge Ärztin schaltete nach und nach alle lebenserhaltenden Maschinen aus. Sie agierte behutsam, erklärte jeden ihrer Schritte in einer wohltuend gedämpften Stimme. Als Letztes befreite sie Marah von der Beatmungsmaschine, streichelte sanft über ihre Wange und wandte sich dann Willem zu.

»Ich lass Sie jetzt allein. In Ordnung?«

Er nickte lethargisch. »Wie lange wird es dauern?«

»Das ist ganz unterschiedlich. Aber Sie werden es merken, wenn Ihre Schwester von uns gegangen ist. Sie sollten sich jetzt von ihr verabschieden.«

Sophie konnte ihre Tränen nicht mehr kontrollieren. Willem tat ihr so schrecklich leid. Sie versuchte, stark zu sein, aber es gelang ihr nicht. Das war einfach nicht richtig. Es war nicht in Ordnung, als junger Mensch einem noch jüngeren Menschen beim Sterben zuzusehen.

Sie lehnte an der Zimmerwand, bewegte sich nicht und zog ihren Mantel dichter um ihren Körper, weil ihr kalt war. Alfie, der auf einem Stuhl neben ihr saß, bot ihr seinen Sitzplatz an, aber sie lehnte ab. Fragend sah er sie an und musste wohl den rosa Chiffonstoff ausgemacht haben, der unter dem Mantelsaum hervorlugte.

Dieser Abend hätte ein anderer sein müssen.

Um kurz vor Mitternacht war es vorbei. Marahs Brustkorb hob sich leicht und ihr letzter Atemzug schwang durch den Raum. Sophie konnte sich nicht entsinnen, jemals von einer solchen Stille umgeben gewesen zu sein.

Willem beugte sich über Marah, schloss die Augen und küsste ihre Stirn. Mit fester Stimme sprach er: »Auf Wiedersehen, meine kleine Meerjungfrau.«

Willem ließ sich in seinen Stuhl zurücksacken, schirmte seine Augen mit seiner Hand ab und weinte lautlos. Brenda streichelte seine Schulter.

»Kann bitte irgendjemand etwas sagen«, sprach er leise. »Irgendetwas. Ich werde sonst verrückt.«

Alle sahen sich hilflos an, weil niemand die richtigen Worte fand.

Sophie dachte an ihre verstorbene Mummy und an den Fleetwood-Mac-Song, der sie seither begleitete und ihr stets Trost spendete.

Sie zögerte, wusste nicht, ob es angebracht war, doch sie bewegte die Lippen und sang mit fiepsiger Stimme: »*Now here you go again, you say you want your freedom …*«

Ein jeder sah sie an und ihre skeptischen Blicke schüchterten sie ein, aber sie ließ sich nicht beirren, sang einfach weiter.

Willem kniff voller Trauer die Augen zu. Alfie nickte ihr dankbar zu, und als sie den Refrain von *Dreams* anstimmte, sangen sie gemeinsam.

»*Oh, thunder only happens when it's raining …*«

Als die letzte Strophe durch den Raum hallte und sie wieder alle verstummten, verspürte sie eine gewisse Erleichterung. Vielleicht ging es allen so.

Sophie sah zu Willem und er lächelte ihr voller Dankbarkeit zu.

Die Trauer hatte sich wie Nebel in das Haus der Frasers hineingedrückt. Die Tage bis zu Marahs Begräbnis waren wie ein Rausch an Sophie vorbeigezogen.

An einem sonnigen Samstagvormittag nahmen sie Abschied, und während der Sarg in die Erde hinabfuhr, erklang eine Klavierversion von Eric Claptons *Tears In Heaven*. Ein Song, auf den Willem bestanden hatte, wie sie wusste.

Sophie hielt sich im Hintergrund, denn sie gehörte nicht zur Familie und irgendwie auch nicht zu Willems langen und treuen Wegbegleitern. Alle waren gekommen. Die Zwillinge Matt und Oli, Robbie, Alfie und sogar Priya.

Sie selbst war froh, dass Aunt Belle sie auf den Friedhof begleitet hatte. In ihrer Hand zerknüllte sie ein bereits völlig zerfetztes, tränenfeuchtes Taschentuch.

Fallon stützte ihren Vater, der ins Nichts starrte, während sich seine Tochter immer wieder die Tränen aus dem Gesicht wischte. Ihre Nase war rot und die Augen kaum sichtbar, weil sie so geschwollen waren.

Willem hingegen war von seinen Freunden umgeben, stand weiter von seiner Familie entfernt, als ob er es ablehnte, ein Teil ihrer Gemeinschaft zu sein. Neben ihm war Tante Lou, die seine Hand hielt, sie unentwegt streichelte.

So sehr Sophie es wollte, jetzt in diesem Moment ebenfalls an seiner Seite zu stehen, empfand sie es als unpassend. Irgendwie fühlte sie sich in diesem intimen Augenblick des Abschiednehmens nicht dazugehörig.

Selbst bei der anschließenden Trauerfeier hielt sie sich die meiste Zeit im Hintergrund. Ab und an trafen sich Willems und ihre Blicke, doch in seinem Ausdruck lag eine unerträgliche Distanz.

Sie lungerte am Türrahmen herum, traute sich nicht, sich in das Getümmel der Trauergäste zu wagen, weil sie sich wie eine Fremde in diesem Haus vorkam.

Als wären Willem und sie Fremde.

Irgendetwas war auch zwischen ihnen verloren gegangen. War zerbrochen, als Marah gestorben war, und das brach ihr das Herz. Wieso fiel es ihr so verdammt schwer, einfach auf ihn zuzugehen, um ihm Trost zu spenden, um ihm zu versichern, dass er sich immer auf sie verlassen konnte?

Jemand, der gefasster und klüger wäre als sie, hätte den richtigen Ton gefunden, lockerer und mutiger, ohne Angst vor einem Korb, wäre zu ihm gegangen, hätte ihn umarmt.

Genau wie Priya es gerade tat, ihn an die Hand nahm und mit ihm in den Garten hinaus verschwand.

Sophie spürte eine Beklommenheit in ihrer Brust, die sie schwer atmen ließ. War es falsch, sich an diesem Tag von dem Mann verraten zu fühlen, in den sie schon so lange verliebt war?

Er trauerte. Das Leiden hatte ihn fest im Griff. Seine geliebte Schwester war gegangen und er fühlte sich von seinem Vater im Stich gelassen.

Wie konnte sie da an sich denken?

»Hey, meine Liebe«, sagte Tante Lou, die einen schwarzen Kaftan trug. Ihr langes dunkles Haar glänzte seidig im Sonnenstrahl, der durch den Wintergarten leuchtete. »Wie geht es dir?«

Sophie tupfte sich die feuchten Wangen mit einem frischen Taschentuch trocken und zuckte mit den Achseln.

»Ich weiß nicht, Tante Lou. Nicht so gut.«

»Lieb von dir, dass du so viel Gebäck mitgebracht hast.«

Die ganze Nacht hatte Sophie an ihrer Küchenzeile gestanden, Schokolade geschmolzen, Eischnee geschlagen, gebacken und ihr Backwerk aufwendig verziert.

Alles, um sich abzulenken.

Alles für Marah.

»Habe ich doch gern gemacht.«

»Ich habe gehört, du warst auch im Krankenhaus, als sie starb.«

Sophie nickte und schniefte in ihr Taschentuch.

Tante Lou lächelte und nahm ihre Hand. »Will erzählte mir, du hättest *Dreams* gesungen?«

»Ja. Ziemlich lächerlich, oder?«

»Das war alles andere als lächerlich, Sophie. Will sagte, wenn du es nicht angestimmt hättest, wäre er durchgedreht.« Sie gab ihr einen leichten Stoß. »Er mag dich wirklich sehr gern.«

Sie senkte die Lieder. »Er und Priya sind gerade zusammen in den Garten hinausgegangen.«

»Ja und? Glaubst du etwa, sie würden da draußen am helllichten Tag übereinander herfallen?«, fragte sie mit einem Zwinkern.

»Nein, natürlich nicht. Aber ich fürchte, das mit Willem und mir ist vorbei, noch bevor es richtig angefangen hat.«

»Jetzt lass mal nicht die Flügel hängen. Er macht gerade einiges durch.«

»Ich weiß, Tante Lou.« Sophie sah sich um. Wieder überkam sie das Gefühl, hier nicht herzugehören. »Ich denke, es ist besser, wenn ich jetzt gehe.«

Die Frau sah sie lange an. »Kleines, alles hat seine Zeit. Vertrau mir. Und vor allem vertrau dir mal selbst. Du bist ein ganz wundervolles Mädchen, und sollte Willem das bis jetzt nicht begriffen haben, dann ist er ein vollkommener Idiot. Männer in seinem Alter sind Suchende, ohne zu wissen, was sie eigentlich suchen. Die Erkenntnis, längst das gefunden zu haben, wonach sie streben, kommt meist spät – aber sie kommt.«

Tante Lou umarmte sie und küsste ihr die Stirn.

Sophie schlich durch die Menge und wagte es nicht, zu Priya und Willem in den Garten hinauszuschauen, weil sie Angst vor dem hatte, was sie dort sehen würde. Eine Umarmung, einen Kuss, eine Einsicht, dass es ein Fehler gewesen war, sich voneinander zu trennen. Der Beginn eines Neuanfangs.

Sie suchte nach Mr Fraser, der neben einem Kind auf dem Sofa saß, das ihm eine selbst gemalte Zeichnung vor die Nase hielt, die er mit einem phlegmatischen Nicken zur Kenntnis nahm.

»Mr Fraser«, sprach sie zögerlich und er sah mit verlorenem Blick zu ihr auf. »Ich wollte mich nur von Ihnen verabschieden.«

Für Sophie war es ein Abschied für immer.

Er nahm ihre beiden Hände, drückte sie fest, hielt seinen Blick auf sie gerichtet, und es wirkte, als suchte er nach einem Halt.

»Danke, Sophie. Für alles.«

»Ich hoffe, Sie und Ihr Sohn finden wieder zueinander. Das hoffe ich wirklich sehr.«

»Ich auch«, sagte er mit gebrochener Stimme. »Aber ich glaube, ich habe Willem verloren. Für immer.«

Sie auch.

Mit brennenden Augen und zitternd rannte sie aus dem Haus, drehte sich nicht einmal um und machte sich auf den Weg in den Pub. Gleich begann ihre Schicht.

Am nächsten Tag erschien Willem vor Pub und bat Sophie, zu ihm hinauszukommen. Sie standen in der Mitte der Menge auf der St Margaret's Street und die Sonne war bereits untergegangen.

»Du bist gestern plötzlich verschwunden«, sagte er ohne Vorwürfe.

»Ja, ich hielt es für besser, zu gehen.«

Er erwiderte nichts darauf, nickte nur leicht.

Kurz zögerte sie, stellte dann aber doch die Frage, die sie seit gestern beschäftigte. »Du und Priya seid wieder ein Paar?«

Er runzelte die Stirn. »Wie kommst du denn darauf?«

Sie legte die Arme um die Brust und sah auf den Boden. »Ach, nur so. Gestern hast du sehr viel mit ihr gesprochen, und da dachte ich ...«

»Glaubst du etwa, ich hätte gerade nichts anderes im Sinn, als mich wieder auf meine Exfreundin einzulassen? Erst recht nach all dem, was ich dir vor ein paar Wochen während unseres Picknicks gesagt habe?«

Sie sah abermals zu ihm auf und plötzlich überfiel sie heiße Scham.

»Nein. Natürlich nicht.« Sie war so dumm. »Entschuldige bitte. Ich will dir bestimmt keine Szene machen. Ich hätte auch kein Recht dazu.«

Sie schwiegen, dann sagte er mit dem Blick zur Wand gerichtet: »Ich wollte mich von dir verabschieden.«

»Wie meinst du das?«, fragte sie mit ängstlicher Stimme.

»Ich habe meine Sachen gepackt und werde noch heute Abend nach London zurückfahren. Nie wieder werde ich freiwillig einen Fuß in das Haus meines Vaters setzen. Nie wieder.«

Sophie seufzte. »Will, ich weiß, du willst deinem Vater aus dem Weg gehen, aber das ist doch keine Dauerlösung. Ich verstehe, dass du enttäuscht und wütend auf ihn bist, jedoch ...«

»*Enttäuscht und wütend?*«, fragte er mit einem zynischen Unterton und jetzt sah er sie mit funkelnden Augen an. »Das ist viel zu gelinde ausgedrückt, Sophie. Ich hasse diesen Mann.«

»Aber er liebt dich. Mehr, als du glaubst.«

Unverstanden schüttelte er den Kopf. »Ist auch egal. Ich bin nicht hier, um mich über George Fraser zu unterhalten.« Er kam einen Schritt auf sie zu und streichelte ihre Wange. »Ich werde dir immer dankbar sein, dass du mir beigestanden hast, als Marah starb. Das werde ich nie vergessen.« Deutlich vernahm sie sein Schlucken und er distanzierte sich wieder von ihr. »Ich brauche jetzt ein bisschen Abstand. Von diesem Haus, von meinem Vater, von Canterbury ... und auch von dir. Ich weiß, du wirst das nicht verstehen, und ich könnte wirklich nachvollziehen, wenn du wütend auf mich bist, aber ich muss hier weg. Noch heute, sonst fürchte ich, zu ersticken.«

»Ich verstehe«, sprach sie leise.

»Hey«, sagte er unecht aufmunternd. »Ich bin ja nicht aus der Welt. Ich brauche jetzt einfach mal etwas Zeit zum Nachdenken. Ich muss mir klar werden, was ich wirklich will.«

Sophie ahnte, dass er damit vor allem sie meinte.

»Ich werde dich vermissen.«

Er beugte sich zu ihr herunter, um ihr ins Ohr zu flüstern: »Ich dich auch.« Mit beiden Händen umfasste er ihr Gesicht und küsste sie sanft. Seine Lippen fühlten sich weich an und sie hörte das Blut in ihren Ohren rauschen. Dieses Mal war es kein flüchtiger Kuss, kein versehentlicher Kuss, es fühlte sich richtig an. Ihre Knie schlotterten, und sie fürchtete, sich nicht auf den Beinen halten zu können. Nach einer Weile zog er sich zurück und sah sie atemlos an, die Hand noch in ihrem Nacken.

»Auf Wiedersehen«, flüsterte er.

Und dann war er fort.

Part Five

At Last

London & Canterbury
-Summer-

1999

Hundert-Morgen-Wald

London – West End – Mai 1999

Als der Vorhang des Gillian Lynne Theatre fiel, war Willem wie immer in vollkommener Ekstase. All seine Synapsen vibrierten und er hatte das Gefühl, gerade einen Fallschirmsprung absolviert zu haben.

Zweimal waren er und das gesamte Ensemble auf die Bühne zurückgekehrt, um sich vor dem begeisterten Publikum zu verbeugen. Die Beifallsstürme waren ohrenbetäubend, und er konnte es weiterhin nicht fassen, dass dieser frenetische Applaus auch ein klitzekleines bisschen ihm galt.

Ohne große Erwartungen und gefangen in der Trauer um Marah hatte er vor Weihnachten an einem Vorsprechen zu Shakespeares *Viel Lärm um nichts* teilgenommen. Professor Britton hatte ihn dazu ermutigt, es zu wagen. Er solle seinem Schmerz den Stinkefinger zeigen, ihn ausnutzen, ihn benutzen, um die Wut und das Gefühl der Lähmung in etwas Sinnvolles umzuwandeln.

»Spiel nicht, Willem, lebe es! Entblöße dich selbst«, hatte er ihm auf den Weg mitgegeben.

Niemals hätte er erwartet, dass der bekannte Theaterregisseur Martin Thompson ihn für einen Part besetzen würde. Wenn überhaupt, so war er sicher, dass der Maestro ihm, dem Greenhorn, lediglich eine Statistenrolle anbieten würde.

Alles kam anders als vermutet, und Willem ergatterte die Rolle des liebestollen Claudio, der sich unsterblich in die holde Hero verliebte.

Hauptcast!

Die Royal Academy hatte ihm angeboten, ein Semester auszusetzen, damit er drei Monate am Theater arbeiten durfte.

Noch wusste er nicht, ob er sein Studium an der RADA jemals fortsetzen würde. Zu groß war jetzt der Wunsch, bis an sein Lebensende auf der Bühne zu stehen.

Seine Chance war gekommen, er hatte Blut geleckt, und von hier aus würde er seinen weiteren Weg vorantreiben.

West End war sein Start, der Broadway sein Ziel.

Die Rolle des Claudio war sein Lebensretter und füllte seinen Tag mit Proben und jeweils zwei Vorstellungen aus. Eine zur Matinee und eine am Abend.

Willem wusste jedoch, dass er sich hinter der Poesie Shakespeares bloß versteckte.

Die Kehrseite der Medaille zeigte sich, wenn der Applaus verstummt war. Während seines Spiels kam er sich wie ein leuchtender Stern vor, der jedoch am Ende seiner Darbietung verglühte.

In einem bedauernswerten Anfall von Sentimentalität schlich er jetzt auf die Bühne zurück und starrte zu den leeren Publikumsplätzen, schloss die Augen, um sich ins Bewusstsein zu prügeln, dass er endlich dort angekommen war, wo er hingehörte. Dennoch keimte in ihm die Frage auf, ob er beim Verfolgen seiner Träume und Ziele nicht doch zu viel davon aufgab, was ihn als Menschen immerzu ausgemacht hatte.

In der Theaterblase gab es kaum Platz für diejenigen, denen diese Welt fremd war, die sie nicht verstanden. Bei diesem Gedankenspiel fiel ihm als Erstes Robbie ein, der das Theater als schrecklich peinlich, übertrieben und gekünstelt empfand.

»Warum gehst du nicht zum Film? Matrix oder so was?«, hatte er ihn vor einiger Zeit gefragt.

Willem wollte nicht ausschließen, irgendwann einmal in einem Streifen mitzuspielen, aber genau das, was Robbie am Theater hasste, machte es für ihn zu etwas Besonderem. Hier gab es keine Szenenwiederholungen, wenn man seinen Text vergaß, sondern half in solchen Fällen einzig und allein die Improvisation. Genau das löste die Spannung aus, den Nervenkitzel. Die Bühne erlaubte eine hautnahe Begegnung mit dem Publikum, das sich in humorvollen Momenten mit Lachern und Szenenapplaus ausdrückte oder sich bei dramatischen Szenen in absolute Stille zurückzog.

Alfie war anders; er teilte seine Passion und besuchte einige Vorführungen von *Viel Lärm um nichts*, schwärmte regelrecht von Willems Darbietung, versuchte immer, einen der vorderen Reihenplätze zu ergattern.

An Ostern hatte Fallon mit ihrem neuen Freund Tom, ebenfalls ein BBC-Korrespondent, im Publikum gesessen. Nach der Vorstellung lud er sie beide zu seinem Lieblingsitaliener auf der Blenheim Street ein. In einem kurzen Moment, während der Kellner ihnen den Rotwein eingoss, schenkte sie ihm ein Lächeln der Anerkennung und nahm seine Hand in ihre.

Welch ein selten schöner Augenblick zweier Menschen, die Geschwister waren, jedoch unterschiedlicher nicht hätten sein können.

Dass Fallon ihn an den Feiertagen besucht, sie ihm auf der Bühne zugesehen hatte, erfüllte ihn mit verloren geglaubter Glückseligkeit. Niemals hatte er mit seiner Schwester gerechnet, denn nachdem er Weihnachten nur mit Alfie in irgendwelchen Londoner Clubs verbracht hatte und nicht nach Hause gekommen war, war sie sehr enttäuscht gewesen. Sie hatte ihn angebettelt, angefleht, den Streit mit seinem Vater endlich beizulegen, aber er konnte diesem Mann nicht gegenübertreten.

Vielleicht würde er das nie wieder können.

Was war das für ein Vater, der seinen Sohn in seiner schwärzesten Stunde hängen ließ? Seiner Tochter nicht das letzte Geleit geben konnte?

George Fraser hatte Willems Liebe verspielt.

Was ihm allerdings sehr leidtat, war, dass er sein Versprechen gegenüber Sophie nicht eingehalten hatte, jedes Weihnachtsfest mit ihr zusammen zu feiern. Mehrmals hatte er versucht, sie an den Festtagen telefonisch zu erreichen, hatte sie sogar Silvester um Mitternacht angerufen, aber sie hatte den Hörer nicht abgehoben. Später erfuhr er von einem der Zwillinge, dass sie wohl Aunt Belle zu deren Schwester nach Rochester begleitet hatte.

Gott sei Dank war sie nicht wieder mutterseelenallein gewesen.

Seit dem Tag des Abschieds, seit dem Tag ihres ersten echten Kusses, hatte er sie nicht mehr wiedergesehen.

Er hätte sie niemals küssen dürfen. Nicht in dieser Verfassung und erst recht nicht in dem Wissen, sie in Canterbury allein zurückzulassen. Vernunft war der mahnende, schimpfende Jiminy Cricket, der auf seiner Schulter saß.

Reue war es nicht, denn er bedauerte diesen Kuss keinesfalls, nur den Umstand, die Rahmenbedingung.

Er wollte sie wiedersehen, vermisste sie schrecklich. Ihre gemeinsamen Gespräche, ihren Witz, ihre tiefgründige, einfühlsame, ernste und liebenswerte Art.

Wie unglaublich er sich schämte, dass er ihr erstes Date vergessen hatte. Marahs Tod hatte damals einfach alles überschattet. Er tröstete sich mit dem Wissen, dass sie ihm deshalb nicht böse war. Trotzdem hätte er sich längst dafür entschuldigen müssen, und er war sich ziemlich sicher, jegliche Chance in Bezug auf Sophie verspielt zu haben.

Ein für alle Mal.

Nach beinahe jeder Show traf sich das Ensemble in einem der zahlreichen Soho-Restaurants. Meist war er dabei, doch an diesem Abend ergab er sich seiner knochentiefen Müdigkeit und beschloss, direkt in sein Apartment zu gehen, das er vor Kurzem bezogen hatte.

Als er mit langsamen Schritten die Bühne wieder verließ, kam ihm Hilary Jones entgegen, die den Part der Hero in *Viel Lärm um nichts* spielte und die ihm seit einigen Wochen ziemlich offensichtliche Avancen machte. Im wahren Leben war sie alles andere als eine holde Jungfrau, und er wusste, dass sie in der Theaterwelt Naschkatze genannt wurde. Am Ende einer jeden ausgelassenen Partynacht saß sie in einem der Chill-out-Ecken, knutschend und fummelnd mit Statisten, Regisseuren, Hauptdarstellern oder royalen Sprösslingen – und an einem sehr zugedröhnten Abend auch mit ihm. Nur vage Erinnerungsfetzen waberten ab und an durch seine Gedanken. Doch mehr als ein ekstatisches Gezüngel war nicht geschehen – glaubte er zumindest.

»Kommst du noch mit ins Windmill?«, fragte sie und fuhr aufreizend mit der Hand über den roten Samtvorhang. *The Windmill* war einer der Nachtclubs, die Willem seit seinem Engagement ziemlich häufig aufsuchte. Der wohl älteste und legendärste Tabledance-Schuppen Londons und ein Abenteuerland, in dem wirklich alles geschehen konnte. In den *Private Areas* tummelte sich die distinguierte Crème de la Crème, um jegliche Etikette wie eine bleischwere Rüstung abzustreifen. Sie allesamt verwandelten sich in koksende und triebgesteuerte Zombies, die sich an Lapdance-Nummern aufgeilten, gedanken- und bedeutungsloses Zeug von sich gaben, sich anschließend fummelnd und vögelnd in einer finsteren Ecke wiederfanden. So oft hatte Willem beobachtet, wie – vor allem junge Frauen – unter Bartische krochen, um mächtigen Produzenten einen zu blasen, oder mit ihnen auf den Toiletten verschwanden. Sie verkauften ihre Körper und ihre Seelen in dem Dafürhalten, dass sich diese Prostitution eines schönen Tages bezahlt machen würde. In dieser Welt spielte Geld keine Rolle, alles drehte sich um Drogen und Sex.

Doch was Willem ziemlich irritierte, war die Tatsache, dass ihn diese Maschinerie nicht im Geringsten schockierte. Früher hätte er versucht, diese Frauen vor ihrem Unheil zu bewahren. Heute war es ihm scheißegal.

Konnte es sein, dass auch er mehr und mehr verblödete, abstumpfte?

»Hey, Hilary«, sagte er, und immer, wenn er ihren Namen aussprach, fühlte dieser sich vollkommen falsch an, weil er zu konservativ war und überhaupt nicht zu ihr passte. »Sei mir nicht böse, aber ich werde heute Abend nach Hause gehen.«

Mit einem süffisanten Lächeln schlich sie wie eine Leopardin auf ihn zu, doch beim genaueren Hinschauen wirkte sie eher wie eine lauernde Hyäne. Das kastanienrote Haar leuchtete im Scheinwerferlicht und sie stieß ihn mit ihrer knochigen Hüfte an.

»Ach komm schon! Du siehst aus, als bräuchtest du ein bisschen Spaß.«

Mit ihren Fingernägeln kratzte sie über seine Brust.

»Ehrlich, Hilary, ich bin ziemlich kaputt und ich würde gern ...« Sie ließ ihn nicht ausreden, zog sich an ihm hoch und steckte ihm die Zunge in den Mund. Sie nahm seine Hand und legte sie auf ihre Brust, rieb sich an ihm, doch sie erregte ihn nicht, und jetzt – vollkommen nüchtern – kam er sich ziemlich idiotisch vor. Sachte löste er sich von ihr und wehrte einen erneuten Kuss ab.

»Was ist denn auf einmal?«, fragte sie verwundert und wischte sich mit dem Handrücken über die Lippen.

»Ich sagte doch, ich bin müde.«

Ihr Lächeln verrutschte. »So müde kann ein Mann nicht sein, um hemmungslosen Sex hinter dem Bühnenvorhang auszuschlagen. Irgendwie bist du ein Mysterium.«

Er lächelte. »Das bin ich wohl. Sorry, Hilary. Das hat nichts mit dir zu tun.«

»Sondern?«

»Nun ja, ich bin müde.«

»*Sondern?*«, wiederholte sie.

»Ach komm schon.«

»Sondern?«

Sie nervte ihn tierisch. »Gut. Es hat doch mit dir zu tun. Ich denke an eine andere, in die ich mich schon vor Langem verliebt habe. Reicht das als Begründung?«

Hilary verdrehte die Augen. »Herr im Himmel, du hörst dich wie ein verknallter Dreizehnjähriger an. Willem, du stehst in den Startlöchern deiner Schauspielkarriere. Halt dich nicht mit sehnsuchtsvollen Gedanken an irgendein Mädchen auf. Lebe, Willem Fraser, nimm alles mit. Jede neue Erfahrung bringt dich in deinem Handwerk weiter. Glaube mir.«

»Das heißt also, ich darf keine Freundin haben, die ich liebe, wenn ich ein guter Schauspieler sein will? Das halte ich für ziemlichen Blödsinn.«

Sie zuckte mit einer Schulter. »Halte es, wie du willst.« Wieder trafen sich ihre Lippen und ihre Hand glitt über sein Gemächt. Erneut wich er ihr aus und trat einen Schritt zurück.

»Gute Nacht, Hilary«, sagte er zermürbt und ließ sie sprachlos an Ort und Stelle stehen.

In seinem Apartment angekommen schmiss er sein Jackett auf das Sofa, nahm ein Bier aus dem Kühlschrank. Er befreite die Flasche vom Kronkorken und gönnte sich einen großen Schluck. An den Tresen gelehnt schloss er die Augen, spürte, wie die Anspannung aus seinen Schultern wich.

Wieder einen Tag überstanden.

Früher hatte er Alkohol aus Spaß getrunken, zur Stimulierung, auf Partys, aber heute missbrauchte er ihn zur Beruhigung.

Die Altbauwohnung gehörte dem Intendanten des Gillian Lynne Theatre und Willem hatte einen Jahresmietvertrag unterschrieben. Sie lag in der Nähe des Theaters und war nicht viel größer als sein ehemaliges Zimmer in der All Saints' Lane, genügte ihm jedoch. Trotzdem war sie kalt und nüchtern unbewohnt. Ein Raum umfasste Küche, Schlafzimmer und Wohnbereich. Nicht ein Bild zierte die Wände, keine persönlichen Dinge bewiesen, dass er hier lebte. Er selbst nannte diese Behausung *anonymae exsistentiae*.

In einer Ecke stapelten sich noch drei Umzugskartons, die er bislang nicht ausgepackt hatte, es vermutlich auch nie tun würde, weil ihm der Platz fehlte.

Es war jetzt fast halb eins in der Nacht. Unentwegt starrte er zu seinem Telefon, schlich einige Male an dem Apparat vorbei, wollte den Hörer abnehmen, doch jedes Mal verließ ihn der Mut.

Nun ruf sie an, du Vollidiot.

Er verspürte das dringende Bedürfnis nach einer Zigarette, aber er war nur Gelegenheitsraucher und hatte noch nie eigene gekauft. Den letzten Joint hatte er vorgestern geraucht, allerdings beruhigte ihn der Gedanke, dass weitere fünf Biere im Kühlschrank auf ihn warteten.

Ruf sie an! Ruf sie an! Sie fehlt dir.

Sie hasst dich.

Du bist schuld.

Ach hätte ich doch …

Er versuchte, sich mit dem Fernseher abzulenken, schaute die ersten Minuten von Emergency Room, schaltete dann wieder ab. In einem der Kartons war seine Musiksammlung. Er stand von der Couch auf, holte sich ein weiteres Bier und setzte sich vor seine Hi-Fi-Anlage, durchsuchte seine CDs nach Songs, die ihn vielleicht aufheiterten. Es waren an die hundert Platten, die er in den letzten fünf Jahren von Taschengeldern oder Aushilfsgehältern gekauft hatte. Das Eric-Clapton-Album ignorierte er. Nie wieder wollte er die Songs *Tears In Heaven* oder *Wonderful Tonight* hören.

Nie wieder.

Er spielte Stücke von Pearl Jam, den Beastie Boys und grölte lautstark *Quit Playin' Games* von den Backstreet Boys, was ihm dann doch ein wenig peinlich war, denn die Wände waren dünn.

Das dritte Bier und Cypress Hill erhellten schließlich seine Stimmung. Mit neuer Energie stöberte er in den Tiefen seiner Sammlung, nahm eine CD nach der anderen aus dem Karton und stapelte sie auf dem Boden. Dann entdeckte er ein 80's Best-of-Album und auf der zweiten Disk fand er den vermutlich einzigen Fleetwood-Mac-Song seines Fundus.

Everywhere.

Als er das Lied abspielte, das recht fröhlich anmutende Intro einsetzte, stand er vom Fußboden auf, schloss die Augen und lauschte den unverwechselbaren Stimmen von Stevie Nicks und Christine McVie. Mit dem Bier in der Hand bewegte er sich zum Takt des Songs. Er nickte sich mehrmals selbst zu, und irgendwie verstand er, weshalb Sophie diese Band so sehr mochte. Es war dieser einzigartige Sound, und während Willem dieses Lied in Dauerschleife abspielte, nicht genug von ihm bekam, spürte er, wie sein Herz leichter wurde. Es war, als könnte er endlich tief durchatmen.

Wieder sah er zum Telefon.

Mittlerweile war es halb drei. Jetzt war es ohnehin zu spät, um Sophie anzurufen, und ihn beruhigte dieser Umstand, diese willkommene Ausrede. Wie in Trance beobachtete er dicke Regentropfen, die gegen das Fenster prasselten.

Ob es in Canterbury ebenfalls regnete? Vielleicht fand Sophie auch nicht in den Schlaf und blickte gerade genau wie er in den Nachthimmel hinaus.

In diesem Augenblick wurde ihm bewusst, dass ständiges Grübeln ihm nicht weiterhalf. Er konnte sich nicht länger hier in London verstecken, einfach alles verdrängen, was geschehen war, und er war Sophie ein Lebenszeichen schuldig.

Aus seinem Rucksack kramte er ein leeres Blatt Papier sowie einen Füllfederhalter und setzte sich an seinen Esstisch.

Ewig saß er nur da, wusste nicht, wie er beginnen sollte, doch dann sprudelten die Worte einfach aus ihm heraus.

Liebe Sophie,

Ich sitze hier in meinem Apartment vor diesem weißen Papier und ich habe ewig gebraucht, um den Mut zu finden, diese erste Zeile niederzuschreiben. Ziemlich verrückt für jemanden mit einem Universitätsabschluss in Literatur, nicht wahr? Aber es fällt mir nicht leicht, Dir meine Gefühle auszudrücken, weil Worte sie eben nicht beschreiben können.

Und manchmal widersprechen Taten dem, was man wirklich begehrt.

Ehrlich gesagt war ich zu feige, Dich anzurufen. Dennoch will ich Dir sagen, dass es keine einzige Minute gibt, in der ich nicht an Dich denke. Ich hoffe so sehr, dass es Dir gut geht.

Das Leben ist unberechenbar, verstrickt uns in Missverständnisse, Streitigkeiten, und manchmal nimmt es uns diejenigen, die uns so unendlich viel bedeuten. Auf dieser Welt sind wir verlorene Krieger, bis wir diesen einen Menschen finden, der uns daran erinnert, dass wir nicht allein umherwandeln, und der uns das Vertrauen in die grenzenlose Liebe schenkt.

Es war falsch von mir, so unglaublich falsch, zu leugnen, was derart offenkundig war, und ich bitte Dich um Verzeihung, dass ich nach Marahs Tod einfach verschwunden bin.

Ich war desillusioniert, hilflos und ich machte mich zu einem Gefangenen meiner eigenen Trauer.

Ich sollte dir mein Herz schenken, damit du darin liest, aber es beherrscht die Sprache nicht, all das auszudrücken, was es fühlt.

In der schwärzesten Stunde meines Lebens warst Du an meiner Seite, und ich habe dir bis heute nicht dafür gedankt, dass ich in der Nacht, als Marah von uns gegangen ist, in deinen Armen liegen durfte. Wortlos, unbeweglich, aber in der Gewissheit, dass Du da warst.

Sophie, das vergesse ich dir nie.

Ich wünschte, ich hätte Dich in einer anderen, unbeschwerteren Zeit meines Lebens kennengelernt.

Gern male ich mir eine Alternativwelt aus. Wir beide, honigschleckend im Hundert-Morgen-Wald, umgeben von Frieden und Liebe. Nur wir zwei.

Diese Geschichte ist noch nicht geschrieben worden. Jedoch stelle ich mir einen Schriftsteller vor, der jetzt, in diesem Moment, das erste Wort niederschreibt.

Unsere Geschichte, Sophie.

Eine Geschichte, die niemals endet.

Ich will nicht mehr der Mann sein, der ständig nur zurückblickt und all das ignoriert, was das Leben noch bereithält und es lebenswert macht. Wenn ich den Blick nach vorn richte, sehe ich Dein Lächeln, höre ich Deine Stimme, spüre ich Deine Hand, und ich weiß, dass dieser Weg der richtige ist.

Nach meinem Engagement am Theater werde ich zu Dir zurückkommen, und ich hoffe, Du vergibst mir mein langes Schweigen und mein Fortgehen.

Ich bereue es sehr, Sophie, Dich verletzt zu haben. Ich fühle mich elend und traurig ohne Dich.

Ich hoffe, Du kannst mir vergeben.

Dein Willem

Moonlight Whispers

Canterbury – Juli 1999

Der warme Abendwind wehte durch die Gasse und Sophies Herz klopfte rasend. Die meisten Tagestouristen hatten die Altstadt inzwischen verlassen und alles war ungewöhnlich ruhig, als hätten sich alle Menschen aus Canterbury verzogen.

Die vergangenen zehn Monate hatte sie versucht, sich bestmöglich abzulenken. Und irgendwie war es ihr gelungen. Nach Schulschluss paukte sie für die Abschlussprüfungen und arbeitete jeden Abend bis spät in die Nacht hinein, um niemals mit sich allein zu sein, um nicht an ihrem Grübeln und an ihrer Sehnsucht zu ersticken. Es war aber auch die Zeit, in der sie den Mut fand, sich ihren inneren Dämonen zu stellen. Einmal in der Woche besuchte sie die Praxis von Dr Wilson, der sie sich, nach einigen für sie sehr schweren Therapiestunden, tatsächlich öffnete, um ihr von den Erlebnissen im Haus der Scarboroughs zu erzählen. Obwohl jedes Gespräch die Erinnerung aufleben ließ, als sei es erst gestern geschehen, fühlte sie sich seither von einer großen Scham und dieser monströsen Last befreit.

Immer ein bisschen mehr.

Dr Wilson spendete ihr Mut, den Blick nach vorn zu richten, und gab ihr zu verstehen, dass sie stärker war, als sie selbst von sich glaubte. Gewiss hatte sie einigen Ballast abgeworfen, doch das Schicksal schien sich daran zu ergötzen, ihr neue Steine in den Weg zu legen.

Lange hatte sie mit ihrem Liebeskummer gekämpft. Lange.

Auf den ersten Schmerz, den Willem bei ihr hinterlassen hatte, als er fortging, folgte Wut über sein quälendes Schweigen, die irgendwann in einer ohnmächtigen Akzeptanz endete, weil er sie wohl für immer aus seinem Leben verbannt hatte. Warum, fragte sie sich, hatte alles so enden müssen? Sie verstand es nicht.

Sie war nun seit fast zwei Jahren hier in Canterbury, war hier gestrandet, hatte sich in diese Stadt und in einen jungen Mann verliebt, ohne es jemals beabsichtigt zu haben. Ein Mann, von dem sie geglaubt hatte, die Liebe zu ihm würde ihr über die Vergangenheit hinweghelfen und die Zukunft bedeuten.

Doch alles war vollkommen anders gekommen, und manchmal wünschte sie sich wirklich, Willem niemals begegnet zu sein.

Aber das Herz hatte seinen eigenen Verstand.

Das Herz vergaß nicht.

Und dann, vor ein paar Wochen, hatte sie seinen Brief erhalten, den sie mit zitternden Händen geöffnet hatte und von dem sie der felsenfesten Überzeugung gewesen war, es wäre eine schriftliche Bezeugung ihres Abschieds. Seine Worte hatten ihren Verstand daran erinnert, was das Herz nie vergessen hatte: Sie liebte ihn.

Der Schmerz, die Wut und die Akzeptanz verrauchten.

Als sie nun wieder vor dem Pub stand, auf ihn wartete wie schon einmal, kämpfte sie mit der Angst, er würde sie erneut versetzen. Ihre Gedanken trieben mit dem leichten Wind dahin.

»Hallo Sophie«, flüsterte er, und beim Klang seiner Stimme wurde ihr ganz warm. Sie drehte sich zu ihm um und ihr Blick begegneten dem seinen.

»Hallo Willem«, erwiderte sie leise und scheu, als wäre es ihre allererste Begegnung.

Er trug ein anthrazitfarbenes Hemd und einen schwarzen Schlips. Das Jackett hing über seinem Arm, weil es vermutlich zu warm war, um es überzuziehen. Das braune Haar war ein bisschen länger, als sie es gewohnt war. Dennoch war er immer noch derjenige, in den sie sich hoffnungslos verknallt hatte und der wohl ewig wie ein junger Gott aussehen würde. Für sie war es unvorstellbar, jemals einem anderen Mann zu begegnen, der ihm das Wasser reichen könnte. Gewiss nicht nur, weil er unverschämt gut aussah, er belesen, Hunderte Talente hatte und charmant war, sondern weil er mit seiner Fürsorglichkeit für Marah und seiner Tiefgründigkeit in all ihren Unterhaltungen ihr Herz tief bewegt hatte.

Mit einem verhuschten Lächeln sah er sie an. »Du siehst wunderschön aus«, sagte er, und Sophie wäre bei diesem Kompliment beinahe vor Ergriffenheit in Ohnmacht gefallen.

Sie lächelte. »Danke.«

Als er sie vorletzte Woche aus London angerufen hatte, um sie zu bitten, das Date nachzuholen, hatte sie sich gegen das rosa Chiffonkleid aus Aunt Belles Schrank entschieden. Daran hafteten einfach zu schlimme Erinnerungen an Marah. In einem Modehaus hatte sie stattdessen ein schwarzes Cocktailkleid gekauft, das zwar nicht teuer gewesen war, aber dennoch elegant wirkte, auch wenn Aunt Belle meinte, es sehe mit dem Spitzenbesatz am Dekolleté und dem transparenten Organzarock wie ein Nachthemd aus.

Erst vor wenigen Wochen hatte sie sich von ihren langen Haaren getrennt; sie reichten ihr nur noch bis unterhalb des Schlüsselbeins und waren dunkler gefärbt als sonst.

Ewig sah Willem sie an, ohne ein Wort zu sprechen, und er wirkte ähnlich aufgeregt wie sie.

»Sollen wir ...«, kam es gleichzeitig von beiden und sie lachten.

Sophie wiederholte. »Sollen wir los?«

Er schien erleichtert. »Ja, sehr gern.«

Das *Waterview* Restaurant in der Pound Lane lag direkt am Ufer des Stour Rivers und war vermutlich genauso alt wie Canterbury selbst. Sophie wusste, dass es bei Einheimischen und Touristen gleicher–

maßen beliebt war. Das Lokal besaß trotz seiner schlichten Erscheinung – knarrende Dielen, robuste Holzstühle und rustikale Dachbalken – riesige Fenster, die einen wundervollen Ausblick auf den Fluss erlaubten. Mit den weißen Tischdecken, den Stoffservietten, polierten Weingläsern und all den flackernden Kerzen erzeugte das Restaurant eine unglaublich behagliche Atmosphäre. Es duftete nach Meeresfrüchten, Knoblauch und Rosmarin.

»Glaube mir, das Essen schmeckt hervorragend«, sagte Willem, als sie auf den reservierten Tisch zusteuerten. »Es war das Lieblingsrestaurant meiner Mutter.«

»Ich finde es hier einfach reizend«, erwiderte sie, als sie Platz genommen hatten und sie den Ausblick genoss. Die Wasseroberfläche des Flusses glitzerte im Licht der untergehenden Sonne in einem feurigen Goldorange. Sie blickte sich um und stellte fest, dass jeder Tisch besetzt war, sie beide jedoch den schönsten ergattert hatten, und sie machte es sich bequem. Der Kellner reichte ihnen die in edlem Leder gebundene Menükarte und Sophie schlug die erste Seite auf. Als sie die Preise sichtete, blickte sie irritiert zu Willem und beugte sich zu ihm hinüber.

»Will, das ist viel zu teuer.«

»Bitte, mach dir darum keine Gedanken. Bestell, worauf du Appetit hast. Ich habe immer noch ein schlechtes Gewissen, dass wir nur essen gehen und ich keine Karten mehr für das Theater bekommen habe. *West Side Story* ist leider immer recht schnell ausverkauft.«

»Macht nichts. Ich kenne den Film«, sagte sie mit einem Zwinkern und er lächelte.

»Irgendwann wird es klappen. Versprochen.«

Sophie sah ihn an und faltete die Hände in ihrem Schoß. »Ehrlich gesagt bin ich ein bisschen aufgeregt.«

»Ich auch«, antwortete er flüsternd. »Verrückt, nicht wahr? Wir kennen uns fast zwei Jahre und der heutige Abend fühlt sich wie ein Blind Date an, oder?«

Sie nickte und ließ ihren Blick abermals durch das Restaurant schweifen, bevor sie sich wieder der Menükarte widmete.

»Kannst du was empfehlen?«

Willem zuckte mit den Achseln. »Magst du Fisch?«

»Ja, sehr sogar.«

»Ich glaube, der Thunfisch ist gut. Die Leibspeise meiner Mutter waren die Calamari. Ich bin nicht unbedingt ein Freund von Fischgerichten. Vor einiger Zeit hat Alfie mich in ein Sushi-Restaurant geschleppt, und mir wird heute noch schlecht, wenn ich daran zurückdenke«, sagte er verschmitzt. »Ich denke, ich nehme das Steak.«

»Wie geht es Alfie?«

»Ich glaube ganz gut. Er ist seit Mai in New York und scheint sich dort gut eingelebt zu haben.«

»Du vermisst ihn bestimmt. Und er dich.«

»Ja, schon, aber ich hatte in den letzten Monaten nicht viel Zeit, um darüber nachzudenken. Wenn man jeden Tag zweimal auf der Bühne steht, kommt man nicht immer dazu, sich über solche Dinge den Kopf zu zerbrechen. Ich bin sicher, Alfie geht es mit dem neuen Job ähnlich.«

Sie nickte, sah ihn dann über die Seiten der Menükarte wieder an. »Trotz allem hast du an mich gedacht«, wisperte sie und hatte ein wenig Bammel, das Thema nun auf seinen Brief gelenkt zu haben. In diesem Augenblick erschien eine Kellnerin, nahm ihre Bestellung auf. Umgehend servierte sie den von Willem ausgesuchten Weißwein und schenkte ihm ein, damit er ihn kostete. Er nickte, sah Sophie dabei ein bisschen amüsiert an, weil weder er noch sie wirklich etwas von guten Weinen verstanden. Die Flasche fand Platz in einem hohen Weinkühler neben ihrem Tisch, und sie dachte daran, dass sie niemals zuvor in ihrem Leben in einem solch feinen Ambiente gespeist hatte.

Ordentlich drapierte sie die Stoffserviette auf ihren Oberschenkeln. Sie stießen an, und sie verspürte die Hoffnung, dass sich ihre anfängliche Scheu voreinander allmählich in Luft auflöste. Sie nippte an ihrem Wein.

Auch wenn sie nicht mehr daran geglaubt hatte, griff Willem den Gesprächsfaden von vorhin wieder auf, bevor die Kellnerin sie unbeabsichtigt gestört hatte.

»Immer habe ich an dich gedacht.«

Seine Worte weckten ein warmes Gefühl in ihrem Inneren. Er schob seine Hand über den Tisch, griff nach ihren Fingern und fuhr mit seinem Daumen in kleinen Kreisen über ihre Handfläche.

»Da gab es keinen Platz mehr, auch noch Alfie zu vermissen«, sagte er mit einem Lächeln. »Erzähl mir von dir, Sophie. Wie ist es dir in den letzten Monaten ergangen? Wie liefen deine Abschlussprüfungen?«

Sie pustete sich Luft ins Gesicht. »Es war die reinste Hölle. Ich habe seit Ostern wie eine Verrückte gebüffelt, und während ich in den Prüfungen saß, dachte ich, ich könnte die Lektionen mit Bravour lösen. Doch danach hatte ich ständig das Gefühl, es vergeigt zu haben, und hatte sogar Albträume, Aufgaben komplett übersehen zu haben.«

»Das kenne ich. Vollkommen normal.«

»Letzte Woche erhielt ich die Ergebnisse.«

»Und?«

»Bestanden.«

»Sophie, das ist großartig«, sagte er aufrichtig und seine Augen leuchteten. »Ich wusste, du würdest es schaffen.«

»Nun ja, in Englisch und Geschichte gehörte ich zu den Besten meines Jahrgangs, aber es zeigte sich auch, dass ich eine komplette Null in Mathematik bin.«

Er zuckte mit den Schultern. »Ach, wozu gibt es heute Taschenrechner. War auch nie mein liebstes Fach.«

»Aunt Belle hat das nicht sehr überrascht, denn schließlich verrechne ich mich ständig im Pub.« Sie presste die Lippen aufeinander und zog die Achseln hoch. Willem lachte.

Du musst ihm heute endlich beichten, dass du ihn wegen deines Alters angelogen hast, geisterten Aunt Belles Worte durch Sophies Kopf. *Es wird Zeit.*

Sie steckte in einer gehörigen Misslichkeit, denn sie wollte diesen wundervollen Abend nicht zerstören.

Morgen - du sagst es ihm morgen.

»Und? Was hast du jetzt vor?«, fragte er und riss sie aus ihren Überlegungen.

»Wie?«

»Ich habe gefragt, was du jetzt nach deinem Schulabschluss vorhast?«

»Oh. Ähm, ich bin mir nicht sicher. Gern würde ich hier in Canterbury eine Kochausbildung absolvieren, aber dann müsste ich vor allem abends arbeiten und ich kann Aunt Belle nicht im Stich lassen.«

Er runzelte die Stirn und schüttelte den Kopf. »Sophie, ich finde es wirklich ehrbar, dass du dich ihr derart verpflichtet fühlst, aber du darfst nicht vergessen, dass es dein Leben ist. Sie würde es verstehen, und du hast alles Recht der Welt, deinen eigenen Weg zu gehen.«

Sie seufzte. »Ich weiß.«

Bald darauf wurde das Essen serviert und sie unterhielten sich über Willems Theaterengagement. Er erzählte ihr von all seinen Patzern, die ihm im Laufe der Aufführungen passiert waren, und von den meist eher schrulligen Schauspielkollegen, mit denen er zusammengearbeitet hatte. Sie beobachtete ihn und erkannte diesen Enthusiasmus, mit dem er immer sprach, wenn er von seiner Schauspielleidenschaft erzählte. Genau so hatte sie ihn damals kennen–

gelernt, und es war schön, ihn endlich wieder derart freudestrahlend zu sehen.

»Ich hatte eine Szene an der Seite von Simon, der den Don Juan spielte, blickte ihm während unseres Dialogs ins Gesicht und bemerkte einen riesigen Popel, der ihm aus der Nase hing. Ich habe alles versucht, um mich zusammenzureißen, aber es ging nicht. Schlagartig vergaß ich meinen Text, stand vor dem ausverkauften Haus, musste dem Publikum den Rücken zuwenden, weil ich mich vor Lachen nicht mehr einkriegte.«

»O mein Gott, und? Wie haben die Zuschauer reagiert?«, fragte sie verstört.

»Sie haben applaudiert, denn so etwas liebt das Publikum. Das ist Theater, Sophie. Manchmal unberechenbar.«

»Schade, dass ich nicht die Gelegenheit hatte, dich in London auf der Bühne zu sehen.«

Er sah sie mit traurigem Ausdruck an. »Das ist meine Schuld. Ich hätte dir viel früher schreiben sollen. Das tut mir ehrlich leid.«

»Schon gut. Ich weiß, dass die letzten Monate bestimmt sehr hart für dich waren.« Sie überlegte, ob sie ihm die nächste Frage stellen sollte, wagte es: »Hast du mal wieder was von deinem Vater gehört?«

»Nein«, antwortete er heiser. »Ich bin noch nicht bereit, ihn wiederzutreffen.«

Sie nickte. »Wir müssen nicht über das Thema sprechen.«

»Lieb von dir.« Er nahm ihre Hand und sah sie mit wehmütigen Augen an. Seine Berührung hinterließ eine Gänsehaut auf ihren Armen.

»Wo übernachtest du denn heute?«

»Bei Robbie.« Irgendwie hörte es sich in Sophies Ohren eher wie eine Frage an als eine Tatsache. Sie sah ihm genau an, dass er schnell versuchte, das Thema zu wechseln. »Wie ist der Thunfisch?«

»Vorzüglich. Danke, dass du mich hierher ausgeführt hast. Ich war noch nie in einem solch schönen Restaurant.«

»Gern geschehen, Sophie. Ich hoffe, dass wir zwei irgendwann in deinem eigenen Lokal sitzen.«

Sie lächelte. »Wer weiß.«

»Fallon erzählte mir übrigens, dass sie und Tante Lou sehr enttäuscht waren, weil du ihnen an Weihnachten keinen Fraser-Mush vorgesetzt hast.« Willem schmunzelte und schien gleichermaßen einem traurigen Grübeln zu verfallen. Er seufzte. »Wer weiß, vielleicht klappt es dieses Jahr. War ein seltsames Gefühl, die Feiertage nicht zu Hause verbracht zu haben, aber ich brauche noch etwas Abstand von meiner Familie.«

»Ich verstehe das. Wirklich. Was hast du denn jetzt vor? Gehst du wieder zurück an die Royal Academy?«

Er überlegte lange. »Nein, ich denke nicht. In der kommenden Woche treffe ich mich mit einem Agenten in London. Ich hoffe, dass er mich in seiner Agentur aufnimmt. Die Monate am Theater haben mir gezeigt, dass ich nichts anderes mehr machen möchte, als zu spielen.« Er geriet ins Stocken. »Alfie hat mir angeboten, zu ihm nach New York zu kommen.«

Sophie stockte der Atem. »Ist das der wahre Grund, weshalb wir heute hier sind? Du willst mir sagen, dass du fortgehst?«

»Nein«, sagte Willem sofort. »So ist es nicht, Sophie. Wirklich nicht. Ich bin hier, weil ich dich wiedersehen wollte – weil du mir unendlich gefehlt hast. Dieser Abend soll alles andere als ein Abschied sein.«

Sie nickte in sich gekehrt, sah ihn dann traurig an. »Aber du denkst darüber nach, oder?«

Er schluckte deutlich. »Vielleicht. Hin und wieder.«

»Was würde dich davon abhalten, zu gehen?«

Ewig sah er sie schweigend an, doch in seinen Augen erkannte sie, dass vermutlich sie der einzige Grund wäre, für den es sich lohnte, zu bleiben.

»Sophie … Seit wir uns begegnet sind … Ich weiß nicht. Irgendwie … hat das für mich vieles verändert.« Er verstummte, als würde er nicht wissen, wie er seine Gefühle in Worte kleiden sollte. Stattdessen hob er die Hand und strich ihr mit den Fingern zart über die Wange und sie schloss in diesem Moment die Augen. Ein Prickeln durchfuhr ihren Körper.

»Will«, flüsterte sie, öffnete wieder die Lider und beugte sich zu ihm vor. »Gib niemals etwas für mich auf.«

Das zu sagen, hatte viel von ihr abverlangt, aber sie meinte es ernst, auch wenn sie sich wünschte, er würde für immer bei ihr bleiben. »Ich würde dir nie im Weg stehen wollen.«

Er sah sie ein bisschen unverstanden an. »Du stehst mir nicht im Weg. Ich will dich nur nicht verlieren. Das ist alles.« Seine Stimme war nur ein Flüstern.

Jetzt strich sie mit zarten Fingerspitzen über seine Schläfe. »Das wirst du nicht.«

***

Als sie aufbrachen und das Restaurant verließen, war es bereits kurz vor Mitternacht. Seite an Seite schlenderten sie am Ufer des Stour Rivers entlang. Willem sah, dass Sophie zitterte, und legte ihr sein Jackett um die Schultern.

»Danke«, flüsterte sie.

Sie schwiegen eine Weile und lauschten einer Band, die irgendwo ganz in ihrer Nähe den Song *At Last* von Etta James spielte. Das Stück bewegte Willem zu einem Lächeln. *Wie passend.*

»Hört sich nach einer Hochzeit an«, sagte er und vergrub die Hände in seiner schwarzen Anzughose. »Hast du noch Kontakt zu Priya?«

»Ja. Ich treffe mich gelegentlich mit ihr. Ich soll dich von ihr grüßen.«

»Oh, sie weiß, dass wir miteinander ausgehen?«

Sophie nickte und schmunzelte. »Ich soll dir auch ausrichten, dass sie jetzt mit jemandem zusammen ist, der ihre atemberaubende Exotik zu schätzen weiß.«

Er lachte leise. »Freut mich für sie, dass sie glücklich ist.«

Das war keine Lüge. Priya war ein tolles Mädchen. Ohne Frage. Früher hätte er sich ein Bein ausgerissen, um der Mann an ihrer Seite zu sein … doch dann war Sophie aufgetaucht.

Willem wusste nicht so recht, wie er sich in ihrer Nähe verhalten sollte. Ob es angebracht war, ihre Hand zu nehmen? Oder war es dafür noch zu früh? Trotzdem hatte er das ständige Bedürfnis, sie zu berühren. In diesem eleganten Kleid und der neuen Frisur wirkte sie auf ihn erwachsener und aufreizender als je zuvor. Eine frische Brise wehte ihr durchs Haar.

Das war einer dieser Abende, von denen er sich wünschte, sie würden niemals enden.

Wieder durch die Gassen von Canterbury zu spazieren, machte ihn traurig und unerwartet wehmütig. Er liebte seine Heimat und doch begleitete ihn hier ständig ein unangenehmes Gefühl der Enge.

Ohne es wirklich zu beabsichtigen, blieb er am Gatter des Friedhofs stehen, auf dem seine Mutter und Marah begraben waren.

»Möchtest du sie besuchen?«, fragte Sophie mit zarter Stimme, blieb ebenfalls stehen und sah ihm fest in die Augen.

»Was? Nein. Wir beide haben ein Date«, sagte er mit einem Lächeln. »Das wäre doch etwas makaber.«

»Es würde mir nichts ausmachen. Dort liegen Menschen, die du liebst und die dir fehlen. Ich begleite dich gern.«

Diese Worte bewegten ihn zutiefst und er brauchte eine Weile, um sich zu entscheiden. Sie nahm seine Hand und drückte sie leicht.

»Bist du sicher?«

»Ja. Du warst seit der Beerdigung nicht mehr an ihrem Grab.«

Er atmete tief ein, weil er selbst nicht wusste, ob er sich dem gewachsen fühlte, doch sie öffnete das Gatter und ihre Hand lag weiterhin fest in seiner.

»Ich weiß wirklich nicht, Sophie.«

Sie ließ sich jedoch nicht beirren und so folgte er ihr.

Wenige Straßenlaternen erhellten den Weg, der an den Gräbern vorbeiführte.

Sein Blick glitt über die menschenleere Totenstätte. Während der Mond seine Bahn zog, kroch die Dunkelheit über die Kanten der Grabsteine und malte hinter ihnen lange Schatten. Einige von ihnen, uralt, waren mit Moos versehen, und in der Finsternis wirkte es, als hätte jemand schwarze Tintenkleckse auf den hellen Steinen hinterlassen. Manche Namen der Verstorbenen waren kaum noch lesbar oder vom Unkraut überwuchert. Kälte fuhr durch Willems Glieder.

In der Nähe der Kapelle, die vollkommen von Weinlaub überwachsen war, fanden sie das Familiengrab der Frasers. Der Name seiner Mutter war im Laufe der Jahre schemenhafter geworden, wohingegen Marahs prägnanter und deutlicher anmutete. Jemand hatte einen winzigen Blumenstrauß niedergelegt. Vielleicht war es Fallon oder sein Vater gewesen.

Willem und Sophie setzten sich vor den Grabstein und sie schwiegen lange, während ihm so viel durch den Kopf ging. Immer noch hielt sie seine Hand und er hatte plötzlich das Bedürfnis, etwas zu sagen.

Etwas, das er niemals zuvor jemandem erzählt hatte.

»Manchmal habe ich mir gewünscht, ich könnte Marah hassen.« Sophie horchte auf und er spürte ihren Blick auf ihm. »Nur weil sie auf der Welt war, musste meine Mutter sterben. Und wofür? Damit dieser Mensch in einem verdammten Rollstuhl vor sich hin vegetierte wie ein Gefangener und sich von einer Krankheit in die nächste quälte. Ich fand es ungerecht, dass sie dieses erbärmliche Leben führte und dafür ein anderes zerstört hatte. Sie hatte uns alle zerstört.

Meinen Vater. Fallon, und manchmal glaubte ich, auch mich. Seit ich denken kann, hatte ich immer gehofft, sie würde sich eines Tages aus ihrer Lethargie befreien, um ein ganz normales Mädchen zu sein, damit es eine Legitimierung für ihr Leben gab. Doch ständig, wenn ich solche Gedanken hatte, schämte ich mich. Ich wusste immer, dass sich hinter all den körperlichen Nachteilen ein kleines Mädchen verbarg, das klug war, das liebte und trauerte. Irgendwann wollte und konnte ich mir nicht vorstellen, ohne sie zu sein. Aber ich war einfach zu naiv, zu glauben, es könnte ewig mit ihr derart weitergehen.« Tränen drängten sich in seine Augen und sein Blick war verschwommen. Mit dem Handrücken wischte er sie fort. »Doch weißt du, was das Schlimmste war, als Marah starb?«

»Was, Will?«, fragte Sophie leise.

»Ich war erleichtert. *So sehr erleichtert.*« Er vergrub das Gesicht in seiner Hand. »Dass ich so gefühlt habe, werde ich mir wohl niemals verzeihen. Trotzdem spürte ich diese Erlösung, ein Aufatmen, weil es endlich vorbei war.«

Sie legte ihren Arm um seine Schultern und zog ihn zu sich.

»Will, das ist doch vollkommen verständlich. Du hast dich immer so liebevoll um sie gekümmert. Jeder wusste, wie sehr du sie geliebt hast. Es hat mir das Herz gebrochen, dich an ihrer Seite zu sehen, in dem Moment, als sie starb. Es gibt nichts, wofür du dich schämen müsstest. Glaube mir. Du warst der beste Bruder, den Marah sich hätte wünschen können.«

Willem schüttelte müde den Kopf und verachtete seine Tränen. Er blickte zur Seite. »Tut mir leid, Sophie. So hatte ich den Abend nicht geplant.«

»Bitte entschuldige dich nicht. Ich denke, es war wichtig, hierherzukommen.« Sie hielt einen Augenblick inne. »Manchmal wünschte ich, ich hätte die Gelegenheit, am Grab meiner Mum zu trauern.« Sie ließ von ihm ab und starrte ins Leere. Willem schluckte hart. »Sie war Tänzerin. Bevor sie mich bekam, tourte sie als Backgroundtänzerin von einer Stadt zur nächsten.«

Er richtete sich auf und blickte sie entgeistert an. Konnte es sein, dass sie ihm endlich mehr von sich erzählen wollte? So ewig hatte sie sich ihm gegenüber in Schweigen gehüllt, doch es wirkte, als wollte sie dieses schließlich brechen.

»Wirklich?«, fragte er und atmete tief ein, um sich von seiner eigenen Trauer zu lösen.

»Ja. Ich erinnere mich nicht mehr an viel aus meiner Kindheit mit ihr. Sie war noch ziemlich jung, als ich geboren wurde.« Sie senkte den Kopf. »Bis heute habe ich keine Ahnung, wer mein leiblicher Vater ist.« Sie grinste. »Wer weiß, vielleicht bin ja Mick Jaggers Tochter.«

»Vielleicht«, entgegnete er und stieß sie leicht an.

»Ich weiß aber noch sehr genau, wie sie ständig in unserer winzigen Wohnung in Liverpool umhergetanzt ist. Das hat ihr, glaube ich, viel bedeutet.« Sie lächelte voller Rührung. »Eines Tages war sie total aufgeregt, weil Fleetwood Mac ein neues Album herausgebracht hatte. Das war ihre Lieblingsband, und ich kann mich noch daran entsinnen, wie sie die Kassette in den Rekorder einlegte und wir den ganzen Tag zu *Everywhere* tanzten.«

Willem neigte den Kopf und schmunzelte. Wenn Sophie wüsste, dass er vor wenigen Wochen haargenau das Gleiche getan hatte ...

»Diesen einen Tag werde ich wohl mein ganzes Leben nicht vergessen.« Sie stockte. »Das war einer der wenigen wirklich guten Tage. Sie war einfach noch zu jung – ein Kind. Damals konnte ich es nicht wissen, doch je älter ich werde und je mehr ich versuche, mich an sie zurückzuerinnern, desto schlimmer ist die Wahrheit, wie es tatsächlich um sie bestellt war. Sie konnte nicht kochen und ich ernährte mich die meiste Zeit von Cornflakes oder Süßigkeiten, die sie mir mitbrachte. Oftmals kam sie nächtelang nicht nach Hause. Manchmal, zumindest, wenn sie daran dachte und nicht vollkommen zugedröhnt war, gab sie mich dann in die Obhut einer Nachbarin. Und wenn sie zu Hause war, setzte sie mich vor den Fernseher, den sie lauter stellte, damit ich nicht hörte, was in ihrem Schlafzimmer vor sich ging, wenn sie mal wieder einen Mann ...«

Willem spürte, wie sich seine Eingeweide zusammenzogen. Sie saß stumm neben ihm, zupfte am Saum ihres Kleids.

Vorsichtig öffnete er die Lippen. »Glaubst du ... Wie soll ich es ausdrücken?«

»Ja«, flüsterte sie. »Sie hat sich für Drogen hergegeben. Ich meine, genau weiß ich das natürlich nicht, aber sobald die Männer fort waren, verschwand auch sie für kurze Zeit, und sowie sie wieder nach Hause kam, war sie wie ausgewechselt. Fröhlich und voller Tatendrang.«

Willem erkannte, wie schwer Sophie es fiel, darüber zu reden. Er nahm ihre Hand. »Du musst nicht weitererzählen, wenn du es nicht willst.«

Sie tupfte sich eine Träne aus dem Augenwinkel. »Doch. Ich denke, es ist Zeit, mir das von der Seele zu sprechen.«

»In Ordnung, Liebes. Du kannst mir alles anvertrauen. Was ist mit deiner Mum geschehen?«

Sie räusperte sich, fand dann aber die Kraft, fortzufahren. »Ich war gerade fünf Jahre alt geworden, da wurde es mit den Drogen immer schlimmer. Ich weiß noch, dass auf ihrem Nachttisch ständig Spritzen lagen, und ihre Arme waren blau und violett von all den Einstichen. Trotzdem hat sie mir immerfort das Gefühl gegeben, geliebt zu sein, und ich denke, es hat sie viel Kraft gekostet, mir nicht zu zeigen, wenn es ihr schlecht ging. Aber sie hatte niemanden außer mir. Niemanden, der ihr hätte helfen können, sich aus ihrer Heroinsucht zu befreien. Eines Nachmittags kam wieder ein Freier zu uns. Egal, wie laut der Fernseher eingestellt war, ich hörte ständig, wie sie meine Mum gequält haben, um sie dann in ihrem Elend allein zurückzulassen.

Es war einfach furchtbar. Nachdem er fort war, spürte ich schnell, dass irgendetwas nicht stimmte, anders war als sonst. Sie war nicht aufgestanden, um nach mir zu sehen. Irgendwann betrat ich ihr Schlafzimmer und sie lag regungslos in ihrem Bett, streckte den Arm nach mir aus und ich legte mich neben sie. Auf dem Nachttisch sah ich den Löffel und die Spritze, die sie sich zuvor gesetzt hatte.

Ich weiß noch, wie sie mich mit halb geöffneten Augen ansah und mir sagte, wie sehr sie mich liebte. Ich schlief in ihren Armen ein. Aber am nächsten Morgen erwachte sie nicht. Und auch nicht am Morgen darauf.«

Allmächtiger!

Willem sah sie fassungslos an. Tränen flossen ihr unkontrolliert über die Wangen.

»O mein Gott, Sophie. Ich weiß überhaupt nicht, was ich sagen soll.«

»Du musst nichts sagen, Will. Ich habe nur noch nie mit jemandem darüber gesprochen und es fällt mir nicht gerade leicht …« Sie atmete schnell und beengt, als durchlitt sie in diesem Moment eine Panikattacke. Er kam sich ziemlich hilflos vor, und das Einzige, was ihm einfiel, war, sie fest in seine Arme zu schließen.

»Schon gut«, flüsterte er. »Lass es raus. Alles.«

»Meine Mum war gestorben und ich habe es nicht einmal gemerkt.«

»Du warst doch noch ein kleines Kind.«

»Vielleicht würde sie heute noch leben, wenn ich direkt Hilfe geholt hätte.«

»Du konntest es aber nicht wissen. Bitte, du darfst dir keine Vorwürfe machen. Sie war krank, Sophie. Du hättest ihr nicht helfen können.«

Sie nickte einsichtig und ihr Gesicht lag auf seiner Brust, und er spürte, wie ihre Tränen sein Hemd durchnässten.

Und plötzlich empfand er die Gewissheit, dass es richtig war, hierhergekommen zu sein, um ihrer beider Schmerz zu teilen. Was ihr passiert war, zerriss ihm das Herz und doch erklärte es so vieles. Er schämte sich, dass er sich ständig über ihre Liebe zu Fleetwood Mac lustig gemacht hatte oder dass er sie so oft bedrängt hatte, ihm von ihr zu erzählen.

Sie saßen vor dem Grabstein, ewig lange, ohne dass es eines weiteren Wortes bedurfte, wiegten sich wie zwei verlorene Kinder, die sich aneinanderklammerten – ihre Seelen entblößt.

Vielleicht war dies der intimste Moment, den er je erlebt hatte.

Irgendwann sah sie zu ihm auf und er strich ihr eine feuchte Strähne aus dem Gesicht. Das Mondlicht verlieh ihren Augen einen hinreißenden Schimmer, erlaubte ihm einen Blick tief in ihr Inneres. Er spürte die Wärme ihres Körpers, beugte sich zu ihr hinunter und küsste zärtlich ihre Lippen. Sie erwiderte seinen Kuss. Ihre Hand wanderte seinen Rücken hinauf und ihre Finger vergruben sich in seinem Haar. Beide gaben sich all ihren Gefühlen hin, die seit dem Tag ihrer ersten Begegnung in ihnen loderten. Viel zu lange hatte er auf diesen Augenblick gewartet – und sie vielleicht auch. Ihm war, als würde er mit ihr durch Wolken schweben.

Schließlich nahm er ihre Hand. »Komm, lass uns nicht mehr hierbleiben.«

Hand in Hand verließen sie den Friedhof. Mehrmals blieben sie stehen, um sich zu küssen, und sie kümmerten sich nicht darum, ob sie vielleicht jemand sehen konnte. Auf ihrem Weg zu Aunt Belles Pub sah er sie hin und wieder heimlich von der Seite an, und er konnte nicht fassen, was dieses Mädchen in ihm entfachte. Niemals war er derart nervös. Das war ihm vollkommen fremd. Aber Sophie war nicht irgendeine Frau, die er in einem Club aufgegabelt und wo Gefühl keinerlei Rolle gespielt hatte. Sie war nicht wie die anderen.

Sie war die Eine. Und je deutlicher ihm dies ins Bewusstsein drang, umso größer wurde die Angst, etwas falsch zu machen.

Als sie den Pub erreichten, hoffte er so sehr, sie würde ihn nicht fortschicken.

Sie tat es nicht.

Eng umschlungen küssten sie sich abermals, leidenschaftlicher diesmal, und sein Körper zitterte vor Erregung und vor der Erwartung, was diese Nacht noch für sie beide bereithielt.

Er wollte sie. Ganz und gar.

Vielleicht sogar für immer.

Und beinahe wäre ihm ein *Ich liebe dich* über die Lippen geglitten.

***

Ein Schauer nach dem anderen jagte Sophie den Rücken hinunter, doch es war nicht unangenehm, so wie sie es bisher kannte. Seine Lippen lagen zart auf ihren, sie spürte seine Zunge und ein wohliges Gefühl, das durch ihren ganzen Körper flog. Er streichelte ihren Rücken, zog sie noch enger an sich und presste sie gegen die Hauswand. Sie schloss die Augen, während er ihren Nacken küsste und an ihrem Ohrläppchen knabberte. Kurz überlegte sie, ob es nicht doch zu früh für sie war, verdrängte jedoch jeden schlechten Gedanken, jede furchtbare Erfahrung und gab sich der Zärtlichkeit seiner Liebkosung hin.

Sie löste sich von seinen Lippen und schaute zu ihm auf, nahm jeden Mut zusammen und fragte: »Möchtest du heute bei mir übernachten?«

Willem lächelte.

»Ja.«

Sie atmete etwas beklemmt und vermutlich stand ihr die Angst ins Gesicht geschrieben, sodass er die Hände um ihren Nacken legte und mit den Daumen über ihre Wangen strich.

»Wir müssen nichts überstürzen. Du weißt, ich würde dich niemals zu irgendetwas drängen, was du nicht willst. Das Einzige, was ich heute Nacht will, ist, bei dir zu sein.«

»Okay«, hauchte sie erleichtert.

Sie drehte sich zur Pubtür um, wollte gerade den Schlüssel aus ihrer Handtasche fischen, da fiel ihr auf, dass noch Licht brannte. Das war ihr vorher nicht aufgefallen, aber es irritierte sie, denn Aunt Belle müsste das Lokal längst geschlossen haben.

Mit einem Stirnrunzeln blickte sie zu Willem.

Sie öffnete die Tür und trat mit ihm ein.

Zunächst entdeckte sie Aunt Belle, die mit verlaufener Wimperntusche am Tresen kauerte und sofort von dem Barhocker rutschte, als auch sie Sophie erblickte.

Daraufhin sah sie Harold, der sie mit einem perfiden Grinsen in Empfang nahm.

»Da ist die Kleine«, höhnte er, und erst jetzt bemerkte Sophie die beiden Polizisten, die wie zwei Kolosse auf sie zu marschierten.

»Es tut mir so leid, Sophie«, wimmerte Aunt Belle.

Voller Angst blickte sie jetzt zu Willem, der verwirrt neben ihr stand.

»Sophie Parker?«, fragte einer der Beamten. Sie nickte eingeschüchtert, und ehe sie wirklich begriff, was gerade vor sich ging, drehte der Polizist sie um, zog ihre Arme an den Rücken und sie spürte, wie sich etwas Kaltes, Schweres um ihre Handgelenke schnürte.

»Sophie, du bist festgenommen wegen etlicher Diebstahlsdelikte in Liverpool und Birmingham sowie für den Aufenthalt und die Erwerbstätigkeit in einem Barbetrieb als Minderjährige. Zudem liegt eine Vermisstenanzeige der Behörde in Liverpool von dir vor.«

Sie glaubte, auf der Stelle das Bewusstsein zu verlieren.

Willem versuchte, sich zwischen sie und den Polizisten zu drängen. »Moment mal, was passiert hier? Sophie ist nicht minderjährig. Sie können sie doch nicht einfach so abführen.«

»Ha! Denkste, du Armleuchter«, blökte Harold. »Das kleine Luder ist gerade mal siebzehn.«

»Schwachsinn!«, brüllte Willem. Als er jedoch feststellte, dass sie nicht widersprach, sah er sie entgeistert an. »Sophie, das ist doch ein übler Scherz, oder?«

Sie wollte etwas äußern, aber ihre Stimmbänder waren wie eingefroren.

»Alles Weitere besprechen wir auf der Wache, Sophie Parker.«

Der Polizist grub seine Hände in ihre Schultern und drängte sie in Richtung der Tür. Sie drehte sich zu Aunt Belle um, die hilflos dastand und sich nicht rührte.

Sophie konnte nicht mehr an sich halten und weinte unkontrolliert. Vor einem solchen Moment hatte sie sich seit jeher gefürchtet.

Jetzt war er eingetreten.

»Hey, Kollege«, rief Harold. »Vergiss meine Exfrau nicht. Ich kann doch davon ausgehen, dass sie ihre verdammte Konzession verliert, oder?«

»Halt deinen Mund. Hast du nicht schon genug angerichtet?«, brüllte Aunt Belle.

Der Polizist blieb mit Sophie stehen. »Keine Sorge. Aber das entscheidet die Gemeindebehörde. Wir kümmern uns um die kleine Ausreißerin hier.«

Willem war blass und konnte seinen entsetzten Blick nicht von Sophie abwenden.

In dieser Sekunde wusste sie, dass es vorbei war. Endgültig.

»Es tut mir so schrecklich leid, Will«, raunte sie und weinte bittere Tränen.

Und dann führten die Polizisten sie ab.

Part Six

Never Ending Lovestory

London
-Heathrow Airport-
2014

Yesterday Should Be Tomorrow

London – Februar 2014

Es war bereits Abend, als die Maschine aus New York am Londoner Heathrow Airport landete und Willem übermüdet mit dem Handgepäck über die Gangway schlich. Die Dunkelheit war längst eingebrochen und es rieselte Schneeregen. Er zog sich das Cappy ins Gesicht, damit ihn am Flughafen niemand erkannte.

Ewig wartete er in der Tiefgarage auf einen Fahrer, der ihn nach Canterbury bringen sollte.

Aus seiner schwarzen Manteltasche zog er sein Mobiltelefon und beabsichtigte, Cecilia eine Textnachricht zu senden, um ihr Bescheid zu geben, dass er gelandet war, doch mehrere Meldungen über verpasste Anrufe hinderten ihn daran. Tess hatte achtmal versucht, ihn zu erreichen. Schuldbewusst kniff er die Augen zu, denn er hatte vollkommen vergessen, sie zu benachrichtigen, und rief sie jetzt zurück.

»*Fraser! Wo zur Hölle steckst du?*«

Er rieb sich die Stirn. »Tess, bitte entschuldige, ich wollte dir auf die Mailbox sprechen, habe es aber vergessen.«

»Ich habe mir Sorgen gemacht. Ich dachte, du liegst irgendwo tot in einer Gasse.«

Er lächelte müde.

»Also, wo steckst du?«

»Ich bin auf dem Weg nach Canterbury«, raunte er und wusste, dass gleich ein Donnerwetter über ihn hereinbrechen würde.

Stille am anderen Ende der Leitung.

»Tess? Bist du noch dran?«

»O bitte, sag mir, dass du die Canterbury Hall hier in New York meinst.«

»Nein.«

»Du willst mich wohl verarschen, was? Das ist doch ein Witz, oder?«

Willem schloss die Lider und atmete tief durch. »Ich wünschte, es wäre so.«

»Dir ist schon klar, dass du heute ein Fotoshooting und ein Interview mit der Times hast? Und was ist mit den beiden Shows? Also, das kann ich jetzt echt nicht glauben.«

»Tess, bitte beruhige dich. Ich werde den Redakteur gleich selbst anrufen und ihn bitten, den Termin auf nächste Woche zu verschieben. Um die Vorstellungen musst du dir keine Gedanken machen, das Theater weiß Bescheid und konnte mich ersetzen.«

»Für wie lange?«

»Ich bin spätestens morgen Mittag wieder in der Stadt. Ich hoffe es zumindest.«

»Ich glaube, ich krieg 'ne Krise. Du machst mich wirklich fertig, Will. Weshalb reist du so überstürzt nach Canterbury? Du bist seit Jahren nicht dort gewesen.«

Er spürte, wie sich seine Kehle zusammenzog. »Ja, das ist richtig, aber ... mein Vater liegt im Sterben.«

Ganz genau vernahm er Tess deutliches Schlucken. »O Will, das tut mir sehr leid.«

»Muss dir nicht leidtun. Ich komme klar.«

»Wirklich?«

»Ja, wirklich.«

»Ganz sicher? Wenn du willst, setze ich mich in den nächsten Flieger, um bei dir zu sein.«

Er war sehr gerührt, und wieder bewies sie ihm, mehr als nur seine Assistentin zu sein.

»Danke, meine Liebe. Das ist nicht nötig. Wie gesagt, ich komme klar und bin so schnell wie möglich wieder in New York. Hör bitte auf, dir ständig Sorgen zu machen.«

Auf der anderen Seite des Parkdecks entdeckte er zwei junge Frauen, die sich kichernd unterhielten und auf ihn aufmerksam wurden, sodass er ihnen schleunigst den Rücken zukehrte.

Doch das war zu spät.

»O mein Gott, das ist Willem Fraser«, hörte er eine von ihnen kreischen und er zuckte zusammen. Das Echo hallte durch das ruhige Parkhaus.

»Fuck!«, murmelte er.

»Was ist passiert?«, fragte Tess aufgeregt.

»Ach, nichts. Ich warte hier nur schon seit einer Viertelstunde auf meinen Fahrer und natürlich bin ich gerade erkannt worden. Wie sehr ich das manchmal verabscheue.«

»Pass bloß auf dich auf.«

»Alles gut. Sind nur zwei Mädels.«

»Okay.«

»Ich muss jetzt auflegen, Tess. Ich melde mich später bei dir.«

»In Ordnung.« Er wollte gerade das Gespräch beenden, da hörte er noch einmal ihre Stimme. »Entschuldige, dass ich dich vorhin so angefahren habe.«

»Das macht doch nichts.«

»Will?«

»Ja?«

»Ruf *sie* an!«

Er schloss niedergeschlagen die Augen. »Das kann ich nicht.«

»Das ist *die* Gelegenheit. Bitte, Willem«, flehte sie. »Ruf Sophie an. Du brauchst sie jetzt mehr denn je.«

»Ich kann das nicht.«

»Du musst.«

»Auf Wiederhören«, sagte er leise und drückte das Gespräch weg. In diesem Moment standen die beiden Frauen mit hochroten Gesichtern und breitem Grinsen vor ihm.

»Du bist Willem Fraser, nicht wahr?«

Am liebsten hätte er ihnen gesagt, dass sie sich irrten, aber schon hielt ihm die eine die Handykamera vor die Nase.

»Können wir ein Selfie mit dir machen?«

Er nickte stumm und lächelte ergeben. »Klar.«

Wo blieb nur dieser verdammte Fahrer?

»Wir haben alle deine Filme gesehen. Und: *Wir lieben dich.*« Beide rückten ihm ziemlich nah auf die Pelle, hakten sich bei ihm ein, streckten ihre Hände in die Höhe und schossen ein Selfie nach dem nächsten. »In Wahrheit siehst du noch viel besser aus. O Gott, Brianna, wenn das die anderen auf Instagram entdecken. Die werden vor Neid sterben.«

Er trat einen Schritt zurück, um Abstand zu den beiden Frauen zu gewinnen.

»Stimmt es, dass du die Rolle des Christian in *Fifty Shades of Grey* spielst? Du wärst einfach die perfekte Besetzung.«

»Ähm, nein. Tut mir leid. Das ist nur ein Gerücht.«

Zwar war ihm die Rolle durchaus angeboten worden, aber er hatte sie abgelehnt. Nicht, weil er Nacktheit vor der Kamera ablehnte, sondern er die Story als extrem dürftig empfand, er keinesfalls den Boss mimen mochte, der seine Assistentin auspeitschte, um dies als erotisches Lustspiel zu vermarkten.

Endlich hörte er den Motor eines Autos und eine Sekunde später raste ein schwarzer SUV auf ihn zu.

Dem Himmel sei Dank.

Der Fahrer stieg aus dem Wagen und öffnete Willem die Tür.

Bevor er einstieg, winkte er den Frauen zum Abschied zu, die abermals lauthals aufkreischten. In all den Jahren hatte er gelernt, seinen Fans stets freundlich und höflich zu begegnen, egal, in welcher Verfassung er war.

Der Chauffeur schloss die verspiegelte Tür und er atmete vor Erleichterung tief aus.

»Guten Abend, Sir.«

»Verdammt noch mal, wo haben Sie so lange gesteckt?«, fragte er zornig, ließ seine schlechte Laune an dem Fahrer aus.

»Bitte verzeihen Sie vielmals, Mr Fraser. Der für Sie vorgesehene Wagen ist nicht angesprungen und wir mussten kurzfristig umdisponieren. Entschuldigen Sie die Unannehmlichkeiten.«

Mit der Hand schirmte Willem die erschöpften Augen ab, und er zwang sich, seine Wut im Keim zu ersticken. »Ich muss mich entschuldigen. Ich wollte Sie nicht so anraunzen. Ich bin etwas angeschlagen.«

»Machen Sie sich keine Gedanken. Das war unser Fehler. Die Zentrale sagte mir, das Ziel sei Canterbury?«

»Richtig. Bitte zur All Saints' Lane.«

»Natürlich, Sir. Ich wünsche Ihnen eine angenehme Fahrt.«

Der Chauffeur fuhr die schwarze Trennwandscheibe hoch, damit Willem ungestört sein konnte.

Die zweistündige Fahrt verbrachte er mit Telefonaten und kurzfristigen Terminabsagen. Er hatte auch versucht, Cecilia anzurufen, aber sie war nicht erreichbar.

Irgendwie war er darüber ganz froh.

Je näher sie sich seiner alten Heimat näherten, desto stärker spürte er Beklemmung. Er hatte mit Fallon und ihrem Mann ausgemacht, sich erst im Elternhaus zu treffen, um von dort aus gemeinsam ins Hospital zu fahren.

Willem hatte keine Ahnung, wie er seinem Vater gegenübertreten sollte. Seit Marahs Tod hatten die beiden kaum ein Wort miteinander gewechselt. Nicht einmal auf der Hochzeit seiner Schwester hatten sie über ihre Schatten springen können, hatten sich nur in Verbindlichkeit zugenickt.

Und irgendwann war jegliche Chance vertan gewesen.

Als er aus dem Fenster blickte und die erleuchtete Kathedrale ausmachte, wurde ihm plötzlich unangenehm heiß und kalt. Mehrmals zwang er sich zu den Atemübungen, die ihm Dr. Sandland empfohlen hatte, um sich selbst zu beruhigen. Der Wagen passierte die ersten Straßen und fuhr an dem Friedhof vorbei, wo seine Mutter und Marah begraben waren. Der Ort, an dem Sophie und er ihre beiden Seelen vereint hatten. In jener Nacht vermeintlich für immer.

Doch das Schicksal hatte andere Pläne für sie bereitgehalten.

Aus Liebenden waren Fremde geworden.

Während der Fahrer in die All Saints' Lane einbog, Willem die vertrauten weißen Giebel und daraufhin den verwunschenen Vorgarten erblickte, konnte er seiner inneren Furcht nichts mehr entgegensetzen. Hastig drückte er auf den Knopf, und die Scheibe, die ihn vom Chauffeur trennte, fuhr hinunter.

»Bitte fahren Sie weiter«, sagte er heiser.

Der Mann blickte ihn durch den Rückspiegel an. »Wie meinen Sie, Sir? Wohin soll ich Sie bringen?«

»Fahren Sie mich bitte zur St Margaret's Street. Ist nur ein paar Straßen weiter.«

»Natürlich, Sir. Wie Sie wünschen.«

Nein, er konnte jetzt noch nicht in dieses Haus zurückkehren.

Zunächst musste er Sophie sehen.

Dringender als alles andere.

Jetzt oder nie, Willem, sprach er sich selbst Mut zu.

Kurz darauf stieg er aus dem Wagen und ging schnellen Schrittes die Gasse hinunter, die zu Aunt Belles Pub führte.

Nichts hatte sich verändert – außer eins: der Pub.

Verstört betrachtete er das alte Gebäude. Alle unteren Fenster des Lokals waren mit Holzverschlägen zugenagelt. Die Fensterscheibe zu Sophies ehemaligen Pensionszimmer war durch einen Steinwurf zerschmettert worden. Die Hausfassade zierten idiotische Fußballparolen.

Vermutlich lebte in diesem Haus seit Ewigkeiten niemand mehr.

Gern hätte er den vorbeispazierenden Passanten gefragt, was mit den ehemaligen Besitzern geschehen war, aber er wollte nicht wieder erkannt werden.

Kopflos drehte er sich zweimal um die eigene Achse.

Verdammt, Sophie, wo bist du?

Abermals nahm er sein Handy zur Hand und suchte in seinen Kontakten nach ihrer Nummer, doch er ahnte schon, dass diese nicht mehr aktuell sein würde.

Eine Weile lauschte er der toten Leitung mit der automatischen Durchsage, die sich mehr und mehr wie ein Schmählied anhörte: *Diese Nummer ist nicht vergeben. Diese Nummer ist nicht vergeben. Du bist ein Idiot, Willem Fraser, diese Nummer ist nicht vergeben.*

Schließlich ließ er das Handy sinken, starrte es an und schüttelte schlaff den Kopf.

Plötzlich kam ihm eine Idee, auch wenn ihm die Umsetzung nicht unbedingt gefiel. Doch er hatte keine andere Wahl.

Er scrollte durch sein Telefonbuch und suchte nach der Nummer, von der er sich Hilfe erhoffte.

Dann fand er sie, und noch während des Freizeichens kniff er die Augen zu.

Anfangs nahm niemand ab. Er wollte gerade auflegen, als er unerwartet eine Stimme vernahm, die ihm einst sehr bekannt gewesen war.

»Hallo?«

»Oh! ... Ähm ... Hi!«

Wie war es möglich, diese drei erbärmlichen Worte mit einem solchen Gestotter zu füllen?

»Wer spricht denn da?«

Vielleicht sollte er besser wieder auflegen.

Leg auf! Los, leg auf!

»*Hallo?*«

»Ich bin es.« Er schluckte hart. »Willem. Willem Fraser.«

Eine Pause entstand.

»Will?« Er hörte, wie ein Stuhl oder ein anderes Möbelstück zurückgeschoben wurde.

»Ja«, sagte er mit einem gequälten Hollywoodlächeln. »Hey, Priya.«

Sie schwieg eine Weile und dann vernahm er so etwas wie einen ungläubigen Lacher. »Ich habe jetzt also den großen Willem Fraser in der Leitung?«

Er grinste. Immer noch die Alte. »Nun ja, ich bin es einfach nur: Will.«

»*Okaaay*. Sag mal, geht es dir gut? Ich meine, du hast Jahre nichts mehr von dir hören lassen.«

Mir geht es gerade ziemlich beschissen, Priya.

»Nein, nein, mir geht es gut.«

»Du hörst dich seltsam an. Also schön, was verschafft mir die Ehre?«

Wieder überlegte er, ob es eine gute Idee war, sie zu belangen. »Nun ja, ich bin zurzeit hier in Canterbury und ich wollte ... ich habe gerade versucht, Sophie zu erreichen, habe aber nur eine alte Nummer von ihr. Und da dachte ich, du könntest mir eventuell weiterhelfen.«

»Will«, sagte sie ganz ruhig. »Nach all dem, was zwischen euch beiden vorgefallen ist, kann ich dir nicht einfach ungefragt ihre Nummer geben.« Willem schloss verdrossen die Augen und presste seine Stirn gegen das Holz der Pubtür. »Bitte, das geht einf...«

Noch bevor sie weitersprach, unterbrach er sie. »Ja, schon gut, Priya. Ich verstehe. Entschuldige, dass ich dich angerufen habe. Mach's gut.«

Er drückte das Gespräch weg.

Zorn kochte in ihm auf. Wie konnte er nur so dumm sein und tatsächlich glauben, sie würde ihm Sophies Nummer geben. Nach allem, was in den letzten Jahren passiert war. Er schleuderte das Handy gegen den Backstein, und es schlug mit einem dumpfen Aufprall zu Boden.

Und trotzdem ...

Er sehnte sich so sehr nach Sophie, dass es ihm die Luft raubte.

Immer trug er die Angst in sich, ihr Gesicht zu vergessen. Ständig suchte er Ähnlichkeiten in Kolleginnen, Liebhaberinnen, um seine Erinnerungen an sie mit etwas Bekanntem zu verknüpfen. Aber niemand war wie sie. Keine von ihnen hatte Sophies wunderschöne melancholische Augen, die in Zeiten des Glücks grün leuchteten. Keine von ihnen hatte diese Gesichtsform, die einem Herzen glich, und ja, auch wenn es möglicherweise kitschig war, keine von ihnen hatte diesen himbeerroten Kussmund.

Und keine von ihnen hatte er so sehr geliebt wie sie.

Er wünschte sich mit ihr ein Ende, das niemals endete.

Das war die einzig richtige Art, eine Liebesgeschichte zu schreiben.

Eine Liebe ohne Ende.

Er, der ziellose Willem Fraser, verstand endlich, was er seit jeher gesucht hatte – und dabei hatte er es schon vor Ewigkeiten gefunden.

Sophie.

Gerade wollte er sich zu seinem Handy hinunterbeugen, um es aufzuheben, da leuchtete es plötzlich hell auf.

Ein Anruf von einer unbekannten Nummer.

Offensichtlich hatte das fragile Smartphone den Sturz unbeschadet überlebt.

Er holte tief Luft und nahm das Gespräch entgegen, sagte mit dünner Stimme: »Hallo?«

»Willem, ich bin es.« Eine Pause trat ein und sein Herz schlug schneller. Er verlor die Kontrolle über seine eiserne Selbstdisziplin, und Tränen der Freude, der Erleichterung, rannten ihm die Wange hinunter. Das Leuchten eines Hoffnungsschimmers verdrängte seine innere Dunkelheit. So viel hatte er in der Vergangenheit zerstört, doch nun wiegte er sich in dem sehnlichen Wunsch, dass ihm das Schicksal eine weitere Chance schenkte.

Und das Gestern sollte ihr Morgen sein.

»Sophie.«

Fortsetzung folgt.

Strangers Now

Someday.

Die Canterbury Reihe
Band 2

Die berührende und dramatische Geschichte
von Willem und Sophie geht weiter.

Coming
soon!

Dir hat das Buch gefallen?

Ich freue mich sehr, dass du mein Buch bis zu dieser Stelle gelesen hast. Wenn es dir gefallen hat, würde ich mich sehr freuen, wenn du ihm bei dem Online-Shop eine Bewertung gibst, bei dem du bestellt hast. Oder du schreibst bei einem deiner Lieblings-Buchportale eine Rezension.

Ich freue mich nicht nur sehr darüber, Meinungen zu meinem Buch zu lesen, es hilft mir auch dabei, weitere Geschichten zu schreiben und neue Leser für meine Bücher zu finden.

Ich danke dir für deine Unterstützung.
Emilia